燃烧的青春

成新平◎著

关爱是一抹记忆，永远铭刻于感恩的心里；
情谊是一道风景，永远清新美丽；
感动别人和被人感动都是一种幸福……

山西出版传媒集团

山西人民出版社

图书在版编目（CIP）数据

燃烧的青春 / 成新平著. -- 太原：山西人民出版
社, 2024. 9. -- ISBN 978-7-203-13561-6

Ⅰ. Ⅰ253

中国国家版本馆CIP数据核字第2024H0F620号

燃烧的青春

著　　者：成新平
责任编辑：傅晓红
复　　审：崔人杰
终　　审：梁晋华
装帧设计：成都现当代文化传播有限公司

出 版 者：山西出版传媒集团·山西人民出版社
地　　址：太原市建设南路21号
邮　　编：030012
发行营销　0351－4922220 4955996 4956039 4922127（传真）
天猫官网：https://sxrmcbs.tmall.com 电话：0351－4922159
E－mail：sxskcb@163.com 发行部
　　　　　sxskcb@126.com 总编室
网　　址：www.sxskcb.com

经 销 者：山西出版传媒集团·山西人民出版社
承 印 厂：成都市天金浩印务有限公司

开　　本：710mm×710mm　1/16
印　　张　24.75
字　　数　400千字
版　　次　2025年1月第1版
印　　次　2025年1月第1次印刷
书　　号　ISBN 978-7-203-13561-6
定　　价　68.00元

如有印装质量问题请与本社联系调换

序

何彩维

立时代之潮头，发时代之先声。

这是阅读成新平的报告文学集《燃烧的青春》扑面而来最强烈的感觉。激情澎湃的思维、生动传神的语言、丰满鲜活的人物、引人入胜的故事，无不彰显着作者奋进的人生历程、厚重的家国情怀和强烈的使命担当。这种满满的正能量，既深深打动人心，又给人一种催人奋进的力量。成新平在宣传文化战线工作了一辈子，勤奋笔耕已达40余年。此书的出版，无疑对当下深入贯彻落实习近平文化思想具有积极的现实意义。

我与新平兄的相知相识颇有渊源。30多年前，他是衡东县广播电台的"编外"编辑兼记者，我在一个偏僻的乡村小学当"孩子王"，诚惶诚恐慕名请他对我的习作不吝赐教。他的热心和厚道，让我感动，我也为他鸣不平：他当时活脱脱是著名作家路遥笔下生活版的"高加林"！不过，幸运的是他没有怀才不遇，而是华丽转身去了衡山县委宣传部当新闻专干。千里马遇到伯乐，不拘一格降人才，成为当时的热门话题。默默搞新闻的，倒成了新闻人物。生逢盛世当不负盛世，生逢其时当奋斗其时。天生我材必有用。他采访、写作更加勤奋了，撰写的文章频频发表在各级报刊上。我以他为榜样，凭借发表几篇"豆腐块"文章，步其后尘，也幸运地调入县委宣传部当新闻专干。只有几年时间，他又荣调到市委机关工作。职责所在，我多次奉命接待并陪同他采访，他成了我名副其实的顶头上司。随后几年，他先后结集出版《头版头条》《普通老百姓》《引导舆论》《新闻散论》等新闻专著，成果丰硕。

时光荏苒。十多年后，人到中年，成新平任职于宣传系统某正处级单位一把手，但他不忘初心，繁忙工作之余，致力于乡土散文和报告文学写作，隆重推出了三本厚厚的散文集《乡音乡情》《父老乡亲》《乡愁乡韵》和一部长篇报告文学《岳北农工会》，我正忙着创刊杂志《衡东文艺》，自然向他索稿。读着他朴实而又情真意切的文字，深切感受到他对家乡的赤子情怀：因他和新华社记者写的内参而引爆的雷霆万钧大源渡"天字一号案"，缘于他深深爱着这片故土！

我在编著《人文衡东》一书"衡东作家素描"是这样描述的：成新平的散文以史诗般的韵致对故乡的抒写，唤起了读者珍贵而美好的回忆，是润物无声的励志篇章。聊以自慰的是，天道酬勤，我凭借两部长篇小说与新平兄同一年加入中国作家协会。在新闻写作、仕途等方面均落下一大截，总算在文学创作中打了一个平手。

今年县里搞土菜文化节，我又奉命接待新平兄。他的官方身份是市委宣传部二级巡视员。平素，我俩是文人之交，只在笔墨中感受对方的气息。如今见了面，很快便聊得欢畅。谈及文学创作，他爽快坦诚，正计划出一本人物通讯或报告文学集。我很惊喜，很期待，连忙叫好，在所有题材写作中，他的人物通讯是写得最出色的。他爱好文学，文采斐然，散文写作可见一斑；他写了7900多条新闻稿件见诸中央、省、市级主流媒体，其中180多条获省级以上好新闻奖，可见其新闻敏锐性；理论素养深，政策水平高，他还经常要给领导干部讲课，分析问题常常是入木三分。具备了这三点，何愁写不出情文并茂的人物通讯或报告文学？

说着说着，新平兄诚恳提出要我写序，这是抬爱。我汗颜，忙推辞，要有权威的大家作序才能配得上这本书。他一本正经列举了四五条要我作序的理由。我想，最重要的，大约是惺惺相惜吧，咱俩都是草根出身，靠文学升华了人生，靠写作改变了命运。盛情难却，恭敬不如从命。我索性老老实实抒写一些真情实感，权当滥竽充数，至少不会失之偏颇。

先睹为快。读着这些激扬的文字，尽管有记忆犹新之感，仍热血沸腾。说实话，书中所选篇目，我早已从报刊上零星读过。这本书是从成新平近40年来发表的数千篇作品中精选33篇长篇人物通讯汇编成册的。7年前，我陪同他采写《著名摄影家陈长芬的艺术人生》的情景至今历历在目。尤令我钦佩的是，他写完此稿，通过电话把近万字的全文读给远在北京的陈长芬老师听，共同仔细核对、修改文中的细节，其写作的严谨可见一斑。其实，我比他早一年写陈长芬的人物通讯《我会一直拍下去》仅刊发《衡阳日报》头版整版，但是他采写的此篇稿件不但刊发《衡阳日报》头版头条，还上了《湖南日报》、《老年人》、百度文库等10多家媒体，可见其影响之大。此书选录的篇目《王光泽：长征路上陨落的将星》，因同属家乡题材，我也采写过，感受非常深。属于这样重大的题材，最能引起共鸣的，本书还收录有《葛振林，魂归狼牙山》《文立正：威震敌胆的铁道游击队政委》。尤为值得一提的是，他的新闻敏感性极强，在撰写《谭兴华，你就是能人》的过程中，捕捉到了一个重要的动人细节：衡山青年农民谭兴华带领当地老百姓共同致富，时任国务院副总理朱镕基由衷夸他："你就是能人嘛！"寥寥数语，把党中央号召有志青年回乡创业，大力搞活农村经济的政策写活了，简直是神来之笔！

长篇通讯《燃烧的青春》写的是2003年发生在衡阳"11·3"特大火灾中灭火抢险英雄群体，写得无比悲壮和震撼，写完该稿仅两天，《光明日报》便以头版头条隆重推出，《人民日报》、《人民警察》、新华社等全国数10家媒体相继采用。通过成新平夜以继日的真情抒写，20张生动鲜活的面孔，20条青春激昂的年轻生命，20位当代最可爱的人，永远闪现甚至镌刻在读者的记忆中！

难能可贵的是，本书收录的33篇文章，每篇文末均附有一篇"采写札记"。这些"采写札记"有部分是媒体的约稿，当时就发表了。大部分"采写札记"是新平兄在整理书稿时有感而发，一吐为快，也是心血之作。其实每篇"采写札记"都是一篇"创作心得"，不是画蛇添足，而是画龙点睛，升华了主题，让读者看到了文章背后的故事，体味到了作者的独具匠心。

掩卷沉思。窃以为，这部书很经典，无意拔高。它的经典，一是体现在它所收录的文章每一篇都是经典之作，每一篇文章均发表在数家刊物上，这也说明得到了编辑老师和广大读者的认可。二是作者笔下的人物，有的早已是功成名就，荣誉等身。有的经过宣传，其主人公优秀事迹家喻户晓，受到国家和社会的认可，荣誉纷至沓来，实至名归。正如新平兄编辑完这部书，不无欣慰：他笔下的主人公有 10 多位当过全国党代表、人大代表，有两位被评为"感动中国"十大人物。更让新平兄引以为豪的是：他所写的 10 来个苦难家庭，引来了一笔笔爱心捐款！只要人人都献出爱，这个社会就会变得更美好。正如他所说："这是文字的力量，媒体的力量，情感的力量，人民大众的力量！"

是的，归根结底，这是写作的力量！写出有正能量的作品，就能够感召人，激励人，鼓舞人。心中有爱，眼里有光，脚下有路，远方有梦！新平兄高考落榜回乡务农，后外出打工多年，从未放弃过对文学梦想的追求，他一路拼搏、一路艰辛、一路成长、一路收获。通过写作，不但改变了自己的命运和笔下主人公的命运，而且感动了千千万万的读者，让人生变得更加美好。文以载道，文以化人，用主旋律创造高频率，让正能量形成大流量，这是每个写作者都要执着追求的境界。

艺术之路没有终点。从家乡走出去的摄影大师陈长芬，80 多岁了，他还在拍摄！人民艺术家王蒙，奔九的人了，仍把文坛弄得风生水起轰轰烈烈！奔六的人，人生有了更多的历练，更多的感悟，厚积薄发，写下去，努力写下去，直到写不动了。这是我与新平兄的互勉。

是为序。

（作者系中国作家协会会员，出版长篇小说《官场高速线》《欲望高速》等）

目录
CONTENTS

对于自身的缺陷，我从不怨天尤人，相反，我感谢上帝。因为，正是由于这些缺陷，我才认识了我自己，才开创了我的事业，才找到了我的上帝。

——海伦·凯勒

摇着轮椅送春风

在父母亲人眼中，她是一个被磨难纠缠一生却始终以微笑面对的孩子；

在服刑人员眼中，她是一种让人泪流满面的力量；

在迷途孩子眼中，她是一把打开心锁的钥匙；

在一些家长眼中，她是一个提升无数孩子心灵境界的奇迹。

她是残缺的，伴随轮椅走过风雨；她却又是坚强的，这坚强写在眼睛里、面容上、手势中，写在她多年如一日感动世人的行动深处。

她叫李丽，今年45岁，湖南衡阳市"李丽家庭教育工作室"、公益网站"丽爱天空"的创办人。她自幼患小儿麻痹症，并遭遇严重车祸、事业失败等一连串挫折和打击，但她没有自怨自艾，始终怀着一颗感恩之心，积极投身社会公益事业和青少年心理教育工作，先后深入省内外100多个学校、企业、社区、监狱，义务开办家庭教育和心理健康教育系列讲座，听众达10万余人次，帮助近百名厌学孩子重返校园、数十名中学生戒除网瘾，让近万名学生树立自信，被大家誉为"感恩天使""湖南的张海迪""中国的海伦·凯勒"。她先后荣获全国归侨侨眷先进个人、全省"雷锋家乡学雷锋"先进个人、未成年人思想道德建设先进个人、2005年湖南十大新闻人物、衡阳市文明标兵。

第一乐章：咏叹调　扼住命运的咽喉

关键词【人生苦难　精神涅槃】

几乎与生俱来的残疾，伴随着无休无止的手术，突如其来的下岗，身心劳累导致的病痛，巨额债务的缠身，家庭生活的失意，与死亡擦肩的车祸……苦难贯穿着她的青春，感恩的心同样贯穿她的一生。她相信"输得起的是金钱，输不起的是心态"。她生命乐章一起步，面临的是挑战尘埃的脆弱。

1962年，伴随着一声清丽嘹亮的啼哭，护士阿姨抱着小李丽赞不绝口："这闺女长大了一定会是个美人歌星，我就送她个名'丽'吧！"然而，仅仅一年多之后，小儿麻痹症降临到幼小的李丽身上，她腰椎以下全面瘫痪，只能坐在家人特制的一张围椅上。有时无人照顾，被摔得鼻青脸肿，头破血流。

苦难作为一种极致的生命体验，往往还会催生出人对生命的深刻理解。李丽至今感谢父母节衣缩食替她救治，这深沉的关爱是她人生苦夜中的闪亮光华，让一个最容易随着肢体残疾而出现心理疾患的孩子懂得既感恩他人，又尽可能地顽强自立。

7岁那年的一个晚上，父母在泪水与叹息中作出一个决定，带她去解放军驻长春208医院治病。一直像"狗"一样爬着的她，流着眼泪暗立誓言："送我去吧，治好了腿能够像人一样站起来！"在一年多的治疗时间里，她接受了针灸、火罐等中医结合治疗，历经40余次刻骨铭心的埋"羊肠线"手术，终于有一天，在数块钢板的支撑下，她第一次站了起来，挪动了人生的第一步。

9岁那年，几个住在附近的同学相邀成立了一支"特别护送队"，一路帮她背书包、拿拐杖，与她牵手踏进了校园。小学、初中、高中，身边总有大哥哥、大姐姐抢着护送她上学放学，让她真切地感受到人世间的真诚与友爱，感恩之心愈加强烈。

为了不成为家庭和社会的拖累，李丽很小就掌握了缝纫、绣花、织毛衣等多种技能，为她日后自立自强打下了基础。高中毕业后，她挂着拐杖，一次次敲开父亲单位领导的大门苦苦哀求："给我一份工作吧！我腿残疾了，但我有聪明的大脑、善良的心灵和灵巧的双手，我会用最好的工作表现来报答你们的。"

在单位工作的8年时间里，李丽以自己的坚强与忍耐、聪明与勤奋赢得了领导的认可和同事的尊重。1983年，她第二次到解放军驻衡169医院接受腿部康复治疗。手术一个月后，她怕影响工作，拖着石膏腿回到单位上班了。为了不迟到，无论刮风下雨，她每天要提前一个小时一步一步咬紧牙关挪到办公室。她当上了团支部的宣传员、女工委员，主办"新女性"墙报。1983年，在全省青年"振兴中华读书知识竞赛"活动中，她获得一等奖。先后受到团市委、市总工会、省总工会、省冶金厅的表彰，时任湖南省委书记毛致用握着她的手说："你就是我们湖南的张海迪。"

幸福看似骤然降临，然而挫折却再次侵袭，命运似乎有意磨砺她。1991年初，李丽所在的单位经济效益急转直下，她有时连买瓶酱油的钱也没有。万般无奈之下，她开始了艰难的生存创业之旅。她买了台旧式机械打字机，在家里做起了文印业务。但时隔不久，随着电脑的迅速普及，她那种老式打字便没了业务。于是，她便靠卖水饺、摆烟摊艰难度日。一次偶然的机会，她看到一则邮购毛衣编织机的广告，就花1000多元买了一台，并从书店买来有关书籍学习。由于她心灵手巧、样式设计新颖，生意十分抢手。可好景不长，由于纯手工生产产量低、利润少，在江浙成品毛衣的冲击下，生意一落千丈，加上手术留在她体内钢板的影响，她并发了胃炎、肩周炎、脊椎骨弯曲等疾病，常常疼痛难忍，彻夜难眠，她最终放弃了毛衣编织。

李丽不甘失败，重振旗鼓，在1993年又做起了石化燃料生意。她借资40万元，收购了一家濒临倒闭的国营小型加油站，并进行更新改造。由于讲求信誉、价格合理、服务优质，生意日渐红火起来。1999年，她投入300万元扩大规模，在原址兴建一个集加油、住宿、餐饮、商场、停车为一体的全方位服务的大型加油站。然而，国家对燃料市场进行宏观调控，油站无进销差价，她苦心经营的事业再一次灰飞烟灭。

多舛的命运让李丽习惯以平和的心态面对磨难。她痛定思痛，背负着巨额负债再度启程。2001 年，她成立了衡阳市高夫绿园林园艺有限公司，从美国请来了设计师。短短几年，公司先后完成了十余项园林工程设计及施工，其中多项省市优良工程。

正当她事业如日中天之时，命运仿佛再一次捉弄了她。2002 年 5 月 27 日，李丽从郴州出差回衡阳的途中不幸遭遇车祸，一台呼啸而来的货车迎面朝她撞来，剥夺了她尚能拄着拐杖走几步路的权利；车祸发生后，李丽因为多处撕裂，自身缺乏凝血因子，持续流血不止，整整休克 5 个小时；曾经如花的面孔被 89 针密密缝合，左腿三处关节都断了，其中膝关节是粉碎性骨折。手术后，她体内又增加了 4 块钢板、6 颗螺钉，这次重伤使她身上的疤痕增加至 260 多处。

两只手也没能逃脱厄运，完全失去了自理能力。望着被钢架支撑着的右手掌和完全弯曲僵硬的手指，倔强的李丽请来按摩师帮忙，每天一个小时的康复锻炼，强制性地把她的五根手指掰直。李丽的整个身躯都在淌着血汗，整个控制痛苦的神经都在被死神牵扯。这样坚持了半年，奇迹终于发生了：她的手臂能弯曲，她的手指能握住一个皮球，爱美的她还能给自己盘发了。

一生九死，屡败屡战！

"把挫折当存折，把苦难当享受，把失败当财富，把残疾当资源"成了李丽的"口头禅"。别人用困难来磨炼自己，而李丽是用死亡来磨砺心灵。四十多年人生跋涉，李丽坚持与不幸的命运顽强斗争，一次又一次闯过鬼门关。李丽更加坚信，她是带着使命来到这个世界上的，经历那么多的苦难，是上天在考验她。

第二乐章：感恩歌 化身"爱的信使"

关键词【高墙信使 精神慈母】

监狱是一个禁锢人身自由的地方，因为被禁锢的人曾经伤害了别人。然而，他们并非罪不可赦，也远非无情无义，他们渴望得到外面自由世界的关怀和谅解。李丽以真诚的友爱，全身心投入，充当起传递爱的天使。监狱领导发自肺腑地感言：李丽，你是位坚强、善良、睿智的女性。因为有了你，囚子有了心灵的归宿。

以自身默默感染周围的人，从李丽的童年就开始了。但真正有计划、有方法地感化他人，以自身的力量来为社会营造和谐氛围，则是缘于一次偶然的机会。

2003 年初，出院不久的李丽坐着轮椅到湖南省雁南监狱洽谈园林业务，她自强不息的精神深深打动了监狱领导，决定邀请她给服刑人员讲一堂人生课。她缺乏那种胆量，是监狱长给她劝了三杯壮行酒。那天，她坐在轮椅上，面对 2000 多名服刑人员，讲述自己的苦难人生和奋斗经历："你们看到了我 1%的成功，却没有看到我 99%的失败；看到了我 1%的开心，却不知我 99%的苦难。你们被自己的心结所囚禁，我则被自己的身体所囚禁。你们只要好好改造，总有获得自由的一天，比起我被终身的'囚禁'来说，你们是幸福的。同样作为一名被'囚禁'的人，我相信你们一定能够振作起来，重新找回自我。早日回归到爱你们的亲人身边，和谐社会的大家庭也期待你们早日回家。"她与台下失足的学员一起笑，一起哭，两个多小时中很多人流下了泪水。

李丽积累 40 多年的生命体察与洞见，她对生命所持有的虔诚与感悟，她那极具亲和力的话语在服刑人员心中产生了强烈震撼。

那一次互动交流之后，李丽意外地收到许多服刑人员的来信。服刑人员如泣如诉地向她忏悔人生。一名服刑人员这样写道："在服刑的日子里，曾幻想过在某一天出现奇迹，给我一份爱的宽容，让我重拾做人的勇气。那天，你的故事感染和打动了我，让我知道挫折并不可怕，可怕的是自己不能正视自己。真的希望以后你能和我通信，我想把自己真正的想法告诉你，请你帮我解答，也帮我正视人生。"

李丽一时成了服刑人员心中的偶像，省内外一些监狱都请她去演讲。李丽把这种机会当作一种体验生命一脉相通的形式，一种传达感恩的固定通道。两年下来，她多次到湖南、陕西等省的监狱作巡回演讲，听众达 4 万余人次，收到服刑人员的来信 1100 余封，并挤出时间一一亲笔回复，她还有针对性地为服刑人员寄送书籍 540 余本，并通过自己的社会关系，义务安置 52 名"两劳"刑释解教人员就业。

小林曾经少年有为，20 出头就赚了几百万，却不慎被人诱骗吸毒，数次被送进劳教所。李丽认识他时，他枯瘦如柴，表情冷漠，已有 9 年吸毒史，没有人相信他能彻底戒毒。李丽倾心相助，在精神上给予他力量和自信，想方设法让他远离不良环境，将他带在身边工作，经常提醒和监督，让他体会为别人付出关爱，自己收获的幸福与快乐。两年来，小林不仅成功戒除毒瘾，而且成了李丽的得力助手，他以自身的切身体验，来帮助还在迷途中煎熬的"瘾君子"们。

服刑学员海波，19 岁因抢劫杀人被判处无期徒刑。听了李丽的演讲后来信说："我为自己过去犯下大罪而忏悔不已，更为自己曾经抵制改造而羞愧。请您千万不要抛弃我，相信我未来一定以您为榜样，绝不让您失望。"两年多来，李丽与他通信 30 多封，成为无话不谈的知心朋友。

李丽的信笺就这样在监狱里传递，每到一处，均带去浓浓深情，引发无限感慨与温暖。

湖南省郴州监狱的领导在给李丽的感谢信中这样写道："你是位坚强、善良、睿智的女性。因为有了你，监狱里的囚子都有了心灵的归宿，想自杀、自残的人明显减少了！"几年来，通过李丽的书信帮教，学员田海波、熊国荣、严建新、袁光文、秦雨曦、陈坚强、王松植等学员立功减刑，被监狱系统评为"改造积极分子"；更多的学员则获得了心灵上的新生。郴州监狱还成立了以她命名的志愿团爱心基金会，已为社会特困人员捐资 5000 余元。

> 你没有行动自如的健康肢体
>
> 却有坚韧如山的精神脊梁
>
> 你一步一挪终将站在人生的金顶
>
> 你饱受生命残缺的煎熬

但你却将这份残缺

演绎成最让人动心的美丽

你是战士是英雄是一部传奇

你并不富足

但你丝毫也不吝啬

你走到哪里哪里就葱葱郁郁

让希望的旗帜猎猎飘扬……

这首《读你》的小诗，是湖南雁南监狱的服刑人员秦雨曦写给李丽的。在湖南省监狱系统，没有一个服刑人员不知道李丽的，他们为李丽的坎坷命运和顽强拼搏的精神所震撼。她热情帮教，关心失足者，带着一颗赤诚的心走进监狱去为服刑人员演讲，激励他们"失足不失志，刑期当学期"，积极改造，努力学习，脱胎换骨，重塑灵魂，被高墙内的服刑人员称之为"精神慈母"。

李丽用自己身残志坚的"精神教材"，帮助服刑人员找到重生的力量。在经历众多苦难与挫折后，她终于在与服刑人员的交流中找到了自己的人生定位："我是上帝派到人间来感恩还债的信使啊。"这使命，源于她对生命的虔诚与敬畏，源于她头脑中坚定不移地对爱与美的执着追求，源于她与监狱结下的那种不解之缘。她几次深情地说："我特别感谢监狱的领导，是他们给我提供了展示自我的平台，为我开启了一扇新的生命之门，让我对人生价值有了更高境界的追求。"

生命的园地，虔诚的爱像甘霖一样滋润着万物，使生命更加绚丽多姿。李丽像天使一样，把爱、真诚和信念传递给身边的每一个人。

请让我来支持你！

让我用勇气与力量，用虔诚和信念滋润你！

穿过弥漫的云雾，进入灿烂的阳光里，在你生命的空间里，我无处不在。真情永在，精神永在，力量永在！

第三乐章：进行曲　感化孩子的心灵

关键词【心灵实践　精神知音】

　　心是爱的载体，爱是心的语言。在实践里磨炼，在迷茫中点灯，在困境里携手，在欢乐中共勉。引导孩子树立正确的人生观、价值观；教育孩子珍爱生命、学会感恩；帮助孩子增强自信，提高免疫力。以一颗强大的心灵正确地认识自己，微笑地面对人生。心载着爱，爱连着心，心与心相印，唱响生命激情新乐章。

　　每每从监狱讲课归来，服刑人员那一张张年轻的面孔总是浮现在李丽眼前。她时常在想：他们为什么会走上不归路？又是从什么时候起，他们不再有一颗平和的心灵？

　　一次，李丽到监狱去开展帮教座谈，一位才 19 岁、拄着拐杖、脸上还带着稚气的服刑人员流着眼泪对她说，父亲对他非常粗暴，动不动就打他，他害怕回家，如果父亲对他好点，他就不会与社会上一帮"烂仔"混在一起，就不会亲手杀死自己的高中同窗，然后从四楼跳下摔断双腿，把大好的青春年华断送在监狱里。

　　从服刑人员的来信中，李丽发现，他们七成都是少年犯罪，心灵在年幼时就被扭曲，她逐渐明确一个比帮教服刑人员更为紧要的任务，那就是拯救迷途的孩子，守望青涩的心灵，不能让更多的人再走上少年犯罪的老路！

　　2005 年春节刚过，李丽耗资 8 万多元，千里迢迢上北京求学。在一年的培训中，她系统学习了家庭教育、儿童心理学、发展心理学、犯罪心理学等课程。从北京回来，李丽挑选了一批热心教育事业、具有丰富社会阅历和生命感悟的优秀人士，组织业绩一流的家教、心理、法律、卫生等方面的专家队伍，创办了"李丽家庭教育工作室"，面向社会上那些一时迷途需要帮助的少年儿童开展服务。

　　李丽认识到，社会主义新型道德观和荣辱观，是构建和谐社会的必要基础。她要让当代青少年拥有一颗感恩的心，一颗强大的心，一种知荣明耻、珍爱人生的自觉，使他们在人生旅途中有正确的航向。

2006年5月19日，李丽家庭教育工作室在南华大学隆重举行"百校感恩行"公益巡讲活动启动仪式。尔后，李丽先后到衡阳师范学院、湖南环境生物学院等60余所学校进行巡回演讲，倡导以"感恩、回报、责任"为主题的思想、道德、素质大教育活动，听众达40多万人次。各学校纷纷聘请李丽为"大学生涯规划导师""校外心理辅导员"。李丽还应邀深入各中、小学校举办"家庭教育培训班"100余场，通过李丽与工作室成员的"言传身教"，孩子们受到了深刻的感恩教育，大大地提升了未成年人的社会道德意识。

小宇因沉迷网络游戏离开学校三个月了。寒冬腊月，北风刺骨。每逢这样的天气，李丽身体上那些曾经受伤的部位就疼痛难忍。但为了孩子，她选择主动上门。孩子的家楼道十分狭窄，好心的家长叫来四位邻居把李丽抬了进去。没想到孩子紧闭房门，拒绝相见。在一旁的父亲气愤地大声呵斥，李丽微笑着用手势一边安慰，一边自己转着轮椅推开了孩子的房门。孩子把头深深埋进厚厚的棉被。她轻轻地呼唤孩子，他一动不动。大家在门外为她捏着一把汗，家长的情绪眼看又要失控。此时，李丽勇敢地用那双严重受伤的手，颤抖着撑起身体艰难地站了起来，扶着床沿，移动像灌了铅似的残腿，轻轻地掀开了被子。孩子被李丽这一番真情所感动，流着眼泪抬起倔强的头重返校园。

这样的故事，在她身上还发生过很多很多……

李丽运用自己丰厚的人生经历和从北京"取经"来的专业知识，针对当前未成年人普遍存在的网瘾、早恋、自卑、厌学、叛逆、心理困惑等问题，根据3个不同年龄段、个性心理、家庭教育环境设计开设了"如何树立'四自'心态""如何度过青春叛逆期""如何养成良好习惯""如何正确面对失败与成功""如何实现卓越的人生"等60节训练课程，并且还要求小学员完成"感恩工程训练计划"。从细节和实处做起，培养他们懂得用"感恩之心做人，谦虚之心做事"。

2007年暑假，在衡阳某武警中队驻地，来自河北、重庆和衡阳的31

名孩子成为第一期"军营生活体验营"的首批学员。在体验营中，孩子们在武警教官和心灵导师李丽的管带与体验双线并进的教育模式下，身体和灵魂都得到了极大的磨炼。41天下来，孩子们简直脱胎换骨。

进入青春叛逆期的小全，根本不服父母的管教，与父亲简直水火不相容。进了体验营后，李丽开始了他们父子之间的融冰之旅。为了帮助其父母亲更新家庭教育理念，正确引导孩子，消除彼此之间的隔阂，在孩子15岁生日的前一天下午，她冒着酷暑坐着轮椅找到小全家，与他父母促膝谈心，交流孩子在营中的进步表现。庆贺小全生日的那天晚上，插在生日蛋糕上的蜡烛刚刚点燃，在全体队员的欢呼声中，他的父母出现在摇曳的烛光里。喜出望外的小全，流着眼泪给了父亲一个热烈的拥抱。终于，犟强的儿子对爸爸说出了"对不起"，父子俩和好如初。

小伍15岁便放弃学业，成了一个社会上的"小混混"。进营以后，见李丽每天坐在轮椅上，遇到路不平或上台阶时，总是被好心人抬着走，他说这叫享福！李丽特意借了一辆轮椅给小伍体验。谁知小伍坐上不到两小时，便声称腿脚麻木、发肿，不愿再坐了。按照事先双方的约定，等小伍结束一天的体验，面对全体队员和教官们，他无比感慨："过去我真不懂事，放着好好的学生不去当，一天到晚想当老大。现在坐了一天轮椅，才深切感受到李老师天天坐在轮椅上生活、工作是多么不容易啊。她身体都这样了，还为社会、为我们的成长辛勤付出，与她相比，我感到太惭愧了。等体验营结束后，我一定要重返学校读书。"

在结营仪式上，全体训练队员们各自手捧着用辛勤汗水换来的各项荣誉证书，虔诚地高唱《感恩的心》手语歌，表达自己对亲人、父母、教官、老师的无比感激之情，令在场所有人深感欣慰，许多家长看到孩子的惊人进步，感动得热泪盈眶。

参加这次体验营的学员纷纷感言：学到了平时在家里、在学校根本学不到的东西，感觉自己在训练营里长大了许多，懂事了许多。"军营生活体验营"不仅是家庭教育的延伸，还是锻造孩子心身行之有效的"良方"。

两年的实践，沉迷网游、令父母深感头疼却又束手无策的200多名孩子先后成功戒除了网瘾，走上了身心健康的人生道路。

两年的实践，李丽工作室积累了有价值的辅导案例 200 余例，并且根据这些鲜活的案例整理完成了"家庭教育辅导手记" 20 多万字。

两年的实践，大家组建了拥有 240 多人的"丽爱天空"爱心志愿团。

第四乐章：交响乐　延伸和谐的境界

关键词【和谐心灵　和谐家庭】

和谐是中华民族文化的核心元素，是世界万物的最终追求。和谐家庭是培养孩子坚强毅力和正直人格的沃土，是孩子们和谐心灵的源头，也是和谐社会的基础。然而，和谐家庭之路比我们想象的更长远。李丽通过对生活的深彻感悟，不但看到了当前的小和谐，而且看到了十几年、数十年后的大和谐。

李丽在与孩子们打交道的过程中发现，导致孩子们心灵迷途的主要原因是家庭的不和谐，几乎 90% 以上少年犯都有各种家庭问题。

2005 年春节后来到工作室的小翔有着种种劣迹：逃学、早恋、网瘾……坏孩子的缺点几乎让小翔占全了。通过了解小翔的家庭和成长环境，李丽发现：家庭的离异与重组给孩子带来了情感上的严重亏损。李丽决定把力气用在家长身上，让家长多关注孩子的优点与长处。李丽总是把小翔的每一点细小进步都给予肯定。家长们也开始注重学习，改责骂为引导，改否定为肯定，小翔逐渐体会到了家的温暖。不久，小翔彻底戒除了网瘾，还把课余时间用来学滑旱冰。如今，他当上了一群孩子的旱滑教练，立志要成为中国一流的旱冰教练员。

"家长好好学习，孩子才能天天向上"！这是李丽的"至理名言"。"母亲素质决定民族素质！"她认为，现代家庭教育的主要症结在家庭，在家长，而不是孩子。家长在现代家庭教育中起着主导作用，而孩子则处于被动；家长是教育环境的创造者和教育的施与者，而孩子只是接受者。因此，要改变孩子首先得改变家长。

基于这一理念，李丽去年底倡议发起成立了"中国五星妈妈俱乐部"，让中国更多的妈妈成为"五星级"的优秀妈妈，即对孩子要成为爱心妈妈、信心妈妈、知心妈妈、开心妈妈、安心妈妈。俱乐部定期开展家庭教育大众论坛、成功教子系列讲座、专家交流座谈会、亲子互动体验培训、亲子户外拓展活动等，成立不到两个月，就有了家庭会员80余组，一年来开展了50余场家庭教育讲座，通过加强学习提升认识，家长们不断改变教育方法，真正尝到了培养教育后代的快乐和喜悦。

为促进家庭和谐，向全社会倡导和谐家庭观念，2006年暑假期间，李丽自筹资金制作了两套关于"家庭教育"理念与案例、"个性心理与犯罪"的大型图文并茂的展板，在市内各个大型广场义务举办巡回展览，现场接待咨询3000余人次，参展市民达10万人次。

"丽爱天空"公益网站是李丽倡导家庭教育、促进家庭和谐的又一阵地。网站开辟了家庭教育交流论坛，与广大家长广泛开展交流家庭教育心得体会。李丽执笔"丽姐信箱"，回复家长和学生书信，为大家答疑解惑。有孩子在网上给李丽感慨留言说："我多么想叫您一声妈妈啊！"

为了让和谐家庭这一理念进一步深入社会，深入人心，工作室推出了以"妈妈的心声"为主题的家庭教育亲子宣讲大会，这一形式别致、创意独特的活动，首次亮相就得到300多名妈妈、孩子和更多受益者的支持和参与。

小洁妈妈坦陈了自己的错误：一天到晚忙于养家糊口、打牌、休闲娱乐等，把对孩子的教育基本上都交给了学校，自己只是嘴上关心关心，物质上尽量满足而已。

小华妈妈曾因为扔了小华最钟爱的小狗，而被小华怒骂。平日温和的小华，此后常常一不如意就在家里大吵大闹，一次还砸坏了家里好多东西。妈妈认识到了自己的错误，小华也当场为自己曾经的鲁莽行为流下后悔的眼泪。

而坐在评委席上举着评分牌的就是她们的孩子。母子间的亲情在互动中升华。妈妈得到的是孩子内心的真正理解和平时难得的心灵沟通。

通过直接影响家长观念，倡导父母和孩子一起学习，李丽不但解开了一些曾经被看成"问题少年"孩子的心结，更让不少家长学会了以从零开始的全新视角看待家庭，为不少家庭带来了和谐的新气象。

每每谈起工作室的点滴成绩，李丽脸上总是荡漾着幸福的笑容，她常常说："我要用自己的行动回报社会，唤醒更多人的心灵，让世界充满和谐与真情！"

如果我们每一个人都能以个人的心灵和谐来促进家庭的"小和谐"，又以家庭的"小和谐"来打造社会的"大和谐"，那么，何愁我们整个社会不和谐呢？

（原载2007年12月7日《湖南日报》，并被《人民日报》海外版、中央人民广播电台、《经济日报》、《农民日报》、《精神文明导刊》、《党支部生活》、《湖南工人报》、《今日女报》、《湖南残疾人》、《长沙晚报》等新闻单位和国际在线、网易、新浪、百度、搜狐等知名网站转载，获第18届中国新闻奖报纸副刊作品奖）

采写札记

关爱是一抹记忆，永远铭刻于感恩的心里；
情谊是一道风景，永远清新美丽；
感动别人和被人感动都是一种幸福……

李丽为何感动中国

昨天，我又收到"2007年度感动中国十大人物"李丽发来的信息："30多年前渴望站立的我却经历九死一生的坎坷人生，感谢您，我生命中的贵人！是您用沉甸甸的爱支撑我勇敢地走到现在，李丽叩谢啊……"

李丽言重了，我感到不好意思。为推介和宣传她，我只做了一些基础性工作。她之所以能"感动中国"，首先在于她那种身残志坚永不言败的抗争精神、面对挫折百折不回的良好心态和服务社会奉献他人的感恩之心，其次在于各级宣传部门的共同打造。

典型宣传是宣传工作的"传统项目"，如何培养和推介经得起不同人群检验的"共鸣式"典型，培养和推介经得起社会变迁和时间检验的"经典式"典型，仍然是我们需要破解的难题。

发现·培植·积累

"长期积累，偶然得之。"可以说，李丽感动中国的过程，是各级宣传部门发现、培植和积累的过程。

典型的选择是典型宣传的"第一工序"。选择典型必须以先进性、时代性和新闻性为重要标准，切忌"高、大、全"，要选择具有平民身份、平民风格的先进典型，李丽就是其中一个。其实，我与李丽的接触已经有20多年了，1984年5月，我还在衡东老家当农民，衡阳人民广播电台连续播出了李燕杰的《塑造美的心灵》和李丽谈学习张海迪的录音体会，李丽的声音清亮悦耳，催人奋进。我从节目中了解到，李丽1岁多时患了小儿麻痹症，腰肌以下全部瘫痪，7岁那年，她接受了40余次手术后，终于能拄着拐杖行走，高高兴兴地进了校园，几个住在附近的同学成立了一支"特别护送队"，为她保驾护航。高中毕业后，她进工厂当了工人，任团支部宣传委员、女工部长，主办"新女性"墙报，在平凡的生活中体现出自己的人生价值……她那传奇的经历和坚韧的性格激发无数听众昂扬向上、克服困难、攀登高峰。作为一个身体健全的年轻人，听完她的录音报告后，我的满身热血在沸腾，连夜写成一篇听后感《立志做生活的强者》寄给衡阳人民广播电台，没想到稿子很快在电台播出。更没想到的是收到了李丽的来信，字里行间充满乐观向上的激情，让我发现了她身上一些特有的东西，给人以智慧和力量。

自此之后，我们没有再联系，但各级宣传部门已将李丽推介为全市、全省学习张海迪的典型。我从媒体中了解到，她在全省"振兴中华读书知识竞赛"中获得了一等奖，受到省总工会、省冶金厅的表彰，被省委书记毛致用誉为"湖南的张海迪"。那时，由于受条件的局限，我未能来衡阳采访她，内心却充满了对她的敬佩。

记得我们第一次见面是1996年10月16日，一台由新化县组织的慰问演出晚会在衡阳市红旗剧院隆重举行，剧院内彩灯闪烁，人声鼎沸。一位30多岁女性拄着拐杖从过道走来，吸引了观众的目光。此时，我已调进市委、市政府新闻办公室工作了两年多，有人告诉我："她就是李丽。"李丽衣着十分鲜艳，面容秀丽，光彩照人，出人意料的是在这台晚会上，新化县孤儿肖文千里寻亲，终于找到了救助她的"恩人"——李丽。原来，由于单位效益不佳，李丽于1991年停薪留职"下海"创业，她卖过水饺、摆过烟摊、织过毛衣、办过打字店，她历尽艰辛，最后办起了加油站，生意十分红火。在湖南卫视"情系三湘"赈灾晚会上，她看到新化县孤儿肖文姐弟很可怜，要求领养，因为小肖文的爷爷疼爱小孙女，李丽未能如愿，但她为小肖文寄出了大批衣物和学习用品，同时寄去了1450元现金，小肖文感激不尽，来衡阳寻找这位不知姓名的"李阿姨"。当剧院灯光射向李丽的时候，大家才看到她是位患过小儿麻痹症双脚萎缩的残疾人。

当晚，我采访了李丽，两人一见如故。她侃侃而谈，我如实记录，最后选取一个特定的场景，用全新的视角写成一篇"现场短新闻"来映衬她的美丽心灵。此稿发表在1996年11月2日《湖南日报》上，《羊城晚报》、湖南人民广播电台、《湖南法制周报》予以转载。当时，我感到李丽很了不起，虽然她是残疾人，却用她的爱心回报社会，但作为典型，暂时还没有成型，必须进一步跟踪和积累。那天，我将李丽的名字写进了我的"备用典型"录上，并给有关部门打电话，建议他们加以引导和培植，我们将选择合适时机"厚积而薄发"。后来忙于工作，对李丽留意甚少，但我相信，只要她精神不倒，坚持下去，必有大成。

挖掘·加工·升华

感悟李丽如同感受坚强。长期以来，我没有用单纯政治化、理想化的眼光去看待李丽，而是从生活化、人性化的角度去发现她、关注她、培植她，从而使这一典型既见人、见事、更见精神，让广大受众感到可亲可敬、可信可学。

时间在不经意间一眨眼就过去了 10 年。2006 年夏天，李丽给我发来一个信息："常怀感恩之心，常念助我之人，常生感激之情，常思报答之行。感恩之心，伴我一生，感谢有您，让我有勇气做我自己！"并热情邀请我参加 5 月 19 日她在南华大学举办的"百校感恩行"启动仪式。

"因为感恩，所以坚强，我愿成为一名感恩信使！感恩祖国，感恩社会，感恩曾经给我搀扶、给我关爱的每一个人……"李丽坐在轮椅上，声情并茂地讲述自己的切身感受和奋斗历程。在这场启动仪式上，台上台下一片欢腾，掌声、笑声、欢呼声交织在一起，我的心也为之触动。

后来我才知道，1999 年，由于国家对燃料市场实施宏观调控，李丽苦心经营的事业再次遭受灭顶之灾，但她毫不气馁，2001 年成立了衡阳市高夫绿园林园艺有限公司。谁知，不幸又一次降临到她的头上，将她送入鬼门关口。2002 年 5 月 27 日，她从郴州出差途中遭遇车祸，曾经如花的面孔被缝了 89 针，左腿 3 处骨折，她的体内又增加 4 块钢板，6 颗螺钉，这次重伤使她身上的疤痕增加至 260 多处……李丽以平和的心态面对磨难，她九死一生，在屡败屡战中感悟人生：把挫折当存折，把苦难当享受，把失败当财富，把残疾当资源。她经常勉励自己："人生输得起的是金钱，输不起的是心态。"苦难磨砺她一颗感恩的心，她便唱响感恩歌，化身"爱的信使"；她走进湖南各个监狱，给服刑人员讲课，她那极具亲和力的话语在服刑人员中产生了强烈的震撼，被誉为高墙内的"精神慈母"；她开办"丽爱天空网站"，深入家庭进行心理咨询和疏导，让校园里"问题少年"知荣明耻、迷途知返……通过参加这个启动式，我的心被深深触动，作为一个残疾人，她的生命如此顽强，内心如此明静，精神如此振奋，视野如此开阔，是一般正常人难以做到的。仁者的责任让她知难而上，用轮椅开辟一条长路，用爱心撑起一片蓝天。我认为李丽已具备典型人物的感染力和穿透力，她的事迹几乎激荡着每个人的热血与激情，到了非宣传不可的地步了，我决定对李丽的事迹进行挖掘、加工、提炼和升华。我赶到她家一连采访了3天，重点对她的精神世界进行深度挖掘，着重诠释她的传统美德和生命价值，弘扬她质朴、真挚、深沉、美好的道德理想与精神诉求。为将通讯写得富有感染力，我将服刑人员秦雨曦写给她的诗《读你》穿插到文章中，使李丽的人生境界得以升华："你没有行动自如的健康肢体/却有坚韧如山的精神脊梁/你一步一挪终于站在人生的金顶/你饱受生命残缺的煎熬/但你却将这份残缺/演绎成最让人动心的美丽/你是战士是英雄是一部传奇/你并不富有/但你丝毫也不吝啬/你走到哪里哪里就葱葱郁郁/让希望的旗帜猎猎飘扬……"我在这种激情澎湃的叙述中，一篇5000多字的通讯《轮椅上的"感恩信使"》迅速写成并在《湖南日报》头版显著位置发表，一时间，中央人民广播电台、《人民日报》海外版、《经济日报》、《农民日报》、《湖南科技报》、《今日女报》等新闻单位和国内一些知名网站纷纷转载，在全国掀起了一轮宣传李丽的热潮。

做大·做好·做强

一个重大典型的推出，靠一个人的力量是无能为力的。经过长时间的"预热""试温"之后，中宣部、省委宣传部决定"升温"，他们超常规重视，中央电视台"东方时空"节目和衡阳市委宣传部全力打造，从常委部长、主管部长到一般干事，大家都在为推荐李丽而奔走呼号，特殊时候特殊使命，新闻宣传、典型宣传、社会宣传、理论宣传、网络宣传、文艺宣传几乎全部启动，形成"互动效应"，一个"宣传李丽事迹办公室"也应运而生。市委常委、宣传部部长阳新丽几次跑到中宣部汇报李丽典型事迹，引起他们的高度关注，并与宣传部副部长陈树生精心策划李丽的报告文学《残缺的美丽》，交由湖南人民出版社出版；省委常委、宣传部部长蒋建国亲自审定李丽的宣传方案，从李丽的成长环境入手，找准其最亮的"闪光点"，初定为"新时期的张海迪"，并对李丽冲进中央电视台"感动中国"栏目进行亲自调度和部署。省、市社会各界踊跃参与投票，各大媒体为李丽"入围"而推波助澜……

去年11月，省委宣传部将李丽定为全省重大典型，省内20多家媒体记者奔赴衡阳采访。作为李丽典型的见证者，我在汇报会上对李丽的情况进行了介绍，归纳为三个方面：李丽是一位顽强的女性，面对厄运从不低头，与不幸命运作艰难的抗争，形成她人生的主色调；李丽是一位不屈的女性，自强不息，锲而不舍，面对挫折百折不回，构成她人生的主旋律；李丽是一位有为的女性，知恩图报，奉献他人，服务社会，奏响她生命中的最强音，她是一位"用精神走路"的"和谐天使"。同时，我与办公室的同志一边负责记者的后勤接待，一边为记者们提供了一篇上万字的报告文学和相关背景材料。在与《湖南日报》记者蒙志军、苏莉、朱章安、匡玉一道研究主打报道的过程中，我着力主推："李丽拥有震撼人心的人格力量，她在下半身完全瘫痪的情况下，从2005年至今，先后举办家庭教育和心理健康教育系列讲座，听众达10万余人次，许多人从中受益。"我在初稿中写道："她是残缺的，残疾几乎与生俱来，轮椅陪伴一生；她又是和谐的，这和谐写在眼睛里、面容上、手势中，写在她多年如一感动旁人的行动深处。这和谐保持着弥漫和穿透的力量，从冰冷的轮椅上升华出来，惠及周围，感动着每一个接触她的人。"衡阳市妇联、残联、文联及社会各界投入大量精力激情参与，力求把李丽典型做大、做好、做强。随后，我又一路上陪着他们采访、印证。从"李丽家庭教育工作室"到学校，从工厂到社区，从监狱到医院，我们踏着李丽轮椅碾过的轨迹，收集了大量的第一手材料，挖掘了大量的感人细节，在收获感动的同时，为传递感动积蓄着能量。

《轮椅上的爱》《李丽印象》《"李丽，真了不起"》《摇着轮椅送春风》……《湖南日报》系列报道隆重推出后，对李丽的感人事迹进行了全方位多侧面的报道，在全省乃至全国引起较大反响，省残联、省妇联组织全省范围内的学习活动，衡阳市委、市政府作出"向李丽学习"的决定，通过组织座谈、巡回报告、出版图书、创作文艺节目等形式，阐释李丽的优秀品质和人格魅力。2007年12月6日，中宣部新闻阅评员以《热情讴歌新时期张海迪式的典型——〈湖南日报〉报道李丽先进事迹反响强烈》为题撰文，对李丽系列报道给予充分肯定。阅评员认为，这组报道让人震撼，典型人物李丽极具时代性、先进性，起到了"入眼"更"入心"、催人奋进的传播效果。后来，此系列报道获得了2007年度《湖南日报》总编辑奖。

湖南卫视、湖南人民广播电台、湖南经视、红网、《三湘都市报》、《潇湘晨报》、《新湘评论》、《湖南残疾人》、《衡阳日报》、《长沙晚报》等省、市新闻媒体均调度精兵强将，深入挖掘李丽的先进事迹，精心制作了一批新闻精品，进一步扩大了李丽的社会影响力。

一位名叫"魏晋风范"的网民在网上跟帖说："李丽有一个平凡的名字，她是一个平凡的女子，读她的故事，那种自强与可亲让人萌生一种由衷的温暖。"华声网友"流着泪的眼"发表感慨："如果要实现和谐社会，让整个中国感动世界，需要你、需要我、需要大家共同努力，我们不仅要学会为别人感动，更要学会如何去感动别人。"一位网民说："一位可以掌控一定局面的人，胸怀社会责任是很正常的，这是社会和民众对他的要求，是他的责任和义务。但一个弱势的曾多次被命运捉弄的人，仍然饱含对命运和社会的感恩之心，关注热爱着社会的另一部分特殊群体，那么这个人是值得感动的，我们的社会，缺少的不是慰问和捐助，恰恰是像李丽一般真诚的目光和发自内心的笑容。"

心动·激动·感动

总有一种力量让我们热泪盈眶，总有一种精神让我们格外振奋。

2008年2月17日，"心灵强者"李丽与中国航天事业奠基人钱学森等一道被评为"2007年度感动中国十大人物"。她手捧鲜花，笑容灿烂无比。一股感动的力量再次从蒸湘大地喷涌而出，感动衡阳，感动湖南，感动中国。

衡阳人将永远记住这一辉煌时刻，令他们激动不已的是，在中央电视台这场呈现新世纪中国人群浮像的节目中，再次出现了衡阳人的身影。

2003年，一场大火见证了感动。"火海英雄"衡阳灭火抢险英雄群体用生命捍卫使命，换来412位居民无一伤亡。江春茂代表衡阳消防队员在颁奖晚会上领奖。

今天的李丽，"残疾打不垮、贫困磨不坏、灾难撞不倒，坚强和她的生命一起成长。身体被命运抛弃，心灵却唱出强者的歌。5年时间，温暖8万个冰冷的心灵，接受、回报、延伸，她用轮椅为爱心画出最美的轨迹。"那铿锵有力的颁奖词，再次印证从李丽身上折射出爱的力量。

"用第一朵花的声音，为世界唱一首歌曲；用初次看见你时我的眼睛，流下幸福的泪滴；用第一次想你时我的心情，感动你我，感动中国。这世界有爱才有感动，这世界有爱才永恒。"坐在电视机前收看颁奖晚会的现场实况，我们看到著名播音员白岩松推着李丽的轮椅缓缓走进会场，这首《感动》的旋律久久在耳边回荡……

中央电视台从2002年开始，每年评选出感动中国十大人物。6年里，只有720万人口的衡阳市就评上了两次，这不能不说是一个奇迹。李丽多次对我们说："感动中国的不是我，是衡阳人感动了中国。"她用感动中国的衡阳人物群像传递感动传承美德，用延绵不绝的姿态让我们精神抖擞！

夏明翰、雷宏、李春华……还有更多蒸湘儿女感动着中国。因为他们都是喝着湘江水，身沾衡岳之灵气，正是湖湘土地的孕育和湖湘精神的感染，才催生出源源不断的感动。

正如《感动中国》制片人朱波所说，历史会记录一些人，而被记录下的这些人又会打动另一些人，历史的传承正是在这样的文化浸润中生根、发芽。

李丽感动中国，我多次被她的行为所感动、所震撼、所激励。李丽从轮椅上站起来，又回到了轮椅上，伴随轮椅走过风雨，她靠的是一种强大的精神支撑，用她的话说："我是在用精神走路。"李丽精神不倒，塑造出了一个与不幸命运抗争的坚强女性形象；李丽精神不屈，激励着千千万万青少年自强不息奋发有为；李丽精神四射，形成了建立社会核心价值体系中一个光辉的典范。她具有直面困难、抗争命运的顽强意志，关爱他人、勇挑重担的社会责任，助人为乐、甘于奉献的道德风范，推己及人、大爱无垠的无私品格……正如感动中国推选委员会委员王振亚对李丽作出的评价：我们从李丽事迹中感到了爱的力量。一个人无论多么平凡，无论多么屏弱，只要孜孜不倦，奉献爱心，就一定能够促成社会的良好道德风尚的形成。

有人说，要想感动别人，首先必须感动自己。在采写衡阳"11·3"灭火英雄群体的报道中，我也多次被感动得泪流满面。他们一个个身影用爱与感动为我们构筑的是一道道精神风景。如果说，以李丽为代表感动中国的衡阳群像拱起的是一座座道德丰碑，那么，720万衡阳人民托起的则是一片片精神高原……

典型的力量是无穷的。当然，我们在宣传典型时，万万不能操之过急，一味地去"吃快餐""吃麦当劳"，做"一锤子买卖"，更不能"坐飞机"式的"走马看花"，我们要不惜时间和精力、脚踏实地，既要注意真实地介绍典型人物的典型事迹，又要注意挖掘典型人物的精神内涵，将理性的升华贯穿于宣传报道、事迹报告、文艺作品等各个环节之中。除此之外，还要善于对有价值的先进典型进行理论研究和阐释，以推动典型的宣传学习活动，指导典型的培养工作。

在新闻界，有一座座高峰等待我们去攀登，这让我想起了古希腊神话中的巨人安泰，他是海神波塞冬和地神盖娅的儿子，格斗时，只要身不离地，就能从大地母亲身上不断汲取力量，因而所向无敌。是呀，只要我们不离开这片被湖湘文化浸润的大地，只要我们齐心协力共同打造，只要我们善于发现热心培植深度挖掘，就会有更多的衡阳人感动衡阳、感动湖南、感动中国！从而，让道德的力量、文明的精神充满在每一个中国人的心中，感动世界……

（原载2008年第2期《上海新闻研究》，并被《记者观察》《新闻写作》《新闻记者》《新闻天地》等新闻期刊转载）

燃烧的青春

久旱未雨的衡阳下起了一场凄切的细雨，仿佛在为 20 个舍生取义的英灵垂泪。

11 月 9 日，湖南衡阳市船山广场，声声哀乐悲壮低沉。公安部和湖南省委、省政府为张晓成等 20 名烈士举行的追悼大会正在进行。巨大的灵堂前，悬挂着英烈们披着黑纱的巨幅遗像。低垂的云层下，50 个白色的氢气球高悬着，犹如朵朵祭祀的大白花，"英雄浩气存千秋万代，烈士丹心照六合八荒"等数十条黑色幡条迎风飘展，仿佛是衡阳人极力伸长多情的手，苦苦挽留在烈火中永生的 20 颗高贵灵魂……会场四周布满了花圈，灵堂正中一个巨大的"奠"字特别引人注目。

英雄已逝，天地同悲。衡阳市上万名群众冒着寒风细雨，抬着花圈，打着"沉痛悼念 11·3 死难烈士""继承英雄遗志"等横幅，来到追悼会现场，中共中央政治局委员、书记处书记、国务委员流泪了，省委、省人大、省政府、省政协的主要领导流泪了，中央电视台的记者也流泪了。望着一个个年轻鲜活的面孔瞬间定格为永恒，与会男女老幼一个个潸然泪下。

人民利益高于天

"呜——呜——"11 月 3 日清晨 5 时许，一阵阵急促的警笛声划破了雁城宁静的夜空，几辆红色的消防车猛然在珠晖区宣亭村一栋 8 层的商居楼前停下，从车上跳下百余名消防队员。

巨大的浓烟腾空而起，隔着宽阔的湘江，仿佛就在眼前。

这场火灾是从一楼仓库烧起的，由于报警较晚，仓库内放有大量电器、橡胶等易燃物品，烈焰裹着有毒的浓烟冲天而起，迅速蔓延。此时，楼内还有许多居民未来得及撤离。哭声、喊声、烈火引燃电器的噼啪声交织在一起，现场仿佛是人间地狱。

火场就是战场，消防队员不顾一切冒着浓烟烈火冲了进去，12 台消防车紧随其后，150 多人投入灭火战斗。此时，楼上许多居民还正在熟睡，衡阳市消防支队队长杨友良、政委张晓成果断下达战斗命令："救人要紧！"

大火、高温、烫人的水滴……官兵们全然不顾，他们只有一个想法：绝不漏掉一户居民，决不让一人受困火中。消防队员冒着烈火、浓烟，一层层搜索，一户户敲门，一场生死较量开始了！

为压住火势，给上楼救人赢得空间和时间，雁峰、石鼓、特勤、珠晖中队分别从四面包抄，奋力喷水打火，一条条水龙从水枪中喷射，扑向大火。

楼房经过长时间焚烧，极度危险，他们在大火中几进几出，将老弱病残者一一背出。珠晖区消防中队战士刘文斌，从一楼到六楼逐一敲门疏散群众，途中发现一位昏迷男子，他果断把空气呼吸器解下来给男子戴上，冒着浓烟从六楼把人背下，送到了安全地带。支队警训科参谋刘知敏听说二楼西边可能有人未撤出，他立即进入火场搜救。由于烟气大、温度高，他先后冲了 3 次没有成功，第四次才冲入火场把被困的群众解救出来。衡阳市的党政领导、武警、公安民警也赶来救援。

顿时，穿红色工作服的消防队员与武警、民警交叉穿梭在大楼通道里。他们强忍着烈焰和浓烟，一次次地冲进楼搜救。每冲进去一次，都是与死神做一次赛跑；每冲进去一次，自己就多一分危险；每冲进去一次，人民群众的生命安全就多一分保障。由于疏散和抢救及时，该楼 94 户 412 名群众及周边楼盘居民全部撤离火灾现场，先后有 8 名昏迷群众被消防队员从火场背出，居民和群众无一伤亡。

烈焰升腾，警灯闪烁。消防队员采用四面夹击的战术努力控制和扑灭火灾。上午 8 时许，火势得到了有效控制。为确保群众安全撤出，他们深入火场内部开展搜救和扑救工作。

"轰隆——"随着震天动地的一声巨响，8 时 30 分左右，大楼整体突然坍塌，正在灭火的 31 名消防队员、4 名记者和 1 名保安来不及撤离，被埋压在废墟之中……

这一刻，雁城凝固了，湘江停止了奔流，巍巍衡山也被震撼。

把死的危险留给自己

青春是美丽的，在烈火中燃烧的青春更为美丽。

在这起火灾坍塌事故中，除 10 名消防队员及 4 名新闻记者和 1 名保安被及时救出，光荣负伤外，有两名消防队员当场牺牲，另 19 名官兵被埋在废墟里，仅 1 人生还。

衡阳消防队员忠于职守，爱岗敬业，在生死攸关的危急时候，首先想到的是别人，是战友，是群众。当营救人员将他们的尸体从废墟中挖出时，不少官兵在生命的最后一刻仍保持着战斗的姿态，危难关头战友之手紧紧相握！好几名被搜救出来的战士双手仍紧紧握着水枪，他们的尸体已无法辨认，只有凭着头盔上的编号来确定他们的姓名。特勤中队二班班长曾辉还没度过 11 月 5 日他 21 岁的生日，便被掩埋在一片废墟中了，看到他死后还保持着与火魔搏斗的姿势，抢救他的战友们无不号啕大哭。政委张晓成被找到后，手臂里还抱着一名可爱的战士。二中队干部张尚的遗体被挖出时，仍紧紧拉着另外两名战士的手。

"要死，我先死！"副参谋长戴和熙在大火得到控制后，带领一组战士继续控制现场，他推着支队参谋长带另一组战士去吃早餐。参谋长刚撤出，一场灾难就发生了。戴和熙牺牲的第二天，就是他儿子 15 岁的生日，而他已无法兑现陪儿子去公园的诺言。四中队副队长陈桂华在废墟下不时给班长江春茂打气："不要睡觉，要坚持住，一定会有人来救我们的。"在他的鼓励下，江春茂得以奇迹般生还，陈桂华却壮烈牺牲。战士曾辉的尸体被挖出后，被鲜血染红的口袋里仍装着没来得及吃的面包……

在这些牺牲的官兵当中，年龄最大的只有41岁，最小的才17岁。望着一个个泛着青春光彩且充满活力的面孔突然间离去，无不令人肝肠寸断。与聂学敏烈士一起救火的战士彭佛清痛哭流涕："他说，你还年轻，部队离不开你，里面的温度那么高，你到外面休息一下，便把我推出危险地段。随着一声巨响，不见了他的踪影。他一直战斗了两个多小时，连水都没喝一口。"

11月3日，是石鼓中队副指导员钟林林妻子刘丹萍的生日，钟林林10多天没回家了。她意外地收到花店送来的一束鲜花，说是丈夫给她订的，祝她生日快乐。她深知丈夫忙，便给丈夫发了一条短信息："谢谢你的鲜花，老公，我爱你，我好想你！"钟林林的孩子刚刚学会叫"爸爸"，如今，他再也听不见爱人和孩子的呼唤了。

这次灭火战斗中，衡阳消防队员始终把疏散和解救群众置于首位，把死的威胁留给自己，哪里最危险便往哪里冲。政委张晓成一直在最危险的地段指挥战斗。当灭火进入最后阶段时，他冲到一楼仓库后面，在大楼坍塌的一瞬间，他奋力扑向离自己不远的珠晖中队战士郑有福，将小郑压在自己身下，而他被飞速倒下的横梁击中，火场扬起呛人的灰雾，战友们含泪呼唤："张政委！张政委！"平时熟悉的手机号码变成了忙音……弥留之际，他还让人先抢救郑有福。

雁峰中队长赵康林不顾高温和浓烟，深入灭火一线指挥战斗，在大火面前，他置生死度外，一直冲在最危险的地段，大楼坍塌时，他与聂学敏、方卫平等同时壮烈牺牲。

石鼓消防中队二班班长刘昌瑶和雁峰区消防后勤战士彭国辉都是怀着满腔豪情踏进军营的，两个月后，他们就要退伍了。刘昌瑶的家人已给他联系了一份理想的工作，对于战友们的羡慕，他说："只要我留在消防部队一天，就会战斗到底！"彭国辉也是主动请缨上火线的，他再三向队长请求："这说不定是我最后一次救火的机会了，请组织一定要让我上！"他们用鲜血和生命实现了自己的誓言。

烈火丹心

倒塌一幢楼房，耸起一座丰碑。连日来，我们每时每刻都在被这些官兵爱岗敬业、舍生忘死、献身消防不言悔的英雄事迹所感动。

谈起政委张晓成，官兵们都交口称赞，无论是火场还是救灾现场，他都身先士卒。1996 年 7 月 19 日，张晓成在娄底支队工作期间，特大洪涝灾害袭击了新化县。凌晨 3 时，新化县城关镇三个加油站受洪水冲击出现油罐翻转，进油管和出油管断裂，大量油品流散，严重威胁周围仓库和民房。正在涟源消防大队蹲点的张晓成奋不顾身，带领战士潜入 6 米深的洪水中排除险情。张晓成与妻子雷丽琼、女儿张蕾至今没有一张合影，留给他们的只有一幅警世格言："淡泊名利，无欲无求。"今年 4 月，全市开展公众聚集场所消防安全专项治理活动，一位网吧老板找张晓成的一个老朋友出面说情，张晓成说："我们交往 30 多年了，你应该知道我的品德，不行就是不行。"为此，这位老朋友与他断绝了往来。

雁峰消防中队战斗员贺德纯含泪讲述着中队长赵康林的故事。去年盛夏的一天，骄阳如火，衡阳市油泵油嘴厂一户职工住房着火，大火封住了门，留在家里的两个小孩命在旦夕，赵康林毫不犹豫地冲进屋里，和另外一名战士将两个小孩从火海中救出来，他的手背和头部被烧伤，后来，右手臂上还留下一块伤疤。

衡阳消防队员不但在火场上奋不顾身，而且在日常生活中关心他人，处处表现出人民子弟兵的高尚情操。2001 年 9 月，赵康林回祁东老家探亲，途中看到两名青年男子骑着摩托车围攻一名女子，他冲上前去，喝退两名男子，救出了这位弱女子。

在雁峰消防中队的光荣簿上，记载着这样一件事：2000 年 5 月，衡阳电缆厂一位住在七楼的老太太出门时把钥匙遗放在家里，急忙之中，她想到了消防队员。一班班长方卫平从一名战斗员手中夺过安全带："我比你大，经验丰富，由我上。"他顺着安全带从顶楼吊到 7 楼，破窗开门，老太太笑了，可方卫平手臂、腰部被安全带勒出了一道道伤痕。

人民利益重于山，战友情谊深似海。石鼓消防中队战斗员郑永付永远不会忘记，今年盛夏，他的家乡安徽霍邱县遭受百年不遇的洪涝灾害，得知家中承包的水库被洪水冲垮，价值 10 多万元的鱼被冲走的消息，郑永付忧心忡忡，那可是全家一年的主要收入来源啊。细心的中队副指导员钟林林看出郑永付的心思，一边安慰他振作精神，一边带头捐款。全队 20 名官兵从口袋里抠出了 1600 元钱，寄到郑永付家中。石鼓消防中队文书薛相林，发挥写得一手好字的特长，主动承担中队宣传板报的工作。中队人员紧张，他主动带领战友走街串巷，熟悉驻地交通路线、消防水源和重点单位消防位置，调查消防栓损坏情况，对每次摸底情况作详细的整理、归类。这些宝贵的第一手资料，为中队做好消防工作提供了重要依据。

刚刚出刊的雁峰消防中队黑板报上，留下聂学敏亲手写的一首《雁飞》的诗：

"橘子红了，你却要走了/当绿色就要被黄色所替代/亲爱的老兵，你也要离开这里了/此时，你是否记得，当你踏上这片土地时，你心中的梦想和希望；/你是否记得，训练场上，你流下的汗水；/你是否记得，多少次在火场你奋勇向前；/此时，你有没有看到，有一群大雁欲振翅飞翔；你有没有看到，战友们那眼中强忍的泪水欲夺眶而出；/此时，你就像那振翅飞翔的大雁一样踏上新的征程/珍重，老兵；/走好，老兵。"

即将退役的老兵杨玲珑读着这首诗，心中荡漾着对聂学敏烈士的怀念之情："我没有离开部队，你却先走了。"

"我一定会努力学习、刻苦训练，成为一名人民的好消防战士。"年仅 17 岁的石鼓消防中队战士周忠君是这样说的，也是这样做的。他在部队不到一年，深刻意识到更新知识的重要性。为了不断充实自己，他跟自己较上劲。做笔记字差了不行，他就一个字一个字练；与人打交道口才不行，他就一句话一句话地练；灭火救援业务差不行，他更是一个动作一个动作地练……业余时间，周忠君都泡在中队学习室做笔记，还自费订阅了几本消防期刊，不断吸收新知识。与众多城市兵不一样，周忠君不会唱卡拉OK，不会跳舞，更没有在节假日闲逛的习惯。在这群年轻的官兵中，像周忠君这样不断学习、追求进步的比比皆是，这支年轻的队伍始终充满着昂扬的正气和青春的活力。

为了抢救 19 位战友的生命

衡阳市消防支队有160多名官兵，他们时刻牢记根本宗旨，忠实履行职责。近5年来，他们先后参加社会抢险救援450余次，出动警力8000余人次，抢救群众770余人，抢救国家和人民财产价值上亿元，被驻地群众誉为"安全保护神"。2001年被公安部评为全国公安消防部队"消防监督正规化建设"先进单位，并荣立集体三等功；连续4年被省消防总队评为"全面建设先进单位"。去年，被团省委评为"雷锋家乡学雷锋先进集体"，受到衡阳市人民政府通令嘉奖。

"11·3"特大火灾发生后，引起了党中央、国务院和省委、省政府的高度重视，19位被废墟掩埋的消防队员安危时刻牵动着全国上下的心。

国务委员、国务院秘书长华建敏对衡阳灾情十分关注，要求不惜一切代价抢救被掩官兵。

11月6日，省委书记、省人大常委会主任杨正午亲临衡阳火灾坍塌事故现场，在看望慰问全体抢险消防队员时，高度赞扬衡阳消防队员以实际行动实践了"三个代表"重要思想，体现了我党"立党为公、执政为民"的根本要求，他们的行为是最英勇、最高尚、最伟大的，号召全省人民向他们学习。省委副书记、代省长周伯华中断了手中的工作，与副省长徐宪平一起火速赶到现场指挥。周伯华在事故现场指示，抢救被困消防队员，哪怕只有0.1%的希望，也要作100%的努力。

公安部消防局局长陈家强、副省长徐宪平、衡阳市市长贺仁雨等领导通宵达旦坐镇一线指挥。正在中央党校学习的衡阳市委书记徐明华也于灾后火速赶到现场指挥。

衡阳市调集了公安、消防、内卫、医疗、电力、城建、民政等相关单位1100多人参与现场抢救。广东省消防总队派遣一台抢险救援车前往现场帮助搜救。在场的消防队员想着被废墟掩埋、生死未卜的战友，满怀焦急和悲痛分秒必争。许多官兵顾不上身体的极度疲劳，一声不吭地奋斗在一线。还有的受伤官兵经过简单包扎后，不顾医生的劝阻重返现场。

衡阳军民用双手一块一块地清理着碎石。失去战友的悲痛，让他们的精神承受着巨大的折磨，沾满了灰尘的头盔下面，是一张张泪痕斑斑的面容。他们有的用生命探测仪器在战友被掩埋的地方反复搜索，生怕挖掘稍有不慎伤着战友；有的用水枪为废墟降温，希望被掩埋的战友们多坚持一会儿；有的用铲子、锄头小心翼翼地挖开水泥和砖块，没有工具的就用手一块一块地搬，手磨破了也不吭一声。

11月3日21时36分，衡阳消防支队司令部副参谋长戴和熙的遗体被找到，他头部受了重伤，血肉模糊。随着一具具尸体的挖出，大家的心越揪越紧。当听到被掩埋的战友在地下发出一点呻吟，就会给抢救的官兵和群众极大的鼓舞。许多被解救出的群众似乎忘记了火灾带来的损失，一直站在现场为官兵鼓劲加油。由于抢救现场狭小，给机械和人工作业带来诸多困难，抢险指挥部当场拍板拆除西边一栋约1600平方米居民楼，为抢救战士开辟了新的"生命通道"。

11月4日上午10点零5分，救援人员挖着挖着，听到了微弱的呼救声，现场气氛顿时热烈起来。"给盐水，给盐水！""救心袋，救心袋！"医用盐水和救心袋被营救人员传了过去。当废墟中被掩埋了27小时的石鼓消防中队二班班长江春茂被救出时，许多人哭了。

11月4日下午4时，事故救援工作遇到难题：倒塌楼房另一半建筑的受力结构正遭破坏，如果继续清理现场，可能造成塌方。为消除隐患，市建工局组织抢险突击队，在副局长文光荣的带领下，6名党员分成两组冲进随时坍塌的危楼，用钢管、枕木对受损的梁、柱进行加固，几个小时就出色地完成了任务。经过74小时的奋战，被掩埋的19名官兵全部被找到，其中1人生还，18人壮烈牺牲。

南华大学附一、附二医院，市中心医院、衡阳铁路医院等 7 家医院迅速组成 13 个医疗小组赶赴现场抢救伤员。省卫生厅副厅长刘可率领 8 名医疗专家来衡阳对伤员开展救治。

为抢救江春茂，衡阳市中西结合医院的医护人员经历了惊心动魄的一幕。当江春茂从废墟中伸出左臂时，衡阳市中西结合医院门诊部急诊科主任吴和平首先冲上去，与其他救援人员合力将他拽出。护士袁世云紧随其后，护理经验丰富的她，伸手从一武警战士脖子上扯下一根领带，缚住江春茂的双眼，以免受强光刺激。江春茂一见救援人员直喊口渴，袁世云抓起一瓶盐水，用嘴咬开瓶盖，往他嘴里喂了五六小口，然后立即送上救护车。目前，江春茂已转入长沙湘雅医院抢救。

在烈火中永生

连日来，一只只灰色的鸽子在衡阳倒塌的楼盘废墟上空盘旋、哀鸣，仿佛在极力搜寻自己的"乐园"，又似乎在为 20 位遇难的消防队员痛泣悲歌。

雁城沉浸在巨大的悲痛之中，衡阳市许多居民每天都是含着热泪收看现场新闻的，消防战士的英勇无畏让他们感动，新时代最可爱的人用他们的生命之躯赢得了人民的敬仰。

11 月 6 日上午，省委书记杨正午慰问灾民时，寄住在姨妹家的灾民、下岗职工李和平泪流满面地说："我是亲眼看到这些年轻的战士在几秒钟内就被倒塌的楼房吞没的，他们有的还不到 20 岁啊！虽然这次火灾把我全部财产都烧掉了，但我还有一个健康的身体，一切都可以重来。牺牲的消防队员是为我们而死的啊！"

最早发现火灾的是住在 1 单元四楼 402 房的灾民颜学发，提起英勇殉职的消防队员，他深感痛惜。

消防队员的无私奉献精神深深地感染了衡阳市民，他们以不同形式将关切之情汇聚到救灾指挥中心。湖南王一集团送来了 900 份早餐和 1000 份中餐，总经理张戮动情地说："消防队员奋不顾身的精神值得我们学习，此时此刻，我们只想为抢救英雄做点什么。"林隐酒楼、馨满园酒家放弃生意，全力以赴为抢险官兵烹制饭菜；一车车矿泉水、盒饭、水果送往抢险工地。据了解，到抢险一线送物品的达300多人次。衡州大市场董事长周越湘为死难官兵家属捐款2万元，株洲市人民政府和《潇湘晨报》分别为消防队员送来了10万元和20万元慰问金，湖南共创房地产公司捐出现金5.8万元。衡阳市中西结合医院70多岁的唐鸿远医生含泪创作长达53行的新诗《悼念战士》，"丹心映湘水，碧血染雁峰。"表达了老人对消防战士的怀念和敬意。全国各地有2000多人次打电话表示亲切问候。在11月4日设立的"衡阳'11·3'遇难消防队员网上纪念馆"，短短一周就有10万人上网祭拜，撰写纪念文章，为他们献花点蜡烛。署名叫罗翔的网友写道："中国，因为有你们这样的人而强大；衡阳，因为有你们这样的人而骄傲；我们，因为有你们这样的人而安心。衡阳人民不会忘记你们。"追悼大会那天，许多市民自发胸佩白花，手捧鲜花，冒着凄风苦雨，来到烈士遗像前默哀、鞠躬，久久不愿离去……

被"11·3"大火烧得一无所有的珠晖区宣亭村商居楼的灾民王斌，近几天一直睡不好觉。在追悼会上，他痛哭流涕："我是看着他们被埋进去的，他们是为了抢救我们的生命财产而死，都是一些20来岁的娃子呀！……"

天空在哭泣，大地在哀鸣，青山在颤抖。

消防队员为人民的利益而死，党和人民不会忘记，共和国不会忘记！

11月7日，中共中央总书记、国家主席胡锦涛批示：谨向在特大火灾事故中英勇牺牲的消防队员致以深切的哀悼，并请转达对他们家属的亲切慰问。

11月7日，国务院总理温家宝批示：向英勇献身的消防队员表示深切悼念和崇高敬意。烈士们为保护人民奋不顾身、舍生忘死的精神永存。

11月6日，中共中央政治局常委罗干批示：湖南衡阳发生火灾事故后，消防队员立即赶赴现场，不畏艰险，奋力灭火并疏散群众，使数百名群众安全撤离，无一伤亡，但20名消防队员却被倒塌的楼房夺去了宝贵的生命。他们以自己的实际行动，实践了"三个代表"重要思想，弘扬了人民利益高于一切的崇高精神，谱写了烈火中的英雄壮歌。在此，谨对牺牲的消防队员表示深切的哀悼，对他们的家属表示亲切慰问。

11月8日，公安部作出向衡阳公安消防支队"11·3"灭火抢险英雄群体学习的决定，张晓成等20位在火灾事故中英勇牺牲的消防队员被批准为革命烈士。

烟尘已尽，20位烈士已安葬在青山之巅。

许多人记住了在衡阳"11·3"特大火灾坍塌事故中牺牲的20位英烈的名字，他们是：

张晓成、戴和熙、赵康林、钟林林、陈桂华、聂学敏、方卫平、郭兵华、刘昌瑶、贺华东、谌献波、曾辉、刘庆东、彭国辉、薛相林、郭铁牛、张尚、李代伟、周忠君、张虎。

（原载2003年11月10日《光明日报》头版头条，并被《人民日报》、新华社、中央人民广播电台、《湖南日报》、《中国建材报》、《海内与海外》、《人民警察》等新闻单位采用，获2003年度湖南省好新闻一等奖和第十三届湖南新闻奖"重大报道奖"）

采写札记

亲历衡阳"11·3"特大火灾

湖南衡阳"11·3"特大火灾渐去渐远，20位消防队员的英魂随风而散，16位受伤的战士、新闻记者和保安已陆续出院……

作为一名新闻工作者，我亲眼见证了这场震惊全球的特大灾难，并且从现场发出了一篇篇扣人心弦的新闻报道，回想那抢险救灾惊心动魄、英勇悲壮的感人场面，我至今记忆犹新，有时半夜想起，泪眼模糊……

第一时间赶赴现场

2003 年 11 月 3 日清晨，我正准备去上班，突然接到市委宣传部副部长陈树生的电话："不得了，珠晖区起大火了，你快点过来！"我意识到肯定出大事了，一种职业的神圣使命催促我第一时间奔赴现场。隔着宽阔的湘江望去，一股巨大的浓烟在珠晖区上空腾空而起，就像原子弹爆炸时那渐渐扩散的蘑菇云。路上，一台台警车、救护车呼啸而过，行人们露出了惊恐的神色。

来到珠晖区，被隔离在外的市民却显出异常的平静，在衡州大市场，一些人还在讨价还价，像往常一样做着生意，有的市民正在吃早餐，好像什么事也没发生，只是天空中飘舞着一片片黑色的灰烬，股股被烧焦的难闻的气味似乎在告诉人们：一场特大灾难正在悄悄降临。

冲进隔离带 100 米，便是救火现场，这里的一切让人惊心动魄，气氛异常紧张。现场已经围满了群众，警戒的第二道防线才刚刚拉起来。衡州大市场后面是珠晖区宣亭村一栋四合院商居楼，从一楼至八楼到处浓烟滚滚，不少地方吐出红色的火焰，被烧红的窗口就像一个个炼钢炉，10 米之外，就能感觉到迎面袭来的热浪，浓烟夹着刺鼻的胶皮味扑面而来。衡阳市人民政府市长贺仁雨和当地一些党政领导早已赶到现场，正在紧张有序地指挥灭火抢险工作。

这场火灾是从一楼仓库烧起的，由于报警较晚，仓库内放有大量电器、橡胶等易燃物品，烈焰裹着有毒的浓烟冲天而起，迅速蔓延。此时，楼内还有许多居民未来得及撤离。霎时间，警报声、市民拥挤的嘈杂声、一些住户撕心裂肺的哭喊声、烈火引燃电器的噼啪声响成一片，现场仿佛是人间地狱。

大火、高温、烫人的水滴……衡阳消防队员全然不顾，他们只有一个想法：决不漏掉一户居民，决不让一人受困火中。他们与当地党政干部、公安干警一道冒着烈火、浓烟，一层层搜索，一户户敲门。

为压住火势，给上楼救人赢得空间和时间，雁峰、石鼓、特勤、珠晖中队分别从四面包抄，奋力喷水打火，一条条水龙从水枪中喷射，扑向大火。

楼房经过长时间焚烧极度危险，水泥梁柱上的水泥开始剥落，钢材在水泥中开始软化，消防队员在大火中几进几出，将老弱病残者一一背出。珠晖区消防中队战士刘文斌，从一楼到六楼逐一敲门疏散群众，途中发现一位昏迷男子，他果断把空气呼吸器解下来给男子戴上，冒着浓烟从六楼把人背下，送到了安全地带。支队警训科参谋刘知敏听说二楼西边可能有人未撤出，他立即进入火场搜救。由于烟气大、温度高，他先后冲了3次没有成功，第四次才冲入火场把被困的群众解救出来。

顿时，穿红色工作服的消防队员与武警、民警交叉穿梭在大楼通道里。水泥柱上的水泥仍在剥落，高处也不断有燃烧物往下掉，整栋楼房随时有倒塌的危险。他们强忍着烈焰和浓烟，一次次地冲进楼层深处搜救。每冲进去一次，都是与死神做一次赛跑；每冲进去一次，自己就多一分危险；每冲进去一次，人民群众的生命安全就多一分保障。背摄影（相）机的记者们也闯在最危险的地段抢拍镜头。由于疏散和抢救及时，该楼94户412名群众及周边楼盘居民全部撤离火灾现场，先后有8名昏迷群众被消防队员从火场背出，居民和群众无一伤亡。

"轰隆——"随着震天动地的一声巨响，8时30分左右，大楼的西面、北面及南面的部分整体坍塌，正在灭火的31名消防队员、4名记者和1名保安来不及撤离，被埋压在废墟之中……

这一刻，雁城凝固了，湘江停止了奔流，巍巍衡山也被震撼。

连续发出6个通稿

中宣部和省委宣传部对群体性突发事件早有明文规定，一般不宜作公开报道。面对这场突如其来的特大灾难，市委宣传部副部长陈树生与我分别向省委宣传部主管新闻的覃副部长和新闻处丁晖处长报告。覃副部长指示："此次特大火灾，必须化被动为主动，你们要迅速调查情况，核准数字，写出通稿，统一发送，避免那些敌对媒体和小报小刊的炒作。"

根据覃副部长的指示，我预感到一场无声的新闻大战开始了。果不其然，次日上午，来自全国各地的上百家媒体便蜂拥而至。

对于此次突发特大事件，市委常委、宣传部部长阳新丽一直保持冷静的头脑，一方面，她负责组织医院抢救伤员和后勤保障工作；另一方面，她负责整个现场指挥新闻记者采访，并与我们一起研究报道方案，每天确定一个报道主题。省委宣传部丁晖处长几次来衡现场组织指挥报道，对发出的一条条稿件亲自把关。市委宣传部副部长陈树生亲自策划，精心组织，亲手改稿。根据他们的思路，我与市委宣传部副处级研究员蒋中任每天写出一篇通稿，发至省委宣传部。第一篇通稿《衡阳珠晖区一商居楼今晨发生一起特大火灾，两名消防队员当场壮烈牺牲》，是由副省长徐宪平亲自审定的。根据火灾现场抢救被掩消防队员的进展，我分别写出了《衡阳军民奋力抢险救灾，从废墟中抢救出的9名官兵1人生还，8人牺牲》《衡阳灾情引起社会各界关注，遇难消防队员已增至19人，还有1人埋在废墟之中》《衡阳火灾现场抢救工作告一段落，省委书记杨正午亲临衡阳察看灾情，最后一名死难者被挖出，现已确定20名官兵牺牲，16名官兵、记者和保安受伤》。由于写出了通稿，我们掌握了报道的主动权，新华社、中央人民广播电台、中央电视台、中新社、《湖南日报》、《三湘都市报》、《潇湘晨报》、《京华时报》、《羊城晚报》、《成都商报》等国内300多家媒体都是采用我们的通稿，事故的起因、发展、结局的全过程，从宏观到微观，从局部到整体，从灾情定性、报道口径到公布的数字相当一致，就连美联社、法新社、塔斯社、合众社、《泰晤士报》、《华盛顿邮报》等外国媒体也是按我们的报道口径发的稿。

赶写出以上4个通稿之后，阳部长、陈副部长组织我们召开紧急会议，一致认为新闻报道内容要迅速转向，转移到宣传衡阳消防队员不怕牺牲、舍生取义的献身精神上来。于是，我又一头扎了下去，进行了3天艰难的采访写作，白天晚上连轴转，写出了消息《衡阳隆重举行20位遇难烈士追悼大会》和上万字的长篇通讯《燃烧的青春——记扑救"11·3"特大火灾的衡阳消防英雄群体》，初稿分发给记者们后，次日（即11月10日），《人民日报》、新华社、《光明日报》、《经济日报》、《解放军报》、《湖南日报》都发了头版头条，中央人民广播电台和中央电视台也发了《全国新闻联播》节目头条。尽管有的稿件没有署上我的名字，但衡阳消防队员为保护人民生命财产安全奋不顾身、舍生忘死的精神迅速传遍全国，震惊全球。为此，我感到十分欣慰。湖南省一些评报专家认为：衡阳"11·3"火灾报道快捷、透明、充分，舆论引导方向正确，整个报道行动迅速、层次分明、颇有章法，杜绝了小道消息的传播途径和各种猜测、谣传，打了一场新闻报道的主动仗。省委宣传部通报肯定衡阳"11·3"火灾事故新闻报道在组织指挥上采取开明、开放、先入为主的做法，是突发性灾害事故报道的成功"范例"。11月12日，中央对这次火灾事故新闻报道给予充分肯定。

回想在"11·3"火灾现场的10多个日日夜夜，在车站路小学那临时改成的指挥部里，我与救援抢险人员的心一直被抢险现场紧揪着，时而欣喜万分，时而泪流满面。随着一具具尸体的挖出，我的心越揪越紧。当废墟中被掩埋27小时的石鼓消防中队二班班长江春茂被成功救出后，现场的气氛顿时热烈起来，我们高兴地拍起了巴掌。当最后一位消防战士聂学敏的遗体被挖出后，我们看到，救援官兵被沾满了灰尘的头盔下面，是一张张泪痕斑斑的面容……这些天，尽管我一连在临时指挥部吃了7天盒饭，熬了三四个通宵，但几乎每时每刻我对消防队员的敬仰之情都如潮水般奔涌。没有纸，我们就地取材，拿起小学作业本做稿纸；没有办公桌椅，我们就伏在膝盖上写作；没有任何文字素材，我主动到一线参加有关会议，采访救援人员，好几次被封锁现场的战士"赶"了出来。

除了每天必写一篇通稿之外，每天接听200多个从全国各地新闻媒体打来的电话，还要接待来自全国各地的近千名记者，为他们提供材料，介绍情况，提供采访和生活便利。尽管我一天到晚忙得昏昏沉沉，有几次大腿发软差点摔倒，但想到不怕牺牲的衡阳消防队员和在现场昼夜指挥抢险不辞劳苦的中央、省、市各级领导，浑身就有使不完的劲。

一些没有来得及补充的细节

在这次报道衡阳"11·3"特大火灾过程中，由于时间紧迫，大都仓促成篇，加上每天须花大量时间将稿件送审，特别是报道衡阳消防队员时，一些感人的事迹和细节来不及细细采访，从我眼皮底下一晃而过，给此次报道留下不少遗憾。现在想来补充一些素材，权当对英雄们的"补偿"。

如果没有亲身感受衡阳"11·3"特大火灾，就不会从内心深处敬佩那些英勇无畏的消防战士。衡阳消防队员忠于职守，爱岗敬业，在生死攸关的危急时候，首先想到的是别人，是战友，是群众。当营救人员将他们的尸体从废墟中挖出时，不少官兵在生命的最后一刻仍保持着战斗的姿态，危难关头战友之手紧紧相握！好几名被搜救出来的战士双手仍紧紧握着水枪，他们的尸体已无法辨认，只有凭着头盔上的编号来确定他们的姓名。政委张晓成被找到后，手臂里还抱着一名可爱的战士。二中队干部张尚的遗体被挖出时，仍紧紧拉着另外两名战士的手。

采访中，有这样一个重要的细节被不少媒体所淡忘。8 点 30 分左右，随着"轰隆"一声巨响，大楼整体坍塌，现场扬起一片灰茫茫的白雾，一位消防干部从烟雾和灰尘中闯出来，哭天喊地："我的人啦！快，来铲车！救战友！"

而几乎同时，居住在商居楼东楼六楼的一个喝醉了酒的中年男人，也被这声巨响所惊醒，由于酒喝得太多，开始干部和官兵们的敲门声他没听见，房屋倒塌的那一瞬间他才惊醒过来，出现在摇摇欲坠的六楼防盗网上。战士们看见后，是先救居民？还是先救埋在废墟下的战友？大家果断决定，先救居民！战士们架云梯，拿绳索，找支架，经过一个多小时的努力，终于将六楼那位喝醉了的居民救了下来，而耽误了抢救战友的一个多小时！

时间就是生命！这是多么珍贵的一个多小时呀，如果不是那位居民喝醉了酒，如果不是先救那位居民，如果消防队员首先想到的不是群众，或许能多抢救出一位生还的战友，他们的损失不会这么惨重！

20 条年轻鲜活的生命啊，花一般的年龄

11 月 12 日，是衡阳电视台评选"阳光女孩"决赛的日子，有一位"阳光女孩"的黄金搭档是衡阳消防支队特勤中队二班班长曾辉，他们决赛的节目是《掀起你的盖头来》，可是这一天，曾辉再也无法掀起那位"阳光女孩"的盖头了。就在前不久衡阳电视台等单位举办的《雷宏之歌》大型文艺晚会上，电视记者现场采访了曾辉，曾辉说："在党和人民需要我的时候，我也会像雷宏一样挺身而出。"他用鲜血和生命实现了自己的誓言。

那天，快满 21 岁的曾辉扛着水枪在抢险现场奋斗了近 3 个小时，体力严重透支，手上、腿上、脸上已多处被烫伤、砸伤，战友谌枝柳递过面包催他赶紧吃，曾辉说了一句："现在来不及，等会吃。"顺手把面包放进了口袋。

战友们抢救曾辉时，他已壮烈牺牲，双手仍紧紧握着水枪，保持着与火魔搏斗的姿势，鲜血染红了口袋，面包被砖石砸成了细渣。

在这些牺牲的官兵当中，年龄最大的只有 41 岁，最小的才 17 岁，望着一个个泛着青春光彩且充满活力的面孔突然间离去，不由令人肝肠寸断。

青春如火伴歌行。兵龄不到 1 年、年方 20 岁的张虎，是支队有名的"拼命三郎"。他牺牲的消息传到北京密云，当年送他当兵的村主任痛哭失声："他考上了一所大专学校，他说想到部队当两年兵，锻炼锻炼自己，没想到……"

张虎在一封家书中写道："爸妈，我这里一切都好，虽然很忙，常出勤，很累，但我觉得很充实，请相信，儿子不会比别人差，当兵就要当出样子来！"

在现场还有一个十分悲壮且引人注目的场景，使我感到一种从未有过

的沉重。几只鸽子停留在冒烟的废墟上，一动不动，似乎也陷入了哀思。这几天，我几乎天天看到这些鸽子，不知是哪户人家养的，如今它们的家毁了，已经无处可去。这些灰色的鸽子时而在楼盘废墟上空盘旋，时而落在废墟上哀鸣，仿佛在极力搜寻自己的"乐园"，又似乎在为 20 位遇难的消防队员痛泣悲歌。

"挺身扑火，舍生忘死为人民，肝胆壮山河，官兵洒热血，悲哉，壮哉，挽歌一曲惊天地；酬志为星，聚义献忠成峻岭，英灵昭日月，衡岳起高风，敬也，仰也，烈士千秋感子孙。"11 月 9 日，公安部和湖南省委、省政府在衡阳市举行隆重的追悼大会，沉痛悼念在扑救"11·3"特大火灾中英勇牺牲的 20 位革命烈士。上万名群众胸前佩戴白花自发赶到会场，中央电视台和湖南卫视破天荒地进行了现场直播。

中共中央总书记、国家主席胡锦涛，国务院总理温家宝，中央政治局常委罗干分别作出批示：谨向在特大火灾事故中英勇牺牲的消防队员致以深切的哀悼，并请转达对他们亲属的亲切慰问。

衡阳消防队员为人民的利益而死，党和人民不会忘记，共和国不会忘记！

2003 年年底，衡阳公安消防队员群体被中央电视台评为 2003 年度感动中国十大人物，被废墟掩埋 27 小时奇迹生还的江春茂代表衡阳消防队员群体上台领奖，正如颁奖辞所说：他们以火一样的激情投身火海，他们怀揣群众利益走向危险，他们用自己的生命捍卫了他人的生命，捍卫了武警消防兵这个崇高的职业。那壮烈的一幕将永存史册，他们勇往直前、舍生忘死的英雄气概更将长留在人们心里，那将是对什么是敬业精神的最好诠释。

2004 年 4 月 23 日，国务院、中央军委授予衡阳市消防支队集体一等功。公安部、湖南省公安厅也分别给张晓成等 20 名烈士追记一等功，给江春茂、赵志成同志记一等功。

新闻记者也是英雄

说来实在有愧，在报道这次衡阳"11·3"特大火灾中，由于本人精力有限，一天到晚忙着搞灾情和英雄群体的报道，忽视了新闻界的同行们。其实，他们每次在关键时候也同战士们一样不怕牺牲，冲锋陷阵，闯在最危险的地段，他们也是英雄！这次在火灾中光荣负伤的《衡阳日报》记者许常国，《衡阳晚报》记者杨帅、李凌，衡阳电视台记者旷杰就是其中最优秀的代表。

当日凌晨7时30分，许常国接到报料称珠晖区发生大火了，他赶紧骑摩托车赶往现场。路上，他拍到了一个蘑菇烟雾的事故记录照片，赶到现场后，他便和杨帅一起爬到二楼平台上拍照，那里可以更清楚地看到消防队员英勇的救火场面。

许常国从楼梯跑上去时，正是火最大的时候，几名消防队员正在用水龙头对着火苗喷。杨帅就跟在他的后面，由于当时消防队员都在镇静地作业，他们没感到什么危险，为了取景，他把脚踏到平台的边缘上，拍下两个消防战士喷水灭火的身姿。谁知这竟是他在火灾现场拍到的最后一张照片，而照片上的两位战士却再也没有回来。

就在许常国转身再找角度的时候，突然听到一声巨大的闷响，他的潜意识感到："房子垮了！"接着，他头部、背部、腰部被水泥砖块击中，重重地往前摔出好远，倒在地上昏了过去。醒来时，他听见杨帅在喊："许主任，快来救我！我腿断了！"他便喊消防队员和警察去救杨帅，因为杨帅被摔在一个巷子里，别人看不到，只有他知道。他努力挣扎着把压在身上的东西弄开，但动弹不得，后来杨帅被救走，消防队员将他背了出来。

"作为一个离危险如此近的人，我只是受了皮外伤，真是太幸运了，现在想起来还有一点恐惧，但我却没看到消防队员们有一丝丝恐惧，前前后后，他们的神情十分镇定，仿佛根本没考虑生和死。"许常国对消防队员大无畏的精神感叹不已。他说："一个记者只有与战士们一道勇往直前，忘情地做自己的事业而无所顾忌，这才是人生的最高境界，这也叫勇敢！"

杨帅、李凌、旷杰等均是"闻火"而动，拿起摄影（相）机直奔救火一线捕捉英雄壮举的。然而，很不幸，因商居楼倒塌，20多岁的杨帅脊椎严重受损，可能会下身瘫痪，现已转入北京某医院医治，李凌和旷杰均有不同程度的受伤。他们深知，新闻的生命在于真实，而真实的新闻必须到第一现场才能捕捉到。为将"救火英雄"事迹"尽收眼底"，他们也奋不顾身冲上一线，用青春和热血擦亮了"记者"这一神圣的字眼，从而赢得了人民的敬佩。

"做记者就是要把别人看不到的东西展现给读者。"李凌说："当时我只想把消防队员救火的情形拍得更具感染力一点，但到那个平台上只站了3分钟，就看到楼房向我们铺天盖地压过来！"

现场的官兵也为李凌的职业精神所感动，《经济参考报》一位叫唐桦的记者抓拍到了抢救李凌的现场照片，昏迷的他双手紧紧抱着照相机和闪光灯。记者节前夕，这幅照片被《人民日报》《中国青年报》《羊城晚报》等国内200多家媒体采用，《中国摄影报》《纽约时报》均放大作了头版头条。

衡阳电视台旷杰是此次唯一受伤的电视记者，他用电视镜头全程记录着此次火灾大楼倒塌前的一切。为忠实记录现场，他爬到大楼边一栋建筑物的平台边拍摄，消防战士就在他前2米外左右灭火。

他抢拍灭火过程，大约拍了10多分钟，就突然听到大楼发生爆炸，响声震耳欲聋，还没弄清是怎么回事，紧接着传来第二声巨响，他被一股特别强大的气浪冲击摔到一楼，当时只看到四周灰蒙蒙一片，他神志不清，如坠云里雾里，而电视机的镜头便真实地记录了这一悲壮的瞬间。

据了解，中央电视台和湖南卫视中许多珍贵的资料都是从衡阳电视台调去的，那大楼坍塌群众惊恐万状的神色、那烈火中消防队员奋力灭火的矫健身影、那公安武警抢救群众舍生忘死的生动画面……配上祖海那"泥巴裹满裤腿，汗水湿透衣背，我不知道你是谁，我只知道你为了谁。为了谁，为了秋的收获，为了春回大雁归，满腔热情唱出青春无悔，望断天涯，不知战友何时归……"深情悲怆的旋律，使节目荡气回肠，催人泪下，感人肺腑，极具感染力。可以说，没有旷杰等的第一手资料，电视节目要想达到这么完美的艺术效果是绝对不可能的。

勇赴危险的，除了军人还有记者。

在第4个记者节前夕，衡阳市4位新闻记者用自己的鲜血和勇敢，再次诠释了记者这个称呼背后的意义、责任和职业精神。

从医院出来的旷杰，谈及自己的心情时这样说："作为一名记者，就是要深入一线，目击最真实的事件，将事件最前沿的故事告诉给读者和观众。"为此，他只能"将生死置之度外。"

（原载2004年第2期《新闻爱好者》，并被《对外大传播》《新闻与写作》《记者观察》《新闻天地》《新闻参考》《潇湘声屏》等新闻期刊采用）

有的人活着，他已经死了；有的人死了，他还活着。有的人，骑在人民头上："呵，我多伟大！"有的人，俯下身子给人民当牛马。有的人，把名字刻入石头，想"不朽"；有的人，情愿作野草，等着地下的火烧……

————臧克家

俯首甘为孺子牛

1990 年 2 月 9 日，天色阴沉。从湖南省衡阳医学院第一附属医院里，传出一条让人痛心的消息：衡阳市农业局总农艺师张作仕被确诊为肺癌。全市农业战线的同志震惊了，他们抑制不住内心的情感纷纷登门看望。几位同志哭出声来："张总呀，您不能病倒！""农业要升温，还有多少事情需要您去做呀！"

"张总——"人们亲切地呼唤着。市委、市人大、市政府、市政协一些领导同志也顶风冒雨登门看望。大家饱含热泪，张作仕却笑着说："人总是要得病的，个人去留和家庭拖累我无须考虑，忧心的是我不能为农业出力了。"人们面对张作仕，往事历历在目。这位焦裕禄式的好干部，他的一生像燃烧的蜡烛，像吐丝的春蚕，像一头负重垦荒的老黄牛……

用汗水浇灌贫瘠的土地

1927 年 9 月，张作仕出生在衡山县贯塘乡的一个农民家庭，1948 年毕业于国立南通高级农校。几十年来，他从未离开过农村这片广袤的土地，孜孜不倦地探索着一条科学种田的新路。

60 年代初，我国连续三年遭遇自然灾害，人民生活极为困难。就在这时，张作仕来到衡阳地区最贫困的衡南县三塘公社烟竹塘生产队办丰产点。队里仅有一头跛脚的黄牯、一头瞎眼的水牛、两部破旧的水车，全队种有 165 亩稻田，却年年靠国家救济粮过日子。

张作仕没有被困难吓倒。料峭春寒，他就打着赤脚，与四五名农家汉子弓着身子顽强地拉着木犁，一步一步，拉开了春耕生产的序幕……面对那片贫瘠的土地，他用自己所学到的知识，找出了土地低产的根本原因，带领群众一边开沟排除地下水，一边积极开辟肥源，采用"磷肥治标，绿肥治本，以磷增氮"的方法，改良土壤结构，一连奋战了两个多月。同时，他大胆引进优良品种，推广双季稻，全面实行科学管理。这一年粮食亩产由上年的 130 公斤猛增到 550 公斤。全队不但没要国家一粒返销粮，而且人均向国家贡献粮食 500 公斤。人们围着一堆堆金灿灿的谷子，乐颠颠地点燃了一挂挂丰收的礼炮。

张作仕情系广大农民，心里总装着农民们的苦乐。一次，他看到一家农户十几口，寒冬腊月仍盖着两床穿了孔的破棉被，心里感到阵阵不安，便下决心要试种棉花。

张作仕要试种棉花的消息传出后，听者没有不摇头的："不行啊，自从盘古开天地，谁见过我们这里种过棉花？""哪个种出了棉花，我杀个老鸡婆给他吃。"社员们的担心不无道理，北京也曾来过几位雄心勃勃的大专家，试验两年后，临走前甩下一句话："衡阳这地方种不了棉。"而张作仕偏要撞这堵南墙。

张作仕首先对土壤进行取样分析，化验结果证明，当地土壤含钙较多，适合棉花生长。他把这个消息告诉社员，憨厚的社员就是不相信。队里不肯腾田，张作仕就开荒种棉，用事实来打破群众头脑中的"天命观"。

1964 年冬天，寒风凛冽，滴水成冰。张作仕带领一班青年民兵向荒山野岭发起了攻坚战，一连苦战三个多月，在光秃秃的荒山上开出了 30 多亩棉田。为增加土壤的肥力，他又同青年们一道从城里拖来一车车垃圾。尖嘴布谷鸟在山前一叫，他们便在新开垦的荒山上播下了棉种。

棉芽破土后，张作仕在棉田边搭了个简易棚。从此，他就吃睡在田边。白天，他给棉花松土、除草、施肥；夜晚，一次又一次地拿着温度计，提着马灯，测量棉田泥温。不知洒下了多少汗水，也不知度过了多少个不眠之夜。由于他的辛勤劳作和精心管理，30 亩棉花长势良好，棵棵棉株上挂满了沉甸甸的棉桃。这年秋天，中南局书记陶铸来衡阳视察工作，听说三塘试种出了棉花，甚是惊讶，亲临现场察看。他望着那一片若烟似雪的棉田，脸上流露出满意的微笑，连连伸出大拇指："好一个张作仕，你攻破了一个难关，为百姓办了一件好事，我代表党和人民感谢您！"第二年，衡阳地区扩种棉花 20 万亩，由于有张作仕的种棉经验，大片棉花田也获得了丰收。

历尽苦难　"痴"心不改

1968 年，正当张作仕把全部精力倾注在科研上时，一顶"反动学术权威"的帽子扣到了他的头上。接踵而来的是批斗、改造、进牛棚。繁重的劳动、非人的待遇，张作仕都默默地承受了下来。然而，命运总是捉弄那些不幸的人。就在张作仕被关进"牛棚"后的第 13 天，与他青梅竹马、意笃情深的结发妻子因为担忧他，心脏病加剧，带着一腔忧伤离开了人世。3 天后，当他得知这一噩耗赶回家时，迎接他的是一抔新堆的黄土、几朵凋零的白花、3 个年幼的孩子。

妻子含恨九泉、孩子嗷嗷待哺、自己蒙冤受屈，丝毫没有消磨他的意志，改变他对农业事业的追求。他咬咬牙，把 3 个孩子托付给衡山的乡亲带养。回衡阳的那天，3 个孩子见唯一的亲人要丢下自己，有的抱着他的大腿，有的扭扯着他的衣角："爸爸，爸爸！您不能走啊……"这时，大的孩子只有 12 岁，小的才 3 岁。

听着孩子们那撕心裂肺的哭喊，张作仕这位铮铮汉子两行热泪夺眶而出。他多么想和孩子们生活在一起，尽到自己做父亲的责任。可是不能啊，他狠了狠心，扳开孩子们的小手指："乖乖，听话……"便头也不回地走了。

张作仕带着刻满伤痕的身体和心灵又回到了三塘。白天接受红卫兵和造反派的监督，晚上写交代。当时张作仕想：什么样的痛苦我都可以忍受，只要让我继续搞科研就行。哪知道，有的人偏偏禁止他到试验田去，规定他干一些其他的杂活。

科研是他的生命。没有科研，他生命的主旋律就要停止；没有科研，他生命的链条就要中断；没有科研，他将失去活着的意义。科研像是一种悲壮的赴死行为，为了能继续试验，他，豁出去了！

一个晨曦微露的清晨，他趁别人不注意溜进了试验田。谁知这事被造反派知道，不由分说把他从田间拖到公社批斗。批斗会刚散，他又溜回了稻田。几位背着书包的小学生，指着他的背影："快来看哟，这斗不死的鬼，又来了。"有的还向他投来泥巴、草蔸。一位老农见状，轰走了那几个调皮的孩子，心疼地说："作仕，算了吧！自己身上还背着黑锅，还搞什么杂交稻试验，你的苦还没尝够吗？你看，小把戏都欺负你了。"张作仕宽厚地笑了笑，回答道："不要紧的，也许他们不理解我，只要地里能多打粮，农民能过上好日子，我吃点苦事小。"

张作仕一心为群众谋利益，群众理解他，同情他。一次，造反派又来揪斗张作仕，数十名群众潮水般地围了过来，将张作仕团团围住："他只是个农技干部，为我们做了不少好事，他没有犯什么罪，为什么要斗他?!"气得造反派七窍生烟，由于群众的阻拦，只好放弃这次批斗会扬长而去。就这样，张作仕在群众的保护下，高秆水稻改矮秆水稻试验成功。1975年，他又配合苏启明等同志大胆试验种植杂交水稻，采用以水调肥、以水调气、以气促根的办法，完成了杂交优势利用的示范，取得了晚稻首种100亩、亩产425公斤的好收成。全国第一次杂交水稻现场会在衡阳召开期间，参观了他搞的样板片，《人民日报》对此作了报道。

粉碎"四人帮"后，张作仕被衡阳市人民政府首批授予"农技师"光荣称号。长时间的政治批斗，几乎耗尽了他的青春活力，但终究迎来了科学的春天。"老牛已知黄昏近，不用扬鞭自奋蹄。"他像农家一头老黄牛，无时无刻不在拼命地耕耘着、奋斗着。1977年6月的一天，张作仕的爱人曾德兰——衡山县人民医院医生接到衡阳地区农办打来的紧急电话，说老张摔伤了腿，不能下地走路，农办派车接他进医院，他死也不肯离开。听到这一消息，曾德兰的心怦怦直跳，又气又急：哪里见过这样的人，摔坏了腿还不肯进医院？便风尘仆仆地赶到住户家，却不见张作仕的影子。她问一位社员，顺着那社员指的方向一看，天哪！窄窄的田埂上，张作仕被王队长背着一高一低地在巡视禾苗，他的左腿悬空，脚脖子肿得像面包，豆大的汗珠顺着脸颊往下淌。曾德兰心疼了："老张，你到底还要不要命了！"王队长急忙解释："老张在家一刻也安不住，要我背他去看禾苗，我不忍心，下地干活去了，可我跑回家一看，他却撑着两条凳子下了地，一步一步，一爬一爬，我见他撑不动，便背他看禾来了，要批评就批评我吧。"听到这里，张作仕微微一笑："目前虫情严重，万一治不住，将前功尽弃。我是搞农技工作的，怎能在这关键的时候离开？"

曾德兰的泪水涌出了眼眶，面对如此执拗的丈夫，她还有什么可说的呢？

1983年，全市有50多万亩水稻出现了僵苗现象，造成了较大损失，一般每亩要减产100公斤，不少党政干部心急如焚。为了解决这个难题，张作仕从南到北，从东到西，行程1800公里，对全市110个区、乡土质进行了考察，并建立了70多个改良试点。经过反复测定和综合分析，查出了水稻僵苗的原因。就在张作仕的研究课题有了可喜进展的时候，与他相依为命的慈母突然瘫痪了。张作仕一直记得，正是这位慈祥的母亲给予他全力支持，才让他获得了事业的成功。

那是一个闷热的夏夜，母亲摇着一把烂了边的蒲扇，悠悠的凉风从他光光的脊背上掠过："作仕，该睡了。"张作仕揉了揉疲惫的双眼："娘，您睡吧。""你已经两天两夜没上床，鸡已叫过三遍了。""不要紧。"他聚精会神地写着《土壤志》，信手点燃了一支烟，又挪动了一下脚。那是一双奇特的脚，炎炎六月天，却穿着一双长筒套鞋，把长裤塞进套鞋内，用一根细细的麻绳捆紧。原来，为了抵御蚊虫的叮咬，母亲替他想出了这个"锦囊妙计"。

此刻，他多么想回去照顾病重的母亲，然而，水稻僵苗正待他去解决，全市人民都把希望寄托在他身上了。

他把母亲送回衡山老家，托侄儿照养，便又奔波在湘江两岸、雁城内外的稻田中。

一次，他坐车路过衡山县贯塘乡，陪同考察的几名同志不停地催促着："老张，去看看您的母亲吧！"但张老想到锌肥早施一天，全市要增加几万公斤粮食。他路过家乡时却没有回去。半个月后，他那辛勤一生的母亲去世了。他把母亲灵柩送上山后，又投入了防治水稻僵苗的试验。经过半年努力，试验终于成功，挽回了不可估量的损失。他的这项研究成果获得了衡阳市科技进步一等奖，湖南省农业科技进步二等奖。

不计个人得失，把个人奉献给党和人民

在张作仕的案头上，摆着当年兰考县委书记焦裕禄的人生格言："坚持党的原则第一，党的事业第一，人民利益第一。"几十年来，他以焦裕禄为榜样，对党的事业忠心耿耿，把自己的一腔热血融进广袤的大地，换来了一茬又一茬的丰收。

1980 年元月，巍巍衡山，白雪皑皑。悬崖上，凝结的冰凌有棍棒般粗，呼啸的北风吹得一排排青松吱嘎作响。山上人烟稀少，鸟兽绝迹。

一个冰天雪地的清晨，一条蜿蜒曲折的小路，一行人顽强地向南岳最高峰——祝融峰发起了冲击。

他们手执工兵铲，铲一铲积雪，艰难地向前跨一步，每爬 100 米，便挖一个深达 1 米的土壤剖面，从中一层层取出土壤样品装入背包，又继续向前行走，走在队伍最前面的半百老人便是张作仕。

为了搞好第二次土壤普查，他起早贪黑，踏遍了全市的山山水水。时间相当紧迫，任务十分艰巨，为了完成对南岳衡山的考察，他冒着零下十几度的严寒，与 50 多名队员一起翻山越岭。肚子饿了，啃点冷馒头；手冻

僵了，哈口气了事；胃痛得厉害，坐在雪地上按住肚子，等胃痛有所缓解，爬起来又走。

一个雪光返照的黄昏，张作仕背着20多公斤重的土壤样品，拖着疲惫的身体，气喘吁吁地回到南岳管理局招待所，已经是晚上九点多钟了，没有饭吃，就吃点饼干，喝点开水。

此时，远在衡阳的市农业局正在进行评选先进和工资调级，一些好心的领导纷纷打来电话，催他回去。

当时，张作仕还不是共产党员，却以共产党员的标准严格要求自己，在得与失、公与私、进与退之间作出了郑重的选择："为了党和人民的利益，我可以牺牲个人的一切，任务在肩，怎能半途而废？"记得在晋升高级农艺师时，组织上安排他一个月时间温习英语，而他为了地下水害问题，仍像往常一样天天蹲在田边，与群众一道分析、研究……考试了，他凭着丰富的实践经验，专业成绩名列前茅，唯独英语只差3分，而失去了晋升的机会。那一年，地下水害排除了，全市增产粮食300多万公斤。

在张作仕看来，调级、评选又算得了什么呢？正是这样，他几十年如一日，从不计较个人得失，且从无怨言。

经过连续6年的土壤普查，在局党委的正确领导和同志们的辛勤努力下，他完全掌握了全市七县二区的土壤垂直分布规律和水平分布规律，接触了上万个土壤剖面，撰写出了近百万字的《土壤志》，为管土用土积累了大量的科学数据。

1988年8月，正当杂交稻制种授粉季节，湘南地区遭受了连续20天的低温阴雨，全市秋季制种严重减产。据有关部门匡算，全市将缺110万公斤杂交种子，100万亩稻田种不上杂交晚稻。另外，1.5万公斤不育系种子无法繁殖。市委常委专门会议决定：不惜一切代价赴海南制种。需要一个局级领导带队，张作仕第一个报名。当时局党委考虑，他年纪大了，爱人又患病住在医院，多次劝他不要去海南，张作仕却说："全市需要种子，制种需要技术，我能承担此任。年岁越大，越要抢时间多做工作。"身患重病的爱人曾德兰双眼湿润了："老张，也许我们是最后一次见面了，你不去行吗？再说，你的胃病刚好，我放心不下。"

"放心吧，你安心养病，我死不了。"

在海南，张作仕仍像当年在乡下蹲点时一样，与农工们同吃同住同劳动。农忙时节，他打着赤膊，弯着腰帮农工们插秧。中午，烈日炎炎，农工们进屋休息，他一边咳嗽，一边到田头巡视。每天跋山涉水，要跑几十公里田间小路，摔倒五六次，好几次走回家，脚上还叮着三四条手指粗的蚂蟥。老伴托人带给他的两瓶止咳的"北豆根片"早已忘到九霄云外了。

1989 年 5 月，制种到了关键时候，从家乡衡阳第三次发来"老伴病危"的电报，张作仕却一直战斗在田野上，半步也没有离开，及时解决了许许多多意想不到的难题。在许多省、市颗粒无收的情况下，他们的杂交水稻制种超历史最高水平，产量、质量均居全国之首，张作仕当之无愧地被评为全省"南繁"工作先进个人，并被评为全市"有突出贡献的科技功臣"。

张作仕笑了，老伴曾德兰也笑了，她把张作仕托人带回的一个大西瓜切成无数块，送给每个医生、每个护士、每个病人："这是我老头子托人从海南带回来的。"她高兴得流下了热泪。

从海南回来后，张作仕又马不停蹄地着手研究全市杂交稻秋繁方案，整日奔波于城里乡下。细心的老伴惊讶地发现，张作仕的额上长出了几颗蚕豆大的斑点，咳嗽中，也不时吐出几口殷红的鲜血。她凭着自己几十年的临床经验，认为这是不祥的征兆。她最担心的是张作仕的胃病复发。早些年，在乡下蹲点，张作仕的胃严重出血，尿桶里，凝结着一寸厚的血垢。后来，他吃不下饭，一连吃了两年多的面食。每次张作仕回家，她总要催一次："老张，去医院看看吧，我陪你。"

"不要紧，等秋繁结束后再看吧。"

有一次，妻子根据他的病情，弄来了一些中草药，煎好后，端到了会议室门边，告诉正在开会的罗局长："请你喊老张一下，有电话找他。"

张作仕满头大汗地走出来，刚才，他还艰难地捂着腹部，给大家讲完杂交水稻秋天繁殖的要点。不知是痛得厉害，还是当着众人的面，这一次，他破例喝了这碗药。自此以后，老伴这一手喊人的"绝招"也不灵了。好多次，熬好的药张作仕都顾不上吃，只好倒入池中。

就这样，为了工作，张作仕把自己的病耽误了，直至双脚浮肿，不能下地走路，才被局里几个同事塞进车子，送往医院。

克己奉公 永远被人民铭记

张作仕一身正气，两袖清风。

在市农业局，张作仕的年龄较大，资历较老，在科技兴农上贡献最大，按照有关政策，允许一个儿女在他身边工作。两年前，张作仕的大女儿在黄茶岭集体商店，有人已经给她办了调离手续。二儿子在市郊一家发不出工资的工厂，加上工作单位离市里较远，也想往市里调，张作仕没好气地说："你们要往我身边调可以，除非到我死那日，我活一天，你们别想到局里来！你们应该好好工作，自力更生。"为了便于开展工作，他毅然把在土肥站工作的女婿调走。两个儿子结婚，他没有为一个操持婚礼。在乡下蹲点21个春秋，很少回家度过除夕。

在生活上，张作仕节衣缩食，从不搞特殊化。然而，对群众，他总是第一个出面扶危解难。衡南县三塘村烟竹塘组农民王成旺3岁的儿子被开水烫伤了头部，生命危在旦夕，他马上将其送往市人民医院抢救，几百元医药费全部由他承担。三塘村孤儿周宏国，生活困难，张作仕不但给他零花钱，还出钱送他上学读书。李元武的儿子患心脏病，急需动手术，拿不出钱来治病，张作仕闻讯后，把刚刚领到的96元工资全部交给老李。1982年，本局技术干部陈良生老家遭了特大洪灾，张作仕不声不响地用单车从供销社驮来两包尿素："送回家去吧，这算我对你全家的一点心意。"相反，村民提来几只鸡蛋、一只母鸡、几斤花生，表表乡下人的心意，他无论如何也不肯收下。一位村民组长过年时送来两条鲜鱼，他执意按市场的价格把钱塞到组长手中才罢休。

1983年，按省里规定，经市政府同意，他可以得土壤普查技术承包费800元。同事们把他的钱一起领了出来，他摆了摆手说："我已经领了工资，党和人民给了我很多报酬，这点钱，就算我对国家的贡献好了。"相反，省、市、县一些领导同志来局里联系工作，多次都是他主动掏腰包招待客人。

张作仕"吃在口里，穿在身上"，在这个高级农艺师的家里，没有一件像样的家具，至今还摆着父母留传给他的一张古式床，几只破旧箱子……住院以后，他的体质不断衰弱，老伴才瞒着他替他买了一件羽绒衣——那是他一生中少有的高档衣服。

张作仕常说："论年龄我可以退休了，但为农之心不能褪色，技术不能留作个人财富。"衡阳市经他精心培训的农业技术人员数以千计，多年来，在上报科技成果的时候，他主动把获奖的机会让给那些年青有为的同志。他坦诚地说："我年纪大了，没有获得荣誉的必要，希望你们发奋努力，后来者居上。"

病重时，他仍不停地向市委和局领导倾吐自己对全市农业"升温"的建议，时刻关注着市农科所副研究员周庭波杂交水稻"两系"育种的进展……

当他看到局级顾问蔡友发高血压中风，一时找不到床位时，艰难地蠕动身子，让出了自己的病床……

为了党和人民的利益，张作仕奉献出了个人的一切。他先后五次获部、省、市级科技成果奖（其中一项达到国内先进水平），有4篇论文在国家级刊物上发表。在市委、市政府的"优秀共产党员"和"先进工作者"光荣榜上，年年镌刻着他那烫金的名字。

（原载 1990 年 8 月 9 日《中国农牧渔业报》头版头条）

勤能补拙

当这篇近万字的长篇通讯发表在 1990 年 8 月 9 日《中国农牧渔业报》的头版头条上，中央人民广播电台"新闻和报纸摘要"节目次日早晨转播，《科技日报》、《新民晚报》、湖南人民广播电台、衡阳人民广播电台纷纷转发，《衡阳日报》破天荒发了个上万字的头版头条，衡阳市农业系统的同志奔走相告："张总上报纸广播了，我们农业局中状元了！"一时洛阳纸贵，不少人把刊有张作仕事迹的报纸珍藏起来。

这是我在全国范围内推出的第一个典型，现在回想起来还感到惊讶，那是一种什么样的力量支撑我呀！那时，我还是个"农家娃"，没有正式工作，没有任何社会地位，闷头闷脑地闯荡到市农业局打工，还不到 26 岁。小小年纪就"初露头角"，这在当时可以说是一个奇迹，现在说起来还不可理喻。要说这个典型的成功，主要还是在于勤能补拙。

俗话说："学问勤中得"。我涉及新闻较早，但底子差，从没进过大专院校学过新闻，一些带规律性的东西，只有靠自己慢慢摸索和感悟。记得《易经》中有句话：天行健，君子以自强不息。意思是天道永远不停地运动变化，君子因此效法天道而自觉地奋发向上，永不松懈。与我们农村人讲的"十做九不输""勤能补拙"有异曲同工之妙。的确，做人只要勤奋，只要自强不息，哪有服输的道理，滴水成河，粒米成箩，日积月累，就是不强大，也会变得强大起来。就是这种流淌着的千年文化注入了我的血液，使我学有所得、得能所用、用能生巧，乃至学会在事业上咬定青山不放松，永不言败。

刚到市农业局，局长罗新泽就对我说："我这有一个焦裕禄式的好干部，现在患了肺癌，估计走得不远了，如果不把他的优秀事迹宣传出来，我问心有愧呀！想来想去，这个宣传任务只有交给你来完成。"

接到任务，我感到责任重大，便匆匆忙忙赶到医院。谁知，张作仕做人相当"低调"，一旦谈到他自身的事，他只字不说，他的老伴想向我介绍一点情况，还没谈上一分钟，就被他喊了回去："没什么好说的，都是我应该做的。"

农家孩子最大的特色就是不怕苦、不畏难、不放弃。直接采访受阻，我便来了个"曲线采访"；白天他们没时间，我就把晚上利用起来，找他的同事、领导、亲人，甚至挤公共汽车到他曾经蹲点的几处地方找他的房东、村民座谈，认认真真地提问，扎扎实实地做采访笔记，这样越采访越深入，越深入越细致，越细致越感动：他病倒了，留给人们的印象仍然是在田野中奔忙不息、顶天立地；他历经人生沧桑，为群众解决了一个又一个农业生产难题，迎来了一年又一年粮棉满仓；他心中装着别人，唯独没有自己，让出了本应属于自己的名与利，留给自己的则是一身正气，两袖清风……经过1个月的艰难采访，一个公而忘我、不知疲倦、不顾病痛，为振兴农业忘我工作，无私奉献的知识分子形象在我脑海中日渐丰满、跳跃、高大，乃至尽善尽美。然后，静下心来构思，一口气写成12000多字的初稿，再经过反复修改，压缩至9000余字，交给农业局领导班子传阅，得到他们的肯定，再交给张作仕本人看。此时的张总已经不行了，他吃力地从病床上坐起来，硬是咬紧牙关一字一句地看完全文，当他看完最后一个字时，已经过去了一个多小时，汗水浸透了全身。当我征求他的修改意见时，他欣慰地笑了笑，说："写得真像！"

这种严肃认真的态度，让我看到了张作仕的优秀品质。的确，没有今天的奉献者，就没有明天我国农业的金色蓝图。

没想到，这篇稿子送到《衡阳日报》后，总编辑读罢极为感动，决定以头版大半版和二版整版刊发，稿子寄出去后，《中国农牧渔业报》编辑来信说："读了你的文章，我们编辑部不少同志都流了泪，谁不为他一心扑在农业振兴上的精神所激励，谁不为他身患绝症而惋惜；谁又不为我们农业战线上有这样的老黄牛感到自豪和鼓舞。张总的事迹的确感人至深，请代表我们编辑部全体同仁向他道一声问候，祝他战胜病魔，早日康复！报社决定破例以头版头条配评论《兴农最需要这样的人》发表。"文章见报后，许多读者给报社写信，有的称张作仕是"咱农民的儿子"，是一头为民奉献的"老黄牛"；有的称这篇通讯歌颂了我国知识分子热爱党、热爱祖国、热爱社会主义的赤子之心，突出了"党和人民需要知识分子，知识分子更离不开党和人民"这一深刻主题；有的还真切呼唤：建设社会主义现代化强国，需要大批张作仕式的知识分子献身农业、服务农民！后来报社又分几期选发了一批读者来信。遗憾的是，张作仕本人却看不到了。

其实，当好一个通讯员没有什么诀窍，一是要有兴趣，兴趣是最好的老师，对新闻有了兴趣，就会自觉地去学，"修学储能"，终生为之献身，且无怨无悔，乐此不疲；二是要勤奋，由此想到一个"1 万小时成才定律"，说一个人要想达到事业的最高境界，需要经历至少 1 万小时的刻苦学习，也就是连续 10 年，每天坚持学习 3 小时，任何人都不例外。"十年窗下无人问，一举成名天下知""古之立大事者，不惟有超世之才，亦必有坚忍不拔之志"，说的就是这个道理，也就是勤能补拙！就像《中庸》中说的那样："人一之，我百之；人百之，我千之。"像这样奋斗下去，锲而不舍，水滴石穿，终有成功之日。

这是一个真实的故事，没有任何装饰，只有笔者激情难抑的叙述

康菊英，一部无私奉献史

巍峨秀丽的南岳祝融峰下，束束五彩的野花环绕着一座新坟。这里长眠着一代英豪——全国第一、第二、第三届人大代表、我国著名劳动模范、湖南衡山县祝融乡农民康菊英。

今年元月 28 日，康菊英走完了她 71 岁的人生旅程，永远告别了她时时牵挂的乡亲。噩耗传来，人们止不住眼泪双流，悲从中来。人们追忆着康菊英，追忆着她那平凡、光辉、奉献的一生……

事业重于山

1922 年 4 月，康菊英出生在衡山县祝融乡祝融村一个贫苦的农民家庭。5 岁时，父亲被军阀抓去当挑夫，一年后在贫病交加中死去；7 岁时，唯一的哥哥和两个妹妹相继夭亡；8 岁时妈妈改嫁，无奈，她只得到舅父家当童养媳。

婆家 7 口人，租佃地主 8 亩多田，向地主交完租后，余下的粮食根本不够吃，全靠她和丈夫上山砍柴或打零工补贴，勉强糊口。那一年大旱，婆家断了炊烟，他们只得以草根、树皮、仙粉泥填肚子。后来，母亲饿死，婆婆病亡，丈夫被国民党抓去当兵，她便像男人般下地干活，却只能与饥饿为伴。

1951 年，土改结束，童养媳出身的康菊英当选为乡农民协会主席。不久，当壮丁外出多年的未婚夫李待禄终于来信了，说他在国民党部队起义

时，已参加人民解放军。喜讯传来，28 岁的康菊英心里甜滋滋的，她连夜托人写信，鼓励他安心服役，年底回家完婚。

饥饿，让刚成立不久的新中国的农村步履沉重。

康菊英的家在龙塘冲，这里有山不藏水，三年两不收。眼看春耕在即，可一些农户买不起种子和肥料，她急得直跺脚。恰在这时，党中央号召农民组织起来，互助合作。这是一场轰轰烈烈重构农村生产关系、改变数千年来乡村小农经济思想观念的深刻变革，要把单家独户的生产力集中起来，把大家的心气凝聚起来，把千家万户团结起来！康菊英心头猛然一亮：对！赶快组织农民开展生产自救。康菊英马上找到 4 户邻居商量。可有一位邻居自恃本钱足、肥料多，怕合作吃亏，见她一次一次上门，大为恼火。一次，竟朝她泼来一瓢涮水："你下次再来，我就泼大粪。"

康菊英好不委屈，但仍瞅着机会和他算账："我们 5 户人家，有 3 户耕牛农具齐备，却只有 1 个劳力；有两户缺耕牛农具，但有 5 个劳力，合起来正好取长补短，谁也不吃亏。"那位邻居一琢磨，终于同意试试看。1951年春天，当布谷鸟在山前叫响时，衡山县第一个农业生产临时变工组在龙塘冲宣布成立了，翻开了衡山县互助合作历史的第一页。康菊英任组长。全组共有水田 107 亩，男女劳力 16 人，牛 5 头，犁 12 架。组里实行"土地私有，个体经营；长年互助，统一派工；耕牛农具，按价评分；死分活记，年底结清"的一套办法，将大家的积极性调动了起来。

康菊英一心扑在工作上，把年底完婚的事忘到了九霄云外。料峭春寒，她像男子汉一样赶着耕牛犁田；烈日如火，她与乡亲们没日没夜地车水抗旱；冰天雪地，她带领大伙从山外挑来一担担大粪……不知吃过了多少苦头，秋收以后，互助组平均亩产 260 公斤，比单干时增产 4 成。龙塘冲在大灾之年获得了大丰收，家家户户有了余粮。这也吸引了其他个体户，纷纷要求成立互助组。这年 11 月，康菊英被评为湖南省农业劳动模范。党和政府的鼓励，激发着康菊英更加奋发向上。1952 年 5 月，她联合10 户农民，成立了衡山县第一个常年互助组，取名为"康菊英互助组"。这时，康菊英已是 30 岁的大姑娘了。未婚夫不时从部队来信，催她结婚。

急于抱孙子的公公也说："女到三十半老娘，你的婚事不能再拖了。"一些关心她的农友经常劝她："男大当婚，女大当嫁，菊英呀，你别只顾工作，忘了给我们发喜糖呀!"而她呢，心里装着一本谱："龙塘冲不变样，我决不圆房。"秋后，康菊英农业互助组创造出奇迹，亩产稻谷261公斤，比单干时增产了一倍多，农民不但不要国家的返销粮，而且人平向国家贡献粮食600多公斤。当年，"康菊英农业互助组"被评为全省特等模范互助组，成为全省农业合作化运动的一面旗帜。她本人也被评为湖南省特等劳动模范、全国农业劳动模范。1952年9月，康菊英进京参加全国劳模大会，第一次幸福地见到了毛主席。10月1日，她和各路英豪登上了天安门城楼。从天安门广场数万人的欢呼声中，从那振奋人心的壮观场面中，从毛主席亲切的笑容中，她看到了新中国的蓬勃生机，看到了社会主义国家的无限希望，看到了毛主席的英明伟大，更增添了干好工作报效祖国的信心和力量。

康菊英带着许多收获与希望回到家乡，以更高的热情投入家乡的经济建设，将婚期一推再推，以致未婚夫心生疑窦：莫非当了劳模变了心？直至康菊英1953年入党，办起全省第一个初级农业生产合作社，他心中的一团迷雾才散开。1953年3月8日，经过康菊英艰苦细致的思想发动，全省第一个农业社——康菊英初级农业生产合作社成立。《湖南日报》发表了《祝贺衡山县第一社的诞生》。这年全社117亩水田，比互助组时多收3750公斤，比当时最好的互助组产量高9%，比最好的单干户高28%，每个劳力分稻谷900公斤。

1954年9月，全国第一届人民代表大会在北京召开，康菊英当选为全国人大代表。

同年仲冬，康菊英被特邀进京参加全国烈、军属模范代表大会。在组织的再三劝说下，她才去海南岛与服役的未婚夫李待禄举行了热闹而又简朴的婚礼。那年，她32岁。

名利淡如水

康菊英的人生轨迹，光辉灿烂。1952 年国庆节前的一天晚上，毛主席在怀仁堂会见并宴请英雄模范及国际友人。康菊英借着明亮的灯光，极力搜寻那高大而伟岸的身影。忽而人群欢呼，掌声雷动，所有目光都汇集到同一方向，毛主席与党和国家领导人神采奕奕，踏着雄浑的音乐步入大厅。

康菊英使劲地鼓掌，她多么想看一看人民的伟大领袖呀，只恨自己个子太矮，离主席坐的地方太远，加上人多，怎么也看不到。她索性放下碗筷，踮起脚尖站到旁边的石墩上……一会儿，毛主席起身向客人敬酒。她见毛主席朝自己这边走来，赶忙回到座位上。

康菊英一副地道的农民打扮，又是女同志，特别显眼。毛主席逐桌敬酒，发现她后，握着她的手问："你从哪里来？""我从湖南来。""那我们是老乡。"毛主席特意给她斟了杯酒，康菊英高高地举起酒杯一饮而尽，高兴得半天说不出话来，泪水模糊了视线……

第一届人大会议期间，著名电影演员、湖南代表白杨邀康菊英去毛主席家做客。康菊英喜不自禁，毅然与她前往。白杨与江青是文艺界的朋友，在白杨心中，康菊英无疑是一面飘扬的旗帜！她们一起来到毛主席的会客厅。主席正在与一些首长商量大事，听到湖南老乡来了，赶忙留她们吃中饭。席间，毛主席不停地向康菊英夹菜、敬酒，说："我家的菜是地道湘味，辣得很，多吃点。1927 年，我在衡山考察过，衡山白果地方的女子，喝酒是出了名的，当年让我写进了《湖南农民运动考察报告》……"他要康菊英随便些，放开酒量。康菊英一连饮了三杯。毛主席赞叹道："好一个衡山女子。"康菊英说起农村情况，毛主席特别爱听，不时地点头，最后，他叮嘱康菊英："要多为人民、为广大贫下中农服务！"从北京回来后，她牢记毛主席的教导，更加努力工作。合作社经费紧张，她把全国人大每年下拨的几十元活动经费全部捐献出来。

1955 年春，康菊英农业社进一步扩大，成为全县最大的初级社。这年，她又带头转高级社，以她的社为基础，吸收邻近的几个初级社，组成衡山县第一个高级农业生产合作社——祝融峰高级农业生产合作社。康菊英再次当选为社长。康菊英带头走社会主义道路的动人事迹得到了各级领导的重视、支持和鼓励。省委书记周小舟亲临社里视察、指导工作。1956年11月，中共中央政治局委员罗荣桓到社里视察，表扬了康菊英，并指出要注意发展多种经营。1959年，她再次当选为全国人大代表。1964年，她第三次当选为全国人大代表。20世纪五六十年代，康菊英先后11次受到毛主席的亲切接见，但从不居功自傲。领袖的谆谆教诲和各级领导无微不至的关怀使她浑身是劲，工作更加出色。在以后几十年里，她一双赤脚，在田野上忘我奔走，从冬天到夏天，从黑夜到黎明，从青年到老年，留下了一串串闪光的足迹……"文革"期间，造反派搜集她的材料，污蔑她为"黑劳模"，押到台上批斗。她誓不低头，始终不渝地坚定着对党的信念。她淡泊名利，甘当"配角"。从70年代初期开始，她一直担任县妇联副主任、祝融公社革委会副主任、祝融大队党支部副书记。在副职的岗位上，她真抓实干，不计名利，热心为群众办好事，解疑难，直至年高退休。长期的劳累使康菊英患有多种疾病：支气管炎、肺气肿、关节炎、胃病……到了90年代，她连行走也十分困难，但仍全力支持村组干部的工作。一个落日熔金、暮云合璧的黄昏，康菊英撑着拐杖艰难地来到村党支部书记旷运军的家："我们祝融有种席草和加工草席的传统习惯，你能不能把大家组织起来，从单一的粮食生产中解放出来。"

旷运军默了默神，心中像点亮了一盏灯："好，我就去调查市场行情，组织群众生产。"结果，这年经过康菊英做工作，全村900亩稻田，50%以上种了席草，村里还买来了60多台铁机，家家户户搞加工，收入比种粮翻了两番，仅此一项，人均增收640多元。如今，席草已成为祝融村的支柱产业。康菊英人老心不老，她经常请儿子媳妇读报，了解国家大事，并不时向县、乡、村三级党组织提出自己的意见和建议："这几年，经济上了新的台阶，而农村的社会风气乱了，赌博、抢劫、卖淫、嫖娼现象又有抬头。""目前，农村基层党组织到了非抓不可的程度，按照党章规定，连续半年不缴党费，就是自动退党，我走不动，党费好久没人来收了，只有提前预缴……"病重期间，她仍时刻关注着国家的前途、村级经济的发展和当代农民的命运……

晚节灿似霞

在康菊英的一生中，人们发现她除了有一手在苦难中磨出来的种田功夫外，就只有无私的奉献。她严于律己，从不为个人谋取私利，时刻把党和人民的利益看得高于一切。

她是全国第一、第二、第三届人大代表，著名的劳动模范，曾任过省政协委员、省妇联副主任，在群众中享有崇高的威望。早在60年代，国家还没有提倡计划生育，她为了把全部精力投身于社会主义建设，生育两个孩子后，就到医院做了结扎手术。她儿子长到18岁，看到别的县级劳模安排了子女进城工作，几次要母亲在领导面前说说，康菊英没有放在心上。一次，儿子扑通一声跪在母亲面前："妈妈，您就我一个儿子，求您去找一下领导，安排我进城吃碗饭吧，哪怕扫厕所也行。"见此情景，康菊英的心软了。第二天清早，她搭上去县城的公共汽车，半路上猛然想到自己是一个共产党员，不能为个人谋取私利，便又打了退堂鼓。她劝儿子："不要把铁饭碗看得那么重，不管当工人还是当农民，只要对国家有贡献，人生就有价值。"儿子见软的不行，就来硬的，一连几天躺在家里不吃不喝。康菊英严肃地说："实话告诉你，只要我活一天，你就别想进城。"后来儿子干脆破罐破摔，与社会上的"哥儿们"混在一起。康菊英万万没有想到，自己只顾忙于公务，放松了对儿子的管教，她的亲生儿子竟然偷盗公家的潜水泵被判处有期徒刑3年！儿子是娘身上的肉。听到这个消息，康菊英犹如万箭穿心……这时，一些好心的邻居劝她去上面活动活动。康菊英说："儿子不争气，应该受到法律制裁，如果我去求情，不但救不了他，还会害他一辈子！"儿子服刑后，她赶到省一监狱一把鼻涕一把泪地规劝儿子："你这不争气的东西，成才的道路千万条，为何偏要蹲监狱？"看到母亲泪流满面，自责、愧疚、怨恨……一齐涌上儿子的心头。临走，康菊英反复叮嘱儿子："浪子回头金不换，你还年轻，要好好劳动改造，重新做人。"并一再交代看守人员："不能因为是我的儿子就手下留情，一定要帮我严加管教。"儿子劳教期间，时刻铭记母亲的教诲，努力学习，积极劳动，受到监护人的好评。儿子出狱前，省一监的领导几次上门征求康菊英的意见，打算将她的儿子留在劳改农场工作，并同意解决她儿媳妇、孙子的"农转非"。康菊英深知：端铁饭碗，吃国家粮是儿子梦寐以求的事，但她想到这样会给国家增添不少麻烦时，决然谢绝了领导的好意，并做好儿子的工作，劝他回乡务农。

儿子出狱后，康菊英把他送到衡阳学习汽车修理技术，劝他走依法致富的道路。

如今，儿子在店门镇办起了汽车修配厂，成了当地有名的"汽车修理大王"。康菊英一身正气，两袖清风。她长期居住在一间泥砖结构的平房里，直至去年元月儿子买下一栋红砖楼房后，她才乔迁新居。康菊英一生节衣缩食，勤劳俭朴，把中国农民的传统美德和吃苦耐劳的精神展示到了完美的极致。1993年5月，中央电视台派记者来拍摄《昔日劳模今安在》的专题片，她找了半天，找不到一件没有补丁的衣服。临走，一位记者深怀敬意，拿出20元钱给康菊英："康劳模，本来我们要买点东西来看您的，但时间来不及，这是我们的一点心意。"康菊英的双手颤抖着："谢谢你，记者同志。"又把钱悄悄塞进了另一位女记者的衣袋里。1994年，康菊英肺气肿复发，一连几天昏迷不醒。元月28日上午，她晓得自己已经不行了。弥留之际，她再三交代儿子："别怨我没为你安排工作。我死后，千万不要向党和政府伸手，千万不要铺张浪费……"儿子哽咽着喉咙，默默地点了点头。临死前的一刻钟，组织上问她还有什么要求，她吃力地摇了摇头，并从牙缝中拼命挤出几个字："死……后……火……化。"在清理康菊英的遗物时，找不到一件值钱的东西。有人从一个小红布包中清理出一本党费证，发现里面夹着56元现金，那是她缴给党的最后一次党费。凝视这张鲜红的党费证，如同看到一个普通共产党员火热跳动的心，所有在场的人都哭了。

"菊花开祝融傲雪斗霜赤胆忠心群众推举上北京当代表，英名载史册耕田种地劳苦高老年不改旧时装保晚节。"追悼会那天，上万名群众为她送行。全国妇联、省委办公厅、省人大常委会办公厅、省政协办公厅、省委农村工作部、省妇联分别发来了唁电。当县委书记刘增科含泪追述康菊英无私奉献的一生时，现场传来阵阵哭泣声。

党的好女儿康菊英走了，湘江在鸣咽，田野在悲鸣，千万个人在追寻这位普通党员在漫漫人生路上那刚毅而瘦弱的身影……

县委书记刘增科动情地说："康菊英是中国农村合作化运动一面火红的旗帜，是衡山人民巨大的精神财富，她不仅仅属于衡山，属于湖南，而且属于整个中华民族！"

（原载 1994 年 6 月 25 日《湖南日报》，并被中央人民广播电台、中央电视台、《乡镇论坛》、《湖南老年》等新闻单位采用）

采写札记

心中有激情　笔下出典型

当年，湖南衡山县委宣传部以"闪电"般的速度将我破格录用为新闻专干，使我的青春潜能得到尽情发挥。

那时，风华正茂的我来到衡山，感到衡山到处山清水秀，人杰地灵，令人耳目一新，天是蓝的，山是青的，水是绿的，连空气都是清新的。

"滴水之恩，当涌泉相报。"改革开放的浪潮连天涌动，也激荡着衡山的山山水水，我的内心充满感恩，充满激情，充满感动，不由自主地拿起手中这支笨拙的笔，来热情讴歌这片曾经流淌着无数英雄热血的红色土地，来真情书写生活在这片土地上的英雄人民。

"前山有个康菊英，后山有个唐群英，衡山女子了不起！"有人给我提供了一些新闻线索，让我关注且书写这两位伟大的衡山女性。

与康菊英的接触，缘于一次偶然的采访。1993 年 5 月，中央电视台记者拍摄《昔日劳模今安在》专题片来衡山寻访全国劳动模范康菊英，我陪同前往。

走近康菊英，才感受到这位平凡女子的神奇伟大。

康菊英个头不高，衣着朴素，其貌不扬，与普通的农村女子无任何区别，仿佛在山野农舍随处可见。在与记者的交往中，她的内心才闪耀出崇高、博大与伟岸。

为了推动农村合作化运动，康菊英创办了全省第一个农业合作初级社、高级社，出任全省第一个农业高级社女社长并三推婚期，直到 30 多岁才结婚，这是一般的农村妇女所难以做到的；她当选为全国第一、第二、第三届人大代表，先后 11 次受到毛主席的接见；她以满腔热情投入农村合作化运动，带领农民共同富裕，为农村合作化运动创立了不朽功勋；她克己奉公、无私奉献，成为全国农民的一面旗帜；她一生俭朴，无处不体现一个共产党员的高风亮节……

走近康菊英，内心涌动起对她的崇高敬意。

如今，尽管康菊英头发全白，但她那带领群众改天换地、叱咤风云的风采依旧。

面对电视机镜头，康菊英却找不到一件没有补丁的衣服；一位记者深怀敬意，给她留下 20 元钱，她坚决不收；记者走了，她站在门口挥手与记者依依惜别，她又一次感受到了党和政府的温暖与关怀。当时，我以现场短新闻《山河不会忘记您》捕捉到了这一真实且难忘的镜头。

1994 年元月，康菊英病逝，在衡山引起轰动，不少人缅怀她、追念她、赞扬她，我再次来到她的家乡，聆听乡邻对她的仰慕、追忆与哀思。我决定通过生活中平凡、普通、感动，而不被一些人所注意的生活琐事作铺垫，来表现她崇高的境界、善良的心灵和高尚的情怀。

点点滴滴，就像星斗汇成大河，激荡着我感情的潮水奔腾不息。主题出来了，康菊英的一生写满了真诚与奉献，她的一生就是一部无私奉献史。三个层次形成构筑她的多重人生特色：事业重于山，名利淡于水，晚年灿似霞。构思一旦形成，写起来如行云流水，一个个熟悉的故事跃然纸上。

在这种激情难抑的叙述中，长篇通讯《康菊英，一部无私奉献史》迅速定稿，交有关部门审定后，迅速发出，没想到《湖南日报》以整版篇幅刊出，中央人民广播电台、中央电视台摘要播发。《乡镇论坛》《湖南老年》等杂志全文刊发后，在社会上引起较大反响。

心中有激情，笔下出典型，假如没有衡山这片神奇的土地孕育这些英雄豪杰，没有这种"遍地英雄下夕烟"的壮阔气象，没有康菊英们这种慷慨豪迈的精神觉醒，便没有我笔下这些难得的典型人物，"巧妇难为无米之炊"。同理，假如没有当年的那种激情澎湃的书写，也不可能抢救性挖掘出康菊英这些可贵的英雄人物。

毛主席说，人是要有一点精神的。

作为一个新闻工作者，心中应该永远澎湃着一种激情、一种真情、一种恩情，或许，那是对英雄的崇敬、人民的热爱和文字的敬畏。极力探寻普通人的思维和行为方式，生动诠释普通人的真情实感，这是笔下人物具有与生活和读者接近性的重要前提。

谭兴华，你就是能人

相传数百年前，衡山师古八里的一位农夫爬上南岳祝融峰。突然电闪雷鸣，只见家乡方向闪烁着一片金光，宛若一个硕大无比的金盆，八条鲤鱼争相跳跃，跳了七七四十九天，始终不得入内，鱼筋疲力尽而亡。农夫下得山来，并未发现金盆。村民换了一辈又一辈，山还是那座山，梁还是那道梁，一切都似乎无法改变。有歌唱道：

　　　　南岳山，八里坪，八条鲤鱼跳金盆；

　　　　有人跳入金盆内，世世代代吃不完……

斗转星移，岁月更替。如今，这个美妙的传说终于变成了现实。

（一）

1993 年 3 月，北京，群英荟萃。

八届全国人大一次会议分组讨论期间，国务院副总理朱镕基被一位文质彬彬、西装革履、身材不高的英俊青年所吸引，并指着要他发言。

"我叫谭兴华，今年 22 岁，是湖南衡山县师古乡八里村农民。"

"你不像农民嘛！"朱副总理笑着插话。

中共湖南省委书记熊清泉接过话头："他是 90 年代的新型农民，为回乡青年闯出了一条新路。"

听了熊书记的介绍，朱副总理高兴地点了点头。

当谭兴华提到"建议组织启用一批能人走上领导岗位，带领农民兄弟共同致富"时，朱副总理做笔记的手停了，突然冒出一句："你就是能人嘛！"引得大家哈哈大笑起来。

（二）

从南岳镇沿 107 国道往东行走 2000 米，便到了谭兴华的家。

这是一座现代化的小洋楼，青山环抱，绿树掩映，门前一口池塘布满红萍，屋后有沼气池和自来水设施，水管直通每个猪栏。有谁想到，楼房里住的却是"天蓬元帅"的后代。楼底层养的是数百头膘肥体壮的瘦肉型商品猪，它们一个个叽叽咕咕，仿佛在与主人亲切交谈；中层养的是外国良种公、母猪，它们正在生儿育女，传宗接代；上层养的则是莲、鱼和泥鳅，荷叶上流淌着晶莹的水珠。而谭兴华一家 6 口，却挤在一栋古老陈旧的土砖结构平房里。

谭兴华 1988 年被团中央、农业部评为全国农村科技致富标兵，1990 年被评为全国农业劳动模范，今年当选为全国人大代表。面对他那陈旧的住房，不少人迷惑不解："人是万物之灵，住的连猪都不如，这全国劳模对自己要求岂不太苛刻了。"连一向疼爱他的奶奶也埋怨起来："有福不晓得享，无福打巴掌哟。"而更多的人则佩服谭兴华长远的战略眼光和非凡的气概。

（三）

有志不在年高。小时候，谭兴华经常听奶奶讲"鲤鱼跳金盆"的故事，他多么想从旷野里找到一只金盆，使村里由贫变富呀！上初中时，学校生活条件差，母亲李月秀每周给他 5 元零花钱，他全部拿去订了《湖南科技报》，买了《养猪专业户手册》《松下幸之助》等书。他对同学说："我 20 岁后一定成个养猪状元！"一位同学不信，跟他打起赌来："如果你成了养猪状元，我从十里之外一步一跪赶来放爆竹！"

当夜，谭兴华写了一副对联，上联：平步青云；下联：飞黄腾达；横批：养猪状元。他把对联贴在他家那块满是烟尘的墙上。

1986年，谭兴华初中毕业回乡，做的第一件事便是养猪。

一石激起千层浪。父母黑着脸，默不作声，奶奶站出来坚决反对："我们一家几代人养猪，提了几十年潲桶，有什么出息！做其他事情可以，养猪，万万不行。"

可谭兴华的选择，九头牛也拉不回。

家里烧了12万块红砖，那是父母几十年的积蓄。他们商定把住房改善一下，建一栋红砖楼房。现在的房子已有100多年历史，的确太陈旧太古老了。

谭兴华到外地参观学习回家后，提出把红砖让出来建猪舍，并画了一张草图交给父亲："爸爸，舍不得兔子打不着狼，家里要脱贫致富，必须舍得投资。"

父亲默许了，他暗暗欣赏儿子的胆量！母亲无可奈何，卸第二窑红砖的时候，还在跟儿子赌气。

1986年金秋十月，一栋谭兴华自行设计、适合搞立体生态农业的三层楼房建成了。他兴奋得一连几晚没有睡好觉，跑到舅父家借了2100多元钱，一次买来120多头本地猪崽进行饲养。

一位哲人说：超越自然的奇迹，总是在对逆境的征服中出现的。万事开头难。1986年冬，"猪瘟"等病流行猪舍，交替感染，一头头活蹦乱跳的猪崽乱弹了几下，死了。猪的病情到了无法控制的地步，谭兴华急得像热锅上的蚂蚁，请来市畜牧水产总站一些专家临床论证，专家们使出浑身解数，最后叹息地摇了摇头，只有眼睁睁地望着猪崽一头接一头地死去。

1987年农历大年初一，对于谭兴华来说，是一个阴沉晦涩没有希望的日子。尽管新年的爆竹在不停地炸响，别人饮茶喝酒欢度佳节，可谭兴华却咽不下一粒饭。听见心爱的猪崽在不停地呻吟，忍不住拿起针头再次对猪崽进行注射。

残阳如血。临近黄昏，又有四头猪崽相继死去。他慢慢提起死猪，埋到了山上，一边埋，一边默默地流泪：农家子弟啊，致富之路为何这样难？

（四）

几天之内，死了 79 头小猪，损失 9000 多元，这犹如一颗重磅炸弹，击得谭兴华晕头转向。痛定思痛，他运用书中的知识和临床实践分析认为：主要是种源有问题，没做到自繁自养。吃一堑，长一智。他总结经验教训，从四川绵阳引进 32 头良种母猪，并拿出吃奶的力气，一边学习，一边实践。一本《瘦肉型良种母猪的饲养管理》被他背得滚瓜烂熟，还买来饲料粉碎机，配套建成饲料仓库、消毒池和治疗室等。各级领导和有关部门时刻关心他的成长，鼓励他正确对待失败，探索出一条生态农业之路。

谭兴华的劲头更大了。他利用饲料养猪，猪粪发酵产沼气，沼渣养鱼、种田种果树，种植业产品又加工成猪、鸡饲料，形成有机物多层次利用的良性循环，并且掌握了各种防疫、治疗猪病的技术。7 年来，共出栏瘦肉型良种生猪 3300 多头，产值 171 万元，年产鲜鱼 600 多公斤，养鸡 200 多只，3.5 亩责任田亩产过了 1000 公斤。同时，他的生猪通过外贸出口到香港等地，为国家创汇 40 多万美元。

1992 年年底，一栋投资近 10 万元的现代化大楼拔地而起，那是谭兴华的农科教中心。一挂鞭炮响过，谭兴华全家乔迁新居。84 岁高龄的老奶奶任儿孙怎么做工作，仍不肯搬家。这位历尽人世沧桑的老人舍不得那间已有 100 多年历史、被谭兴华贴有"养猪状元"的土砖房。在她心中，谭兴华今天的辉煌或许与这间土房有某种必然的联系，因为那毕竟是一个出"状元"的地方，那里有她心中的图腾，更有她巨大的精神依托。

（五）

八届人大一次会议结束，省委书记熊清泉亲切地拍着谭兴华的肩膀：

"你叫兴华，回家后，应该先兴村，再兴湘，然后才能兴华。"

谭兴华时刻铭记在心。回乡后，他以满票当选为村委会副主任，负责全村的经济工作。在村民代表大会上，谭兴华慷慨激昂："感谢全村人民的信任，我相信在上级党委和政府的大力支持下，大家精诚团结，锐意进取，一定能在八里村再造一个华西！"

掌声，经久不息。

为了帮助群众迅速脱贫致富，他成立了全省第一家农民科学养猪协会。几年来，他挤出时间为附近村民防治猪病1400多头次，经常为养猪户提供信息，购买饲料，加工原料。本村农民谭泽奇打算饲养生猪，但苦于没有资金、不懂饲养技术，谭兴华主动借给他8000元钱，并给予具体指导，使他家当年投产，当年见效，一举甩掉了贫困帽子。在谭兴华的带动下，全村养猪重点户增加到190多户，人均纯收入由7年前的270元增加到目前的1800多元。

谭兴华的成功经验引起巨大的轰动效应，来自全国21个省市的信件像雪片一般飞来，他均一一回复，并随信寄赠资料。翻开他的登记本，目前已接待郑州、岳阳、常德、益阳、邵阳等地来访的农民2100多人次，义务为当地驻军部队、厂矿、农村培育了一大批养猪人才。衡阳县集兵区神皇乡17岁的青年农民朱向党高中毕业回乡后，非常苦闷，抱着试试看的心情来到谭兴华家，受到他全家的热情接待。小谭手把手教他防治猪病，使他深受教益，满载而归。临走，谭兴华骑着自行车送了一程又一程，赠送给他技术书和医疗器械，谭的母亲还买来一件衣服送给小朱，使他深受感动。目前，谭兴华已经帮他调进了4头种猪，新建了猪舍，并给他提供贷款、饲料和技术。今年，他家出栏良种生猪110多头，纯收入12000多元。

谭兴华并没有就此满足。1993年6月，他发动村民集资35万元，买来10台崭新锃亮的客车，创办了"衡山旅游服务公司"，热情地为四方宾客服务。一个以旅游业为龙头，带动其他产业的宏伟蓝图已在他心中逐步形成，并分步实施。明年公司将盈利20万元，成为全市第一村！

谭兴华时刻铭记着，他是农民的儿子，改变农村贫穷落后的面貌，是他的应尽之责；振兴中华，是他矢志不渝的追求！

谭兴华，好样的，你坚实地踏着这养育你的一方土地，你纵身一跃，像鲤鱼跳进了金盆，展现在你面前的是一片金色的霞光。

明天的太阳会更加辉煌！

（原载 1993 年 7 月 2 日《中国青年报》头版头条，并被中央人民广播电台、《光明日报》、《农民日报》、《农村青年》、《湖南日报》、湖南人民广播电台、《衡阳日报》等新闻单位转发，并获得《湖南科技报》举办的"五花八门致富经"征文一等奖）

采写札记

多维视野的立体呈现

这篇 4000 余字的长篇通讯发上了《中国青年报》的头版头条，报社还发来通知，邀请我作为全国 13 名优秀通讯员代表到南戴河参加为期半个月的笔会，权当对我的鼓励与奖赏。现在回过头来一想，此稿的确有它的独到之处，这是我应用多种手法写"立体新闻"的结果。

写"立体新闻"，首先得写好文章的开头。老舍说："开头好比演员亮相，应该开得有光彩，吸引人。"万事开头难，我开始写了六七个开头，从一个侧面平铺直叙，没有"光彩"和新意，自己老是不满意，后来，我想起了主人公奶奶给我讲的南岳衡山祝融峰"鲤鱼跳金盆"的故事，便采用映衬的笔法，将这个美丽的传说巧妙地写进文章的开头，不但引人入胜，而且将传说与现实有机地交融在一起。也许正是这个不落俗套的开头，一下子抓住了编辑的眼球，吸引他将文章看了下去。

写"立体新闻",还得写好文章的主体。文章的主体是关键。我运用影视中常用的特写镜头,用白描的手法,从在北京召开的八届人大一次会议湖南团分组讨论写起,写到谭兴华的发言引起国务院副总理朱镕基的极大兴趣,并冒出一句"你就是能人嘛!"然后,峰回路转,写到他少年当养猪状元的誓言以及他在养猪过程中遇到的艰辛,再写到他发愤图强,由外行变内行,建成立体养殖场,带领千家万户共同致富的故事。这组画面由远而近,层层递进,将故事写得一波三折,高潮迭起,具有强烈的感染力。

写"立体新闻",还得写好文章的结尾。我应用文学中虚实结合的写作手法,将谭兴华面对的现实与对未来的展望融为一体。"先兴村,再兴湘,然后才兴华""展现在你面前的是一片金色的霞光""明天的太阳更加辉煌!"将主人公的境界作了一种提升,最后戛然而止,余音袅袅,让人回味无穷。

文章用朱镕基的话作标题,信手拈来,别具一格,这是深入采访所碰撞出的火花。

另外,我还运用了排比、对仗、比拟等多种写作手法,合理地贯穿文章始终,既活了文章的布局,烘托了现场气氛,又增加了文章的"立体感"和"厚重感"。湖南省作家协会会员、衡山县文化馆原馆长陈章麟说:"这样的文章只有你写得出,由此看出了你比较扎实的文字功底与文学功底。"

有人说，女人似水，水一样柔弱；

有人说，女人像花，花一样娇美。

然而你却有男人的刚毅，山岩的坚实，古柏的苍劲。更有那同风雨搏击、与日月争辉的非凡气概。

欢乐忧愁只有你知道

站在我面前的你实在太平常太平常了，一头短发，衣着朴素，如同一位普普通通的农家妇女。但从你那睿智的眸子里透出一股虎虎雄风和锐不可当的英气。谁能想到，就是你这么一位平凡的女子，一位当年的"铁姑娘队长"，一位普通的女共产党员，凭着你非凡的才智与毅力，凭着你的果断、你的勇猛，预审办案近千件，从未发生过一起差错，且深挖罪犯，使一些疑难案件得到了及时破获。全局的预审工作名列全市第一，跃居全省先进行列。

当我们去采访你时，你谦逊地笑了笑，感到一种从未有过的压力，好不容易，你才勉勉强强地开了口，说着，说着，你微笑的眼里含着泪珠。从此，我们了解到一位女警官的忧愁和欢乐、奉献与追求……

（一）

1952 年，你沐浴着共和国的曙光，降生在广西那片异乡的土地上。小时候，你就对保卫祖国、维护社会治安的解放军、警察相当敬佩，并渴望自己能当上一名人民警察，站出来保护人民、打击敌人。

命运仿佛有意安排了你。1979 年，你从县妇联调到县检察院，当上了一名检察官，并与一名子弟兵结了婚。1984 年，组织上又把你调到了县公安局预审股，实现了你那橄榄色的梦想。"从当警察的那一刻起，我就把自己的生命与人民群众的安宁融为一体了"，你感到责任重大，任重道远。

然而，当警官并不像你想的那么容易，仅有热情是不够的。成沓的案卷、高深莫测的侦破常识、复杂繁多的实际案例……把你搅得晕头转向。一切还得从头开始。为了尽快掌握法律常识，到省政法干校参加专业培训，你忍痛把自己出生 3 个月还差 4 天的女儿送往广西老家。父母接过你的女儿，心情异常激动，但看到小外孙那么幼小、娇嫩，像软带子一般抬不起头时，犹豫了："爱球，孩子才 86 天，就要断奶，我们能把她带大吗？"

"妈，如果我成天带着孩子，学习上不去，就当不好警察。"

临走，你抱着心爱的女儿亲了又亲，就在你转背的那一刹那，泪水像断了线的珠子。你狠狠心，擦干泪，踏上了北上的列车。

谁知，这一别，就是整整 5 年。

5 年，1800 多个日日夜夜，你不知背过了多少法律条文，翻阅了多少案卷，审讯了多少罪犯。你终于由一个不谙世事的大姑娘变成了一个满腹经纶的女警官。但你却失去了人世间许多欢乐。

（二）

预审，是公安部门一个关键岗位，在整个刑事案件中起着举足轻重的作用。你凭着女性独有的细腻和非凡的胆量，使一些蒙受冤屈的人起死回生，使真正的凶手落入法网。

1996 年 4 月，局领导把一个复杂、疑难案子摆到了你的面前：元月 12 日，贯底乡仙鹅村农民曹泽民为争 5 厘自留地将邻居曹希梅打死。据法医鉴定，死者头部有 28 处钝器伤，致使颅骨骨折，脑损伤死亡。如果真是曹泽民所为，就是不吃"花生米"，也活该把牢底坐穿。但你在一次审讯中听曹泽民交代："我打了他，从地上拾起锄头页子打的，他的儿子用锄头裤打了他，比我打得还重。"

是凶手为了减轻罪责而狡辩，还是确有其事？一定要查个水落石出，不放纵一个犯人，也决不冤枉一个好人！

你辗转反侧，夜不能寐，发现案卷在证据上没有形成体系，决定携卷深入现场进行调查。从现场找到了一把带血的锄头，经辨认，是死者儿子曹新良用过的，取血迹鉴定，为 O 型，与死者血型相符。

在走访中，你听说当时有 11 个小孩躲在旁边观看。便找到当事人，主动与他们交朋友。这些小孩中最大的 12 岁，最小的才 4 岁。

"谁的成绩最好？中午在哪里吃饭？"孩子们一一回答。为了取得孩子的信任，你还买来了包子、糖果，分发给他们。

孩子们见你那么可亲，便将当时看到的情景和盘托出。为了做到准确无误，你帮助他们定点定位画图。"我们看见曹泽民与曹希梅在打架，曹希梅用锄头去打曹泽民，曹泽民脑壳一偏，没打着，锄头撞在地上，锄头把从锄头页子中松了出来。"

"这时，曹希梅的儿子曹新良拾起另一把锄头砸了过来，没打倒曹泽民，反而打倒了自己的父亲。曹泽民也拾起锄头页子朝曹希梅头部猛砍……"

调查结果与曹泽民的辩解相符，但还不能肯定是曹新良所为，必须弄清死者致死的真正原因。你大胆地提出："要弄清死因，必须开棺验尸。"

开棺验尸，谈何容易。一是死者早已入土为安，死者亲属不会同意；二是预审、刑侦、派出所等部门尚未取得一致意见。困难重重，你并没有因此而气馁。先后向局领导、县委政法委、市公安局的领导作了汇报。一位法学专家说："此案难度较大，如果在死者头上没有发现其他痕迹，可能要将其首级送往北京进行化验。"

你的建议，得到了市、县公安局的采纳。你们齐心协力，一方面做通了死者亲属的工作，另一方面开棺验尸。专家们迅速得出结论：死者头部左颞部被铁质钝器（即锄头裤）猛击所构成颅骨骨折、损伤，是引起死亡的主要原因，其次是死者头部受到带横边铁器（锄头边）的多次打击，致使头皮致伤，加快了死者的死亡。

你突审曹新良，一宗迷离复杂的案件终于真相大白。法院最终判决曹新良有期徒刑三年，曹泽民有期徒刑七年。

曹泽民泪流满面，跪在你的面前："谢谢你，唐股长，不然，我的冤永远不会清……"

同事们说："你真厉害，死人给你搞了出来，死犯让你救活了。"

你嫣然一笑："实事求是嘛！"

（三）

做人难，做女人更难，特别是你这种事业型女性。

爱人杨许生转业分配在县人民医院，他也有一颗顽强的事业心。

孩子才 11 岁，她没有奶奶，爷爷经常重病缠身。

事业、家务、事业……你成天风风火火，像一只旋转的陀螺。但你感到，在奋斗中工作和生活，是最为幸福的。

孩子读一年级的时候，就把写有"唐爱球是 mofan"的纸条贴在墙上。模范两字写不出，只有用拼音代替。在她幼小的心灵里，你无疑是一面飘扬的旗帜，因为你的行为已给她留下了深深的烙印。她在一篇作文中写道："我和普通人一样，有一个普通的妈妈，但我的妈妈是一个伟大的妈妈……"

由于你从事的是一种特殊的职业，爱人经常出差在外，孩子无人照顾，体质一直没有得到恢复，你感到很对不起女儿。记得女儿刚回来的那阵子，染上了肺结核，长期高烧不止，晚上，你只好抱着女儿到医院的冰室去冰。

一次，你外出办案，两天未归。当你打开家门，见女儿昏睡在沙发上，你将女儿摇醒："丽，桌上的剁辣椒哪去了？"

"让我拌冰淇淋吃了，我很饿，找不到吃的，冰箱里面有 4 块冰淇淋，我全吃了。"

听着女儿的叙述，泪水在你眼眶里打转。是呀，你是一位模范警察，却不是一位称职的母亲。第二天大清早，你煮了一大碗面条，加了两个荷包蛋给女儿吃，你想用自己的行动来补偿一份母爱。见女儿狼吞虎咽的样子，你含泪带笑，心酸酸的、甜甜的。

"妈妈，你到底要不要我了？"吃完面条，女儿天真地问。

"你是娘心上的一块肉，怎么会不要你呢？好，今天妈妈一定不出去，今天中午保证让你回家有饭吃。"你说。

孩子开心地外出玩去了，她以为妈妈在家，没有带走家中钥匙。

当她蹦蹦跳跳走回家时，只见门上贴着一张纸条："丽，妈妈执行任务去了，你到对门奶奶家去吃饭，听话。"

孩子站在楼梯间号啕大哭起来。

为了母亲的微笑和大地的丰收，你累了自己，苦了孩子，亏了丈夫。

长期超负荷的劳作，使你染上了多种疾病。

1987年4月，你猛然昏倒在办公室，大家七手八脚把你送往医院。待你苏醒过来，你已在医院住了一个星期，第二天，你感到体力正在恢复，便偷偷地回到了公安局。

医生找上门来："唐股长，液体已经开好了，你必须再做一次扫描试验，查清病因。"

爱人也好心相劝："你经常生病，可就是找不出原因，你就下一回决心吧！"

"股里的事那么多，看病太耽误时间。"医生拿你无法，只好走了。

时间，就是你的生命。为了不耽误时间，你常常晚上输液，白天上班；中午输液，下午上班。后来，你感到输液还是浪费时间，便改用中药来对付病魔。每次下乡办案，总是先熬好药，装进瓶子，带下乡。到了最后，你感到开处方还是浪费时间，便拿出以前的药单子来对付。就这样，你的一个中药处方至今吃了整整6年。

你的身体不断瘦弱，但你时刻考虑的是保护人民群众的生命安全，为经济建设保驾护航……

（四）

女人不是月亮。

你爱憎分明，嫉恶如仇。为了党和人民的利益，你随时准备献出自己的一切。1991年12月19日，沙头乡茶石村发生了一起罕见的特大爆炸杀人案。接到报案后，你跟随县局的同志，迅速奔赴出事地点。

11具尸体胆肝俱裂，血流满地，更激发了你对犯罪分子的刻骨仇恨。为了迅速抓捕罪犯，为民除害，你冒着罪犯身上捆有雷管炸药随时准备与公安人员同归于尽的巨大危险，与其他干警一道，一步一步朝山顶紧逼，迫使犯罪分子自爆身亡。

对待罪犯，你无所畏惧！

对待人民，你亲如兄弟。

今年3月，山东省聊城市内燃机厂一车三人停在长江乡柘塘村地段购买凉席，附近三名不法之徒偷盗车上甘蔗，被司机杨俊安发现。他出面制止，竟被歹徒非法挟持、殴打、拘禁，还抢走现金1230元。你与同事们闻讯后，两小时内就抓获了罪犯，由于忙于审讯，三位受害人被遗忘在一边。三月的早春，寒气和饥饿朝他们一阵阵袭来。你以女人特有的细腻和敏锐觉察到了，自己掏钱从街上买来了衣服和面条送到三位受害人面前："你们在衡山出了事，我们有责任，以后出外，要多加小心。"

听着你的热情安慰，吃着热气腾腾的面条，几位山东大汉被感动地热泪双流："我们挨了几个人的打，都没有流泪，今天，遇到你这位异乡的亲人，我们太感动了……"

你也从中找到了某种慰藉。

对待说情者，你毫不留情。

一次，你的一位亲戚因诈骗犯罪，不少亲友赶来求情，年近古稀的伯父也出动了："爱球，我一生一世从未求过你，这件事的权力就在你的手里，还不是你一句话就可大事化小，小事化了？你就帮帮忙吧！"

你坦率地说："伯伯，其他忙可以帮，这个忙我不能帮。"

第二年春节，你家破例少了一个客人。

宋桥乡宋桥村 10 组 77 岁的农民文某，参加过淮海战役，立过累累战功。但他兽性发作，奸污了一名年仅 4 岁的幼女。你受理此案后，说情者纷至沓来，有乡村干部，有县直机关领导："他为共产党立过功，流过血……"

"假如你是受害者的家属，你会放过他吗?"你顶了回去，又一次为民伸张了正义。

老百姓爱你，敬你;

犯罪分子恨你、怕你。

你十分坦然："来吧，我已经作了打算，时刻准备着……"

(原载 1997 年 9 月 12 日《当代公安报》头版头条，并被《新华每日电讯》《法制日报》《人民公安》《民主与法制》《当代警察》《湖南法制周报》《法制月刊》《三湘风纪》《公安时报》等新闻单位采用)

采写札记

挑战不可能

一位哲人曾经说过，历史上所有伟大的成就，都是由于战胜了看来是不可能的事情而取得的。

记得衡东县霞流镇大桥村高考落榜青年刘爱平，通过各种途径找到我，要求我给他"报道报道"，并口出狂言："想当个全国人大代表干干。"

面对他的过分要求，我不是给他泼"冷水"，而是鼓励他："不是没可能，关键是你要把握好，落榜不落志，通过养猪带领千家万户致富! 当然，要想当全国人大代表，必须有一定的知名度；而要有知名度，离不开宣传策划，我们一起共同努力。"

那时，网络媒体不发达，宣传全靠传统媒体，这无疑对我也是一种挑战。经过10余年的宣传策划，我采写的《为了省委书记的嘱托》《刘爱平创办万头良种瘦肉型生猪示范养殖场》《农家一日胜十年》《刘爱平带富三千弟子》《刘爱平打造国际大菜园》等文章相继在《人民日报》、新华社、中央电视台、《农民日报》、《湖南日报》、《羊城晚报》、《三湘都市报》、《湖南科技报》刊发，刘爱平的"知名度"越来越高，2003年，他如愿以偿，终于当选为第十届全国人大代表，成为衡东县第一个"全国代表"。

唐爱球也是我写出来的一个优秀典型人物，是我无意中推出来的全国党代表。

透过唐爱球的精神世界，感悟到这位平凡女子的刚毅、勇敢和锐不可当的英气。她将3个月还差4天的女儿送回广西老家，托父母带养，刻苦攻读法律条文，由一个不谙世事的大姑娘变成了一个满腹经纶的女警察；她凭着女性独有的细腻和非凡的胆量，使一些蒙受冤枉的人起死回生，使真正的凶手落入法网；她病倒在工作岗位上，被同事送往医院，感到输液浪费时间，便改用中药对付，一个中药处方被她吃了整整6年……

一整天时间，唐爱球与她的同事给我讲述了这些平凡的故事。故事不多，宛若平常一支歌。我一边认真聆听，一边记录，并不时提问，挖掘一些感人的细节：有一次，唐爱球外出办案，两天未归，当她打开家门，发现9岁的女儿在沙发上睡着了，她将女儿摇醒："丽，桌上的剁辣椒哪去了？""被我拌冰淇淋吃了，我很饿，找不到吃的，冰箱里有4个冰淇淋，我全吃了。"听着女儿的叙述，泪水在她眼眶里打转。是呀，她是一位优秀的人民警察，却不是一位称职的母亲。第二天清早，她煮了一大碗面条，加了两个荷包蛋给女儿吃，算是一种"补偿"。见女儿狼吞虎咽的样子，她含泪带笑，心酸酸的、甜甜的……唐爱球柔中带刚，刚中带柔，一个优秀的女人民警察的形象在我心中越发高大、丰满、生动、鲜活起来，经过精心构思，我激情澎湃，采用第二人称的写作手法，将这些故事原汁原味写了出来，一气呵成，显得亲切、自然、流畅。文章作为推荐材料上报到省公安厅、省委政法委，被《当代警察》全文刊发，《湖南法制周刊》《当代公安报》分别刊发了头版头条。唐爱球被评为全省优秀人民警察和全省十大杰出民警。随后，省公安厅将材料上报到北京，《法制日报》《人民公安》相继刊发，唐爱球被评为全国特级优秀人民警察。

挑战不可能，次年三八妇女节前夕，我又将材料进行修改，通过妇联上报到北京，唐爱球被评为全国三八红旗手和全国巾帼建功标兵。

1997 年，唐爱球迎来人生的巅峰时刻，当选为党的十五大代表。

唐爱球从北京回来，喜滋滋地告诉我："我能有今天，全靠你的材料写得好，是你一篇篇文章将我推出来的，让不可能变成了可能。"

后来，省公安厅一位文友对我说："这篇文章主要是写出了你对人民警察的一片真情，情真动人心，不动真感情，绝对写不出这样的好文章。"

岁月悠悠，时间一晃过去了近 30 年。2021 年，唐爱球作为英模代表参加衡阳市庆祝建党 100 周年文艺晚会，看到当年风华正茂的我变成了满头白发的汉子，动情地说："你的 100 根头发中，有 50 根是为我写白的。"

的确，写作永远离不开生动的生活场景、真实的人类情感和复杂多变的现实世界，既能雄浑大气，如鲲鹏在天之高，又能柔情似水，透视人间万家灯火。

我们既是采访者、叙事者，也是行动者、记录者。这种写作不仅要坚守中国的文脉，还要敢说真话、敢写真事、愿付真情。只有这样，才能挑战不可能，让不可能的事情变成现实。

习近平总书记指出："文艺是时代前进的号角，最能代表一个时代的风貌，最能引领一个时代的风气。"一个先进典型的推出，对于提高一个地方的知名度，引领一个时代的风气，激发一种奋发上进的力量，其作用是不可低估的。

为了推荐宣传家乡的典型人物，我竭尽全力，尽我所能。

也许岁月能改变山河，但历史将不断证明，有一种精神永远不会失落，崇高、真诚和无私将超越时空，成为人类永恒的追求；

也许时光会冲淡记忆，但一段段难以割舍的真情故事，一幕幕戏剧人生的真情碰撞，能使千万人的心灵为之震撼。

天地恸哭，珠峰上惊世的姐弟亲情

父亲早逝，母亲改嫁，姐弟两人相依为命。为供弟弟读书，她外出打工被炸伤双手；弟弟患了白血病，她又跪着四处向人求助；弟弟离开人世后，她毅然将乞讨来的 12000 元钱捐给灾区，并按弟弟的遗愿将他的骨灰送到世界屋脊——珠穆朗玛峰……

1998 年 9 月 12 日，海拔 8848 米的珠穆朗玛峰的山腰上，一个失去亲人的女青年背着弟弟的骨灰艰难地爬行着。这个女孩名叫赵小惠。她已经以常人难以想象的毅力爬到了海拔 5000 多米，指甲断裂了，脚底渗出了血，零下 20 摄氏度的严寒侵蚀着她的肌骨。当她站在高高的山崖之上，俯瞰白雾茫茫的深渊和空无人迹的沟壑，她感到从未有过的寂寞和恐惧。但是，弟弟临死时苦苦挣扎的场景又浮现在她面前："姐姐，你无论如何要替我登上珠穆朗玛峰，我死也无怨了！"想到此，她眼角忍不住涌出一股冰冷的泪水："弟弟，姐姐无论如何也要上珠峰，一定！"

苦难的家庭孕育着一对苦难的姐弟。为支持弟弟上学，姐姐中途辍学外出打工，历尽磨难。在她心中，弟弟是她的唯一，她也是弟弟的唯一，而等待她的却是另外一种命运……

赵小惠今年 20 岁，出生在湖南省祁东县金桥镇枧桥村盘泥组，是一位贫穷而清秀的弱女子，一位与不幸顽强抗争的山村姑娘。

命运仿佛有意对她不公平。她两岁那年，弟弟赵培元还未出生，当铁匠的父亲回家收割晚稻不幸在田边被马蜂蜇死。弟弟才出生两个月，母亲又抛下他们改嫁他乡。从此，姐弟俩与爷爷奶奶相依为命，苦挨着那艰难的岁月。

穷人的孩子早当家，苦命的赵小惠小小年纪就尝到了当家的滋味。她嫩弱的双肩承受着这个缺少父爱母爱的家庭重担，拼命地帮爷爷奶奶干农活，做家务，照看弟弟。她每天清早起床，熬粥喂给瘫痪在床的奶奶吃，放学后，又给奶奶擦屎接尿。12岁那年，奶奶死了，家中一贫如洗，已考上县重点中学的她只有中途辍学，把读书的机会让给了弟弟。没有父母，难免要受别人的欺压，赵小惠姐弟俩愈加团结。在赵小惠的心中，今生今世，弟弟是她的唯一，她也是弟弟的唯一。

下午，弟弟赵培元放学了，书包一放就帮姐姐干活。他们一起上山种地，下田收割。随着时光的流逝，在风雨飘摇的漫漫长夜里，姐弟俩的感情越来越深。有时，赵小惠想，假如要我与弟弟分开的话，那我可能会活不下去！

家，虽然贫困、清冷，但亲情无处不在。弟弟经常教她看地图、学文化，并安慰赵小惠说："姐姐，我一定要努力学好画画，将来成为一名画家，到那时就有钱了，家境自然会好起来。"听着弟弟这充满自信又感人肺腑的话，赵小惠禁不住热泪盈眶，仿佛美好的未来正在向他们招手。然而，弟弟快上初中了，开销渐大，赵小惠要去打工挣钱，供弟弟上学。她常常这样想：弟弟读书出来了，这个家就有希望了。

才13岁，赵小惠就跟着同村人来到江西南昌，隐瞒年龄，在一家鞭炮厂做工。一次，她不小心跌倒，双手撞进了一袋"板炮"中，随着"轰隆"一声，板炮炸了，她的双手被炸伤，脸也被烟火烧伤，落下了永恒的疤痕。14岁，她又跟人下广东，成了一家工厂年龄最小的"打工妹"。她做玩具、制假花、淘厕所，什么活都干。她对苦难的忍耐力连比她大好几岁的姐姐们都感到吃惊。

这些年她一直在广东干着最艰苦的活，不知流了多少辛酸泪。但她觉得生活有奔头，因为弟弟在一天天地成长，从小学到初中，如今念初三了。弟弟喜欢画画，她立志多赚钱送弟弟上一所美术学校。一天辛劳之后，她躺在阴暗潮湿的宿舍里，甜甜地进入了梦乡。她梦见弟弟考上美术学校了，姐弟俩都在幸福甜蜜地笑着……然而幸福只是梦中的影子，1997年9月25日下午，一封从家乡发来的电报，把她从憧憬中推下了万丈深渊。接到弟弟病重的电报，赵小惠匆匆赶回家，怀揣着400元血汗钱。为了这几百元，她在老板办公室门外哭了整整一夜。当她几经周折赶到县人民医院时，恰好有个医生从楼梯口下来，说有个叫赵培元的人患了白血病，正在急诊室，由一个80多岁的老人陪着。

白血病！像被人重重击了一棒，赵小惠感到天旋地转，两眼发黑，瘫倒在地上，从接到电报到现在，她已三天三夜粒米未进了。

赵小惠被抢救过来，护士安慰她："你弟弟的病会好的，不要急成这个样子。"

赵小惠哭道："不，你不要哄我，白血病不是一般的病，即使治好了，也要花很多的钱。我爸爸死了，妈妈改嫁，家里没有钱，如果弟弟治不好，我也不活了！"

护士也跟着流泪，劝道："即使你那么做，也换不回你弟弟的生命，不如去求人帮忙……"

赵小惠静心一想："我不能死，只要弟弟有一线希望，我就要为他筹钱！"对，去求人，求社会！茫茫无际中的赵小惠心中一亮。

为了抢救弟弟的生命，赵小惠见人就跪，一连跪烂了四条裤子，膝盖上血迹斑斑："我要求遍天下所有好心人，把弟弟的病治好！"不屈的行乞者，终于换来了人间那种至纯至洁的真情

赵小惠的奶奶早已去世，只剩下一个84岁的爷爷，母亲改嫁后也患上了精神病。举目无亲，到何处去筹钱？她下定决心，就是挨家挨户乞讨，也要凑足为弟弟治病的钱。听医生说，治好弟弟的病，做骨髓移植手术要 10 万元钱。这样下去，何年何月才能把钱凑足？

第二天天刚亮，她不敢去见弟弟。她多么想看到弟弟呀，可是她不愿弟弟看到身无分文的她。她拖着虚弱的身体艰难地走上了街头。一个护士的婆婆和女儿主动陪她上街作证。

走出医院大门，赵小惠站住了。她茫然地看着大街，不知道要到哪儿去，不知不觉来到街中心……

一个中年人向这边走来了。赵小惠的脚挪了挪，却没抬起，嘴唇动了动，却没开口，她感到有成千上万双眼睛朝她射来，她迟疑了。

"弟弟啊，可怜的弟弟，我怎么才能救你呢？我真无能啊，我不能为你讨到一分钱！"

一种强烈的呐喊在心底响起，在回荡，在轰鸣："我要救弟弟，我要救弟弟！"看着来来往往的车辆，赵小惠忽然发疯似的冲上车道，扑通一声重重跪下！她跪下了！面对这个世界，这个可怜的姑娘无助地跪下了。是什么使她这样勇敢地跪下去？是弟弟，是不能再失去的亲人！

这时，一辆小车向她迎面驶来！

"嘎——！"赵小惠听到一声刺耳的刹车声，抬起头，泪流满面，从嘴唇里挤出几个字："救救我弟弟！"陪护在一旁的老婆婆忙着作解释。车上三位年轻人凑上 10 元钱，送到了赵小惠手上。

不断有车在她面前停下，不断有人把钱塞到她手上，她看见那一双双粗壮的手，纤细的手，老人的手，孩子的手，向她伸过来，是那么温暖，是那么让人感动。她跪着，忘记了痛，忘记了累，含泪说着谢谢好人，谢谢好人。

赵小惠挨家挨户地下跪乞求。不知道讨了多少户人家，不知道给多少人下跪过，她又累又饿，昏倒在地。醒来后她看见身边围了好多人。大家听着她的哭诉，感叹不已，你 10 元，他 20 元也捐了 100 多元。

这天，她讨了 200 多元，决定去见弟弟。走到病房门口，她停住了。她看见弟弟坐在病床上，一脸苍白。弟弟也看见了她，轻轻喊道："姐姐，怎么不进来？"她鼻子一酸，冲进去把讨来的钱往弟弟手上一塞，跑出病房，在医院门口埋头哭泣。

哭过的心反而变得坚强。第二天，赵小惠请村支书用红布写了一份求救书，再次走上了乞讨之路。

一天，她看见一个小学时的同学，自卑使她抬不起头。这个同学拿了10元塞给她，她感到心在颤抖。

在街头乞讨的日子是灰暗的。有人说她是骗子，当着面数落她："你这一个姑娘家，出来讨钱，图的是什么？"

有人说："你弟弟要真的得了那种病，你再乞求也是多余的，你已有19岁了，不如找个婆家嫁了。"

赵小惠突然想到了新闻单位。她来到《祁东报》编辑部长跪不起。听到她一家的遭遇，一篇《大家都来献爱心，救救这个苦孩子》的通讯刊发出来了。

稿子惊动了县委、县政府。县委书记张自银、常务副县长黄瑜专门了解此事，并各带头捐款100元。正在衡阳开会的县长戴廷用打来电话，希望各机关、学校、厂矿都加入献爱心的行列。《祁东报》6名工作人员捐出了180元；赵培元的母校金桥镇一中师生捐来了2000多元；县教育系统共捐款5000元；姐弟俩所在的枧桥村村民们也捐了600多元……

她又来到《衡阳晚报》编辑部，引来了周瑞华记者的爱心呼唤："弟弟，你不能走！"越来越多的好心人向苦难中的姐弟伸出了援助之手。

1997年10月中旬，坚强的姐姐带着从街头跪乞而来的钱，把弟弟转到了衡阳医学院附一医院治疗。随着市内几家新闻媒体的报道，雁城人民的爱心又洒向了苦难的姐弟俩。

赵小惠忘不了那许许多多的好心人。忘不了，祁东人民医院医护人员的浓浓爱心；忘不了，也同样贫穷的村民们的捐款；忘不了，衡阳医学院附一医院实习的学员们；忘不了，衡阳市教委送来了1万元捐助……

同年12月，寒风凛冽，只穿一双凉鞋的赵小惠要去长沙。昏昏沉沉地坐了3个小时的火车，醒来时发现站台上灯火通明，她问旁边的旅客长沙到了没有。"长沙？不，这是永州，你坐错方向了。"赵小惠惊得一跃而起，火车正在启动，她顾不了许多，爬到窗口狠命往下一跳，幸好没摔伤。

这天，赵小惠乘车来到《湖南日报》社。传达室的门卫把她让进屋，她在炉火边度过了一晚。第二天一早，她走进了《三湘都市报》编辑部，报社答应派人去衡阳采访，她顿时现出满脸的喜悦。

从祁东到衡阳，从衡阳到长沙，从秋天到冬天，赵小惠就这样舍生忘死地奔波着。尽管离 10 万元还差很远很远，但她依然意志不改，信心不灭，她决心筹到 10 万元，为弟弟做骨髓移植手术，并将弟弟先后转到湖南湘雅医院和湖北省鄂州市元极医院治疗。

于是，越来越多的人知道有这么一个坚强的女孩子。他们在医院里，在大街上，在火车上，在报纸上认识了她。他们为之感动，为之流泪，为之激起了爱心。据统计，社会各界为赵小惠姐弟俩捐款总数已达 18 万多元。

18 万元，对于此刻处在危险中的赵培元来说，仍然不够。但赵小惠没有灰心，心想：如果这是命运的安排，我也要与命运作斗争！

弟弟带着深深的遗憾离开了这个充满爱心的世界，她毅然将社会各界捐来剩下的 12000 元钱捐给了灾区人民："我欠天下人的情，一定一点一点地想办法回报"

1997 年 8 月，赵培元突然高烧几天不退，爷爷带他到村卫生所看病，打针、吃药，烧不但没退，两边脖子上的淋巴结也肿大了，全身疼痛，到县人民医院检查，才知得的是白血病。

"弟弟，姐姐为你遮风挡雨！"在赵小惠的奔走呼号下，这段至深的亲情强烈撼动着人们的心灵，从四面八方伸来了无数双援助之手，一个脆弱的生命，若能注入激活心灵的力量，那么这生命就有了支撑点。穷人的孩子赵培元得到了及时救助，从祁东到衡阳，从衡阳到长沙，从湖南到湖北，他的生命得到了延续。

1998 年 8 月 7 日早晨，赵培元的病情恶化，白细胞已扩散到他的中枢神经系统，视力下降，吃不进一点东西。弟弟躺在床上艰难地挪动着身子：

"姐姐，快把灯泡拉亮。"

"弟弟，现在是上午 10 点钟了，你在胡说什么呀!"

"我的眼睛看不见!"弟弟哭了起来，赵小惠安慰道："弟，你要振作呀，坚强地渡过难关，胜利一定属于你。记住，全国还有无数好心人在等着你康复的消息，希望你有超人的意志，坚强地战胜病魔。"

弟弟含着泪用微弱的声音说道："姐姐，我怎么不想好啊，可我好不了，这两天我突然什么也看不见，我好难受!"姐姐安慰道："没事的，是化疗的反应，过几天白细胞上升了，视力自然会恢复。"她嘴是这样说，心却揪得紧紧的。她忙走进医生办公室，反映弟弟的病情，医生马上把弟弟转进抢救室。弟弟的病一天天加重，到最后甚至连水都喝不进，小便也失禁，抢救、导尿、输氧、输液……医生们忙得团团转，对赵小惠说："你要有思想准备。"

赵小惠犹如万箭穿心，痛苦无法用语言来形容!一会儿躲进洗澡间把门拴住大哭，一会儿又来到病床前护理弟弟。医生、护士、病友都来劝她，可她听不进任何劝告。她不能自控了，哭着打电话给《三湘都市报》蔡志军记者："我弟弟发生病变，我不知怎么办，我好痛苦呀!"

"别哭，别哭……"她哭着把电话挂了，对方说些什么，她听不清了。下午，蔡记者从湖南赶到湖北来了。医生对蔡记者说："你来得正好，我们担心她想不开做傻事，她关在洗澡间哭了一整天。"

赵小惠昏睡刚醒过来，蔡记者对赵小惠说："你弟弟好不了，你也得好好生活下去，才对得起那么多关心你们的好心人。"赵小惠慢腾腾地坐起来，走到弟弟床边，轻声说："弟弟，你醒醒啊，记者来看你了。"

蔡记者也叫道："赵培元，赵培元……"没有回音，他一直处于昏迷状态，神志还清醒，流出两行簌簌的眼泪，接着，蔡记者也流出眼泪来。赵小惠扑到床上，用被子蒙住头放声大哭……

8 月 14 日早上，弟弟心跳迅速加快，平均每分钟 180 次、190 次、200次……到最后慢慢停止了跳动。赵小惠俯身轻吻着他。

弟弟走了，他是自己生命的全部，她也不想活了，脑海里总是产生绝望念头，让我们姐弟到另一个世界团聚吧！突然她推开抢救室窗户要跳下去，医生眼疾手快，一把拖住她。接着，一大群医生护士把她按住，打麻醉针。她挣扎着大声哭闹，直到折腾得毫无力气才昏昏沉沉地睡去。醒来时，她看见自己已住到了病房，看到许多护士围着她："醒了。"

"我弟弟呢，我怎么到这里来了？"

护士告诉她："你弟弟的尸体已运到火葬场去了。"

"我要跟弟弟死在一块！……"她发疯似地挣扎着，喊叫着。她见楼就想跳，见水就想跳，许多人围着她做工作。她知道，自己在湖北是死不成了，有那么多医生、护士、记者围着自己，要死也要换个地方。这时，她冷静地拆开了一些如雪片般飞来的信件，字字句句，一片真情。海南省三亚市一位青年在信中写道："赵小惠，好样的，无情天也会为你而哭泣，再冷酷无情的人也会为你心软，病魔也会收起它的魔爪，残酷的命运也会向你这位不屈的姑娘而低头……"

赵小惠的心境有了好转，跟着蔡记者回到了湖南，报社将她安排在招待所，并派人守护。打开电视机，她才知家乡遭受了百年不遇的水灾，看到那一栋栋房舍被洪水冲垮，一个个灾民无家可归，她马上找到《三湘都市报》记者："请你们将我弟弟剩下的17000元钱全部捐上，我欠天下人的情太多了，这是我的一点心意……"记者说："你今后的路还相当漫长，留下来会有用的。"

赵小惠说："这些钱对我来说，捐给灾区更有意义，他们正可以救急；如果我能活下去，我相信自己有能力养活自己！"后经报社记者再三做工作，她才肯留下5000元作生活费，其他12000元通过湖南电视台"情系三湘"赈灾晚会全部捐给灾区。她用真情回报灾区以及关心她的人们。

为完成弟弟的遗愿以及感谢世上的好心人，赵小惠历尽苦难，将弟弟的骨灰送到世界屋脊——喜马拉雅山

赵小惠永远忘不了弟弟生命中最后的那段日子。

"姐姐，我很喜欢珠穆朗玛峰，可是我再没有机会看见珠穆朗玛峰了，再没有机会了……""弟弟，你别胡说，你一定会好的，你要坚强！"

"姐姐，我不行了，我很想活下去，我想去昆明，想去登长城，想进美术学校，我最想去的还是珠穆朗玛峰……"

弟弟赵培元走了，带着他深深的遗憾，带着他未能了却的心愿，带着无数好心人给他的爱心，过早地走完了他 17 年的人生旅程。

赵小惠哭得天昏地暗……

她苏醒过来的第一件事就是：我要去西藏！

"茫茫人海，你一个弱女子能去成吗？"周围一些好心人看着她，怕她发生意外，而赵小惠在极力寻找机会。

机会终于有了。在长沙，有两位实习记者守着她。恰好，实习记者的同学来了，她趁机逃脱，拿起弟弟的骨灰便走，她见车就上。怕记者们追上来，她爬车到了东塘，第二天才搭上去成都的火车。

一连四天四晚的旅途颠簸，她终于来到了拉萨。在车上，她没吃东西，只喝了点牛奶。她在心中祈祷着：赵小惠，千万别死在路上，要死，也要死在珠穆朗玛峰上！

到了拉萨，赵小惠买来一本地图，到处问长途客运站，辗转来到日喀则市，可这里也遭水灾，许多公路桥梁被冲断，通车不成了。不管怎样，我就是爬，也要爬上珠穆朗玛峰。万般无奈之时，她找到了驻地武警部队干部陈国林。听着姑娘的哭诉，陈国林感动了，马上写了一张纸条，叫她带上。

拉孜武警县中队刘才良：

兄弟有一事相求，由于湖南衡阳老乡家庭遭难，为完成弟弟的遗愿，到珠峰去，因没有到定日的车，所以先到拉孜，请帮忙去定日。

陈国林

8 月 29 日

一到拉孜，赵小惠便找到了刘才良。从报刊上了解到赵小惠身世的刘才良一见面就说："报纸上登的就是你，我们太感动了。"并将她安排在武警部队招待所。

在武警部队的支持下，赵小惠终于搭老外的车经定日绒布寺，来到了珠峰大本营，横在自己面前的就是世界上最高峰——珠穆朗玛峰。

吃完早饭，赵小惠开始向珠峰进发了。从大本营到珠峰没有人走的道路，到处冰天雪地，皑皑的白雪刺得人睁不开眼，刺骨的寒风扑面卷来，刮得人寸步难行。为了抵御零下20℃的寒冷，赵小惠特意从藏族同胞手里买来一件羊皮棉袍穿在身上，但她还是禁不住冷得瑟瑟发抖。

赵小惠没有登山的经验，面对陡峭而冰滑的山体她显得力不从心，然而为了弟弟的遗愿，她吃什么苦都要爬上去。她一次次地从冰山上滑下来，跌得脚脖子生痛，咬着牙用手指头扒着山体又一点点爬上去。双手的指甲裂折了，鲜红的血液顺着手指流出来，印在雪白雪白的山坡上。因为脚脖子扭伤，每蹬一步都要忍受撕心裂肺的剧痛，加之她没有专业的登山运动鞋，常规的皮鞋无法适应冰滑的山体，赵小惠干脆脱下鞋子爬，不多时袜子上便淌出血液……

从早上爬到下午6点，赵小惠已经以常人难以想象的毅力爬了足足5000米，越往上爬，呼吸越困难，爬上一座山，看见的又是同样一座山。站在高高的山崖之上，俯瞰白雾茫茫的深渊和空无人迹的沟壑，她感到从未有过的寂寞和恐惧。

赵小惠擦一擦眼角的泪水，又开始了艰难的攀登。夜幕即将降临时，她又饿又冷，只好沿路返回。

第二天，她又要去爬珠峰，司机竭力劝阻她："不许你再爬了，你会死在上面的，我们负不了责任。"好心的司机看着赵小惠手上脚上的血迹，硬是夺下了她的棉衣，阻止她前进。

赵小惠不听，只穿着一件单薄的毛衣独自走了。珠峰大本营的运动员们看着她离去的背影，默默地流下了泪水。

爬到下午5点钟，她看见峰顶了，仿佛离自己只有一步之遥。然而豆大的冰雹如山崩海啸般袭来。顿时，她感到一阵头昏脑涨，栽倒在山上。

拳头大的冰雹如石头一样砸下来，赵小惠的头上起了血包，一会儿头顶上渗出的血便顺着额头淌到脸颊上。

赵小惠本能地用双手护住头顶，但很快手上又起了血块。一股死亡的恐惧向她袭来，她想到了退缩，但是她不能，她退缩后弟弟的遗愿便无法实现了。她挣扎着爬起来，继续向山上爬去，当人生的追求被迫降到最低点——为活着而与死神顽强抗争的时候，也许正达到了人生的最高境界。赵小惠顽强地战胜着死神，与冰雹、饥饿、死亡做着不懈抗争，她脑中始终有一个信念：我一定要活着，决不能让那些关心我的人失望！

她一步一挪，一步一滚地爬到了珠峰大本营。

西藏登山协会队员格桑次仁、达娃看到赵小惠的举动，被感动得不得了："这样的女子，难得，这样吧，把你弟弟的骨灰放在这，我们登山队可以完成他的遗愿。山，你是上不了的，我们有权阻止你！"

"那我以后怎么来看弟弟呀，我不知他埋在什么地方？"赵小惠哭着说。后来，赵小惠才了解到，一年登山者成百上千，他们带有帐篷、氧气，配有世界上一流的装备，而能爬上峰顶的却只有几个人。

在珠峰大本营，赵小惠住了一个星期，弟弟的骨灰被登山队员强行放在了那里。临走，他们握着这位倔强姑娘的手，久久不肯放下："请你放心，11月份我们一定将你弟弟的骨灰带上峰顶！"

啊，神奇的珠穆朗玛峰！你高峻挺拔、圣洁无瑕，你是世界情的象征，你是人间爱的化身！

啊，赵小惠，你像古代神话传说中的那只精卫鸟，执着不屈抗争是你优秀的品格！

1998年9月，湖南九三科技职业中专学校领导们了解赵小惠的事迹后，决定免费招收她为本校学生。9月29日，赵小惠正式入学。在那里她将开始新的生命之旅。

苦难是一位伟大的老师，它能够升华人们对生活和生命的认识。面对一股股爱的暖流，赵小惠感觉到了生命存在的真正意义，她在日记中写道："以前，我站在寒冷的街头，看到城市里的霓虹灯，想到千千万万个幸福的家庭以及自己的不幸，我觉得自己像一只断了翅膀的小鸟无家可归，真想一死百了。想不到我一个弱小女子，会得到社会上那么多好心人的扶助，一年多来，真情一起包裹着我。我别无选择，只有好好活着，发奋学习，将来一定回报社会，回报那些关心我的无数善良的人们……"

1999 年元月 5 日，赵小惠接到西藏登山运动员格桑次仁的电话：弟弟的骨灰已于 11 月 10 日送上了珠峰！顿时，一股热泪滚下她的脸颊——为了这一天，她已经等了足足 4 个月！

（原载 1999 年第 3 期《家庭之友》头条，并被《中国青年报》《市场报》《人民政协报》《中国改革报》《中国信息报》《华西都市报》《法制文萃报》《新闻人物报》《南方周末》《知音》《幸福》《女友》《陕西日报》《今日女报》《信息时报》《服务导报》《民主与法制》《法制月刊》《东方女性》《大河报》《人间方圆》《青年月刊》和中央人民广播电台等媒体采用）

采写札记

赵小惠，精神不屈

应该说，我真正接触祁东人是从赵小惠开始的。这位倔强的祁东姑娘以对不幸命运的顽强抗争和惊世骇俗的举动，让天地恸哭，不但让我深深地为之感动，而且感动了整个世界。

祁东县位于"衡邵干旱走廊"地带，"六山一水二分田，一分道路和宅院"，地理条件和生存环境比较恶劣，铸就了祁东人坚韧不拔的性格。

早几天，与朋友聊起了祁东人的特征与个性，说他们有顽强的抗震、耐压、抗蚀的能力，归纳起来有三：一是无师自通，许多事情不用师傅指点，就悟出了"名堂"。祁东人会读书，爱当兵，要想出人头地，跳出农村，必须靠拼命读书和当兵来改变命运，因此，从农村考上大学走进军营的祁东人的确不少。如今，全国各地的政界、军界、商界都有不少出类拔萃的祁东人。他们敏而好学，翩然飘逸，十分豪爽，隔墙听到碰杯声，都能让人闻出是祁东味。二是无孔不入。他们被誉为衡阳的"犹太人"和"温州人"，每根头发都是空心的，喜欢钻市场、钻官场、钻商场、钻学问，四海创业、白手起家、头脑灵光、精打细算，均有所建树。他们无论干哪一行，会爱一行，钻一行，专一行，打赤脚的不怕穿鞋的，因此，祁东人才辈出，无孔不入，只要有人类聚居的地方，必定有祁东人，在全国各大风景旅游区，总少不了带有祁东腔的人兜售玉器珠宝的吆喝声。三是无坚不摧，说的是祁东人的韧性，骡子脾气，不怕困难，血拼到底，矢志不渝，不达目标誓不罢休，不撞南墙决不回头，哪怕碰得头破血流也在所不惜。生意场上，他们越挫越勇，有一种破釜沉舟的拼劲。他们有自己的一套生意经：做四方生意，赚八方钱财，这行不行转那行。只要有钱赚，哪怕一块钱甚至几角钱，也会赤膊上阵。

本文写的赵小惠，就是这样一个祁东姑娘，当时只有 19 岁。命运对她似乎十分不公，父亲早逝，母亲改嫁，姐弟俩相依为命，为供弟弟上学，她外出打工被炸伤双手；弟弟患了白血病，她又跪着四处向人乞讨医药费；弟弟离开人世后，她毅然将乞讨来的 12000 元钱通过湖南卫视"情系灾区"赈灾晚会捐给了灾区，并按弟弟的遗愿将他的骨灰送到了世界屋脊——珠穆朗玛峰……

这个听起来有点像古希腊中的神话故事，却是发生在我们身边实实在在的事实。20 多年前，我先后深入祁东县金桥镇、祁东县委宣传部、《衡阳晚报》、《三湘都市报》、湖南九三科技职业中专等地采访，行程上千公里。采访过程中，我俯下身子，静心倾听赵小惠那微弱而顽强的人生故事，我飞快地做着采访笔记，抑制不住内心的感动，一种激情始终在我身上奔涌，一种意象总是在我脑海张扬，一种情感像火山般在我心头聚集。经过半个多月的采访、构思、酝酿和打磨，上万字的报告文学《天地恸哭，珠峰上惊世的姐弟亲情》如火山找到了爆发口一样喷涌而出，一气呵成。写到文章的结尾，不由发出这样一声感叹："啊，神奇的珠穆朗玛峰！你高峻挺拔，圣洁无瑕，你是世界情的象征，你是人间美的化身！啊，赵小惠，你像古老神话传说中的那只精卫鸟，执着不屈抗争是你优秀的品格！"没想到，稿子寄出去后，中央人民广播电台"新闻纵横"节目全文播发，《中国青年报》《人民政协报》《南方周末》《大河报》《知音》《法制文萃报》《湖南日报》《今日女报》《法制月刊》《华西都市报》等全国33家媒体纷纷转载，《市场报》《中国改革报》《中国包装报》《中国物资报》《陕西日报》《信息时报》《家庭之友》《人间方圆》《青年月刊》《青年月报》等10家报刊分别以头版头条位置隆重推出，在社会上引起较大反响。有的单位决定免费为她上学提供一切方便，有的媒体发表评论，盛赞赵小惠活出了"生命精彩"，有的读者听众一边流泪收看，一边向赵小惠捐款捐物……

的确，苦难是一位伟大的老师，能升华人们对生活和生命的认识，我们从赵小惠身上可以感受到自强与坚韧的力量，这是维系一个家庭乃至整个社会的内核，朴实无华却闪烁着耀眼的光芒。海南省三亚市一位青年读者给赵小惠来信说："赵小惠，好样的，无情的天也会为你而哭泣，再冷酷无情的人也会为你心软，残酷的命运也会向你这位不屈的姑娘低头……"

关注平凡人，让普通老百姓融入媒体进入大众视野，一直是我不懈的追求，这些人虽然普通平凡，没有人生的大起大落和轰轰烈烈，但是全方位地展示他们的生存状态、生命价值和人性尊严，热情讴歌人世间的真情与美好，在当今社会更具有时代意义和现实意义，这也许是对"乡土中国"的全景透视。这篇文章发表了多年，现在回想起来，作品之所以能打动人心，首先是抓住了一根"情"的主线，不惜笔墨渲染赵小惠的姐弟亲情，并用这种亲情贯穿始终，来带动周边的民情、乡情与社情，这是人与人的互动、心与心的交流、情与情的传递，从而激发一种强大的正能量，引起世人对赵家姐弟的密切关注，纷纷向他们伸出了援助之手，其中有工人、农民、学生、干部、记者、医生、护士、登山队员、解放军战士。

在这种全方位多层次的展示中，我们感受更多的则是社会主义核心价值观的体现和社会主义大家庭的温暖。亲情往往最容易拨动人最柔软的心弦，真情永远是打湿人最温暖脸庞的泪泉。正如本文写的那样，"这段至诚至深的亲情强烈地撼动着人们的心灵，一个脆弱的生命，若能注入激活心灵的力量，那么，这个生命就有了支撑点。"其次，作品的关键是抓住了赵小惠的人物个性特征进行刻画，体现了一个"犟"字。也许是受地域环境和家庭条件的影响，赵小惠的生命力十分顽强，父亲死了，母亲被迫改嫁，她主动辍学，赴外地打工，支持弟弟上学；在外打工双手被炸伤，她忍着剧痛继续寻找新的工作；弟弟患了白血病，无钱医治，她见人就下跪乞讨，不屈的行乞者，终于换来了人间那种至纯至洁的真情；弟弟死了，她毅然决然地带着弟弟的骨灰送上珠穆朗玛峰；她无心领略"会当凌绝顶，一览众山小"的壮阔与豪迈，一门心思地爬上峰顶，实现弟弟的遗愿。她爬上了一座山峰，而横在她面前的则是一座更高的山峰；手上指甲抓破了，脚下鞋子弄丢了，冒着零下几十度的严寒和雪崩的危险，她依然攀山不止；她一脚没踩稳，从一个山坡上滑了下来，她不甘心失败，又坚定不移地朝另一个山峰攀登上去……白描的手法、场景的切换、环境的映衬，将赵小惠的倔强坚韧、百折不回的个性得到充分的展示。作品还合理穿插赵小惠一些个性化的语言："我是弟弟的唯一，弟弟是我的唯一。""弟弟治不了，唯一的希望没了，我要去跳楼，去死。""就是死，也要把弟弟的骨灰送上珠穆朗玛……"等等，使人物形象生动起来，呼之欲出。正是这种"打掉牙齿和血吞"和"不达目的不罢休"的精神，从而感动了许多读者和听众。如果当年中央电视台有"感动中国十大人物"年度评选的话，那么，赵小惠无疑会成为"感动中国"第一人。

报告文学是一种在真人真事基础上塑造艺术形象，以文学手段及时反映现实生活的文学体裁，有人称它为"用文学形式写的具有新闻价值的报告"，以其鲜明的真实性、强烈的文学性和深刻的抒情性为大众所接受，具有一种穿透人的心灵力量，我笔写我心，"七分采访，两分构思，一分写作"，走得越远，写得越实，文风更加清新，故事更加引人入胜，用人物故事感动自己，再感动编辑，感动受众，从而感动整个世界……

一篇稿子挤上了全国 10 家报刊的头版头条，这不能说不是一个奇迹。

香港富豪李嘉诚在衡量一个楼盘的价值时，说一看地段，二看地段，第三还是看地段。受李嘉诚这种思路的影响，我认为，一篇稿子有没有价值，受不受报刊编辑和读者的热捧，一看题材，二看题材，第三还是看题材，题材的好坏往往决定了稿子的命运。

地理的高原不是每个人都能抵达，人生的高峰不是每个人都能到达，但情感的高峰只要真心付出，每个人都能得到真实体验。我将继续努力，用真诚和耐心去寻找身边的感动！

一腔热血乐奉献

6月18日，湖南省武警总队党委派员来到衡阳市中西医结合医院，将一本印有"优秀共产党员"的大红证书授予吴宏权。病床上，吴宏权艰难地移动着身躯，双手接过荣誉证书，蜡黄消瘦的面容泛出红晕。

"我是一个共产党员，从入党那一天起，就把自己的一切交给了党和人民……"

1997年5月28日下午6时许，雁城衡阳细雨霏霏。家住荷花坪的个体户李少英行至自己住宅二楼时，被尾随而至的歹徒一手捂住嘴，一手用刀抵住胸口："把钱交出来，不然就捅死你！"随即抢走她刚从银行取来的3.1万元现金、两张合计2万元的存折和脖子上的金项链。

"抓抢劫犯啊！有人抢包了！"下班路过此地的吴宏权，闻声发现一歹徒脖子上挂着钱袋正慌慌张张地朝自己跑来。吴宏权拦住去路："站住！往哪里逃！"同时，如箭离弦，飞身将歹徒抓住。穷凶极恶的歹徒，抽出一把尖刀深深地刺进吴宏权左腹，回肠、动脉血管被刺破，顿时鲜血喷涌。

这时，吴宏权只有一个念头：一定要抓住歹徒！在紧追60米快要抓住歹徒时，歹徒反身扬起带血的尖刀吼道："再过来，老子就捅死你！"吴宏权无所畏惧，使出全身力气猛扑过去，抓住歹徒双腿，用"抱膝压腹"动作将歹徒压倒在地，骑在歹徒身上。可这时他因流血过多，已力不从心，还没有将歹徒双手反过来，歹徒就翻滚过来在吴宏权背部和手臂上连捅三刀……

浑身是血的吴宏权，顽强地从地上站起来，一边奋力呼喊"抓抢劫犯啊"，一边继续追赶歹徒。他以惊人的毅力，在身后留下170多米长的血迹后，再也支撑不住，倒在血泊中。此时，他离歹徒仅有5步之差！

在倒地的一刹那，他欣喜地看到有几名群众向歹徒追去……

衡阳市中天房地产公司职工魏后新抱起满身是血的吴宏权，和一个骑摩托车的人一道，将吴宏权扶上摩托车，紧急送往衡阳市中西医结合医院。

江东刑警大队和110出警队接警后火速赶到现场，将被几百名群众团团围住的歹徒一举生擒。

原籍河北省邯郸市的歹徒贾新波，做梦也想不到在衡阳作案竟是自投罗网。有人问他为何被擒时，他垂头丧气地说："邪不压正，衡阳人厉害。"

吴宏权的妻子陈红桂担心的事终于发生了，她闻讯急忙赶到医院，得悉丈夫腹腔积血达1800毫升，望着生命垂危的丈夫泪流满面。

这是吴宏权第二次住进这家医院。1993年9月，吴宏权到衡阳市邮电局交电话费时，途经环城南路地段，看到一伙歹徒在围攻一名摩托车司机，敲诈钱财，他毅然出面制止。

歹徒倚仗人多势众："当兵的，关你屁事，快走开！"

吴宏权心中顿时燃起一团怒火："我是武警支队的，你们不要乱来，这事我非管不可！"

"打！"歹徒趁机起哄，将矛头对准吴宏权，一阵拳脚过后，吴宏权被打得鼻青脸肿，但他仍死死抓住一个歹徒，将其扭送到了公安机关。那一次，吴宏权在这家医院住了整整一个月。

吴宏权在一本历史书的扉页上写着："侠骨柔肠为人民，一腔热血乐奉献。"深深了解吴宏权的陈红桂，从与吴宏权结婚那天起，就常为丈夫的安全担心。因为她知道丈夫疾恶如仇，遇上歹徒，总要挺身而出。

那是1987年11月，吴宏权带着妻子去长沙办事，在长沙火车站，他看到一外地游客交40元钱照相，不但相没照成，反而挨了打。吴宏权仗义执言："你们要讲道理，打人是违法的！"

那照相的个体户见有同伙在场，嚣张地说："当兵的，你吃饱了是不是?"

"你们不要欺负外地人!"吴宏权话音刚落,一阵拳头就像雨点般向他袭来,吓得陈红桂大声哭叫:"会打死人的!……"

车站派出所 10 多名干警相继赶来,才将事态平息。

望着胸脯被打肿、脸被打青的丈夫,陈红桂哭着说:"求求你,今后这样的闲事别管了,那么多闲事你管得了吗?"

吴宏权动情地说:"这些闲事你不管,我不管,他不管,就会形成好人怕坏人的局面,那样社会怎么稳定,人民怎么能安居乐业呢?!我是一名共产党员,从入党那一天起,就把自己的一切交给了党和人民……"

吴宏权时刻遵循自己的人生轨迹运行。1989 年 5 月,吴宏权从武冈出差坐公共汽车返回衡阳,在离开武冈 40 公里的地段,上来五个青年,在公共汽车的过道上,一字儿排开搜乘客的身。坐在车后的吴宏权大喝一声:"你们住手!"一名歹徒见状,立即用匕首对准吴宏权:"你少管闲事!"吴宏权用手臂将匕首拨开:"请大家协助我,抓住歹徒!"这时,坐在车上的几个干部和一名法官腾地站起身来,歹徒见势不妙,仓皇跳车逃窜。

据不完全统计,吴宏权自当兵以来,先后见义勇为 40 余次,抓获犯罪嫌疑人 20 多人。尽管他因斗歹徒身上留下了多处伤痕,但他无怨无悔。

"假如让我下连队当司务长,我要做一名司务长标兵;假如让我去当连长,我要带出一个尖刀连;假如让我上老山前线,我要战斗不息,冲锋不止……"

今年 34 岁的吴宏权,出生于衡阳县西渡镇桐桥村。家乡革命烈士夏明翰"砍头不要紧,只要主义真"的诗句,在他幼年的心中留下深深的烙印。从小学到高中,他一直担任班长,期期被评为"三好学生"。他崇尚英雄人物,在他家里,至今还保存着他熟读过的《雷锋日记》《把一切献给党》《新儿女英雄传》。

吴宏权追求进步,是班上第一个入团的学生。而后,他又介绍了 19 名同学加入团组织。1980 年 11 月,吴宏权带着童年的梦想来到军营。他从军17年，先后2次荣立三等功，9次受到各级嘉奖，3次被评为"优秀共产党员"。从喂猪、种菜到管车，从普通战士到后勤处副处长，他总是干一行，爱一行，专一行。

新兵集训过后，吴宏权成了衡东县武警中队的一名饲养员。他从没养过猪，便买来有关书籍像蚂蚁啃骨头一般"细嚼慢吞"，逐步掌握了一套养猪办法。为省下饲料钱，吴宏权每天到郊外、田头打两担猪草，到酒店、饭馆挑剩饭剩菜。母猪临产了，吴宏权干脆把铺盖搬到了猪圈。

吴宏权还自制酱油，自制酸黄瓜、酸豆角等15个品种的咸菜4000多公斤，让中队自给有余。

为节省部队的开支，吴宏权发动大家开办了修理厂，车辆由"外修"改为"内修"，并亲自干起修理工。在担任运输股长三年中，他们为部队节约车辆维修费10多万元，培养军地两用驾驶人才150多名。

在吴宏权看来，劳动是最快乐的，只有将自己奉献给社会，才能拥有闪光的人生。1987年，吴宏权经过两年学习，留在武警长沙指挥学校任示范勤务中队副中队长。这年夏天，吴宏权从外地出差回长沙，由于连日的酷暑和辛劳，他病倒了，高烧达40.3摄氏度，并引发肺炎。在医院仅住了四天，吴宏权就迫不及待地找到主治医生，要求出院。战友们看在眼里，疼在心上，一再劝他别累垮了身体。这一年，吴宏权在学校办起了冰室，自制冰棒，夏季每天凌晨3点起床，带着战士唐水龙熬绿豆汁，待起床号吹响时，他俩已做完2000支冰棒。

吴宏权全身心地爱党、爱部队、爱本职工作。他在给妻子的信中这样写道："假如让我下连队当司务长，我要做一名司务长标兵；假如让我去当连长，我要带出一个尖刀连；假如让我上老山前线，我要战斗不息，冲锋不止……"在妻子陈红桂眼中，吴宏权把党的事业始终摆在第一位。即使谈恋爱那会儿，虽然相隔只有两三里地，但也要十天半个月才见一次面。每次他匆匆说上几句话，又要急急忙忙赶回部队，全没有那"花前月下"的温馨。

1987年10月14日，他与陈红桂在株洲市朱亭粮站结婚，部队批假一个月，他只休息了 10 天就拎着包对妻子说："部队人手不够，一些事情总是放心不下，我必须提前归队。"

妻子睁大脉脉含情的眼睛一再挽留："你迟几天走不行吗?"

"对不起，我是军人，又是干部，手头急需做的工作太多，不能陪你了。"新婚的妻子只有含着泪水目送丈夫远去⋯⋯

妻子怀孕 3 个月后，因劳累过度，加上无人照料，双胞胎相继流产。吴宏权直到事后第 8 天才赶到妻子的病榻前。陈红桂看到疲惫不堪的丈夫，好生气，又好心疼。

儿子陈恺降生后，吴宏权精心护理了三天三夜，作为对妻儿的一种补偿。三天过后，吴宏权整理行装又要归队。妻子挽留他："宏权，看在儿子的份上，你就打个电话请个假吧。""不行呀，现在老兵刚退伍，执勤任务重，我必须时刻在位，年关到了，万一发生什么事，后果不堪设想!"

风雪中，妻子望着渐渐融进雪野的丈夫泪如泉涌⋯⋯

后来，吴宏权在给妻子的信中写道："我感觉人活在世上要有一种奋斗目标，有一种追求，这样生活过得才有意义，才充实。尽管我俩不在一起，不能照顾你和孩子，但一想到工作和自己追求的东西，我就感到满足。"看到这里，陈红桂感到一种由衷的欣慰，她深爱这样一个有理想有追求的丈夫。

"为人民服务是人生的最高境界，为了人民的利益，我愿牺牲一切"

吴宏权苏醒过来的第一件事就是请支队政委将衡阳人民捐给他的慰问金捐给希望工程。6 月 12 日，衡阳市江东区泉溪村小学。队鼓队号齐鸣，一场特殊的捐款仪式正在隆重举行。吴宏权委托妻子陈红桂，将社会各界捐给他的 2.1 万元现金分别捐给了 5 所小学。泉溪村小学肖功佑作为代表，用颤抖的手接过了吴宏权的捐款，如同捧着一团火，捧着一个共产党员的赤胆忠心。

6 月 14 日，吴宏权接受记者采访时说："我做人的原则有两条：一不怕牺牲，二无私奉献。"从农村到军营，谁有难处，他便向谁伸出援助之手。他认为：人生最美好的东西，就是关心别人，奉献自己。

村里有个70多岁的五保户冯时清，吴宏权和他最亲，挑水、捡柴的事全包了。有一次夜里下大雨，雷电交加，吴宏权想起冯老的窗子烂了洞，便着急起来，爬起床向父亲要了块塑料薄膜，冒雨跑到冯家，将窗子钉好。那夜他怕冯老孤独，还特意留下陪他。冯时清见人就夸："权伢子好啊，心善！"

村里黄氏奶奶无儿无女，吴宏权经常帮助黄奶奶做一些力所能及的事。许多年过去了，回家探亲的吴宏权每次都要买营养品去看她，直到她1997年3月去世。

村里还有个叫冯老五的残疾人，从小双目失明。吴宏权组织小伙伴，每天轮流帮冯老五提水拾柴，从1970年到1977年初中毕业，从不间断。冯老五隔老远就能听得出吴宏权的脚步声。

吴宏权是伴着《学习雷锋好榜样》的歌声长大的，雷锋精神影响了一代又一代年轻人。他在后来寄给启蒙老师冯庆云的一封信中写道："为人民服务是人生的最高境界，为了人民的利益，我愿牺牲一切。"冯老师接到信后，非常感动，在班上朗读了两遍。吴宏权的同学冯晓华，在湖南农业大学读书时，家里很穷，有时连买日常生活用品的钱都没有。当时吴宏权还是一名战士，每月只有津贴费。他抱着试探的心理给吴宏权写了一封信，请求给予资助。吴宏权接信后，就把节省下来的50元钱全部寄给了他。在当战士期间，吴宏权资助过4个同学，共计200多元。

吴宏权走到哪里，就把好事做到哪里。1996年7月的一天，烈日炎炎，吴宏权去耒阳小水四中队检查工作。弯弯山道上，一台农用小四轮在上坡处熄了火，影响交通，吴宏权二话没说，与老乡一道将农用车推向一边，又挽起衣袖检查起车子的毛病来。待查清一个部件损坏后，吴宏权赶往5公里外的地方买配件，然后返回修车子，整整修了一个半小时，累出了一身汗。农用车启动了，车主被他这种助人为乐的精神感动得不知说什么好。

助人为乐，关心他人，是吴宏权生命旋律中的主音符。1995年农历腊月二十九日，常年出差在外的战士邓继刚从武汉赶回衡阳，到车站已是次日凌晨3点钟，吴宏权冒着刺骨的寒风去迎接，并执意用摩托车送他回家。邓继刚于心不忍："过年了，你去照顾嫂子吧，我自己可以想办法。"吴宏权把脸一沉："年三十了，你到哪里去找车！"说完，驾着摩托车直奔10多公里外的邓继刚家。返回途中，尽管吴宏权被冻得手脚麻木，但他心里却有一种说不出的快慰。

两个月前，吴宏权在检查卫生时，发现战士周旺军在悄悄流泪，问他不吭声，问事务长才知小周的父亲死后，母亲患病无钱医治。吴宏权掏出身上350元钱交给小周："这是我的一点心意。"服役期间，他资助战友的钱就达5000多元。

为别人活着，还是光为自己活着，这是区别人生目的崇高与渺小的根本标志。吴宏权的人生格言是："自己活着是为了别人过得更美好。"

"青春对于每一个青年人来说，是宝贵的，只要我们珍惜青春，到头来我们将是无怨无悔的"

吴宏权珍惜自己的青春，不仅勤奋工作，乐于奉献，而且自重自爱，一尘不染，表现出一个优秀共产党员的高风亮节。

社会上曾流传着这样一句话："车轮一响，黄金万两。"1994年至1996年，吴宏权担任支队后勤处运输股股长，他不仅自己会开车，还管着20多辆车。利用军车牌照搞运输，既安全方便，又可减免各类收费，一些单位和个体户瞄准这个"档位"，不惜花重金"租借"军车牌照跑运输。有人也劝吴宏权："不如放开搞活，'借'军车牌创点收。"吴宏权坚定地说："这事不能干！"

1995年8月，吴宏权去广州购买汽车零部件，夜宿广州一家酒店。一位个体户想租用武警车牌，想方设法打听到了吴宏权的住处，并以衡阳老乡的名义请他吃饭。吴宏权说："老乡，还是我请你吧！"两人刚进餐厅，老乡请来的"三陪"小姐就春风满面向他走来，吴宏权一看情况不对，扭头回到了房间。同年元月，衡阳县三湖乡一名个体司机，想租一辆武警支队的车到广东跑运输，塞给吴宏权 4000 元红包，并许诺以后还给"好处费"，吴宏权严词拒绝，还好好地给他上了"一堂课"。

"宁肯伤感情，也不损公家。"这是吴宏权用"权"的一条原则。他管的车都开在"公"路上。这是市武警支队一大队教导员贺公民对吴宏权的评价。他与吴宏权同时入伍，同时提干，两人情同手足。一次，贺公民凭着两人的交情，想请吴宏权派车给自己从耒阳拉车煤回家。吴宏权毫不客气地拒绝了："论感情，我应该帮忙，但车是公家的，这个忙我不能帮。"看着战友这么严肃，贺公民十分"不解"，又十分理解。

吴宏权克己奉公，从不为个人谋私利。1994 年 10 月，社会上刮起了一股抢购棉花风，他弟弟得知哥哥掌握着 20 多台军车的派车"大权"，想搞台军车贩棉花去邵阳，以逃避检查。吴宏权说："部队的车不能参与地方经营，这是规定，何况，你抢购棉花的行为是不对的。"气得弟弟扭头便走。

吴宏权最孝敬父母。母亲蒋定芳今年 73 岁，每次从乡下来部队，都要走 5 公里山路，然后搭乘公共汽车，吴宏权从来没有派车接送过一回。1995 年 6 月下旬，他的母亲腿和腰部患严重的骨质增生，要到衡阳治疗。大哥含着眼泪打电话求他："妈妈痛得走不得路，你就搞一次'特殊'吧！""不行呀，这个'特殊'搞不得。规矩是我定的，我不能带头违反啊！"大哥只得背着母亲走了 5 公里山路，挤上又热又闷的公共汽车。车到衡阳，吴宏权推着单车把母亲驮回了家。望着疲倦不堪的母亲，吴宏权心里十分清楚："不是我不尽孝，是儿子没有这个派车的权力啊！"母亲在医院治疗 7 天，吴宏权每天都是用单车接送。

有一年中秋，吴宏权因公事不能回家团聚，他在给妻子的信中写道："青春对于每一个青年人来说，是宝贵的，只要我们珍惜青春，到头来我们将是无怨无悔的。"吴宏权就这样用自己的无私奉献和清正廉洁，珍惜自己的青春，时刻维护着党的形象，维护着共和国卫士的尊严。

"我只做了我应该做的事，你们是英雄，没有你们，我的血就白流了"

6月1日，经过医护人员的全力抢救，昏迷了3天4夜的吴宏权终于苏醒过来。"歹徒抓到了没有？"他问身边的妻子。当妻子告诉他抓到了，他欣慰地笑了。

时代呼唤英雄，人们崇敬英雄。

家住衡阳市葵花里的王桂英老人，从电视中看到英雄的事迹后，深为感动。6月1日，她买了香蕉徒步来到医院，老泪纵横地对吴宏权说："一年前，也是在荷花坪，我拾破烂攒来的40元钱被人抢走。做人就要做你这样的人。今后碰上坏人，我就是拼上老命，也要与这些王八蛋斗一斗！"

湖南三师附小一些小朋友，放弃去公园玩耍的机会，来到吴宏权的病房与英雄一起过"六一"节；基督教会衡阳分会9位70岁以上的老人，为他早日康复进行祈祷；曲园酒楼的员工每天早晨送来香喷喷的鸡汤，为他补养身体……面对这些，吴宏权这个铁骨铮铮的共产党人，这个面对尖刀毫不畏缩的勇士，这位被歹徒连捅4刀没有哼一声的硬汉子，禁不住热泪长流……

6月3日，继吴宏权之后追捕歹徒的衡阳市中天房地产开发公司职工欧阳振球、杨忠祥，市郊区建设局干部谢松龄，衡阳有色冶金机械厂职工何英喜，手捧鲜花来到医院，看望吴宏权。苏醒后的吴宏权想念的就是他们。由于他们紧追不舍，歹徒才难以逃脱；由于歹徒被欧阳振球用石子打伤，被谢松龄用铁铲劈了一铲，歹徒才无法继续施暴；也由于魏后新和那至今不知姓名的摩托车司机，及时将吴宏权送进医院抢救，才保住了吴宏权的生命。

吴宏权由衷地对他们说："我只做了我应该做的事，你们是英雄，没有你们，我的血就白流了。"

（原载1997年6月20日《湖南日报》头版头条，并被《光明日报》《中国青年报》《人民武警报》和中央人民广播电台等新闻单位采用）

像吴宏权这样做人

1997年5月，武警衡阳支队后勤处副处长吴宏权勇斗歹徒光荣负伤，前来衡阳采访的记者络绎不绝，作为一名地方新闻官，我也满怀激情加入采访行列。

然而，吴宏权受伤后3天4晚昏迷不醒，我只好守在医院进行外围采访，采访他的妻子、弟弟、战友，并深入他的老家，采访他的父母、邻居……偶然当中有必然，英雄之所以成为英雄，与他平时的一贯表现是分不开的。大家饱含热泪，向我讲述了吴宏权的故事。

我一边采访一边思考，吴宏权同志的动人事迹，深刻地启迪和昭示我们：在发展社会主义市场经济的新形势下，应该怎样做人，怎样做一个真正的共产党员。

采访越深入，吴宏权的人物形象越丰满，在吴宏权身上，不仅积淀着中华民族的传统美德，而且展示了当代共产党人的高尚情操。他处处发挥着党的先锋模范作用，经得起任何考验。在穷凶极恶的歹徒面前，他毫不畏惧，为维护社会的稳定和人民的生命财产安全，挺身而出，殊死搏斗；在金钱和美色的诱惑面前，他一身正气，丝毫不为所动，出淤泥而不染；在公私利益面前，他把党和人民的利益放在首位，廉洁奉公，不计较个人得失；在工作面前，他不挑挑拣拣，干一行爱一行，兢兢业业，勤奋努力，尽职尽责，立足岗位做贡献；在同志面前，他像一团火，燃烧自己，温暖别人，真正以助人为快乐……像吴宏权这样做人，就能经受人生道路上的各种考验，做一个高尚的人，一个纯粹的人，一个有道德的人，一个脱离了低级趣味的人，一个有益于人民的人。

一个人对人生意义的理解不同，就会有不同的人生态度，也就会有不同的人生轨迹和人生归宿。对于人生意义的理解，吴宏权有自己独到的见解，翻开他的读书笔记，翻阅他的书信，这种"人生金句"比比皆是："侠骨柔肠为人民，一腔热血乐奉献""为人民服务是人生的最佳境界，为了人民利益，我愿牺牲一切""青春对于每一个青年来说，是宝贵的，只要我们珍惜青春，到头来是无怨无悔的""假如让我下连队当司务长，我要做一名司务长标兵；假如让我去当连长，我要带出一个尖刀连；假如让我上老山前线，我会战斗不息、冲锋不止……"吴宏权之所以成为人民仰慕的英雄，关键在于他拥有正确的世界观、人生观、价值观。

每个人都在书写自己的人生。吴宏权不仅时有豪言壮语，而且时有英雄壮举。他用"不怕牺牲，无私奉献"作为自己的人生格言，这是做人的最佳境界，为我们在做人上树起了一面旗帜。他顽强的毅力、英勇的行为、不屈的精神，凝成一个血性民族的伟岸灵魂，撑起一派壮怀激烈的蒸湘豪情。

经过一个星期的采访写作，一篇近万字的长篇通讯呈现在大家面前。一些与我一起采访的记者们惊异了，有人说："我们写得这么快，就写不得这么好；写得这么好，就写不得这么快！"《湖南日报》政法部主任、资深记者易泽民怎么也不敢相信，吴宏权的心灵境界有这么高尚，他的行为有这么英勇，他的语言有这么富有诗意，甚至怀疑他的故事是我加工杜撰写出来的。经过一个星期的调查核实，他心中的疑团才一一化解，连连对我伸出了大拇指："小成的采访非常深入，非常到位，你写的每个细节都是真实可靠的，报社决定头版头条加编者按发出，并配发中共湖南省委决定向优秀共产党员吴宏权学习的决定。"

稿子寄出之后，中央人民广播电台、《中国青年报》全文播发，《光明日报》《人民武警报》发了头版头条，吴宏权被评为首届"中国武警十大忠诚卫士"、全国见义勇为先进分子、湖南省十大杰出青年、湖南省优秀共产党员，并被武警总部荣记一等功。他先后被任命为武警衡阳支队队长、武警内蒙古总队副参谋长、武警重庆总队后勤部部长、武警青海总队副司令员。

仿佛流星在夜幕中划过，仿佛云彩在天空中飘荡；

仿佛露珠在土地中融化，仿佛玫瑰在风雨中绽放……

你的生命为何如此美丽

义诊，一个非常平凡的字眼，可你们——湖南衡阳市结核病医院李平、罗金玉、陈祝英、邵小平却看得十分庄严与神圣。

5月12日一大早，你们响应衡阳市委"三个代表"四上门服务活动的号召，利用双休日乘一辆白色面包车赴衡东县草市镇义诊。这是你们第27次下乡义诊。沿途看到一路的青山，你们大有感慨："这么绿的山，这么好的空气，可惜没有好水。""听说洣水就在前面。""相信好山必有好水。"

车到吴集堵了起来，看到赶集人头攒动，你们首先想到的是山区农民看病难，便利用堵车时间，搭台为农民看病。才看了十几个病人，车通了，你们又马上收起医疗器械和药品："对不起，我们还有任务，返回再给你们看。"然后，匆匆上车往草市镇赶。

上午9点55分，汽车行至杨林镇柴埠村5组境内，因路面坎坷，刹车失灵，汽车栽入滔滔洣水。司机与院网络办主任陈东升有幸浮出水面，尽管当地村民全力打捞，但你们——四位圣洁的白衣天使，在护士节这天，用自己的言行实践了江总书记"三个代表"重要思想，用短暂的生命给人们留下了无与伦比的美丽……

"无情流水吞忠骨，有泪苍天哭英魂。"5月14日，衡阳市社会各界3000多名群众自发来到市殡仪馆，为你们举行隆重的追悼大会，一个个花圈、一副副挽联、一双双泪眼寄托着人们对你们无尽的哀思：

圣洁天使心系"三个代表"碧水扬波血泪祭英灵；

仁义巾帼身殉"四项上门"送医下乡浩气贯衡岳。

李平：关爱病人，善待姐妹

在四位殉职的白衣天使中，你最年轻，刚满 28 岁，正是花一般的年华。你 1989 年毕业于衡阳市卫生学校护理专业，分配到衡阳市结核病医院。10 多年来，你时刻装着病友和护士，关爱病人，善待姐妹，似乎成了你生命的全部，你认为生命的意义在于付出，在于给予。因此，你每天都在超负荷运行。

"爱，有如花冠上的露珠，只会逗留在清纯的灵魂里。"衡阳县司法局的唐昭富怎么也不会忘记，2000 年 5 月，他患结核病合并糖尿病，需要控制饮食，为了全力配合病人治疗，你经常从家里端来饺子、南瓜给他吃，使他只住了两个月就出了院。出院时，老唐拉着你的手泣不成声："我的病不知为你添了多少麻烦，像你这样好的护士，真是打着灯笼也难找哟！"

听到你去世的消息，你的病号都哭了起来。长沙市一位名叫李云龙的建筑老板开着车子跑了过来，要求与你见上最后一面："苍天无眼呀，为何要带走你这样的好人呢？"在他的印象中，昨天还看到你那美丽的身影在为他跑上跑下拿药、结账、送他出院。他怎么也不敢相信，你今天离他而去。李云龙患的是难治性结核病，在外治疗半年，不见好转，精神压力大。你对他实行医药与心理护理并举，使他有了战胜病魔的信心。

护士姐妹伍秋红说，你最不放心的是科室的工作、病房的病人，还有相濡以沫的姐妹。殉职前一天，你以最高票被评为"优秀护士"，但你考虑到自己今年 3 月 20 日才竞聘当上护士长，以后有机会，便主动把荣誉让给了其他姐妹。这天下午召开护士座谈会，你对姐妹们说："明天是我们的节日，你们都去参加，我来顶班。"就这样，你当 42 天护士长，却不知加了多少贡献班。双休日，你没休息；"五一"长假，你仍没休息。你每天早上 7：30 分第一个来到医院，每天晚上 7 点钟最后一个离开。深夜，你还要来到病房检查工作、处理事务……

医院人手少，工作量大，为了使姐妹们能正常休息，你一天到晚像个高速旋转的陀螺。5月12日，医院本来是安排你的同事朱玉兰去义诊的，因她要去参加考试，你考虑到自己当晚班，便对院领导说："让我去吧，6点钟还可以返回，反正不耽误事。"没想到，这却是你们的永别。

噩耗传来，你的爱人谭铁生怎么也不相信，昨晚护士联欢，你们还在一起跳舞，他耳边仿佛还传来你甜甜的歌声："让我的爱舟，在你的雨中飘荡；让我的柔情，像雨丝一样纯洁又绵长……"今天清晨，你离开家时，还送给他一个甜蜜的吻；桌子上，还摆着你第三次向党组织写的入党申请书。看到你的遗容，你5岁的儿子谭尧文以为你睡觉了，因为你每天下班回家，总是躺在沙发上一动不动，不想吃也不想喝，你说只想美美地睡上一觉。你太累了，儿子想把你从梦中喊醒："妈妈——妈妈——"而你却永远听不到儿子的亲切呼唤了。5月19日，你爱绘画的儿子天真地告诉记者："我妈妈已经变成了一朵云，飞到天上去了，我长大后，她会回来……"

李平，你真的能回来吗？！

罗金玉：人生在于不断的进取和超越

出事前一天，你——罗金玉一再找到网络办陈主任："我非常向往这种活动，这是用医术回报乡亲的极好机会，明早一定等我。"因为你怕因等车错过机会。这天清早，你反复交代女儿："叔叔打电话来，你就告诉他，妈妈已下去等车了。"你穿着丈夫最近为你买的红色上衣，向女儿挥了挥手。女儿见你与平时出差没两样，便对你说了声："再见，妈妈早点回。"谁知，这却是你们的永别。

你今年才33岁，与李平毕业于同一所学校。你出身贫寒，十几岁时母亲去世，是靠哥哥、姐姐拉扯大，并支持你读完卫校。你具有父亲争强好胜的性格，不管做什么事，从不服输。从1990年分配到医院任临床护士至今，你从没放弃过学习，手里总是捧着一本书，包括结婚、怀孕、生孩子。你参加护理自学考试，1999年4月拿到大专文凭后，又参加自考本科，目前已通过三门。你认为，人生的过程在于不断学习和超越，健康愉快的生活来自勇敢进取的生活态度。你热爱医学，酷爱文学，记下了20多本中医笔记，在医学杂志上发表了2篇论文，每次卫生局系统举办技能知识竞赛，你总是排名第一。1997年，因为你书本知识扎实，院里将你调进心电图办公室，你刻苦钻研，将电脑灵活应用于医学。同事们发现，在医院，只有你的书和台灯最显眼。中午休息，同事拖你打了两次牌，你后悔不已："又耽误了学习，对孩子影响不好。"从此，你发誓不再打牌。

你的丈夫、现任湖南大学衡阳分校学生处处长的邹长生，总是以平淡的心情来对待你的工作。你们结婚9年，很少有过花前月下的日子，他不时埋怨你："桌上、床上、茶几上，到处都是书。"除了读书，你还得上班、做家务、带孩子。因为你的操劳，丈夫对生活充满自信，他从一般干部提拔到副处级岗位，而你总是想通过学习来达到夫妻事业的比翼双飞。你是中专生，他本科毕业，你的外语水平比丈夫高，其中不知你付出了多少艰辛！每天晚上，你还得辅导丈夫的英语，在睡之前讲几页，因为丈夫要考高级政工师。可惜，英语只讲了1/3，你却离他而去。那天，你的丈夫正在娄底巡考，接到电话，他实在接受不了这一严酷事实，他的头脑一片茫然，离开了你，今后的日子他不知怎么过？你在一本书的扉页上为丈夫写道："即使我变成失落的流星，也要经过你的身边送一缕温情！"睹物思人，丈夫泪流满面，写下了："我是屋檐下的铃，你是流动的风，没有你的抚动，我何来清冷的吟唱？"

你才8岁的女儿邹星星在你出事后两天写了篇日记：这两天我好痛苦，爸爸妈妈都不在，听说院里的车子出事了，死了4个人，但愿妈妈没事，听医院的伯伯、大妈讲："你妈妈没事，过几天就回。"但愿这是真的。大妈每晚来七八次，每次要爬8层楼，好辛苦，不知怎么报答。

为了孩子，你付出了许多，从4岁起，你每晚要给她讲两个故事，还教孩子学会了五线谱，与孩子一起开展读书竞赛，遇难前你正在读高尔基的《母亲》。姐妹们永远不会忘记：在 5 月 1 日晚的护士联欢晚会上，你与女儿同台用电子琴演奏了《梁祝》，那悲怆的旋律如泣如诉，似乎构成了你生命的永恒。

陈祝英：如果有来生，周凌还要做你的女儿

"昨天是母亲节，而今天我却站在殡仪馆来悼念我的母亲，那生我、养我、育我，平凡而伟大的母亲啊，让我再叫你一声妈妈——如果有来生，女儿还要做妈妈的女儿，这辈子，下辈子，三辈子，永远都要!" 5 月 14 日，在追悼大会上，你的女儿周凌声泪俱下，大声呼唤你，你听到了吗？

在四位殉职的白衣天使中，你的年龄最大，今年 51 岁，主治医师、医保办负责人、衡阳市结核病医院的"元老"。如今，你亲手种下的小树苗已长成参天大树，为院里撒下片片绿荫；你义务铺设的水泥路已四通八达，通向每一个住院部和病房；你的血细胞减少，患有高血压、白内障等多种疾病，但却风雨无阻，每天准时骑单车赶到医院上班。你说工作就是人生的价值，人生的快乐，也是幸福之所在。

你的家离医院有 16 公里，每天清晨 5 点 50 分，床头的闹钟将你催醒，然后骑单车赶去上班，每晚要到 7 点钟才回家。你风雨无阻，数年如一日，从未迟到早退。1999 年 3 月 3 日，天气寒冷，细雨沾衣，你连人带车摔倒在地，造成左肩关节脱落、瘀血，胳膊肿得像只大冬瓜。丈夫问你怎么回事，你轻轻一笑："今天摔一跤，本来需要住院的，但我管了 17 个危重病号，实在脱不开身。"第二天，当你肩上背着绷带出现在病人面前时，病人无不感动，嗔怪道："天下竟还有这样不要命的医生!"你受伤 2 个月了，没住过一天院，休过一天假，也没迟到过一次。就这样，你置自己的生命于不顾，多次救人于危险之中，多少病人让你从死神手中夺了回来，而你自己的生命却如此短暂!

你的丈夫周会阳原在兰州军区邱少云所在团队服役，你们一个在湖

南，一个在西北，夫妻分居12年，每年团聚的时间不到一个月。休探亲假时，你总是前面抱着小女儿，后面背着大女儿，两手提着行囊乘火车往大西北赶，车上没座位，你将女儿塞到座位底下，有一次，小女儿在西安走失，你找了许久才找到。你与丈夫每次相聚，总是付出得太多太多……返回医院，看到你那副落魄的模样，简直是个逃难者。你认为人的生命似洪水在奔流，不遇岛屿与暗礁，难以激起美丽的浪花。

1989年，你的丈夫转业到衡阳市卫生防疫站，离医院有16公里，为了夫妻不再分居，你作出自我牺牲，主动在市区安家，自己则每天骑单车上班。好几次你因为体力不支，晕倒在上班途中，是好心人把你送了回来，而你醒后，又匆匆奔赴单位。你与丈夫结婚23年，从没过上一天安逸日子，你勤劳、朴素、慈祥，将中华民族传统女性的美德展示到了极致。

你因公殉职后，仍有不少人慕名而来找你看病；你殉职前一天，刚完成一篇3600多字的论文《难治性肺结核在医疗上的新进展》；你殉难的第二天，不知情的病人还打来电话："祝母亲节快乐"。5月12日清早，你特意为丈夫、女儿做了早饭，6：30分赶到和平南路等车，在马路上等了一个小时。没想到坐上汽车后，你便再也没有回来。

邵小平：年迈的母亲为你骄傲

你叫邵小平，今年44岁，高级药剂师。1977年开始从事药剂工作，1997年担任药剂科主任。听到你遇难的消息，你年迈的母亲赵伏英哭得死去活来——她是1949年参加革命的老同志，一个老共产党员。后来，当她听到你是践行江泽民"三个代表"重要思想因公殉职时，她擦干眼泪，止住了哭泣："女儿，你死得其所，我为你骄傲和自豪！"

的确，你有许多地方值得母亲骄傲，你半岁时便死了父亲，是外婆将你带大，12岁时又随母亲下放到耒阳市劳动改造，1981年与市结核病医院工会干事何小柏认识并结婚。由于受家庭环境的影响，你为人正直，爱憎分明，眼中容不得一粒沙子。1996年5月，你负责麻醉药管理工作。你的一位朋友与院领导熟悉，需要 2 支杜冷丁，院领导认为问题不大，便开了发药处方。接到处方后，你问："患了什么病？"对方回答结结巴巴："你别管……发药就是。"你坚定地说："那不行，杜冷丁虽然只有 2 支，但发这种药有严格的规定。"那朋友自讨没趣走了。过了两天，他又买来两条"白沙"烟，请你高抬贵手。你说："这是不可能的！"后来，你打听到对方是个吸毒人员，你气愤了："医院是个圣洁的地方，有我在这，你别想钻医院的空子！"事后，母亲对你的做法予以高度赞扬。

有一次，你同事的父亲患了肺结核，因为家住农村，生活困难。她利用工作之便，用普通药换走了结核药，被你发现。一方面，你利用节假日去她老家走访，自己掏钱送去一些水果和滋补药品；另一方面，你找她谈心："你家的困难我们体谅，但换药是绝对不行的，如果大家都来换，我的工作怎么做？人生中幸福不是目的，品德才是准绳！"说得那位同事满脸通红，将换出去的结核病药又换了回来。

1997 年，你担任了药剂科主任。你经常提前上班，尽职尽责，药品价格一律公开，由院药品委员会谈判定价，使药品折扣率由 95% 下降到 80%，一年为医院节省开支近 20 万元，因此，你所在的科室年年被医院评为"先进科室"。

生如夏花之绚烂，死若秋叶之静美。痛失女儿的母亲悲痛万分，这位从未向组织提出过任何要求的老同志，给记者拿来一份入党申请书，那是你 1999 年 7 月 1 日写的，她引以为荣："女儿要求入党，组织上能否追认一下？让女儿含笑九泉？"

这是一位死难母亲的请求和建议。

不管你母亲的建议是否能变成现实，但我们看到：你已用自己的满腔热血实践了一位普通共产党人的钢铁誓言。

（原载 2001 年 8 月 7 日《中国改革报》头版头条，并被《中国医药报》《中国妇女报》《湖南日报》《衡阳日报》和中央人民广播电台等新闻单位采用）

一次含泪的采访

那是 23 年前的 5 月 12 日，从衡东家乡传来一条令人撕心裂肺的消息，衡阳市结核病医院四位白衣天使在下乡义诊途中遭遇车祸，因公殉职。衡阳城区笼罩在一片昏暗悲痛的气氛当中……

我的心灵顿时像被什么击了一下。

作为一名新闻工作者，必须立足时代的潮头提前介入，站在受众的角度精心生产，顺应时间的维度新颖呈现，力求达到三个"第一"。第一时间奔赴现场了解事件真相，使新闻与事件无限接近零时差；第一表达做到权威准确，把握得当；第一到达，收获广泛的阅读率，从而弘扬四位白衣天使的崇高品德与奉献精神。

我立马赶往位于衡南县三塘镇的衡阳市结核病医院，院长刘志伟满脸泪痕，悲痛欲绝，听到我说明来意，憔悴疲倦的神情中露出一丝欣喜，他哽咽道："兄弟，你来得正是时候，他们都是我院的骨干，非常优秀，值得你们好好宣传。这对四位死难者是一种安慰，也对我们是一种鼓励，不然，人死了就死了，她们的优秀事迹无人知晓。而我们这些活着的人感到心里更难受……"说完，他马上安排专人配合我的采访。

连续三天，我奔波于市结核病医院、衡阳市殡仪馆、湖南大学衡阳分校、衡阳市卫生局，采访死难者的亲属、同事、病人不下 30 人。

当他们满含深情，追忆起 4 位医护生前的点点滴滴时，有几位五尺男儿忍不住泪流满面，甚至号啕大哭。我一边快速记录，一边控制不住自己的情绪，泪水几次打湿了我的采访本。

我一直马不停蹄，有时连中饭都顾不上吃，又对 4 位白衣天使的同事进行采访，不放过他们讲述的每一个细节。然后，将死难者家属讲述故事中的时间、地点、人物、事件，一一得到他们的印证，从而使获取的原始素材更准确、更真实。

经过三天紧张的采访，终于离开三塘。夜幕降临，路上，我一边闭目养神，一边进行构思，从丈夫、儿女、父母、同事、病人多维视角入手，着重彰显4位白衣天使各自的人生特色、事业追求和个性色彩，李平：关爱病人，善待姐妹；罗金玉：人生在于不断的进取和超越；陈祝英：如果有来生，周凌还要做你的女儿；邵小平：年迈的母亲为你骄傲。从而描绘一幅多姿多彩的白衣天使风情画。猛然，我触景生情，脑海浮现出诗一般的意境："仿佛流星从夜幕中划过，仿佛云彩在天空中飘荡，仿佛露珠在土地中融化，仿佛玫瑰在风雨中绽放……"便赶快记录下来，作文章引题。

连夜，我抑制不住感情的潮水，以第二人称的写作手法，用更直接、更自然、更亲切的语言叙述，把情感调动起来融入文章当中，力求让读者读起来更加亲切、随和、动人。有了好的构思和深入扎实的采访素材，将4000余字的初稿一气呵成。主标题改了几次，但仍不满意，弄得满脑子痛苦，折腾了半夜，还是睡不着。

次日，将文章再次修改、完善，激情便像狂飙一样在我周身翻卷着，就像春潮一样在我胸中鼓荡着，精神也处于极度的亢奋之中，但仍憋不出一个好标题。

看书看皮，看报看题。

晚上改完稿看到爱人正在"追"电视连续剧《你的生命为何如此多情》，我的眼睛猛然一亮，灵光一闪，你的生命为何如此美丽，这不是拾来的标题吗？我如获至宝，将稿子再次修改。修改完毕，我让妻子先读，她哭了。确定无错别字、无瑕疵后，将稿子寄出。

《中国改革报》和《湖南日报》分别发了头版头条，《中国妇女报》发了个二版头条，中央人民广播电台、《中国医药报》、湖南人民广播电台、《衡阳日报》相继发出。市结核病医院的医护人员捧读完这些报纸时一个个热泪盈眶："这是组织上对我们医护行业的认可！"院长刘志伟特意赶到我的办公室："一个医院一次死了4名医护，我感到整个医院要垮了。感谢您，在我们最困难最阴暗的时候，您的报道犹如冬日里一缕阳光，给我们巨大的精神力量……"

正因为这次采访，我与市结核病医院和刘志伟院长建立了深厚的友谊。

流年似水，物是人非。尽管时间过去了23年，如果正如刘志伟院长当年说的那样，我认为，这次流泪的采访更加及时，更有力量，更有价值。一位老宣传工作者说过：当新闻宣传出现最佳效果的时候，我们的新闻舆论才能体现出一种正确的导向，新闻宣传工作才能获得良好的社会效益。而要想达到这种理想的效果，除了增强新闻"脚力、眼力、脑力、笔力"之外，必须在整个新闻传播过程中，不断进行有力和有效的引导。

我谨记下这句话，并付之于行动中。的确，在路上，心中才有时代；在基层，心中才有群众；在现场，心中才有感动。新闻工作者应该为人民立言，为国家立心，为民族立魂。

●曾少明在广州染上重度苯中毒再生障碍性贫血，需要亲人为他捐献骨髓，二姐和二姐夫趁火打劫，索要 10 万元报酬，妹妹不惜把 5 个月大的胎儿引产，无偿为哥哥捐献骨髓；

●中共中央政治局委员、广东省委书记李长春动情地说：面对危难的亲人，两种不同的反应，体现了不同的道德风尚；

●面对 10 万元捐款，谭双徕夫妇说："这些钱，我们将捐出去！"

引产捐髓，衡阳打工妹真情救兄

连日来，一对普通的衡阳打工夫妇的名字传向羊城的大街小巷，引起了上至中央政治局委员、广东省委书记李长春，下至千万市民的密切关注，无数心灵被他们的行为所震撼。这对夫妇男的叫谭双徕，今年 27 岁；女的叫曾美艳，今年 22 岁，湖南省衡阳市祁东县步云桥镇洞山村八组人。

2001 年 4 月，当他们的大哥曾少明在广州染上重度苯中毒再生障碍性贫血，需要亲人为他捐献骨髓的时候，二姐和二姐夫趁火打劫，索要报酬 10 万元；而他们为了拯救生命垂危的哥哥，不惜把 5 个月大的胎儿引产，无偿为哥哥献骨髓，从而引出一连串深刻反映现代社会人情冷暖令人感叹的故事。

衡阳打工仔遭遇"怪病"

曾少明有兄弟姐妹 6 人，他排行老四，有三个姐姐，一个弟弟，一个妹妹。1997 年，他与妻子陈放妹一起到广州黄埔某合资鞋厂打工，日子过得很甜美。谁知，2000年12月，曾少明出现极度头晕、乏力、发热、牙龈出血等症状，经广州市职业病诊断小组确诊为"慢性职业病重度苯中毒，苯致再生障碍性贫血"，是鞋厂使用的含苯化学溶剂中毒引起。他的骨髓失去了造血功能，红细胞、白细胞、血小板远远低于正常人水平，很容易发生感染和出血不止。到了后来，他几乎靠输血为生，每周必须输两次，每次要1000多元。几个月下来，他已输了33人的血，花费9万多元。为了根治疾病，广州市十二人民医院决定为他进行骨髓移植，供者从他的同胞姐妹中寻找。

听到大哥病危的消息，正在广东打工但没找到工作的妹妹曾美艳惊呆了："大哥是好人，怎么会患这种病呢？大哥呀，你不能走，哪怕用我的一切也要换回你的生命。"她一边流泪一边火速赶到医院验血配型。在她的5个同胞兄妹中，只有在东莞打工的二姐和自己适合提供骨髓移植所需的造血干细胞，她兴奋异常，庆幸自己终于有了报答大哥的机会。她与丈夫商量，决定拿掉孩子报答大哥。而医生说："你已怀孕两个月，体内胎儿的血液里可能有排斥你哥的抗体，你二姐才是最合适的人选。"而此时，二姐也认为："你们刚结婚，拿掉孩子可惜。"二姐答应为大哥捐献造血干细胞，一家人在医院的"骨髓移植知情同意书"上签名，院方开始做前期准备工作。

在曾美艳的心目中，大哥无疑是世界上最好的人。她比大哥小6岁，是在大哥的呵护中长大的。家里没有爷爷奶奶，美艳一生下来，大哥就抱着她，背着她。为了她，大哥可以献出自己一切。小时候，家里穷，人又多，餐餐吃红薯煮稀饭，见妹妹不爱吃红薯，大哥总是先将红薯吃掉，然后把碗里的稀饭让给妹妹吃；夏夜，大哥从瓜棚上捉来一只只闪亮的萤火虫，装在墨水瓶里给妹妹玩……有一次，山上荆棘长满了红灿灿的野果，见妹妹垂涎三尺，大哥奋不顾身去采摘，身上被荆棘划得鲜血直流，痛了半个月才好；为支持妹妹上学，大哥初中没读完就上了建筑工地，赚钱让妹妹上学。每次回来，总是买回大包大包的糖果、饼干让妹妹吃。兄妹多了，难免打打闹闹，二哥比妹妹只大两岁，经常逗妹妹哭，甚至打小妹，大哥见了总是晃动拳头教训弟弟。

曾美艳结婚后，与丈夫一道来到广东，大哥餐餐买好菜招待他们。出门在外，找不到工作的日子是苦闷的。大哥劝妹夫："有我在这，你们不要急，别的事情不用多操心，找工作慢慢来嘛！我们有盐同咸，无盐同淡。没车费，我这有。"每次，他拿给妹夫不是50元，就是100元，直到妹夫在白云区新市镇联边村永伸印刷品有限公司找到工作后才停止。为了找工作，不知花了大哥多少钱，也不知给大哥造成了多少困难。大哥与另外三个老乡在黄埔租了一套三室一厅的房子，住得很挤，他们来后，大哥就把自己的小房腾出来，去找老乡到外面搭铺。大哥宁愿自己与嫂子分居，也不让妹妹妹夫分开。妹夫进厂后，妹妹没有工作，但大哥仍然惦记着她，给她买衣服，给她零花钱，每次给嫂子买衣服，总不忘给妹妹带上一件。

面对大哥，曾美艳夫妇总有说不出的感激："他是世界上最好的人，我们心中最好的大哥！"

看到大哥牙龈出血不止，毛孔上的血点密密麻麻，像被蚊子咬过一样；他双眼深陷，不能吃东西，一站起来就倒，一种声音几乎同时从谭双徕夫妇心中传出："我们要救大哥""我们要救大哥！"假如大哥走了，整个家庭便要坍塌，猛然他们仿佛看到年迈双亲老年丧子哭天喊地的表情，听到年轻能干的嫂子中年丧夫痛不欲生的哭泣，看到两个可爱的小侄儿茜茜和彪彪那少年丧父的眼泪，想到这里，他们作出了一个惊天动地的决定：拿掉孩子，拯救大哥！

妹夫、妹妹放弃孩子救大哥

谭双徕与曾美艳结婚后，年迈的父母多么盼望早早抱上孙子呀！当他们得知儿媳怀上孩子时，激动万分。听说儿媳要引产，他们感到十分意外，怎么也想不通。当听到儿子说明情况后，两位老人果断地同意了："为了救兄，牺牲一点不算什么。"还鼓励儿子："一切由你们做主。"儿媳引产后，谭双徕的母亲专程从老家祁东带来 4 只老母鸡给儿媳补身子，可惜在火车上闷死了 3 只，最后剩下一只，杀了炖药材一起送往医院。可曾美艳怕鸡汤中的药材会影响骨髓移植，最终还是没喝上一口。

当初，曾美艳听到二姐愿为大哥捐献骨髓，十分感激，便把二姐从东莞接到广州。听说骨髓移植很伤身体，要补充营养。谭双徕便从街上买来猪手、猪肚、老母鸡，猪肚子里装满人参、当归、枸杞，炖汤给二姐补血。二姐在她家两个月，天天吃好菜，而曾美艳怀着孩子，舍不得喝一口鸡汤，他们天天吃素菜，隔三四天才买半斤肥肉吃，为的是省钱让大哥治病。

今年 4 月中旬，医院开始使用超大剂量的化疗药物杀死大哥体内的病态骨髓，使得病人的免疫功能全部丧失，就等着把二姐的外周血干细胞移植进病人体内了，否则病人将立即死亡，这在医学上称为"置于死地而后生"。这时二姐在姐夫的怂恿下偷偷找医院谈判：要 10 万元营养补助。医院建议他们家庭内部协商解决。二姐夫便找到嫂子，经过一番讨价还价后，他最后答应要 6 万元，但必须先把钱摆到桌子上，然后献骨髓。在层流室等待移植的大哥听到这个要求，当即提出："让我去死吧，让我去死……"听到二姐夫的话，谭双徕很生气："我每月有 1800 元工资，救大哥的钱我来还！一年还不清，两年，两年不行，三年，直到还清为止。"但二姐夫仍然拉着二姐"当机立断"扬长而去。

望着二姐离去的背影，嫂子泪流满面。但她坚信：妹妹和妹夫一定会站出来救她的丈夫。大哥住院后，嫂子要承受精神与经济上的双重压力。谭双徕总是想方设法减轻大哥的一点负担和痛苦。每次发工资，他将 1800 元送往医院，身上便无分文了。今年春节，他好想回家一趟。他是去年 7 月爷爷去世时才回的一次家。可大哥……他放心不下。他想有我在，大哥和嫂子便有一种依靠。大哥输血花费 9 万多元，有 14000 元是借谭双徕的；有 13000 元是他与嫂子发动湖南老乡们捐的。

二姐溜走了，大哥命悬一线，不赶紧做骨髓移植，大哥就活不成了，事不宜迟。在这节骨眼上，谭双徕夫妇再次决定拿掉自己的孩子救大哥。医生说："这样的手术在国内是首次，我们只有 50% 的把握。"他们说："哪怕只有10%的希望，我们也要让大哥活下来！"由于病情危急，医院来不及为曾美艳引产，就对她进行三次血细胞分离，等于把她全身的血循环了6次。4月25至27日，从她的血液里提取出300毫升的造血干细胞，移植到大哥体内。两条人命保住了，谭双徕夫妇长长地松了一口气。

然而，半个月过去，大哥自己的好细胞不见长出来，生命垂危，急坏了医生，肯定是曾美艳体内胎儿的血液里有排斥大哥的抗体。医生把这一情况告诉谭双徕夫妇后，小夫妇动情地说："留得青山在，不怕没柴烧，打掉孩子可以再生，而不救大哥，便永远失去了。"此时，孩子已长成5个月，做不了人流，要引产。"只要能救大哥，让我们做什么都行。"谭双徕夫妇说。打了催产针，曾美艳痛了一天一夜，孩子才打下来。这个女婴是谭双徕夫妇的希望，曾美艳给她织了毛衣，还取了好听的名字，甚至想过给孩子买什么样的摇篮，多少次，她梦见胎儿对自己微笑……但现在，她什么都不需要了。想到这里，曾美艳夫妇又哭了，他们感到十分对不起孩子，但为了救大哥，他们不得不这样做："孩子，爸妈对不起你。"打下孩子第二天，曾美艳身上还在流血，但救大哥要紧，身体十分虚弱的她又躺进了给大哥输血的病床上，医院对曾美艳又进行了两次血细胞分离。就这样，由于谭双徕夫妇的"真情付出"，一个不该结束的生命结束了，一个即将结束的生命幸存了下来。曾少明在医院的精心护理下，没有发生预期的移植物排斥反应，还成功闯过了细菌、霉菌、病毒、原虫和结核病感染五大难关。曾美艳的原始造血干细胞在大哥的骨髓里移植成功。此例国内首例苯中毒职业病进行骨髓移植获得成功，开辟了我国医学史上苯中毒引起的障碍性贫血治疗的新途径。目前，他的重度贫血得到纠正，血细胞恢复到正常值范围，病情一天比一天好转。大哥开始长出自己的好细胞了，并且已稳定地恢复了正常血液细胞的水平。

走下手术台后，嫂子抱着曾美艳放声大哭："感谢你，小妹！相信好人必有好报。"嫂子还清晰地记得：曾少明的牙龈在出血，身上的皮像鱼鳞片一般脱落，嘴巴都烂了，喉咙咽不下饭，没见到妹妹，总不停地念叨她。曾少明胃口不好，吃不下东西，见他不肯吃，嫂子就搬出妹妹来"吓唬"

他："你不吃东西，长不出好细胞，医生又要抽妹妹的骨髓了。"曾少明一听说又要抽小妹的骨髓，马上就强咽吃东西。早两天，嫂子给妹妹一个彩色的蝴蝶，蝴蝶象征着美丽、吉祥和幸福。她希望妹妹今后的日子过得更美满……

广东省委书记、省长引发捐款高潮

曾美艳舍弃自己的孩子救兄长的真情故事经广州各大新闻媒体报道后，在南粤大地引起强烈反响，中共中央政治局委员、广东省委书记李长春动情地说：面对危难的亲人，两种不同的反应，体现了不同的道德风尚，妹妹、妹夫的这种朴实情义难能可贵。全省都要向她学习，全社会都要弘扬这种新风尚。我们要通过曾美艳夫妇的精神大力倡导家庭美德、职业道德和社会公德，并带头为他们捐款 1000 元。卢瑞华省长也称赞曾美艳夫妇不仅为广东的物质文明作出贡献，也为广东的精神文明树起了样板，并托人捎去了 1000 元捐款。

6 月 1 日上午，广东省委常委、省委秘书长蔡东士受李长春的委托，专程前往广州白云区新市镇联边村，看望谭双徕、曾美艳夫妇。广东省民政、劳动、妇联、共青团、工会等部门负责人前往慰问。社会各界迅速掀起为谭双徕夫妇捐款的热潮，出现了一个个"好人有好报"的动人场面。

5 月 30 日上午，一位头发斑白的老先生步履匆匆来到《羊城晚报》说："这样的故事太感人了，骨肉兄弟姐妹之间，人情冷暖对比这样鲜明，像我这样经历了大半个世纪的人都受到震撼，看了报纸后，翻来覆去睡不着，我能力不大，但是一定要尽点心意。请你们代我转交 300 元给曾少明的妹妹，请她买点营养品，把身体补好!"

6 月 1 日，家在广州中山六路的一位小姑娘在妈妈陪同下，捧着一台电扇来到报社。这台电扇是小姑娘参加"六一"舞蹈演出得来的奖品。吃晚饭时，妈妈向她说起"真情救命"的感人故事。当听到"曾美艳家里唯一的一台风扇都是得知记者来访才专门从同屋老乡处借来"的细节时，小姑娘哭得很伤心。她对妈妈说，她一定要将电扇送给那位好心的叔叔阿姨。

6月4日，广州两位女学生急匆匆地来到广州市十二人民医院，将300元钱交给曾少明后，连姓名也没留下便悄悄走了。广州陈李济药厂负责人向曾氏兄妹赠送了1万元慰问金和一批补血药品。至6月8日，他们已接受社会各界捐款达10万元，其中《羊城晚报》转来12438元。

接到一笔笔捐款的谭双徕夫妇被感动得热泪涟涟，他们犹如捧着一颗颗比金子还贵重的火热的心："广东和家乡人民对我们太好了，捐了那么多钱，但我们还有一双可以打工赚钱的手，可以打工赚钱，这些钱我们决定捐出去，去帮助社会上那些比我们更苦的人。"

广州市白云区委、区政府将以学习曾美艳、谭双徕，开展"十佳"外来工等系列评选活动，组织"十佳"外来工报告团巡回演讲，鼓励他们安心工作，艰苦创业，为在广州创造物质财富的同时，结出精神文明的硕果。

谭双徕夫妇的义举不但感动了广东千万市民，而且从根本上改变了他们对外地打工者的看法，一位姓高的女市民说："以前我对外地民工非常排斥，但湖南那个品质高尚的妹夫，不得不让我产生敬仰。"广东潮州市一位姓林的先生说："我们这一代有嫡亲血缘关系的兄弟姐妹捐骨髓的比率还算大，可我们下一代都是独生子女，更应该大力弘扬这种一人有难、大家帮助的精神！"不少热心市民还为曾少明的疾病献计献策、出钱出力。一位姓余的先生特意为曾少明送上了一个药方。

令人感动不已的是，6月7日，曾美艳被广东国讯通信公司正式接收为员工，并先接受为期3个月的专业技术培训。

湖南省省长储波为之感动

此事也在曾美艳、谭双徕的家乡湖南引起震动，省长储波极为感动，特委托省人民政府驻广东省办事处送去1000元慰问金。6月6日，受中共衡阳市委书记梅克保的委托，衡阳市委常委、宣传部部长阳新丽一行带着衡阳

700万家乡父老的深情厚谊，专程赶赴广州，代表市委、市政府和祁东县委、县政府拜会了广东省委有关部门领导，感谢广东省委、省政府和社会各界对衡阳打工兄妹的亲切关怀，并到广州市十二人民医院慰问曾氏兄妹，送去了慰问金。湖南省妇联和衡阳市妇联分别派人或打电话对曾美艳夫妇进行问候。衡阳市派出新闻采访团进驻广东，市里准备以宣传曾美艳夫妇为契机，加强衡阳的精神文明建设，树立衡阳良好的外部形象，并在衡阳掀起向曾美艳、谭双徕学习的高潮。

谁说越是经济发达的地方人情越冷漠？谭、曾两家父母从电话中得知儿女、媳妇的消息，一个个欣喜万分。他们没想到广州医院的技术这么好，更没想到子女们会得到社会上这么多好心的关爱。他们在电话中一再叮嘱，一定要好好感谢广州人，并祝愿所有好人一生永远平安！

（原载2001年6月8日《湖南日报》头版头条，并被《光明日报》《中国妇女报》《中华新闻报》《新民晚报》《扬子晚报》《深圳商报》《浪淘沙》《新家庭》《湖南农业》《廉政瞭望》《衡阳晚报》等新闻单位采用）

采写札记

"特派记者" 的魅力

鄙人当了30多年通讯员，一天到晚忙于采访写作，干的是记者的活，却没有记者证，也没有正经当过一天记者。

也许是阴差阳错，我为"记者梦"追求了几十年，一直美梦难圆，而儿子学的是美术摄影专业，从没做一天"记者梦"，却轻而易举地进了新闻单位，并与一位同事喜结连理。现在，儿子和儿媳妇接过我当年的"写作棒"，他们当上了《湖南日报》记者，拥有国家新闻出版总署颁发的记者证。

其实，我也当过几天"特派记者"，在人生旅途上"风光"了一回。

那是 2001 年 6 月的一天，我突然接到《湖南日报》编委蔡栋打来的电话，说衡阳祁东"打工仔"曾少明在广州染上重度苯中毒再生障碍性贫血，需要亲人为他捐献骨髓，二姐和二姐夫索要报酬 10 万元，而妹妹曾美艳不惜打掉 5 个月的胎儿，无偿为哥哥献骨髓，广东省委书记、省长为之感动。

蔡栋要求我以《湖南日报》"特派记者"身份去广州跑一趟，尽快给报社发回稿子。这是报社对我的高度信任，这是一个感动南粤大地的重大典型，这是一个反映现代社会人情冷暖令人感叹的故事。我马上请示部领导，得到允许，并开具介绍信，要求我带队，组建一个由市内几家主流媒体组成的"家乡采访团"奔赴羊城。

我们刚刚踏上广州火车站站台，就被闻讯赶来的《羊城晚报》《广州日报》《南方都市报》《新快报》和广东卫视的记者包围了起来，扛着"长枪短炮"的记者们对我们实施"狂轰滥炸"，好在我应对媒体"经验丰富"，只几个回合，就让他的"高兴而来，满意而归"。广东省委宣传部、广州市白云区委对我们的采访极为重视，除宴请采访团，报道我们的行踪之外，还派出专人专车为我们提供方便。整个采访活动有计划地进行，得到对方的全程配合，在广州市十二人民医院，相关专家热情地介绍了曾少明的病情以及他们的重大医学成果；曾少明、曾美艳夫妇听说家乡派来了采访团，极为感动，又是买水果，又是订餐饮包厢，被我们婉言谢绝。我们以最快的速度进入"角色"，就地采访，源源不断地获取来自最基层的原始素材。

经过两天深入细致的挖掘，那些感人至深的细节在我心中碰撞、交融、聚集，显得越发真实、生动、感人，我激情澎湃，迫不及待地将曾美艳夫妇的故事写出来，着重展示他们的心灵冲突与精神世界。面对危难的亲人，两种不同的反应，体现了不同的道德观念。二者互为映衬，对比强烈，产生了意想不到的效果。我几乎是用一个通宵一口气将文章写出，全文 6300 多字，标题为《引产捐髓，衡阳打工妹真情救兄》，来不及修改润色，一切保持原汁原味。我选用快递发往各新闻单位，《湖南日报》发了头版头条，还配发了评论《德能造福》，《光明日报》《中国妇女报》《中华新闻报》《新民晚报》《扬子晚报》《深圳商报》《浪淘沙》《新家庭》等 30 余家媒体予以转载，《衡阳晚报》发了一个整版。衡阳打工妹曾美艳引起了上至中央政治局委员、广州省委书记李长春，下至千万市民的密切关注，无数心灵被她的灵魂所震撼。李长春动情地说："曾美艳这种朴实情义难能可贵，全省都要向她学习，全社会都要弘扬这种新风尚，我们要通过曾美艳夫妇的精神大力倡导家庭美德、职业美德和社会公德。"并带头给她捐款 1000 元，湖南省省长储波为之感动，为她捐款 1000 元，并派人专程送往。2001 年，因为这次报道，曾美艳被评为"衡阳市十大新闻人物"，她与丈夫谭双徕被广州市白云区委、区政府评为"十佳外来工"。

在人生的旅途中，也许得到的东西越难，就越值得好好珍惜。当了几天"特派记者"，不但提升了讲清"真情真相"，说好"真人真事"，捕捉"真善真美"，传播"真知真理"的本领，而且深切感悟到了记者的艰辛与劳累，贴近民众，深入基层，融入时代，天南海北，寒来暑往，踏波踩浪，披沙拣金，"两句三年得，一吟双泪流。千山万水要走得下，千变万化要看得准，千方百计要想得出，千辛万苦要熬得住，千锤百炼要经得起。"更切身体味到记者的神圣与荣光：为百姓呐喊，为时代放歌，为真情流泪，并将这些带有体温、富有情感的文字献给可爱的祖国、英雄的人民和连同人民的历史。

（原载 2024 年 8 月 10 日《湖南日报》）

印山作证

在湖南常宁市庙前镇，有一座全国独有的"中国印山"，这里，怪石嶙峋，绿树长青，那漫山遍野的石头上鬼斧神工般地雕刻着1270多枚形态各异的朱红印章，吸引游人沿着中国篆刻史的长河从春秋战国到宋元明清一路走来。中国书法家协会主席沈鹏亲笔题写"中国天下印山"；中国作协副主席张炯评价："我走过不少名山大川，印山的确令人惊叹"；沉醉在这里的台湾"诗魔"洛夫称印山为"会酿酒的石头"；著名作家谭谈建议把中国印山打造成世界印章朝拜的圣地，并欣然题词："诗藏印中，文刻章里"；一位北京游客看完中国印山后写下："什么也没留下，只留下脚印；什么也没带走，只带走印象"……

倾力打造这座奇山的是常宁市文联主席吴国威。

印山忠实记录着中国5000年来的印章文明和灿烂文化，也见证着人民艺术家吴国威的追求、奉献和无悔人生。

一个人

吴国威今年69岁，不胖不瘦，不高不矮，他头发花白，精神饱满，走起路来仍虎虎生风。他出生在常宁市宜阳镇，年少时从皮影图像的雕刻中，受到了艺术的熏陶。

一方山水养一方人。长期的实践造就了吴国威的艺术天赋。40多年来，他饱含对故土的一片深情，先后创作了《欢乐的山谷》《同心同德》《福在人间》《瑶家风情》等630多件作品，在中央和省级报刊上发表。有两件作品被中国美术馆收藏，14件参加国家级展出，7件出国展览，40余件获省以上奖励，并创作出版过《水浒》《斯巴达克思》《蔡锷》《济公传》等8本连环画，其中《中国四大古典名著绘画本》获全国第四届冰心儿童图书奖。1999年，他获得了全国版画最高奖——鲁迅版画奖。

"艺术离不开人民，文艺必须为人民大众服务，而不是为个人服务。"吴国威始终坚持这一宗旨。在市场经济条件下，如何将文艺优势转化为经济优势，为新农村建设服务？这成了他的一个"心结"。

8年前的一天，吴国威突然萌生奇想：目前全国还没有人把印章艺术以摩崖石刻的形式大规模地在大自然中表现，如果把中国几千年的篆刻精品刻于山水之间，在美景中展现艺术，让印章与奇石交融，促进文化、旅游共同发展，用艺术造福百姓，这不是一个帮助乡亲们脱贫致富的好路子吗？

篆刻是一门大众化的艺术，商彝周鼎、秦砖汉瓦、秦陵故宫，皆可发人思古之幽情，可以让人在欣赏自然风光的同时，了解中国的传统文化，在游山玩水之间，得到一种艺术的洗礼。

他又想到了常宁市庙前镇金龙村那"养在深闺人未识"的石头山。这座山是2.5亿年以前地壳运动时由飞来石堆积而成的，属喀斯特地貌，一些地质专家认为是"废品"，那不是建印山最好的地方吗？无意中的"吻合"可以变废为宝，令他激动不已。

2002年下半年，他把"中国印山"的创意在省文代会上介绍，得到许多文化名人的赞同。随即，他又向省、市文化部门和各级政府汇报，规划中的"中国印山"包括"一山三城"，即中国名人名章城、中国书法城、中国纪念印章城，主要按朝代先后分先秦、古代、近代、现代，摩崖镌刻印章2000枚以上，计划用8至10年完成，得到了政府有关部门的大力支持。不少领导和专家认为吴国威的创意很好，中国印山是上天赐给常宁人民的宝贵财富。

"清水出芙蓉，天然去雕饰。"印山是一块没有经过雕琢的玉，掩埋在荆棘和杂草丛中。一辈子没放下过画笔和刻刀的吴国威，决心把"中国印山"当作人生最大的一件艺术品来雕刻，直至生命最后一刻，而这件作品就是中国 5000 年的篆刻和印章文明。2003 年 5 月 16 日，经他精心谋划的"中国印山"开山了。要在一座座野藤蔓延、荆棘密布的石崖上雕刻出一枚枚印章，每一步都"难"字当头。没有资金，他将在南岳衡山大庙雕刻的 38 幅石刻画的两万元稿费捐出来作启动资金；没有测量设备，他土法上马，找来一根 200 米长的绳子打桩定坐标；他胸前挂着一个指南针，手执一根拐杖，用最原始的"笨"办法来测量，每隔 5 米定一个点，一边标景点、一边绘图；岩石挡住了去路，就踩在同伴的肩上爬上去；遇到有荆棘丛，就用砍刀"杀"出一条出路……花了整整两个月，他终于把 200 多亩山地按 200：1 的比例绘在 160 张组图上，那张图平铺开来约有 50 平方米，然后再按 10：1 比例缩小。

设计游道也是难事。金龙村那高高矮矮的山岗属于典型的石灰岩地形，大小不一的岩石错落有致地分布于山坡上。吴国威山上山下穿来穿去，直到每一块石头的前前后后在心里清清楚楚后，才动笔勾勒曲曲折折的线路图，并经反复论证后，最后才定盘修路。整个过程在不断肯定和否定中进行，每走一步都要付出巨大的艰辛。多少次，他根据山势不断修改方案；多少次，他半夜三更将大家喊醒进行讨论。他花了大半年，从荆棘与泥块中砍出一片石林，从岩石中炸出一条山路。

刻印看上去很简单，只不过把原印放大后，刻在石头上而已。其实，它要经过选石、定位、打磨、选稿上石、雕刻、清洗、上色、拓片等 19 道工序，每一道工序都不能有半点马虎。吴国威设计摆布好后，要靠石匠来完成，他守在那里，不敢离开半步。每一枚印刻出来，他反复指导不下 30 次，有的印缺了，要想办法弥补。有一次，在一块 7.5 米高的石头上，刻上一枚"天地人和"的大印，第一次刻稍有走样，一般人看不出，但吴国威硬是把已刻了 2.5 厘米深的石头磨平，重新再刻。那年，他们经常是凌晨 4 点钟起床，坐上从宜阳开往庙前的早班车，再走上两公里路，8 点钟到达岩背岭准时开工，遇上工程紧，便夜宿在 1 公里外的财神洞管理所，从天亮干到天黑，一日三餐送到工地上吃，有时饭还在嘴里嚼，就跑到山上忙开了。

吴国威对艺术精益求精。2006 年 10 月，他与石匠们花了 20 多天在一座高山的崖石上，刻下了毛主席的《沁园春·雪》的印章，有 100 多个字，可一位游客说："你们刻是刻得好，就是站远了，模模糊糊看不清。"吴国威选择放弃，决定再花 5000 元重新返工，他把架子打到 8 米多高，将印章铲掉、磨平，换上"数风流人物，还看今朝"，这 9 个字分外醒目，成为印山一道亮丽的风景。

印章虽小，方寸之间却浓缩了中华文化的精髓，浓缩了华夏数千年的风雨历程，吴国威借印章展示名人的生平事迹与心路历程，为现代人处世谋事提供珍贵的人生借鉴。为全面搜集印章资料，他出差在外第一件事就是往书店钻；为遴选具有代表性、艺术性、历史性的印章，他从数万枚印章中挑了又挑，再三斟酌后才定稿。6 年来，他深埋在一米多高的资料堆里，研究着每枚印章独有的字法、章法与刀法，一步一步完善心中的构想。

"摩岩玺印三座峰，探索华夏五千年。"印山作证，山上每枚印章仿佛都记载着一个神奇的故事。2004 年 4 月，吴国威正在山下绘图，突然听到山上传来"轰隆"一声巨响，他心惊肉跳地赶过去，原来一块巨大的岩石突然掉了下来，好险！好在当时工匠都远离了现场。这种心惊胆战的经历，吴国威不知经历过多少次。

吴国威所做的一切都是义务。现在，"中国印山"已经形成了独特的吸引力，目前已接待游客 10 万余人。而闲不住的吴国威又为游客做起了义务解说员。

一群人

跟着吴国威不分昼夜打造中国印山的有一群人，李梅初就是其中一个。李梅初现在是常宁市委宣传部副部长、市文联党组书记。从中国印山选址开始，他就跟着吴老，一手拿着砍刀，一手拿着拐杖，一前一后挺进深山。没有路，到处是藤与茅草，吴老走在前面，有一次一脚踩空摔了一跤，脚出了血，李梅初感到很不好意思，而吴老却神采飞扬："这块石头像乌龟，那块石头像猴子，还有一块像大象……"白天，他们与村民一道砍山，虽然很苦，但发现新景点便高兴得跳起来；晚上住到离工地 1 公里外的财神洞，一天几个来回，早晚都得摸黑走。为防止被蛇咬，吴老手执拐杖在路上敲，名曰"敲山震虎"。有一日凌晨 3 点钟，吴老夜不能寐，考虑到中国印山如何以"名人名章城"为中心形成强大的吸引力，必须将周边的奇山异石、小桥流水、风土人情融为一体，让游客在美景中欣赏艺术，在景观里品味奇石，在山水中留恋恬静。想到这里，他将同伴李梅初、阳泽强、滕江洪喊醒来开会，一起讨论到天亮，最后形成以中国印山景区为中心，打造石马和萝卜山风景区，让游客衣、食、住、行、玩形成一体。他还在中国印山基础上提出建设"中国庙前地质公园"的设想，总用地 1140 亩。有人埋怨吴国威："半夜三更的，他自己不睡觉，还不让人家睡，你说疯狂不疯狂！"

跟着吴国威干了 6 年的文联副主席阳泽强就是想不通，吴老为何要吃这个苦？图名吧，鲁迅版画奖都获得了；图利吧，像他这样有名气的人随便画一幅画几千元，但他不干；搞印山他一贴就是三四十万，连工资也贴了进去；印山的门票议定给文联分成，被他当面拒绝，一些不明真相的人在网上指责："印山收费太高，吴国威想钱想疯了，我们大家都来抵制他……"其实，他历来是反对印山收费的。印山开始没搞成，无人问津；现在印山有名了，"摘桃子"的来了，每张门票 40 元，由旅游局拿走，当地老百姓得不到更多实惠，这违背了他的初衷，他非常气愤。后来，那位骂他的网友了解真实情况后，又发帖在网上向他道歉。当今社会，吴国威这种人太少了，干再多的事吃再多的苦倒无所谓，有时还得受别人的气。有一次，当地村民为派工的事指着他的鼻尖骂："这山是我的，谁叫你们在这乱搞！"甚至挽起衣袖伸出拳头要打他，阳泽强赶了过去："你们说话要讲良心，别狗咬吕洞宾，不识好人心，吴老都是为了你们好啊！"那人见半路杀出个"程咬金"，不由分说，把阳泽强打倒在地，腰椎骨顶在砖头上，在医院住了一个月。

几乎天天与吴老在一起的阳泽强，感觉不到吴老有什么特别，他总结说："吴老与一般人比，只是思想境界要高一些，事业心和责任感要强一些，贡献社会的事情想得多一些，个人和小集体利益想得少一些，对国家、对人民的爱看得重一些，对家庭、对自己的得失看得轻一些罢了。"

53 岁的阳传国也跟着吴老干了 5 年，他原在核工业部中南地质勘探局工作，1993 年退休回家当的士司机。吴老住在县城，离印山有 30 多公里，开始，他们经常租阳传国的车。阳传国被吴老的奉献精神所感动，只收点汽油费，看到他什么事情都带头跑在前面，阳传国是搞地质的，除开车外，还帮着一起搞勘探。印山很陡，没有路，很危险，人上不去，吴老坚持要上，大家不让他上，他不服输，硬是让随从用肩膀把他顶上去，因为每个点他都要到场。后来，修成一条游道，他把每一分钱都花在有用处的地方。游客来了，他心花怒放，有时来一个游客，他也要去当"义务导游"讲解半天。

吴国威的行为已经超出了自己的职责范围，超过了自己的身体承受能力和经济能力，阳传国不理解。吴老对阳传国也不理解："为了跟定我，他把车子卖掉了，现在负责印文化村的管理，没有报酬。印文化村由 8 家投入建设，从征地、拆迁到建房，没有钱就凑，他在管事，每天只拿一点生活费，毫无怨言，每天还要组织民工施工。"

如果说中国印山是吴国威倾心打造的一幅艺术品的话，那么培育人才则是他另一幅更为广阔深邃的作品。1979 年春天，柏坊公社雁鹅大队雁鹅生产队的尹伯刚在县文化馆认识了吴国威。此后，每隔一段时间，小尹都要在吴老家住上几天，进行美术专业知识的训练。他将小尹的吃住全包了，不用交伙食费，住在他家的有四五个人，有时一住就是五六天。他经常记挂着回乡务农的小尹，县文化馆只要开办创作培训班，他总要把小尹喊来。小尹绘制了一幅《牛娃》的草图，被省群艺馆的一位老师否定了。吴国威说："牛娃牵牛，不准它吃集体的菜，拼命用力拉开，这种热爱集体的朴实形态跃然纸上。艺术作品就是要'土'，越'土'越有生活气息，越有生命力。"经过他的"点拨"和修改，小尹的这幅作品在全省第二届版画展上受到好评，获全国农民画评比二等奖。从此这幅作品改变了小尹的命运，现在，尹伯刚当上了常宁市委宣传部的副部长，成为打造中国印山的极力支持者。

吴国威几十年如一日，将自己的精力放在培养常宁的版画人才上，培养版画作者300多人。其中，像尹伯刚、欧云波、孙太平这样的骨干作者有30余人。他们先后创作版画作品2100余件，在省以上发表、展出的作品达880余件，获省美展和全国性美展奖的有110多件。常宁版画以"浓郁的乡土气息"享誉省内外，被载入《湖南省志》。在吴国威身边学习与生活，不少人感到艺术人生是快乐人生，他们守得住清贫和寂寞，日子过得豁达而充实。

当今社会，有的艺术家一旦有了名气，则想方设法办班赚钱，有的甚至一个字要价几千元、上万元。吴国威不追求个人名利，他带出徒弟300多人，从没收过一分钱，为的是让更多的人从事艺术，献身艺术，形成一种良好的艺术氛围，让常宁的版画和印文化成为一种资源、一种产业、一种文化。2010年5月，他在印山搞了一个篆刻班，20多人接受培训半个月，不但没收一分钱培训费，连绘画工具也由他免费提供。

吴国威不但将艺术融入民间，带出了一个"版画艺术之乡"，而且将艺术植根于小孩的心灵之中，在他的指导下，宜阳小学成为全国素质教育的先进典型。他说："儿童是最好的艺术家，向孩子们学习，每次看他们的作品，我的心中便涌出一片纯真、一种童稚。"他将中国印山打造成一本历史教科书，作为孩子们的绘画基地、艺术摇篮和爱国主义课堂，培养学生从小热爱大自然，热爱祖国，热爱生活，让青少年从小对美有一种感受，从而传播美的思想。近年来，宜阳小学共创作出版画作品2300多件，其中480多件获国家、省、市奖励，有50多幅作品出国展出。11岁的张辉创作的《我的家乡》参加了湖南省唯一入选的全国首届少年版画展，吴匡的《古塔新貌》被《中国少年报》选送到南斯拉夫等国展出。那一幅幅既稚嫩又童趣横溢的精美作品，刻出了一个个属于他们自己的精美世界，彰显出灵性十足的艺术潜质。

吴国威的作品可能不是全国一流，但他的精神已经达到艺术上的最高境界。他尽量让中国印山增加红色元素，近期准备增加 300 多幅现代英雄与当代楷模画卷，让游客在纵情山水中接受教育。

在吴国威的卧室里，他临摹了一幅徐悲鸿的骏马图，作为自己的座右铭。这幅画恰是他人生的真实写照：老骥伏枥，志在千里，永远奔波，自强不息！

一家人

有人说吴国威"傻"，快 70 岁的人了，不晓得坐在家中享清福，还辛辛苦苦搞什么印山，劳神费力不说，还干贴钱的买卖，甚至连命都差点丢掉。

2004 年 9 月，雕刻"中国印山"进入攻坚阶段，吴国威因连日劳作，吃不进东西，上呕下泻，考虑到雕刻如果一步没到位，将前功尽弃，他又爬到山上进行技术指导。猛然双眼一黑，大汗淋漓，倒下去人事不省。乡亲们手忙脚乱地掐他人中、虎口，没有反应；用针尖将他十个手指，十个脚趾全部扎遍，没有反应；后脑勺、眉心、太阳穴一一过穴，依然没有反应。老支书急中生智，一口咬住他的脚板筋，才挤出一滴墨黑的血。这样抢救了 20 多分钟，终于，他回了一口气，睁开了双眼……自此之后，他每次上山，老伴赛淑姬总是紧紧跟在他的身后，以防不测。她随身带着两件"宝"：一件是一根拐杖，用来打草、赶蛇、保安全；另一件是一个应急小包，里面装有救心丸、创可贴、止痛膏、正气水、矿泉水等，她经常跟着吴国威爬山，变成了他的"义务保健员"。有一次，天堂村一位 80 多岁的刘大爷在砍山维护树木时晕倒，被赛淑姬发现，八粒救心丸救了他一命。

赛淑姬与吴国威结婚 40 多年，有 3 个儿女，现在儿女都有工作，家庭十分幸福。她对吴国威说："你到印山，我一脚也不能离开你，你就是我的命，就是我的一切。"说起来十分神奇，印山风景好，氧气足，赛老师长期患有胃病、神经官能症等病，在家要扶着墙壁走，到了印山却健步如飞。

赛淑姬退休前是宜阳小学的老师，特别能吃苦，哪怕自己受委屈，也从不给吴国威增加半点烦恼。那年，《湖南日报》要调吴国威去当美编，见她身体不好，老吴没去；潇湘电影制片厂来函调吴国威，也没调成，因为她不同意。现在她开始自责了，她认为自己愧对吴老。

吴国威不这么看，他说自己如果当时去了长沙，或许没有今天的中国印山，因此他无怨无悔。

赛淑姬从不接受采访，这次她却主动告诉我们："吴国威是一个事业心特强的人，为了事业，他什么苦也能吃。他每月上山20多天，夏天4点钟就起床，晚上很晚才回，还要准备第二天的事。好几次，坐在马桶上睡着了，我看到了很心痛。"为了吴国威的身体，她每天给老伴配制"营养早餐"。

有一天深夜，吴国威回到家感到非常疲倦，为了安排第二天的印章，他一边坐在马桶上上厕所，一边翻资料，翻着翻着便睡着了。赛淑姬发现老伴上厕所几十分钟还没出来，心急了，担心他又出什么事，便推开厕所门，只见资料掉在地上，老伴坐在马桶上睡了，还流着口水，打起了呼噜。见此情景，赛淑姬的眼眶湿润了，使劲将睡得正香的老伴摇醒，吴国威醒来一笑："我到了山里很兴奋，回到家里就疲劳了。"

2009年8月，烈日炎炎。吴国威在山上根据不同的山石刻上不同的生肖图案，在设计象形印——猪时，效果不理想，猪老是突出不来，后来改成变阴刻为阳刻，才破解了这一难题。他在指导工人雕刻印章时，注意力高度集中在印章上，本来乳胶是用来粘图案的，放在一边，那日天气很热，老伴有事没上山，吴国威出了很多汗，他顺便将一瓶乳胶水当作矿泉水喝下去2/3，后来觉察口感不对，有些酸味，马上打电话给女婿，女婿急了，告他："赶快灌水。"吴国威的脸被吓青了，幸亏乳胶掺兑了不少水，没有多大毒性。

吴国威深感最大的压力是经费。2008年6月，常宁市审计局出具的一份审计报告显示：目前，中国印山已投入263多万元，其中吴国威个人垫资 33.8 万元，个人捐款 2 万元。许多人被吴国威的精神所感动，以多种形式支持他的雕刻艺术。他的亲友主动捐赠 20 多万元，常宁市委书记胡丘陵捐款 1000 元，原衡阳市文联主席陈阵捐款 1000 元，市财政在相当紧张的情况下支持 20 万元，副省长贺同新在考察印山后一次拍板解决 50 万元……

吴国威有三个儿女，一个在广东，一个在衡阳，一个在常宁，对于父亲搞中国印山，他们全力支持，一呼百应，倾囊相助。2006 年 10 月，没钱给民工发工资，吴国威要求儿女吴帆、吴亢、吴霞每人凑 5000 元，三人一天之内将资金凑齐，帮父亲渡过"难关"。

吴国威清白为人，正直传家。在他眼里，清是清，白是白，是非分明，毫不含糊，并把这八个字作为"家训"，让子孙后代所铭记。当今一些歌星、影星追求的是金钱，而吴国威无动于衷。一次，一位特别喜欢吴国威画的老板找到吴国威儿子吴帆，决定以每天一万元的费用请他去绘画。赛淑姬听后很生气，对吴国威说："有人把你当作商品卖了！"吴国威回答："我才没那么贱哩，何况我一天到晚忙不赢。"便婉言拒绝，像这种事，人家求之不得，而他坚决不干，因为做人作画"造诣全凭画外功"。

几十年如一日不停息的磨炼，除版画、连环画等画种外，吴国威的国画牡丹已达到极高境界，一幅牡丹在衡阳市售价 5000 元以上。在一些画家眼里，送画被誉为"自杀"，画得越少，越值钱。有位著名的画家曾提醒过吴国威："画是画家的生命，不要随意送给别人。"而吴国威不以为然，总是有求必应，他并未把画本身看得很重，把送画给人家认为是人家看得起，大家喜欢他的画他就高兴。

吴国威敬重梅花，树无两面枝；他喜欢竹子，竿高也虚心。他出名后，许多人要当他的经纪人，他却不干，表示一辈子不要经纪人！吴国威选择放弃，因为放弃也是一种幸福，能够让别人得到快乐。记得 1976年，儿子吴帆下放在弥泉林场，他与知青雷建国同时体检合格，而当兵名额只有一个，吴国威动员儿子让雷建国去当兵。吴帆当时想不通，结果机遇很快来临，儿子被招工进了县城，后因工作突出，被调进了衡阳市。后来，女儿吴霞也让出了招工指标，她一边在家待业一边复习功课，很快考上了技校，日子也过得十分甜美。

吴家兄妹十分敬重吴国威，他那"随风潜入夜，润物细无声"式的言传身教已经融入他们的血脉。在广州工作的小儿子还将他的话记录下来，压在办公桌的玻璃板下，作为自己的座右铭："作画留有余地，让观者有想象的空间；做人夹着尾巴，免得尾巴有碍别人；遇事先为别人着想，别人心中才会有你。"

一种精神

也许，岁月能改变山河，但历史将不断证明，有一种精神永远不会失落；也许，时间会冲淡记忆，但有一段刻骨铭心的经历，永远锁定在吴国威的脑海中挥之不去。1956 年，因生活窘迫，吴国威的母亲要他辍学去当学徒。那晚月光如水，他见母亲睡下后便离家出走，准备去衡山二中读书。茫茫人海，求助于谁？他想起了住在柏坊镇的同学唐如山。从常宁到柏坊，再从柏坊坐船可到衡阳，再到衡山。到柏坊 20 公里，走到天亮，来到唐如山的家，他哭了起来："我妈不准我读书了。"

"不要哭。"唐如山父亲不但给他买了去衡山的船票，还给他几角钱零花钱。这张船票从此改变了吴国威的命运，后来这张船票又传承下来，让吴国威去帮助别人。

"受人滴水之恩，当涌泉相报"构成了吴国威的人生主旋律。他人生境界中的"精髓"在哪里？正当我们找不到"注脚"的时候，一个意想不到的场面出现了。

这是一种很少遇到的采访场面，这是一场十分精彩的"对话"。8 月中旬，当我们将阳传国、吴国威请到一起的时候，他们却"争论"起来，彼此争得面红耳赤。

阳传国对吴国威的行为还是不理解。吴国威解释道："他对我不理解就是一种理解，我实实在在做事，不是为了个人，是为了弘扬传统文化，假如我不搞中国印山，老百姓得不到那么多实惠。印山热起来了，景区的老百姓富起来了，专家学者肯定中国印山发展得好。大家好，我才好，大家开心，我才开心。"

"你一家人坐在家里开开心心不好？何必去吃那个苦？"阳传国反问。

吴国威不慌不忙地回答："一个人活着开心，并不是因为得到得多，而是由于计较得少。我全家已经开心了，要把范围扩大，让老百姓都开心，我才开心。因为开心是建立在大家的基础之上的。"

"赛老师身体不好，你为何硬要将她拉进来？"阳传国极为不解。

"老伴对我说，你这辈子从来没失败过，搞中国印山，我支持你。我做什么事都不在乎，只要老伴开心就行。我当过学徒，读过大学，在全国有影响，我很开心，把我当选为衡阳市美协主席，这些关爱对我是一种力量，并化作一种回报。回报的礼物要加大一些，没有分量是不行的。印山是我献给家乡人民一个高品位的礼物。"谈到这里，吴国威声情并茂，眼中闪动着泪光。

"那次，你晕死20多分钟，赛老师急得要死，难道这也是一种开心吗？"阳传国又问。

吴国威回答："老伴陪我左右，支持我把印山刻好，就是为了开心。头天我昏迷了，第二天我又去了。我被救过来了，自我价值实现了仍然开心。人的生命就像一滴水珠，历史长河是由一个个人积累出来的，中华文明也是这样的，要成就一种文化，就必须作出无私的奉献。中国印山不是我一个人搞成的，我只是带个头。我的事业成功了，老伴就开心了，尽管有风险；我的事业不成功，印山搞不起，老伴就不开心。"

"印山有许多人骂你，你也痛快？"阳传国又问。

吴国威解释道："骂我的人毕竟是极少数，大部分表扬我，我也痛快。痛快，就是爽，就是先要有痛，然后才快。一帆风顺是很平淡的日子，没有战胜艰难险阻获得的快乐。一位小伙子骂我们搞走了他们的文物。其实是一坨很普通的石头，砌在印山上，赔了他50元不算，还把石头还了他。"

阳传国见吴国威还认定那个"死理"，生气地说："你不是常人，是个傻子。"

吴国威哈哈一笑，接过话头："是呀，我是个大傻子，你是小傻子。可我们社会离不开我们这样的傻子。"

经过阳传国与吴老一个下午的争论和"对话"，我们从中悟出一种精神，这种精神就是"傻子"精神。吴国威这种"傻子"就是一个高尚的人，一个纯粹的人，一个甘于奉献的人。因为"聪明人"太多，世界才会傻；"傻子"多了，世界才会聪明。

或许几百年过后，我们都死了，但中国印山还在，吴国威还在。印山上的石头千姿百态、奇形怪状，现在又有了印章，如果每一块石头每一个印章比喻一个人的话，那么，吴国威只是一块石头，假如这块石头没有灵性，或许会变成泥巴，吴国威渴望变成一块有灵性的石头，永远屹立在中国印山上，因为人死了，石头是不会死的。随着时间的推移，中国印山将变成中华民族的历史瑰宝。

南岳衡山最欣赏吴国威，因为他不但在艺术上高人一等，而且还不会要钱，达到了修行多年高僧所难以达到的境界。继南岳大庙二殿的《丹凤图》之后，《红楼梦》浮雕87幅，祝融峰的佛教开山鼻祖慧思与圣帝故事大型浮雕8幅，陈列在大庙碑廊内的名人游石刻画38幅，总计134幅。因此，吴国威成为古今在南岳衡山留下珍品最多的艺术家。他说："没有南岳衡山对我的锻炼，就没有中国印山。"小时候，他在衡山二中读高中，总想上山看日出，去了8次，但总看不到。有一次在南岳衡山创作连环画《夏明翰》两个月，也没有看到日出。

看日出是一种心愿，吴国威没看到日出，心中保持着一种虔诚和神秘，但他追求的是一种始终如一的目标。在人的一生中，看不到一次日出，应该不是完美的，其实艺术也是一样，不能追求完美，在于不断地雕琢、探索和创新。吴国威9次没看到日出，自然留下了一些遗憾。但在他心中，将会有一次更加辉煌而壮美的日出。

在常宁市工作了20多年、见证了吴国威大半生的衡阳市委常委、宣传部部长阳新丽说："吴国威不愧为人民艺术家！"

（原载 2010 年第 1 期《文学天地》，并被《人民日报》、新华社、中央人民广播电台、《光明日报》、《农民日报》、《湖南日报》、《湖南科技报》、《三湘都市报》、《长沙晚报》、《当代商报》、红网等新闻单位采用）

采写札记

靠信念刻出人生价值

凡是到过中国印山的人，无不为印山独特的创意所感叹，也无不为吴国威几年如一日刻山不止的精神所感动。一个颇有造诣的艺术家，不满足于已有的成就，矢志弘扬中国先进文化，使篆刻艺术走近群众，走出民间，从而发扬光大。印山忠实记录着中国 5000 年来的印章文明和灿烂文化，也见证着人民艺术家吴国威的追求、奉献和无悔人生。吴国威这种"在有生之年要为群众做点有益的事"的信念和责任感，使他的人生价值更加熠熠生辉。

读罢吴国威感人至深的故事，谁不为他一心扑在艺术创作上的精神所激励；谁不为他将文艺优势转化为经济优势而欢欣；谁不为我们艺术界有这样一位优秀战士感到自豪、感到鼓舞。

艺术家的最高境界是德艺双馨。吴国威年近七旬，不仅艺术成就斐然，其艺德也有口皆碑。他有名气，也不缺钱花，完全可以坐在家里享受晚年生活，但他宁愿"自讨苦吃"，去打造无利可图的中国印山。他所做的一切，纯属义务，却做得有滋有味，乐此不疲。他说：人生总有追求，有的人追求物质，有的人追求精神，我追求精神的满足；能为后人留点什么，这一生也算没有白活。当今社会，诱惑很多，一些艺术家受各种文化思潮的影响，心态浮躁，静不下心来潜心艺术创作，有的一旦有了"名气"，便想方设法以各种名义赚钱，这样腰包是鼓了，许多人生最珍贵的东西却丢掉了。吴国威"清白为人，正直传家"。在他眼里，清是清，白是白，是非分明，毫不含糊，并把这八个字作为"家训"，让子孙后代所铭记。吴国威敬重梅花，树无两面枝；他喜欢竹子，竿高也虚心。他出名后，许多人要当他的经纪人，他却不干，他表示一辈子不要经纪人！吴国威选择放弃，因为放弃也是一种幸福，能够让别人得到快乐。

艺术家的生命在于根植群众。一方山水养一方人。长期的实践造就了吴国威的艺术天赋。"艺术离不开人民，文艺必须为人民大众服务，而不是为个人服务。"吴国威始终坚持这一宗旨，在市场经济条件下，精心策划如何将文艺优势转化为经济优势，为新农村建设服务。印山是一块没有经过雕琢的玉，掩埋在荆棘和杂草丛中。一辈子没放下过画笔和刻刀的吴国威，决心把"中国印山"当作人生最大的一件艺术品来雕刻，直至生命最后一刻。吴国威打造中国印山的初衷，是为了让更多的人了解中国篆刻艺术，传承优秀的传统文化，变艺术优势为经济优势，造福一方百姓。为加快印山建设，他"见到菩萨就作揖"，跑立项，找资金，寻资料；为加快印山建设，他不顾年老体衰，放着现成的清福不享，吃住在农家，劳作在山中；为让群众接受篆刻知识，他一遍遍地向游客和当地百姓讲解，不厌其烦，直到自己累倒病倒。

艺术家的价值在于服务人民。吴国威几十年如一日，将自己的精力放在培养常宁的版画人才上，培养版画作者300多人。其中，像尹伯刚、欧云波、孙太平这样的骨干作者有30余人。他们先后创作版画作品2100余件，在省以上发表、展出的作品达880余件，获省美展和全国性美展奖的有110多件。常宁版画以"浓郁的乡土气息"享誉省内外，被载入《湖南省志》。在吴国威身边学习与生活，不少人感到艺术人生是快乐人生，他们守得住清贫和寂寞，日子过得豁达而充实。吴国威不追求个人名利，他带出徒弟300多人，从没收过一分钱，为的是让更多的人从事艺术，献身艺术，形成一种良好的艺术氛围，让常宁的版画和印文化成为一种资源、一种产业、一种文化。他在印山搞了一个篆刻班，20多人接受培训半个月，不但没收一分钱培训费，连绘画工具也由他免费提供。吴国威不但将艺术融入民间，带出了一个"版画艺术之乡"，而且将艺术植根于小孩的心灵之中，在他的指导下，宜阳小学成为全国素质教育的先进典型。

吴国威的作品可能不是全国一流，但他的精神已经达到艺术上的最高境界。他尽量让中国印山增加红色元素，近期准备增加300多幅现代英雄与当代楷模画卷。而吴国威为人低调，不事张扬，默默无闻中做了一件了不起的大事、好事，让游客在纵情山水中接受教育。他那始终如一、持之以恒的决心，他那潜心艺术、追求不止的境界，他那着眼大众、服务人民的心胸，他那无私奉献、不求回报的精神，值得各级领导干部和广大文艺工作者学习。

学习吴国威，首先要学习他的敬业精神。他并不把自己的所作所为看作是英雄壮举，而觉得做人、做艺术家、当公务员理当如此。他几十年来，从没有离开过养育他的大地和人民。只要能用艺术回报土地、回报人民，他就苦在其中、乐在其中。有了这种干一行、干好一行的敬业精神，工作条件差，他不计较；家里有困难，自己几次差点遇险，他不在乎。这种敬业精神，是我们每一个艺术家干好本职工作的原动力。

学习吴国威，还要学习他吃苦耐劳、无私奉献的精神。农村条件艰苦，艺术创作艰难，要想将艺术优势转化为经济优势难上加难，更需要千千万万的开拓者去改变农村落后的面貌。振兴我国农村经济，搞好新农村建设，也是党和人民赋予广大文艺工作者的重大责任。这种责任是光荣的、艰巨的，是要付出个人的利益，甚至宝贵的一生。

学习吴国威，更要学习他的精神内核，这种精神就是"傻子"精神。吴国威这种"傻子"就是一个高尚的人，一个纯粹的人，一个甘于奉献的人，一个有益于人民的人。因为"聪明人"太多，世界才会傻；"傻子"多了，世界才会聪明。

1963 年 11 月 18 日，解放军战士欧阳海在京广铁路衡山段，为救列车而英勇献身，时年 23 岁。40 年后，同样是 23 岁的铁路民警雷宏为了保护火车上近 2000 名旅客的安全和大动脉的畅通，在京广铁路衡南段和欧阳海烈士一样献出了年轻的生命。两位英雄舍身救列车的地方，相距仅 35 公里。

欧阳海式的英雄——雷宏

清明前夕，鲜花如海。湖南衡阳市社会各界 2000 多名群众饱含热泪，自发来到烈士陵园，凭吊一位年仅 23 岁的为抢救列车而光荣献身的铁路民警。

"保春运安全英年早逝重泰山，为事业献身浩气长存誉神州"，一副挽联浓缩了这位民警短暂的一生。

他叫雷宏，衡阳市铁路公安处衡北派出所一名普通民警。

3 月下旬，铁道部追授雷宏为"人民铁道卫士"的荣誉称号，公安部授予他为"一级英模"。

"五四"前夕，全国铁道团委追授雷宏为"全国铁路优秀共青团员"称号及"铁路青年五四奖章"。铁道部和衡阳市委、市政府分别作出决定，号召干部群众向他学习。

"他和欧阳海一样是英雄"

京广铁路湖南衡南县咸塘镇柴冲村路段，有一处横越铁路的人行道，西面是山坡，南面是弯道，地形复杂，这里是居住在铁路两侧的柴冲、南山、白云等 3 个村通往外界的必经之处。铁路股道中没有铺垫水泥板，人们在横越铁路时要从道岔、枕木上横跨两股铁路。

2003 年 2 月 6 日，农历正月初六，风和日丽，人们沉浸在羊年佳节的喜庆气氛中，一年一度的铁路春运已处在最繁忙、最紧张的时刻。衡阳铁路公安处衡阳北站派出所民警雷宏，已经连续两天没休息了，正当他在外婆家吃中饭时，接到了所里紧急执行线路安全巡查的任务。他匆匆扒上几口饭，就放下碗筷，取下挂在墙上的警帽，并正了正帽沿，笑着对大家说："你们慢慢吃，我先走了。"临出门，还回过头来对家人咧嘴一笑，调皮地说："我保家卫国去了。"说完他那高大的背影便消失在大家的视线中……

14 时许，雷宏巡查到便道处，负责维护秩序。看到过往的群众，他边提醒大家注意安全，边送上新年的祝福。

15 时 37 分，从西侧山坡一条简易小路上下来两个青年农民，推着一辆无牌的南方"雅马哈"125 红色摩托车，欲通过该处人行便道横跨铁路。他们左右看了一下，见没有火车，便将摩托车推上铁路。当他们将摩托车推过上行线再过下行线时，笨重的摩托车却卡在下行线股道中动弹不得。这时，从北京西开往广州的 T15 次列车风驰电掣而来，两个推车人顿时慌了手脚，弃车而逃。

丢在铁轨中的摩托车如一颗定时炸弹威胁着列车的安全！春运期间，京广线列车运行最高密度相隔仅 4.8 分钟，一旦发生车祸，不仅危及列车上旅客的生命，而且会造成京广线大动脉瘫痪。后果不堪设想！

300 米、200 米……载有近 2000 名旅客的 T15 次特快列车正以每小时约 120 公里的速度逼近，眼看一场车毁人亡的惨剧就要发生，就在这千钧一发之际，正在附近值勤的雷宏像一支离弦的箭，飞身跃上铁路，双手抬起摩托车的尾部用力向后拉去，可笨重的摩托车如同被磁铁吸紧在枕木上纹丝不动！怎么办？火车呼啸而来，生死就在瞬间，想着列车上旅客的生命安全，想着京广大动脉的畅通，想着一个铁路民警的神圣职责，身高 1.8 米的雷宏拼尽全身力气，紧紧抓住摩托车后架继续往后拉……就在 T15 次列车呼啸而过的一刹那，雷宏终于将摩托车拖出了股道。

T15 次列车得救了，车上旅客也许不知道自己经过怎样一个惊心动魄的危急时刻，更不知道，就在他们与雷宏相逢的一瞬间，就在相邻的上行线上，尚未站稳脚跟的雷宏，却被飞驰而来的广州开往岳阳的 L606 次列车撞倒了，两车交会形成不到一米宽的狭小空间和巨大气浪吞噬了雷宏，那黑色的警服飞了起来，鲜血溅在枕木和道砟上……

一刹那的壮举，铸就了英雄的永恒！

雷宏用自己年轻的生命换来了 2000 名旅客的安全，赢得了千家万户的幸福和团圆；他用满腔热血换来京广大动脉的畅通，实现了在"入党申请书"中写的"只要组织需要，可以随时献出自己的生命"的铮铮誓言。

目睹事故发生全过程的衡南县咸塘镇柴冲村张常柏老人脱口而出："欧阳海，他就是欧阳海啊！"

历史惊人地重演了一幕壮怀激烈的经典。40 年前，从这里往北延伸 35 公里处，解放军战士欧阳海勇推受惊战马救列车，献出了年仅 23 岁的生命。为纪念这位英雄，在烈士牺牲的地方，人们树起了一座庄严的塑像，塑像下，那"为人民利益而死，就比泰山还重"几个大字格外引人注目。

"危险关头，他总能挺身而出"

人生最美好的是青春，最宝贵的是生命。青春给予 23 岁的色彩是绚丽的，而雷宏却选择了牺牲。

翻开雷宏的档案和照片资料，小伙子英俊的脸上还透着稚嫩，他是那么年轻，那么纯朴，等待他的人生旅途正铺满鲜花和憧憬……

雷宏，1979 年 12 月 14 日出生，湖南省衡阳市人，团员，1999 年考入郑州铁道人民警察学校，2001 年 8 月分配在衡阳铁路公安处衡北派出所，先后在编组场警区和出发场担任执勤民警。

听到雷宏牺牲的消息后，衡阳北站派出所所长闻湘敏悲痛万分，他怎么也不相信这个噩耗是真的，雷宏对自己的职业是那么钟爱，倾注了他全部身心和精力，怎么就这样离开了呢？在困难和危险面前，他总是能够挺身而出……

雷宏从小就疾恶如仇，记得上小学四年级时，在学校门口，三位初中生正在哄抢一位老太太的红薯，不给一分钱。老太太只有张着缺了门牙的嘴无奈地喊："给我钱，给我钱！"可他们还厚颜无耻地笑。见此情景，小雷宏肺都气炸了，他顾不上自己个头矮小，大喊一声："不准抢！"那 3 个学生先是一愣，见是一个"小不点"，一拥而上，拳脚相加。雷宏鼻青脸肿跑回家，他哭了，感到很委屈，自己明明坚持正义反而挨了打，他想不通。妈妈问他后不后悔，他摇摇头，坚定地说："不后悔，以后遇到这种事，我还要管。"

雷宏当上警察后，这种见义勇为的行为展示到了完美之极。

衡阳北站是湘南铁路货物集散地，每天进出货物列车 70 余趟。雷宏负责进出衡北站出发场货车的安全，检查车厢车体，堵流窜作案，防火灾隐患。每次雷宏当班，不管是白天还是黑夜，无论是炎炎烈日，还是大雪纷飞，他都要爬上车厢，一节一节认真检查。2002 年 10 月，盗窃分子在衡北派出所辖区内频频作案，他主动请缨，担任夜班值勤。同事劝他："一个人太危险了，还是喊一个去吧。"他胸膛拍得咚咚响："没关系，我一米八的块头，身板硬得很。"这一夜，他孤军作战，从深夜 12 点执勤到凌晨 5 点，猛然发现四五个犯罪分子正在盗窃铁路运输物资。他大喝一声："站住！"就冲了上去。看到雷宏孤身一人，这些家伙拔出匕首威胁道："不要过来！"然而，面对雷宏的英勇，犯罪分子胆怯起来，慌忙转身狼狈逃窜。他不顾一切追出好几百米，抓住了其中一个歹徒。事后有人问："你没有感到害怕吗？"他说："打击犯罪是警察的天职，我顾不得那么多。"

雷宏忠于职守，敬业爱岗。他成长的每一个脚印都写满了忠诚和热爱，每个举动都凝聚着奉献和牺牲。参加工作不到两年，他已成为所里的骨干，查破的治安、刑事案件在警区数一数二。每次在危急时刻，他总是挺身而出。今年 1 月 9 日 8 时 35 分，雷宏在北站出发场值班时，突然发现 10 道北头一列火车冒烟起火，火苗烧出车厢两米多高，车皮被烧得啪啪作响，被烧焦的电缆线发出刺鼻的滚滚浓烟……火险就是命令！危急关头，雷宏第一个冲上车厢灭火，他先解开车厢上的篷布，用绳索扑打，再用灭火器喷洒，然后，冒着头顶几万伏高压电的危险，躬腰爬上车顶奋力扑救，在闻讯赶来的战友们的协助下，终于将大火扑灭，为国家挽回经济损失 300 多万元。对于他英勇救火的行为，上级正准备给予记功嘉奖。没想到，嘉奖未到，雷宏却因舍身救险而英勇献身。

雷宏的追悼大会那天，天空飘起了蒙蒙细雨，但仍阻不住人们前来悼念的脚步，从纯洁无邪的孩子到白发苍苍的老人，从中央机关的首长到出事地点的村民，从普通的市民到各级新闻单位的记者，人们自发前来凭吊，中共中央政治局委员、书记处书记、公安部部长还送来了花圈。翻开 2 月 5 日衡北派出所的值班日记，只见上面用工整的字体写着："本班安全无事，巡视货场四趟；备料齐全，设备使用正常；清查外流人员 5 名，已登记；室内外清洁，安全就班。"这是雷宏在人间留下的最后字句。

雷宏没有任何不良嗜好，不抽烟、不喝酒、不打牌，他的最大爱好是学习和工作，从中获得快乐，他最爱看的书是《刑侦百案精评》，最爱唱的歌是《少年壮志不言愁》。每次当他唱到"金色盾牌，热血铸就，危难之处显身手，为了母亲的微笑，为了大地的丰收，峥嵘岁月，何惧风流"时，周身不由热血沸腾。在他的床头，至今还摆着《刑事侦查学》《痕迹学》《福尔摩斯探案集》和湘潭大学法律系的自考书。他渴望成为一个有着高超本领的刑警。

在衡阳北站派出所的"功劳簿"上清楚地记载着这样一串数字：雷宏从参加工作至他牺牲的 554 天中，从没请过一天假，迟过一次到，加班加点 60 余天，累计清查货物列车 1.2 万趟，清理外流人员 1200 余名，缴获危险物品 150 余件，查处治安案件 148 起，抓获犯罪嫌疑人 8 名……

他就是"雷锋"

噩耗传到家属区，邻居们不敢相信：雷宏帮我们修的单车还放在这里，他清扫的楼道还干干净净，他帮我们提上来的煤还没有烧完。大家为这个自幼懂事的孩子失声痛哭："我们是看着雷宏长大的，他见人一脸笑，我们有什么事，他总是抢着来帮忙。"雷宏小时候叫雷宏峰，他的名字比雷锋多一个字，后来他感到自己比雷锋差很远，便改名雷宏，但大家都感觉他就是雷锋。

80岁的陈执中与婆婆生活在建湘柴油机厂的家属宿舍，他们的儿孙都在武汉，老人最害怕厂区停水，因为"建湘"地势高，一年要停水10多次。雷宏经常跑到老人家，看他家缺什么，便买来送去，遇上停水，雷宏便悄悄地提着水桶，到两里外的井边去提，数年如一日……

双目失明的肖友平大婶一直管雷宏叫雷锋。她流着泪说：她不能看见"雷锋"长啥模样，但她晓得是"雷锋"给了她无微不至的关怀，是"雷锋"搀扶她到外面散心，是"雷锋"鼓起了她的生活勇气。雷宏在世时，她只要听到熟悉的脚步声，就晓得是雷宏来了。如今，雷宏走了，她夜不能寐，专门写了一首歌，叫"学习雷宏好榜样，忠于革命忠于党，紧要关头显身手，抢救列车为人民……"她一天到晚不停地吟唱，还想请人谱曲，在广大青少年当中传唱。

"有困难，找雷宏。"邻居唐祥林说："雷锋、欧阳海是那个特殊年代培养出来的，那时，人人大公无私、个个助人为乐。而雷宏所处的时代背景不同，一些年轻人贪图享乐、唯利是图，而雷宏根本没有吃喝玩乐的概念，他的献身精神难能可贵……"

雷宏尊敬老人，孝顺父母，母亲张慧兰回忆起儿子的几件往事，不禁泪洒衣襟。2000年，她退休后患了乳腺癌，正在郑州读书的雷宏从进家门到离家返校，天天陪着她上医院，联系车、煮饭、做家务，样样都干。她的每一碗饭，都是儿子去盛，儿子总把最嫩最鲜容易消化的菜心、嫩叶夹到她碗里；输液时，怕她冷，儿子一直用双手攥着管子，用体温去捂热液体，直至打完吊针；儿子每次从学校回家，总要带回几大包她最爱吃的水果、糕点……2002年元月，雷宏的父亲坐汽车去常宁，不慎摔成压缩性骨折，瘫痪在床躺了39天，雷宏做到工作和照顾父亲两不误，他每天为卧床不起的父亲擦身洗脚，喂饭喂菜，怕父亲感冒，每次雷宏总是打着手电，掀开被子，不嫌脏臭，将头钻进被窝为父亲排大便，让父亲感到过意不去。

"他话不多，但特别喜欢帮助别人，不管碰到的人认识不认识，有事总是争着去做。"广州铁路公安处民警、雷宏的同学卜凯这样评价雷宏。从小学到大专，他是班上出了名的好人，上学途中，他经常扶老携幼，好几次背着同学上医院，宿舍的地板他几乎包了下来，教室天天被他打扫得干干净净，两年如一日。他的正直善良给人留下了深刻的印象。班里有个广西籍同学跑得比较慢，体能测试没通过。雷宏知道后，主动找到这位同学，天天陪他跑步，硬是帮助这位同学过了关。

雷宏助人为乐，他打电话告诉同学："关爱别人是人生最大的幸福。"一次，衡北车站附近的卫生所搬家，雷宏闻讯后，不顾道路不平，利用休息时间忙了两天，直到全部搬完才离开。去年11月，冒雨巡逻的董润明半夜发起了高烧，他以为是感冒，挺挺就过去了。雷宏见状，硬是背着战友去了卫生所。雷宏人高马大，心却比谁都细。他用输液瓶装来热水为战友暖脚，又弄来姜汤、糖水喂他，一夜熬得双眼通红。次日又把战友送到铁路医院，经检查被确诊为急性肺炎，医生说幸亏救治及时。在董润明住院的半个月里，雷宏又是送饭送菜，又是买来水果、礼品和报纸，直到董润明痊愈出院。

雷宏常和战友讨论人生。他说功名利禄如同粪土，人生最美好的，就是在你停止生命后，还能为社会留下一些什么。战友们说："这样的人真少，对坏人他第一个冲上去，对好人他把心掏出来。"据了解，雷宏参加工作后，为群众办好事达130余件，先后帮助11位离家出走的失学儿童找到了家。去年8月，广西开过来的一趟煤车上，躺着两个奄奄一息的儿童。雷宏发现后立即将他们抱回所里，给他们端来热气腾腾的饭菜，为他们洗澡。从不乱花一分钱的雷宏，又掏出50元钱买来两套新衣给他们穿上。原来这两个小孩是兄弟，大的11岁，小的才8岁，家住广西玉林车站附近，他们是爬货车玩耍时被载到衡北车站的。兄弟俩一天没吃没喝，已晕倒在列车上。事后，当他们父母闻讯赶来，看到两个活泼可爱的儿子时，硬要拿300元钱感谢雷宏。雷宏谢绝说："我是警察，这是我应该做的！"离别时，几天来受到雷宏悉心关照的小男孩怎么也舍不得离开"雷哥哥"，小手久久地在列车窗口挥动着。

去年9月，从一辆货车上走来一位神志不清、又脏又臭的中年妇女，她是贵州人，赴广东打工途中，钱财被人洗劫一空，因惊吓刺激成了精神病。雷宏找地方把她安顿下来，买来干粮和水果，精心照料了一个星期，且从她衣袋中找到了她家人的电话号码。她的家人到达后，雷宏又买来两张车票，送他们上了回贵州的火车。

雷宏常说："当警察就是要付出多一点，计较少一点，我不羡慕那些生活优越的人。"车站附近有一个餐馆，雷宏每天都到1500米外的公寓食堂吃饭。战友们说："在这吃点算了。"雷宏却咧嘴一笑："公寓的饭菜好。"其实，大家都知道公寓餐馆每餐便宜两块钱。雷宏的饭盒还是在警校读书时用过的。他哪像一个中层干部家的独生儿子呀。雷宏省吃俭用，除了警服之外，没有穿过一件值钱的衣服；他的单人床已睡了18年，床架松了，油漆已经脱落，仍舍不得换新的；他的一条毛巾洗烂了，还舍不得扔；他的背心上已有几十处破洞，短裤已经洗得发白……

在雷宏的宿舍里，一双他生前穿过的皮鞋，不由让人想起当年雷锋那双千层式的经典袜子。这是怎样的一双皮鞋啊！被枕木道砟磨穿的鞋底已经换过两次，鞋面也因长期用脚尖走路而跷裂开了几道口子！同室战友从雷宏的柜底翻出一双皮鞋说，去年雷宏的叔叔给他400块钱，要他买双好点的。可俭朴惯了的雷宏，只花34元，从地摊上买了两双，就这双廉价的皮鞋，到雷宏牺牲那天，还没来得及穿一次。

雷宏艰苦朴素，他的工资不高，一个月才几百元，但是，同事们都记不清他帮助了多少个失学的孩子，捐了多少钱物。在整理雷宏的遗物时，除了书籍、电脑、一台老式收录机和闹钟，就只剩下抽屉里用夹子夹着的一沓厚厚的平时积攒下来的零钱……壁柜里还放着一箱他未吃完的方便面，阳台上还有他洗了挂在那里的衣服，他每天早起设定的闹钟依然还会响起，只是再也不见他的主人。

"他是警察世家培养的好警察"

雷宏从小就对警察有一种特殊的感情。他81岁的外公是新中国第一代人民警察，身经百战，疾恶如仇；舅舅是衡阳铁路公安处的二级警督，也浑身流露出侠骨柔情、浩然正气。二位长辈以及雷锋、欧阳海等英雄人物对他影响很深，小时候的雷宏常常穿着外公那件不合身的警服，说长大后我也要像外公、舅舅那样，做个光荣的人民警察。

在这个警察世家特殊的氛围中，雷宏从小就懂得警察是正义的化身和人民的保护神。记得雷宏上小学五年级时，父亲带着他在工人文化宫玩耍，见一个四五岁的女孩掉入泥坑，小雷宏赶快跑过去，将小孩扶起来，并带她去找"妈妈"。父亲鼓励儿子："你做得对，长大后当警察，就应该这样。"

1999年雷宏高中毕业。西南交大、长沙铁道学院、郑州警校都给他寄来了录取通知书。当医生的父亲雷石生主张他去学计算机，母亲张慧兰则劝他去读长沙铁道学院，而雷宏自己则想去郑州警校。最后，父亲语重心长地对他说："儿子，这是你一生中的大事，当警察有风险，你多想想，想好后再来告诉我。"

躺在床上，雷宏彻夜难眠。这可是一次艰难的选择啊！父母都是为自己好，自己是独生子，当警察意味着奉献和牺牲，但当警察是自己从小的愿望，警察代表着正义和公平；警察应该勇于牺牲，那是警察应该具备的精神；警察更有机会帮助别人，打击坏人，维护社会稳定，从而实现自己的人生价值……为了群众的安宁，我要当警察！次日凌晨5点多钟，他站到父母床前，坚定地选择了郑州警校。记得他穿上新警服那天，高兴地跑到妈妈身边："妈妈，警察向您报到，有困难请找民警。"雷妈妈开玩笑说："警察儿子，家里煤气没了。"雷宏马上背起煤气罐咚咚地跑下楼换煤气了，满脸露出灿烂的微笑。望着儿子穿上警服的那种帅气和英俊，看着他眉宇间透露着坚定和刚毅，看着他嘴角上挂着的甜蜜和满足，雷妈妈的心醉了，但她没有忘记提醒儿子："你外表上已经像个警察，漂漂亮亮的，更重要的是行动上要像个警察。警察之所以叫人民警察，就是为人民服务和奉献，你要无愧于这套警服。"

见此情景，雷宏的外公笑得合不拢嘴："我们祖孙三代都有警察了。"他郑重其事地拿着一本发黄了的、新中国成立初期自己亲笔记录的警察业务知识的本子交给雷宏，让雷宏好好学习，当一名合格的警察。他们全家沉浸在雷宏当警察的光荣和自豪中。今年2月4日，在外公家吃饭，雷宏一边洗碗筷，外公一边让他背诵公安部公布的"五条禁令"。外公告诉他："你今后执行任务不能有半点马虎。"

得知外孙遇难的消息，雷宏的外公几天几晚泪水未干，作为一个经受过解放战争枪林弹雨考验的老警察，他反过来劝女儿："你生了个好儿子，为革命总会有流血和牺牲，这是一个警察应该做的，你儿子死得值得。"见女儿悲伤过度，老人问："你看过电影《英雄儿女》没有？王成牺牲后，王芳是烽烟滚滚唱英雄，你应该像王芳一样唱雷宏。"

雷宏的父母有兄弟姐妹4个，大家庭10个大人中9个是党员，其中有4个是党支部书记。雷宏的父亲原是"建湘"柴油机厂的党支部书记，经常助人为乐，热心给职工看病，有时半夜有病人敲门，他总热情接待；雷宏的母亲是厂里工会副主席，也经常帮助别人。父母的言行潜移默化地影响着雷宏。

雷宏热爱学习，富有理想，对人生还有许多梦想和依恋。他说参加工作前五年要完成三大目标，那就是：成为所里的业务骨干，完成本科文凭的学习和加入中国共产党，然后再谈恋爱。如今他的前两项目标已提前实现，自考完了湘潭大学法律系的全部课程，但还没与女朋友牵过手。在鲜花和荣誉面前，雷宏总是那么谦让。尽管他的工作很出色，去年在岗位等级评定的时候，大家一致推荐他为一级岗位民警。雷宏却找到所长反复谦让，一定要把荣誉给年长的同志。

雷宏追求上进，入党是他一生的夙愿。今年春节，雷宏悄悄地问当警察的舅舅："怎样才能达到共产党员的要求和标准？"舅舅很高兴后辈能积极进取，将自己珍藏的一本《警察手册》交给了外甥，要他按照手册上写的去做。可外甥还没来得及看完这本手册，还没来得及实现自己的入党心愿就走了。

党的十六大召开前夕，雷宏对有着30多年党龄的父亲说，一个合格的警察，是应该忠于党忠于人民的。他问父亲，什么样的人才能入党？不合格的人能不能写入党申请书？雷石生语重心长地说："要入党，关键要看自己的行动！"雷宏点了点头："我一定不会辜负您的期望，我会用行动去证明！"随后，父亲给他找来了《党支部工作》《党员基本知识必读》等有关书籍，给他讲党的知识，指导他积极靠拢党组织。

去年11月20日，他向组织递交了入党申请书。

他走了，像风，不带走一片云彩；

他走了，像雷，刹那间惊天动地。

湖南省一位著名诗人在雷宏牺牲后写了一首诗：

> 我们感谢英雄
>
> 不仅仅因为他用23载生命的句号替代了大动脉的瘫痪
>
> 更因为他给了我们一个答案
>
> 在今天，我们多么怀念那种渐渐被人遗忘的光芒四射的精神
>
> 我们多么需要更多的人在危难之时挺身而出
>
> 需要格外的关爱，无私的奉献
>
> 需要崇高的信仰，无畏的牺牲
>
> 这种精神，是熔于警察骨子里的特质
>
> 是民族精神在警察身上最完美的体现……

（原载2003年5月17日《中国建材报》头版头条，并被《光明日报》

《人民警察》《海内与海外》《法制月刊》《民兵生活》《湖南宣传》和湖南人民广播电台等新闻单位采用，与成振峰合作)

采写札记

探寻英雄的脚步

2003 年 2 月 6 日，农历正月初六，新年上班第一天。刚下班，就接到衡阳铁路公安处打来的电话："我处公安民警雷宏，今下午为抢救列车，将卡在铁轨上的摩托车推开，像欧阳海一样，献出了年仅 23 岁的生命……"

我的心不由一阵紧缩："又一位民警因公殉职，太可惜了，才 23 岁。"

一种长期养成的职业新闻敏感使我迫不及待地查阅相关资料，了解相关情况：1963 年 11 月 18 日，解放军战士欧阳海在京广铁路衡山段，推开受惊战马，救列车而英勇献身，时年 23 岁。40 年后，同样是 23 岁的铁路民警雷宏为了保护车上 2000 多名旅客的安全和京广大动脉的畅通，在京广铁路衡南段和欧阳海烈士一样，献出了年轻的生命。两位英雄舍身救列车的地方，相距仅 35 公里。

多年的职业敏感告诉我：这是一个重大的新闻典型人物，必须尽快投入采访写作，探寻英雄脚步，采写感人故事，弘扬雷宏精神！

大量占有第一手材料，形成精彩构思，是文章的生命力所在。俗话说，七分采访三分写，掌握的素材越多，文章写起来越顺畅，越得心应手、游刃有余。

来不及告诉家人，带着一个简单的采访本来到衡阳铁路公安处，在他们紧张、繁忙和悲痛的公务接待中，我见缝插针，采访雷宏生前的领导、家长、同学，获取第一手资料，并追寻英雄的脚步，记录一个个难忘的故事。"他和欧阳海一样是英雄""危险关头他总能挺身而出""他就是雷锋"

"他是警察世家培养的好警察"……采访本上密密麻麻，几天时间落下3万余字。

英雄的脚步是匆忙的。雷宏牺牲这天中午，他正在外婆家吃中饭，接到所里的电话后，便匆匆扒下几口饭，放下碗筷，取下挂在墙上的警帽，正了正帽檐，笑着对大家说："你们慢慢吃，我先走了。"临出门，还回过头对家人咧嘴一笑："我保家卫国去了。"说完，他那高大的背影便消失在大家的视线里。谁知，这却是他们的永别。

300米、200米……载有近2000名旅客的T15次特快列车以每小时120公里的速度逼近，眼看一场车毁人亡的惨剧就要发生，就在这千钧一发之际，正在附近值班的雷宏像一支离弦的箭，飞身跃上铁路，双手抬起卡在铁道上的摩托车尾部用力向后拉去……

T15次列车得救了，尚未站稳脚跟的雷宏，却被飞驰而来的广州开往岳阳的L606次列车撞倒了，两车交会形成不到一米宽的狭小空间和巨大气浪吞噬了雷宏，那黑色的警服飞了起来，鲜血溅在枕木和道砟上……

一刹那间的壮举铸就了英雄的永恒！

生动传神的细节描述，是文章的穿透力所在。无须任何艺术加工，我基本采用"白描"的写作手法，用鲁迅先生的话说："有真意，去粉饰，少做作，勿卖弄。"力求写出来的作品原汁原味。

英雄的脚步是非凡的。在雷宏的宿舍里，一双他生前穿过的皮鞋，让人由然想起雷锋那双千层式的经典袜子。这是一双什么样的皮鞋呀！被枕木道砟磨穿的鞋底已经换过两次，鞋面也因长期用脚尖走路而裂开了几道口子！

雷宏艰苦朴素，孝顺父母。尽管时光过去了半年多，母亲张慧兰回忆起儿子的几件往事，不禁泪洒衣襟。2000年，她退休后患了乳腺癌，正在郑州读书的雷宏从进门到离家返校，天天陪着她上医院，联系车、煮饭、做家务，样样都干。她的每一碗饭，都是儿子去盛，儿子总把最嫩最鲜容易消化的菜心、嫩叶夹到她碗里；输液时，怕她冷，儿子一直用双手攥着管子，用体温去捂热液体，直至打完吊针；儿子每次从学校回家，总要带回几大包她最爱吃的水果、糕点……

得知外孙遇难的消息，雷宏的外公几天几晚泪水未干，作为一个经受过解放战争枪林弹雨考验的老警察，他反过来劝女儿："电影《英雄儿女》中的王成牺牲后，王芳是烽烟滚滚唱英雄，你应该像王芳一样唱雷宏。"

令人难忘的场景再现，是文章感染力之所在。在文章写作过程中，我捕捉到几幅生动的场景，抒发了人们对英雄的追忆与思念。

英雄的脚步是短暂的。雷宏的工资不高，一个月才几百元，同事们记不清他帮助过多少个失学的孩子，为他们捐了多少钱物。壁柜里还放着一箱他未吃完的方便面，阳台上还有他洗了挂在那里的衣服，他每天起床设定的闹钟依然还会响起，只是再也不见他的主人。

雷宏牺牲半年多了，邻居们仍不敢相信：他修的单车还放在这里，他清扫的楼道还干干净净，他提上来的煤，大家还放在那里仍舍不得烧……

双目失明的肖友平大婶一直管雷宏叫雷锋。她流着泪说：她不能看见"雷锋"长啥模样，但她晓得是"雷锋"给了她无微不至的关怀，是"雷锋"搀扶她到外面散心，是"雷锋"鼓起了她的生活勇气。雷宏在世时，她只要听到熟悉的脚步声，就晓得是雷宏来了。如今，雷宏走了，她夜不能寐，专门写了一首歌，叫"学习雷宏好榜样，忠于革命忠于党，紧要关头显身手，抢救列车为人民……"她一天到晚不停地吟唱，还想请人谱曲，在广大青少年中传唱。

英雄的脚步是永恒的。"正因为心里装着他人，他才会把自己的安危置之度外。"这些细节与场景，都是我在深入采访中得到的，有时写着写着，泪水涌出了我的眼眶：时代造就英雄，伟大来自平凡。英雄也是血肉凡胎，而内心的善良和对于他人境遇的强烈共情，驱使他会在危难时刻挺身而出。猛然，一首由宋祖英深情演唱的歌曲《英雄》仿佛从远方传来："都说英雄不随波逐流，怎知他也不堪风雨骤，都说英雄他永远不朽，怎知道人间愁他也有，想走的时候不能走，想留的时候不能留，啊呀来，啊呀来，转瞬间恍然如梦，不知不觉站得太久太久太久……都说英雄他甘为孺子牛，怎知他也在浪里行舟，都说英雄是硬骨头，怎知道温柔心他也有，有泪的时候不轻流，有愁的时候不能愁，啊呀来，啊呀来，常叩首鞠躬为人民，高处不胜寒，也觉悠悠悠悠，啊呀来，啊呀来，心里流成河，不肯低头，独自飞越黄昏的宇宙……"

平凡善举的温暖在人与人之间传递，从而具有绵延不绝的生命力。

●他不当干部当农民，独自一人来到荒无人烟的小岛搞果木开发，用血汗将这里变成硕果累累的"花果园"。

●他用知识回报农民，在全国 18 个省市建成了 16 个水果基地，示范推广优质水果 5800 多亩，带领近 2 万农民脱贫致富。

●在他的带动和引导下，回乡创业的老板、打工者达 6100 多人，承包创办种、养殖场 5400 个，创办加工企业 530 多个，每年增加农业产值 1.3 亿元。

曾建新：荒岛人生大苦大乐

8 月 30 日清晨，朝霞满天。湖南祁东县白地市镇白地村枣园里便热闹了起来，那鲜红的枣子压弯了枝头，像一串串熟透了的葡萄，300 多群众争先恐后拥入枣园看稀奇。他们品尝后，这个说"我要 50 斤"，那个说"我要 100 斤"。枣园主人忙得鼻尖上冒出了汗珠："不要急，一个一个来……"

来得前面的满意而归，排在后面的满脸失望，枣主人给每人送 0.5 公斤鲜枣"尝鲜"。一位县处级领导前来求购，因姗姗来迟，也只得到 0.5 公斤鲜枣，他生气地说："要是当官到了我这个位子，那还了得，不就是几斤枣子吗?"说罢扬长而去。

这位枣园的主人名叫曾建新，今年 36 岁，毕业于湖南林业专科学校，1988 年分配到祁东县林业局，1995 年与机关"脱钩"下乡，承包一个荒岛搞水果开发，在基层实现了自己的人生价值。

这种枣取名为中秋酥脆枣，味美甘甜，口感酥脆，肉多核小，含糖量高达 35.8%。2005 年 7 月 5 日通过省级科技成果鉴定，填补了国内鲜枣的市场空白，被列入2005年国家和省级星火计划。

他不愿待在机关里喝清茶，毅然卖掉新房，来到一个荒滩上艰苦创业，历尽苦难，将青春、热血和生命融进这片热土

曾建新是湖南林业专科学校的高才生，他全家住在县城，生活环境舒适。但他深感机关人浮于事，讨厌那种"一杯茶，一支烟，一张报纸看半天"的清闲生活。用知识回报父老乡亲，是他的追求！时代呼唤一大批有知识有作为有历史责任感的青年大学生下基层去开发第一产业，实现从传统农业向现代农业的跨越，自己作为一名林业工程师，既要仰望星空，更要脚踏大地，一定要为大学毕业生基层创业树个样板来！

曾建新试图在自己的岗位上发展水果生产，但由于种种原因，林业科技的研究、推广存在诸多困惑：农村水果常规品种多，质低价廉；农民缺乏技术，果树挂果少甚至不挂果；市场上伪劣种苗多，农民常常受骗上当。加上县财政拿不出多少钱来搞科研，技术人员连下乡的旅差费都难以报销。1989年，他被下派到农村搞农业开发点，60亩葡萄刚种下去，就被撤回来管人事，结果，农民管理没到位，葡萄园毁了，后来被改种桃树、李树。为此，他对农民深感愧疚。

在机关，自己想干的事领导不准干，自己不想干的事，领导又逼着去干，没有一点自由空间。经过深思熟虑，曾建新决定停薪留职。他沿湘江顺流而下，选了几片基地，可不是租金贵，就是不能连片，最后以每年7000元租赁鸟江镇湘屏洲，尽管这里三面环水，交通不便，离县城有20多公里，但这里的租金便宜，成本低。曾建新在这里开辟了一个名优特水果生产基地，立志在这片荒滩上书写人生。

曾建新的举动像是在沸腾的油锅里撒了一把盐，在县林业局和四邻中引起了轰动。亲戚朋友没有一个支持，父母坚决不赞同。父亲是个退了休的"老林业"，深知其中的酸甜苦辣；母亲呢，眼看儿子已到了晚婚年龄还没有成家，放下国家干部不当，去当"农民"，还有谁看得起！哪有从米箩到糠箩的道理？连要好的女友也当众泼来一盆冷水："在我与荒滩之间，任你选择!"

1994 年腊月二十九日，曾建新将在城南的集资房转手卖给别人，从浙江买回 4000 株欧美杂交良种藤稔葡萄苗，放到租赁的县政府一个煤房中。除夕那天，为了给果苗保湿，借来一台板车，花 50 元买来一车河沙，一个人忙着挑沙，又忙着藏苗，像呵护小孩一般把苗子安放好，直至下午 5 点钟，板车主人找到他："我要回家过年了，你借的车还不还。"看到曾建新一身黑汗，满脸认真，内心发出感慨：这个城里伢子不简单。

1995 年农历正月初六，人们还沉浸在节日的欢乐之中，曾建新租了一台农运车，卷起床盖和锅碗瓢盆，装着树苗上了车。当"噼啪啪"的农运车启动时，他见父亲在家门口向他挥手，那一刻，他十分心酸。行李被拖到鸟江镇富塘村，还隔着一条河，村支书陈银生一个人撑着一条小船来迎接，还放了一挂鞭炮。岛上有一间土房，四周杂草丛生，没一点生机。由于洪水连年冲击，湘屏洲成了无人耕种的荒滩。曾建新在这里租赁 60 亩荒地，租赁期为 20 年。他决定先栽植欧美杂交良种藤稔葡萄，再发展其他名优特水果。

曾建新明白，成功的路上从来就布满荆棘。没有启动资金，他动员父母拿出了多年的积蓄，东挪西凑了 10 万元；没有帮手，他自己动手清除杂草、整地、打凼、浇水、施肥、治虫，样样都干，汗如雨下，双手打满了血泡，结上了厚茧；葡萄需要大量有机肥，他就跑到几公里外的镇里挑大粪，肩膀压肿了，身上不知脱了多少层皮。他每天清晨 5 点钟起床，有时干到深夜十一二点钟才休息。

这里的水喝了就拉肚子，要过滤三四次才能饮用；吃菜，要到几公里以外的市场去买。有时买点猪肉回来补充营养，因为没及时处理，臭掉了。为节省时间，他叫母亲腌了几坛咸菜。那些日子，一块酸萝卜，几个咸辣椒，就是一餐下饭菜。一间 10 平方米的小屋，冬天凉，夏天热，沙地上的温度有时高达 60 度。

种苗种下去后，长出嫩绿的新叶，显出一片生机。站在荒滩上，曾建新心里充满了喜悦。然而，灾难正向他悄悄逼近。1995 年 4 月的一天，他发现有几株葡萄的叶面上长出黑点。当时，他并不太在意。次日，成片的葡萄叶上长满了黑点。他知道葡萄生病了。连续几天几夜，他翻遍了书，没有找到治疗方法，却了解到这个叫黑豆病，要是不控制，会蔓延整个葡萄园。心急如焚的他只有请人代守园子，到一些专家和老种植户家中请教，但并未找到好的治疗方法。他死马当成活马医，不断摸索、试验，历时一个多月，病害终于得到了控制。事后，他还针对这种病的特点进行系统研究，从而摸索出一套十分有效的黑豆病"曾氏治疗法"，于不经意间攻克了这一难题。

黑豆病被得到有效控制，曾建新开始放下心来。而另一场更大的灾难却来临了。1995 年 6 月初，湘南普降大雨，河水猛涨，他的葡萄园全部被淹。面对汹涌的洪水，他流下了眼泪。那夜他没有合眼，有人劝他离开小屋，他怕水涨上来出事。他舍不得离开，就这么一直望着已是一片汪洋的葡萄园发呆。令他意想不到的是，奇迹在第二天发生了，洪水开始退去。

生活上的困难他可以忍受，而最难熬的是孤寂。他感到周围一团漆黑，自己像外国小说中漂流的鲁滨逊一样，鲁滨逊还有一只狗陪伴，而自己连陪伴的狗都没有。没有星星的夜晚，荒滩上磷火点点，猛然传来一声声凄厉的怪叫，吓得他浑身起鸡皮疙瘩。因为他的脚下到处是坟地，晚上睡在床上，好几次，一条 2 米多长锄头把粗的花蛇爬到床顶上，向他伸出舌头，令他毛骨悚然。他睁大眼，那条蛇缩了回去。他转念一想，与蛇相伴，也是一种慰藉呀！他喜欢唱歌跳舞，可这里没有舞厅，没有电视机，有的只是蚊虫的叫嚣与叮咬。他喜欢音乐，好在带来了一把二胡，《二泉映月》《梁祝》如泣如诉，从孤岛上飘荡开去，恰似他心灵的一种寄托。借着微弱的烛光，他重温《曾国藩》《创业史》《平凡的世界》，力图从中找到精神上的支柱。

最令人可怕的是，周围一些农民老是用疑惑的眼光望着他，仿佛在问：这小伙子是不是在城里犯了错误，被发配"充军"到农村来了？

逆境往往是成功的前奏。春播秋收，曾建新当年垦出 20 亩土地栽上的藤稔葡萄，当年挂果，收入 20 多万元。摸着一颗颗乒乓球大的紫色葡萄，他兴奋得哭了。他在周围栽种了许多杨树、玫瑰、乌竹，尽力把这片荒滩塑造得更美好，变成自己的"乐园"。第二年，他的葡萄发展至30亩，亩产超过1000公斤，收入30多万元，前来参观学习的农民络绎不绝。

他以实用技术为资本，带领千家万户脱贫致富，在与农民同甘共苦的奋斗中，体味到了人生的甘甜

曾建新在日记中写道：科技与生产嫁接后魔力无穷，我要让家乡父老种特种水果发"横财"。

奇迹往往是在厄运中出现的。曾建新自己搞开发难，带动老百姓开发更难。他一到湘屏洲，就到岸边挨家挨户发动农民栽种葡萄。可任他口水说干，农民就是不相信："这荒滩上能结出葡萄，除非狗嘴里长出象牙来！"

曾建新并不气馁，他想农民最实在，只要拿出事实，他们总有一天是会信服的。有个胆大的农民叫熊德富，愿意调出0.6亩地试种，谁知，这块小小试验田当年收入竟有3500多元，周围的农民都跑来看稀奇。这个拖住他的手，那个拍着他的肩膀说："你的秘密武器是什么？能帮我的忙吗？"

曾建新紧锁的眉头终于舒展开来。他一年多付出的心血和汗水，不就是为了这一天吗？人生价值已在这片活土里显露出来，他心里真比吃葡萄还甜！这年冬天，富塘村农民调出近300亩地。于是，曾建新便以基地为载体，用大部分精力为农民提供技术服务。每月逢十，他就请农民到自己果园看现场，听技术课，办起了别开生面的"技术墟场"。这样，他先后办培训班56期，赠送技术资料1.98万份。

"要想富傍大户，要想发靠专家"，这句话已成为当地农民的"口头禅"。在富塘村周围7个村，一下子冒出了1100多亩良种葡萄和上百个葡萄万元户，有的年收入超过了10万元。不少农民种葡萄富了，投资30多万元修了一座葡萄桥，从此，葡萄源源不断地从这里运出去，票子源源不断地从外地赚回来。当地农民急了，向曾建新建议："把种名特优水果的技术封锁起来，等我们赚够了，富起来再说。"

　　曾建新耐心向农民解释："商品要形成'群体'，形成产业带，才能出效益，仅靠一村一地是不行的。我创办基地不是为个人发财，而是为了让全县、全省甚至全国更多的农民发家致富。"为此，他对要求提供服务的农民总是有求必应，来信必复，有难必帮。几年来，他接待外地来访者580多人次，复信1200多封。同时，他以优惠50%的价格给大家供应种苗，累计为果农垫付资金6万元，无偿赠送果苗5万株，价值10万元。在他的影响和带动下，县内外有6.5万人学到了特种水果栽培技术，其中有近2万人脱贫致富。

　　洪桥镇祁丰村农民王光明，全家6口人，只有两个劳力，生活负担重，总想找条致富路。他种有0.5亩葡萄，但由于缺乏技术，认为"这玩意发不了财"。正在他准备将葡萄园毁掉的时候，曾建新给他来了"高位嫁接换种"，免费传授栽培技术，并给他垫付4000元资金购进草莓。后来，他扩种葡萄3亩，每年葡萄收入2万元，草莓收入5万元，一举甩掉了"贫困帽"。就这样，曾建新传授的"科技致富户"达340多户，有不少已成为"科技二传手"。

　　一个阳光灿烂的上午，一位美若天仙的姑娘来到小岛上，犹如"天上掉下个林妹妹"，为小岛增添了迷人而浪漫的色彩。

　　第三天，姑娘又来到了小岛上，她有满肚子话要对曾建新倾诉，而当地几位农民却为了一个技术难题把曾建新请上了岸，他只得把姑娘送走。姑娘问他何时回城？曾建新说："这个问题我还没想过，我打算一辈子留在这花果滩上了，不过，你跟我一同下乡，将来日子不会差。"听他这样一说，这位城里的"娇小姐"认为小曾尽管事业心很强，但不能为她提供宁静的港湾，便含着泪要走，曾建新撑着小船将她送上岸，目送她远去，可她再也没有回头……

　　像这样的情况，在小岛上一连出现过三次。昨日的恋情已随风而逝，曾建新无怨无悔，在爱情上，他暂时是一个失败者；在事业上，他正在朝成功的大道迈进。他在给北京航空航天大学读研究生的弟弟曾向荣的信中写道："尽管这里生活艰苦，姑娘不愿来，但这里春天桃花盛开，夏日渔火点点，秋天硕果累累，有点像毛宁演唱的《涛声依旧》的那种意境……我深深地体味到回归大自然那无穷无尽的享受，我已深深地爱上这片荒滩，以及这周围的人……"

曾建新的举动得到了上至省农业厅厅长、市委书记、县委书记，下至平民百姓的支持，来自社会各界的鼓励更坚定了他的信心。衡阳市化工局一位70多岁的工程师特意来到"荒岛"上慰问曾建新："我以前也搞过葡萄基地，你一定要好好地干，千万不能放弃。"1997年6月下旬的一天，前往广东到北方出差路过衡阳的姨父王利、姨妈罗桂英在河那边喊曾建新的名字，曾建新感到意外，他撑着小船将他们接了过来。王利以前当过县委书记，看罢他的果园以及他的生存环境后非常吃惊："年轻人到这里吃些苦，干番事业是值得的，应该这样干！"就连一向持"反对意见"与他赌气的父亲，也陪着姨父、姨妈来到岛上。看到房子没粉刷，锅里没油腥，而葡萄园都是一片翠绿，他一句话没说，他为拥有这样的儿子而骄傲。三年来，他一直没从正面问过儿子的事，只是从别人那打听儿子的消息，今天，他第一次来到岛上考察，心里总算有了"底"。

他在挑战"洋水果"的拼搏中发出铮铮誓言：要让中国水果在国际市场坐上席！为此，他每年付出的科研经费达上百万元

曾建新在荒滩上一待就是3年，使60亩荒滩变成了绿洲。但他感到：靠一个人单打独斗，成就不了大的事业，必须寻找新的伙伴。曾江桥原是县农业局经作站的干部，正在为跳出机关寻找机会，他1984年毕业于安江农校，学的是林果专业，两人可优势互补，形成"1+1>2"的效果。两人一拍即合。1998年，他们在祁东县洪桥镇新丰村租地350多亩，办成了全省最大的特色水果种苗繁育基地，命名为祁东县特种水果研究所。从一些大学聘请了部分退休专家，从学校招录一些大学生，致力于对葡萄等名优水果的育种、种植和病虫防治研究。这里交通方便，辐射功能较强，他们以葡萄为主，选育了15个种类500多个水果品种，仅葡萄就有126个品种，枣树有 89 个品种。1999 年，他们合作研究的藤稔葡萄获湖南省优质水果评比金质奖。这一年，他们的产值达到了 150 多万元，2000 年，他们的产值突破 200 万元。2004 年产值达到 235 万元，获利 86 万元。

1998 年 12 月，曾建新来到北京水果市场，看到高档水果几乎是清一色的"洋货"，他的心灵受到强烈的震撼：作为一个农业大国，水果产量居世界首位，而质量却很难与外国抗衡，一种挑战"洋水果"的使命落在了他的肩头。他认识到，只有不断更新技术，更新品种，才能引领全省、全国乃至全世界水果生产的潮流。于是，他白天在地里劳动，晚上攻读有关果树栽培技术的书籍和资料。他先后 50 多次上北京、杭州、西安、长沙等一些农科院校和科研所求教。恳请中国农科院、浙江农大、西北农大、湖南农大等单位的专家、教授来他的基地现场指导，这样不但掌握了国外"洋水果"的最新动态，而且丰富了自己的理论和实践。

为开拓市场，曾建新每年去沈阳、上海、南京、广州参加"农业博览会""新产品发布会"，掌握果树果种资源和栽培管理技术最新动态，与湖南环境生物学院等大专院校进行协作，逐渐引进 500 多个优质品种，淘汰 400 多个果树品种，仅此一项，他花费 300 多万元。2000 年，曾建新在烟台参加国际果树研讨会时，发现枣树的前景很好，适合当地农民发展。衡阳市有 130 万亩紫色页岩，被称为"红色沙漠"，水土流失严重，有些地方寸草不生，而枣树抗旱性、抗虫性强，不但能在"红色沙漠"上生存，而且还能改良土壤。另外，枣树种植的成本低，技术容易掌握，而葡萄种植成本高，技术含量高，种枣树更易为群众所接受。回来后，他与同伴着手在紫色页岩分布较广的归阳等 6 个乡镇的 6 个村分成 6 个点进行试种，获得成功。

早在 1992 年，曾江桥就在祁东县枣子老产区无意中发现了一个糖枣芽变品种，并进行研究。1998 年，曾建新与曾江桥合作建设祁东县新丰基地后，开始对糖枣芽变进行了系统全面的研究。经过无数次的技术攻关，他们终于掌握了这个品种配套栽培技术。2002 年 12 月，他们在白地市镇老白地村承包 150 亩旱土进行中间试验，实现了当年培育，当年结果的目标。

2004 年 8 月，他们栽培的枣树每个枣吊挂果 28 个，每个叶节挂果 7 个，每个挂果的枣吊犹如一串串葡萄，亩产达 2000 公斤，这在中国栽培史上绝无仅有。枣子后来每公斤卖 6 元，人家来抢，抢不到的还有意见，没办法，只有用价格杠杆来控制，每斤涨到 20 元，还是有人来收购。这种枣成熟在中秋时节，且肉质酥脆，肉多核小，口感极好，他们便取名为"中秋酥脆枣"。2005 年 7 月 5 日通过省级科技成果鉴定。鉴定结果表明：它具有抗性强、产量高、糖分高等特点，填补了国内鲜枣的空白，是南方第一个综合性状优良的高档鲜枣品种，已列入 2005 年国家和省级星火计划。它的选育成功结束了我国南方地区无早实丰产、品质优良和抗病抗虫性强的优良鲜食枣品种的历史，专家一致认为"中秋酥脆枣"居国内同类产品先进水平。据资料显示：我国枣产量占世界市场的 90%，国内领先即世界领先。

枣树原产我国，距今已有 7000 余年栽培历史，《齐民要求》中记载"旱涝之地，不任稼穑者，种枣则任矣"，说明枣树耐瘠薄，适应性强。枣树耐酸耐碱、耐寒耐旱、耐贫瘠，抗病虫能力强，栽培技术易掌握。在国际市场上，一吨鲜枣的售价相当于 30 吨苹果或 10 吨核桃，新品种每公斤 30 至 80 元，天津大港冬枣在欧美市场上每个枣果售价一美元。民间有"一天吃三枣，一生不见老""五谷加红枣，胜过灵芝草"的谚语，说明枣果营养丰富，具有一定的滋补和药用价值。曾建新准备将枣业作为一个产业来打造，目前，他们的"中秋酥脆枣"在全县已种植 3000 亩，且坚持标准化生产，统一供苗、统一包装、统一品牌、统一销售，拟进行枣酒、枣醋等系列加工，并在县外寻找代理商，极力寻找合作伙伴加盟。

为了让中国水果在国际市场上坐上席，从 2000 年开始，曾建新每年用于科研的经费在 100 万元以上，当地政府因自身财政状况欠佳几乎没有投入，他们从市场上赚到的钱，几乎全部投入科研和推广中。从 2002 年开始，当地政府投入的科研补贴不足 10 万元。为了科研，曾建新将湘屏洲的葡萄基地低价转让，至今他们没有买车子，没有买房子，曾建新还寄居在父亲的门下，曾江桥一家三口还挤在一套 40 多平方米的居室里。有时，紧张到两人口袋里凑不出

10元钱。他们无怨无悔："我们最大的财富是新品种，它可带动千万户农民致富，改造周边生态环境，这些新品种知识产权，即使有人出1000万元，我们也不会卖！"

曾建新一时成为颇有名望的"水果王子"，来自全国的求助信如雪片般飞来。他没有沾沾自喜，而把这些作为自己创办基地、辐射全国的动力。1999年12月，长沙县暮云镇栗山村派人到曾建新的水果基地考察，他们请求曾建新："我们缺少资金和技术，能不能帮助我们发展优质水果基地？"曾建新满口答应。一个月后，曾建新投资30万元，与他们合股办起了租期25年的藤稔葡萄基地200亩。就在这一年，宁乡县历经铺农业科技示范园和云南省景洪市的谭晓军千里迢迢跑来，请他担任技术顾问，曾建新也毫不犹豫地答应了，分别帮助他们创办了300亩和100亩的优质水果基地。就这样，曾建新以良种藤稔葡萄为主体，不断推广新产品，先后推广了红肉猕猴桃、樱桃、泰山红石榴、布朗李、草莓、枣等15种名优特新水果。他的"红色农庄"也跨市出省，呈星火燎原之势。

目前，他已通过投资、技术入股、技术服务等三种形式融资1200万元，在全国建立了16个名优特水果基地，面积达5800亩，遍及广东、广西、福建、江西、贵州、湖南等18个省市，盛产期间，年产水果可达300万公斤，苗木200多万株，一个集良种水果生产、加工和科研推广于一体的现代企业已成雏形。

"一花引来百花开"，在他的影响和带动下，一股新的"上山下乡"热潮正在湖南城乡涌动

曾建新一直痴情眷恋着脚下这片沃土！他认为，人生的成功并不在乎结果，而在乎奋斗的历程。曾建新为推广名、优、特、新水果作出了贡献，先后荣获"湖南省十大杰出青年提名奖"、湖南省第二届青年"五四"奖、湖南省优秀共产党员称号，1998年当选为省九届人大代表和衡阳市劳动模范。2002年9月，他与曾江桥开发的基地被国家林业部确定为"全国特色种苗基地"。同年元月12日，毕业于中南大学分配在凤石堰镇广播站的伍素杰，正值青春妙龄，比曾建新小 11 岁，出于对这位"水果王子"的崇拜，他们双双走进了婚姻的殿堂，并生有一子，曾建新将儿子取名为"曾尊"，其寓意提醒各行各业要尊重农业、尊重农村、尊重农民，大学生们献身农业，大有作为。

成功只能代表过去，曾建新把目光投向了未来：建一个新丰果业网站，向大家传授致富技术；办一个水果龙头加工企业，扩建一个全省乃至全国的良种水果示范繁育中心；建一个 500 吨的恒温仓库，添置十几台恒温运输车；并利用基因工程等先进技术，与专家合作培育出具有国际竞争力的水果新品种，在祁东县建成南方最大的年产值 10 亿元以上的高档鲜食枣出口创汇基地，力争在三至五年内发展"中秋酥脆枣"5 万亩，将"洋水果"挤出中国市场。

曾建新的成功带来了"轰动效应"，一股新的"上山下乡"热潮正在湖南城乡涌动。祁东县农业局经作站副站长曾江桥 1997 年主动与机关"脱钩"，共同的事业将他与曾建新融合在一起，他颇有感慨："比起在单位来，乐趣多多了，在办公室坐不住，上班时从没评过先进，与农民兄弟在一起，我身上就有无穷无尽的力量。特别是我们选育的品种得了金奖，老百姓得了实惠，我们心里比谁都乐。"他的爱人谭小红以前在县水泥厂当检验员，经常跑到果园里来当"义工"。2002 年，他干脆动员爱人来"新丰果业"打理内务。他们的儿子叫曾苗苗，其寓意是长大后与苗木打交道，并像苗木一样苗壮成长，曾苗苗今年 18 岁，高考上了重点本科分数线，在父亲的"参谋"下，他毫不犹豫地填报了湖南农业大学，很快被录取，他们也希望"子承父业"，为农业一代一代干下去。祁东县木材公司经理李明封主动下乡当农民，租地 100 亩种植反季节蔬菜；常宁市洋泉镇医院干部胡小平，承包本镇丰盛村 300 亩荒山种植美国红提等"洋水果"，建成一个休闲性质的"丰盛农庄"，今年的产值将达到 100 万元；衡阳市工商局干部周明生投资 170 万元，集种、养、加工于一体，在祁东搞了个"天地花果园"……目前，全省先后有 1200 多名机关干部职工跳入"农门"，从事种养加工业，一些曾经下过乡的城里老知青也重返乡村写春秋。

曾建新的举动也在民营企业、大学生和打工者中引起震动。常德市汉寿县的朱云桥，尽管做生意赚了一些钱，但没有一点成就感。他到曾建新的水果基地看了 3 次，观察了一个月，最后决定将做生意赚回的 150 万元投入农业，租种 300 亩土地发展良种鲜枣和葡萄基地，并将曾建新聘为"特别顾问"。广西兴安县湘漓乡的李昌集，外出打工没赚到钱，从 1997 年开始，每年都来曾建新的基地参观、咨询，每次曾建新不是给他送种苗，就是送技术资料。如今他安心农业扎根农村，已成为当地有名的"葡萄大户"，年收入在 5 万元以上。祁东县新丰果业有限公司近 3 年共吸引农业院校的学生 7人，毕业于湖南环境生物学院果树专业的黄飞平，2003 年 5 月来这里参加工作，感到相当满意："我们在这里找到了家的感觉，特别是事业上有发展空间，与自己的专业、理想对口，干起来有使不完的劲。"2004 年 9 月，又将在广东工作的女友王小梅介绍来"新丰果业"，也找到了施展才能的天地，他们都是资兴人，去年 10 月喜结连理。近 8 年，在曾建新的影响和带动下，全国类似朱云桥、李昌集、黄飞平回乡创业的老板、打工者、大学生达6100 多个，承包创办种养殖场 5400 多个，创办加工企业 530 多个，每年增加农业产值 1.3 亿元。

曾建新在广阔的天地里找到了自己的人生坐标，他的事业在农村广阔的土地上得到了延伸和发展，成了农民争相抢接的"科技财神"。他走到哪里，农民便把他请到家里，端来花生、鸡蛋请他吃。他从农民这种朴素的感情里获得了无穷无尽的力量。

曾建新，你扎根基层挥洒汗水将自己的人生价值挥洒得极致，你为大学毕业生、机关干部和农村青年树立了榜样，迎接你的，将是我国现代化农业的灿烂曙光！

（原载 2005 年 10 月 14 日《经济日报》，并被《人民日报》《光明日报》《中国青年报》《中国劳动保障报》《中国绿色时报》《中国物资报》《农村青年》《辽宁青年》《湖南日报》《湖南农村报》《湖南科技报》《三湘都市报》《衡阳晚报》等新闻单位采用）

像枣树扎根广袤大地

曾建新是我发现较早且培植较好的一个典型，重新翻阅过去那些泛黄的报刊，那些带有浓郁泥土气息的文字扑面而来，与时代精神的呼应是多么契合。

1988年，曾建新从原湖南林业专科学校毕业，分配在祁东县林业局工作，从事森林保护和经济林管理。

1996年春节，曾建新回老家农村探亲，发现村民种植的常规果树经济价值不高，便下定决心，要为村民找到一条种植良种水果致富的路子。

这年春天，他辞去国家干部，以每年7000元租赁祁东县鸟江镇湘屏村一个上百亩的荒岛，试种葡萄、柑橘、枣子等20多种水果，成了一位有文化、懂技术、善管理的"新农人"。他始终怀着科技富民的初心、技术助农的恒心，跋涉在田间地头，一心一意为农民服务。他将农民的急难愁盼放在心上，努力引进新品种，研发新技术，探索水果产业致富之路。

从此，曾建新便像自己研发出的酥脆枣树，深深扎根在家乡广袤的大地上，在被誉为"红色沙漠"的紫色页岩上蓬勃生长，不管是酷暑干旱，还是雨雪冰霜，始终认定开花结果的目标，努力向上成长。一边吸收石漠荒山的养分，一边奉献甜蜜的果实，昔日的荒山秃岭变成了"绿色银行"。

"相信土地的力量，相信乡亲们种植水果能发横财。"这是曾建新常说的一句话："只要功夫深，黄土变成金。"也许，正是在这种观念的倡导下，他决定用知识回报家乡父老。当年，他好不容易跳出"龙门"，考上大学，当上公务员，后来，又辞去公务员跳回"龙门"，这正是他的"初心"。

皮肤黝黑，戴着近视眼镜，中等个儿，满脸青春朝气，说话语速较快，办事雷厉风行……曾建新就这样走进了我的视野。不当干部当农民、带动乡亲发"果财"、挑战"洋水果"，"要想富，傍大户；要想发，靠专家"……曾建新的人生"闪光点"引起了我的强烈兴趣，我深入他的"孤岛"上与他彻夜长谈，谈人生、谈理想、谈追求、谈苦恼、谈快乐、谈爱情……我们一见如故，他滔滔不绝，还拿出了在"荒岛"上记录的两本日记，让我走近他的心灵世界……次日，我又采访周围得到过他帮助的一些农民兄弟，素材不断充实。

"曾建新：荒岛人生大苦大乐"，这个主题如灵光一闪跳入我的脑海。我以粮食安全和民生发展为背景，以曾建新的奋斗奉献精神为主线，着力展示曾建新的初心使命和不屈斗志，让大家切身感悟"新农人"的追求、艰辛与奉献，向受众传递"认真做好每一件事，辛勤的付出总会有收获"的价值观，通过曾建新回乡"种地"这一小切口，农家风情、劳动价值、奋斗精神、传统美德得到生动诠释，蕴含在我们精神血脉中的那份勤劳与踏实得以精彩呈现。没想到，近万字的稿子寄出去后，2005 年 10 月 14 日的《经济日报》发了一个整版，《光明日报》发了个头版报眼，《农村青年》《湖南农村报》《湖南科技报》分别发了头版头条，《人民日报》《中国青年报》《中国绿色时报》《湖南日报》《辽宁青年》《三湘都市报》《厂长经理日报》《衡阳晚报》纷纷转载，曾建新成为一个在全国颇有影响的新闻人物，不少机关干部、农村青年相继来到他的田头"取经"学习。曾建新告诉我："从这些报道以及报道后产生的影响中，我找到了自己人生的价值，证明我当初的选择是对的。"

时间又过去了 18 年，曾建新摇身一变，成了祁东新丰果业有限公司董事长，尽管岁月的风霜在他那泛着青春光彩的脸上刻下了条条皱纹，但他的精、气、神依然不改。在他的指导与带动下，祁东县种植酥脆枣 6 万余亩，其中紫色页岩山地达 2 万亩，今年酥脆枣产量 3.5 万吨，产值 8 亿元。他走出祁东，将枣树引种到云南、贵州、广东、广西等 18 个省、市、自治区，引导当地农民种植祁东酥脆枣近 20 万亩，使南方 15 万亩石漠荒山披上了绿装。他还把祁东酥脆枣种到了泰国、巴基斯坦等国，外国人称酥脆枣是"友谊果""甜蜜果"。

曾建新不断延伸枣子产业链，兴建枣酒加工企业，使周边农民的"枣子不但不愁销路，还能卖上好价钱"。脆甜的枣子变成了"黄金果"，一个集水果种植、加工和科研推广于一体的现代企业成为乡村振兴的"亮点"。

曾建新像扎根于家乡土地上的枣树，如今根深叶茂，被誉为"南方枣王"。

当前，在全面推进乡村振兴的大背景下，一大批像曾建新这样懂林业、爱农村、爱农民的优秀林技人员正投身林业生产实践，为我国林业科技现代化提供了技术支撑，必将带领更多农民搭上增收致富的"科技快车"。

柳树的风骨

柳树是湘南山乡一种最古老最平凡的树，它一身碧绿，树干弯曲，其貌不扬，却抗严寒、耐干旱、不畏风霜雪雨。无论将它插到哪里，哪里就蓬蓬勃勃，枝条随风摇曳，婀娜多姿，显示出顽强的生命力；无论环境怎样恶劣，只要有阳光、水分和空气，它总是第一个为人类传来春的信息，带来绿的生机。当地农民说：柳树三百年，长着不死一百年，死后不倒一百年，倒地不烂一百年！

湖南衡东县杨桥镇东烟村96岁的共产党员向运生，虽然貌不惊人，矮小精瘦，佝偻着身子，但他却有柳树一般的风骨和气节。

一个珍藏了45年的党费袋

2004年6月23日，是向运生入党49周年的纪念日，周围十里八寨的农民顶着如火的烈日从四面八方赶来，他们敲锣打鼓，为这位96岁的老人送来一块黑色的匾额，上面写着四个金光闪闪的大字：忠党报国。两边还配有对联：一心肝胆报党国，两袖清风喻后人。

这块匾额高度浓缩了向运生半个多世纪来的追求与奉献。

这副对联仿佛在无声诉说一个普通共产党员不屈的信念和崇高的精神境界。

向运生出生于1908年2月，1949年参加工作，1954年6月入党，曾任东烟乡政府财政、民政主任，公交、农水部长，财粮书记等，1959年因反映"茶子不收种油菜，晚禾不收种小麦，红薯不挖用牛犁，田里夜夜烧木炭"等真实情况被打成"右派"。在漫长的批斗生涯中，他曾被打断过腿，受尽了折磨和凌辱。这年冬天，他逃脱看守的跟踪，跳进白莲水库投水自尽。水库边栽种的一排柳树生性强健，根系发达，尽管树叶被狂风吹尽，有着难以诉说的忧伤，但那万千枝条随风摇曳，似乎在养精蓄锐，一边与严寒风暴顽强抗争，一边等待着春天的消息。猛然，他从顽强的柳树中获得了一种神奇的力量，他对天怒吼："我不是反党分子，我是红旗干部，我问心无愧，我不能死！我是清白无辜的！……"他相信党是光明磊落的，有能力也一定会改正自己的错误，我是共产党员，应经受得起任何考验。爬上岸来，他打着赤脚，穿着一条短裤在冰天雪地上行走，逃过道道关卡，慌慌张张逃往株洲，最后被鄘县林业局采伐场收留。在"文化大革命"的浪潮冲击中，他多次被当地党和政府保护起来，免受了不少皮肉之苦。他暗暗立下誓言：是党和人民给了我的第二次生命，从此要像葵花向太阳，永远向党不转向！

尽管他脱离组织 20 年，但为表达对党的一片忠心，他偷偷缝制了一只红布包，用针线和铁丝缝制而成，上面用黄色的广告粉写有"党费袋"三个大字，他每月把 0.2 元党费按时放进袋里，从不间断。每交一次党费，他的灵魂便接受一次洗礼。

1979 年 7 月 8 日，党组织落实政策为向运生平反，并为他办理了退休手续。年过古稀的他激动万分，所做的第一件事就是提着这笔只有一公斤重的党费袋交到东烟乡政府。当他上交这笔党费时，只说了一句话："我对党……心永远是热的。"乡党委成员接到这笔不同寻常的党费，无不被向运生的行为所震撼！他们含着热泪细细清点，一共 46 元 8 角，党费时间跨度达 19 年零 6 个月，这些硬币有的不同程度地氧化锈蚀，不少纸币还生了霉，但它代表的是向运生对党的一颗拳拳赤诚之心！

如今，这个鲜红的党费袋尽管褪掉了一些颜色，"党费袋"三个字模糊不清，但向运生已收藏 45 年。他"交纳党费表忠心"，党费袋中装有四笔特殊的党费证明：1994 年 7 月，中组部收到他的特殊党费 1000 元；1998 年 7 月，中组部又收到他特殊党费 1000 元；2001 年 6 月 6 日，在中国共产党成立 80 周年前夕，中组部再次收到他的特殊党费 3000 元；2003 年 7 月，中组部又收到他的特殊党费 1000 元。

这样的党费袋和特殊党费在全国绝无仅有。向运生含冤 20 余年，历经人生磨难，然而，他却凭着信念的支撑，登上了一般人难以达到的精神高地。

身兼"八大员"

几经沧桑，向运生门前那几棵柳树伛偻着身子，一阵春风，几场细雨，从那刀痕累累的躯干上，又长出嫩嫩枝条，片片新叶。向运生也像柳树般焕发了青春。

向运生有 6 个儿女，拥有一个幸福美满的家庭。1979 年，他退休后，儿子把他安排在宽敞明亮的新房里，给他买来了电视机、电风扇，添置了新衣服、新家具。儿子媳妇甜甜地说："爸爸，你吃了几十年苦，现在回来该享享清福了，别的事情就不必管了。"向运生意味深长地说："干部有退休制度，但作为一名共产党员应该终身在职，有一分热，发一分光。"第二天，他就向县委组织部部长提出义务为县城打扫街道，组织部部长拗不过他，只好答应让他担任东烟乡的退休专干。

向运生退休 25 年来，除担任老龄委员、计划生育理事之外，还担任了政治服务员、普法宣传员、民事调解员、报刊投递员、农业技术员、绿化护林员、校外辅导员等"八大员"工作。他看到农村文化生活贫乏，自费订阅《人民日报》《湖南日报》《当代党建》《湖南科技报》等 20 多种报刊，并捐款 1200 多元办起图书室，他每年为全村投递报刊信件 12000 多件。针对农村法治观念淡薄的现状，他在镇政府门前办了法治宣传栏，每月出 2 期，从未间断，宣传赡养老人、计划生育和社会道德，引导农民作移风易俗的表率。对于民事纠纷，他知情必到，有理而断，令人心服口服，经他调解的民事纠纷有 600 多起，及时制止可能引发的人命纠纷 25 起。80 年代初，国家刚推行计划生育政策，人称"天下第一难"。他动员儿子媳妇带头做了结扎手术，不厌其烦地做"钉子户"的工作，最多的一户他上门20多次。同时，他每天坚持写日记和学习体会，45个日记本写得密密麻麻，约300万字，他用实际行动兑现了自己的诺言："战马离阵不离鞍，革命不能享清闲，试看春蚕丝吐尽，甘当红烛蜡燃干。"

在杨桥镇，周围的哪个村落，没有留下他艰难跋涉的足迹？大山的哪次呼吸，没有他心脏的跳动？向运生回到家乡，见不少人仍然徘徊在贫困线上，共产党员的责任感驱使他食不甘味，他暗自下定决心："一定要帮助乡亲们过上好日子。"他连续9年在贫困村办点，帮助不少农民脱贫致富。1980年，他在本村10组办点，自费50多元为村民订阅报纸杂志，组织村民学科学、学技术。他自带盒饭，早出晚归，不沾村民的饭和水，他提出："不要工分，不要钱粮，不要社员办生活。"与村民一起参加劳动。这年，全组比上年增产21000多公斤，人平均增加收入67元，人均口粮增加300斤。

从1984年起，向运生在离家6公里、全县有名"三不通"的白鹤村办点，组织村民学习科学种养技术，提高致富本领。他还将落实政策的1700元工资全部拿来买化肥农药，动员群众栽种柑橘，发展经济作物，组织村民修通了一条长4公里的公路，同时还架设了广播线，安装了电排，使村里300多亩稻田旱涝保收，开创了"通路、通电、通广播"的新纪元。

如今，向运生已风烛残年，像他门前那几棵历经沧桑的老柳树，有时膝盖疼腿都伸不起，路也走得艰难。他常年穿着一身破旧的衣服，为给村民示范，传授种养技术，他不顾年事已高，身体多病，仍种植黄瓜、豌豆、白薯、马铃薯。他还在家里盖起了养殖场，养猪101头，养良种鸭450只，去年养猪3头，全部用青菜喂。在他的影响和示范下，村里依靠种养致富的农民有210多户，去年全村人均纯收入达2900余元。

6万元工资与55000元捐款

岁老根弥壮，阳骄叶更阴。柳树具有顽强的生命力，只要插上一根枝条，无论在什么情况什么环境下，均可生根发芽，向运生就像一棵从石板缝中钻出来的柳树，顽强、坚韧、不求回报，一旦感受到春风的温暖和爱抚，就会加倍地回报春天，回报大地，回报养育他的人民。"碧玉妆成一树高，万条垂下绿丝绦。"他给自己定了"五不"原则：退休不领安家费，工作不要办公费，出差不报差旅费，治病不报医药费，死后不要安葬费。他在《退休生活规划》中写道："退休金80%用于公益事业。"县里建老干部活动中心、镇里建中学、村里盖小学，他每次一捐就是数百元。90年代初，县里修荣桓电站，他连续去了5次，每次走路跋涉80多公里，共捐款1000元；1997年县萤石矿遭水灾，他特意送去1000元，其中500元是他种黄豆积攒下来的，另外500元是向邻居借的。东烟鹤岭上有一条交通要道，数里之内前不挨村后不着店，向运生既出资又出力，在路旁修建了一座古朴的凉亭，供过往行人歇息。看到贫困学生辍学，向运生甚为揪心。从1997年至2003年，他共向东烟中学捐了5500元助学金，并承诺："只要我还活着，以后每年都捐1000元。"

有人给向运生算了一笔账，几十年来，他的所有工资和奖金加起来不过6万余元，但他奉献给社会的捐款已达55000元。为助学帮困，他把日常生活开支压缩到最低程度：一年到头不上街称一斤肉，只吃两斤猪油。他吃的是粗茶淡饭，穿的是旧布衣衫，睡的是破席稻草，一日三餐常常是早上炒一份蔬菜，中晚餐吃剩菜；他每餐只吃二两米，也从没制过新衣，人家不要的衣服，他拿来照穿不误，他的二女婿死后，衣服不要了，他全部拿来当"新衣"穿。他对笔者说："吃饭只图吃饱，不图吃好，因为国家还不富裕，还有一些穷孩子上不起学。穿衣只图穿暖，不图穿好，因为洞庭湖边还住着几万个无家可归的人，我准备给他们资助一点。"

在向运生家里，除了书籍、报刊和奖状之外，没有一件值钱的东西，唯一的电器是别人送的一台小收音机。他生病后，能挺则挺，实在到了挺不住时才去看医生。他小病不吃药，重病住过三次院，花费2000多元，领导劝他报销，他说："国家有困难，还是我自己负担好。"他外出不论远近，总是坚持步行，他到县城开会，往返 96 公里，从没坐过一次车。有一次，他出席杨林镇尊师重教先进个人表彰会，发给他一瓶矿泉水，他一打听，一瓶水要 3 块钱，马上退了回去："节约这 3 块钱可以为老师买两盒粉笔。"中午统一就餐，他说什么也不肯吃饭，自己到街上买了 2 个包子对付。会上发给他 100 元奖金，他转手就捐给了东烟中学。每次到衡阳、长沙开会，他均不要会务组安排食宿，一切自费。在去年南岳举办的寿文化节上，向运生作为"十大寿星"之一，被赠予一根价值 1600 元的人参，他坚持要把人参卖了，然后把所有的钱捐出去。90 年代末，白鹤村 7 组农民向春华家房屋被火烧了，欲寻短见，向运生除送去 500 元钱外，到他家一住就是两年，成了特殊的"打工仔"，帮助他种田植树，养猪养鸡，传授技术，使向新华家两年就盖起了新房。搬进新房那天，向新华动情地说："向老，你在我家两年，没要一分钱工钱，吃饭还给生活费，您真是救苦救难的活菩萨！"

在现代人眼中，向运生的举动有些不可理解，不可思议，有人说他"怪"，有人骂他"蠢"，他充耳不闻，继续干自己的事，他认为这是一个共产党员做人的基本标准，可是一些人将这些优良传统丢了。

一个未能了结的心愿

柳树具有顽强的品质和独特的奉献精神，柳叶可沤制肥料，柳枝可编织筐、篮、箱、帽等，柳皮、柳根、柳屑均可入药，为村民减轻各种痛苦。向运生就是一个像柳树般顽强坚韧、拼搏的人，从不索取。

向运生得过各类奖励 160 多次，去年被评为"全国第五届健康老人"和"湖南省第三届健康老人"，多次被有关部门评为"老有所为奉献奖"，今年"七一"前夕，被评为"湖南省优秀共产党员"和"衡阳市模范共产党员"。他总认为党和人民给予的太多太多，而自己奉献得太少。他说："为人民服务是一次长跑，唯有生命终结才能到达终点。"退休后，他给自己定了"四传""八帮""十二带头"：传革命思想，传优良作风，传高尚品德，传专业知识；帮助党委当好参谋，帮助青少年提高觉悟，帮助贫困户发展生产，帮助五保户改善生活，帮助专业户搞好示范，帮助群众调解纠纷，帮助青年搞好计划生育，帮助儿女勤劳致富；带头学习，带头上缴，带头讲卫生，带头植树，带头移风易俗等。90岁生日那天，他不准儿孙放鞭炮，要女儿陪着自己去韶山参观了一天，舍不得吃饭，一天只吃两个包子。老人早已立下遗嘱：死后不开追悼会，不迷信，不受礼。

向运生目前的唯一心愿是想到北京去看一看，看看天安门，在毛主席宣布"中国人民从此站起来了"的地方站一站；在我国升起第一面五星红旗的地方，向国旗敬个礼；去毛主席纪念堂和人民英雄纪念碑前三鞠躬；还想进人民大会堂参观参观，登一登万里长城。

生命如烛，燃烧如歌。衡东县委组织部了解老人的心愿后，决定派专人陪老人进京，向运生坚决不同意："花公家的钱，我一定不去。"今年，他种了不少黄瓜、黄豆，喂了2头猪，去年他种黄瓜738株，收入1200元，目前已积攒了1600元钱，他准备与女儿自费去北京。外孙刘光辉闻讯后，特意从吉首大学寄来诗一首："我家有个好外公，怀有拳拳爱国心；不为子女添负担，自食其力守垄中。两头小猪都吃菜，多年心愿去北京；但求身体多保重，一路愉快又顺风。"

我们也祝愿这位世纪老人的好梦早日成真。

向运生就是一棵扎根在贫瘠土地上的柳树，向大地索取得很少很少，只要有一点枝条，无论把它丢到哪里，它就不择地势生根发芽，不畏严寒酷热，顽强地生长起来，奉献给人间的是高大的躯干、嫩绿的枝条和顽强的根系……

的确，奉献和赤诚是向运生的本分，离休干部谭根深说："向运生像荷花一样高洁，像翠竹一般虚心，像松柏一样坚贞，更有柳树的风骨，春蚕的奉献……"

啊，柳树，一种生命力极为顽强的树；

啊，向运生，中国真正的布尔什维克！

（原载 2002 年 6 月 25 日《中国改革报》头版头条，并被《光明日报》《新华每日电讯》《法制日报》《中国老年报》《湖南日报》《湖南科技报》《党史文汇》《老年周报》《三湘都市报》《衡阳日报》等新闻单位采用）

采写札记

以柳喻人　相得益彰

记得当年采访完 96 岁的老共产党员向运生之后，我的心久久难以平静，折腾了几天几晚，却一直下不了笔，精神上痛苦不堪，主要是苦于找不到写作的"突破口"。我似乎在苦苦搜寻一种人类物种，来映衬这位平凡而伟大的高尚灵魂。

仿佛于有意或无意之间，几棵毫不起眼的柳树进入我的视野，乡亲们说：柳树三百年，长着不死一百年，死后不倒一百年，倒地不烂一百年。它抗严寒、耐干旱，不畏风霜雪雨，无论将它插到哪里，哪里就一片生机。向运生不就是这么一棵顽强坚韧的柳树吗？

映衬物找到了，如同火山爆发找到了"突破口"，写起来自然顺畅。

以柳喻人，相得益彰。抗严寒、耐干旱，在恶劣环境中生长是柳树的特征之一。向运生被打成"右派"分子，腿被打断，受尽了折磨与凌辱，他跳进水库投水自尽。水库边栽种的一排柳树生性强健，根系发达，尽管树叶被狂风吹尽，但那万千枝条迎着刺骨的寒风，一边与严寒风暴顽强抗争，一边等待着春天的消息。猛然，他从顽强的柳树中获得了一种神奇力量，他对天怒吼："我不是反党分子，我是红旗干部，我问心无愧，我不能死！我是清白无辜的！……"他爬上岸来，逃到株洲，最后被鄯县林业局采伐场收留，当地群众将他保护起来。从此，他立下誓言，是党和人民给了我第二次生命，要像葵花向太阳，永远向党不转向。这样，向运生的多舛命运与水库边的不屈柳树互为映衬，为向运生一生"忠党爱国，赤心为民"进行铺垫，给读者留下了鲜明深刻的印象，形成了较为强烈的感染力。

以人喻柳，恰到好处。顽强坚韧，不求回报是柳树的又一特征。1979年，党组织落实政策给向运生平反。我又运用象征性的写作手法，将向运生与柳树联系起来，以柳喻人，寓意深刻，形象鲜明，我写道："几经沧桑，他门前那几棵柳树佝偻着身子，一阵春风，几场细雨，从那刀痕累累的躯干上，又长出嫩嫩枝条，片片新叶，向运生也像柳树焕发了青春。"向运生目光如炬，信念如磐，他说："干部有退休制度，共产党员应该终身在职，有一分热，发一分光。"退休25年来，他身兼"八大员"，即政治服务员、普法宣传员、民事调解员、报刊投递员、农业技术员、绿化护林员、校外辅导员，一天到晚热心为群众服务，不辞辛苦。他用实际行动兑现了自己的诺言："战马离阵不离鞍，革命不能享清闲，试看春蚕丝吐尽，甘当红烛蜡燃干。"

柳人合一，互相映衬。无私奉献，从不索取，构成柳树最鲜明的特征。柳叶可沤制肥料，柳枝可编织筐、篮、箱、帽等，柳皮、柳根、柳屑均可入药，为村民减轻各种痛苦。向运生的一生如同柳树一般，具有顽强的品质和独特的奉献精神。有人给向运生算了一笔账，几十年来，他所有工资和奖金加起来不过6万余元，但他奉献给社会的捐款已达55000元。为助学帮困，他把日常生活开支压缩到最低程度：一年到头不上街称一斤肉，只吃两斤猪油。他吃的是粗茶淡饭，穿的是旧布衣衫，睡的是破席稻草，实在令人难以想象。他外出不论远近，总是坚持步行，他到县城开会，往返96公里，从没坐过一次车。有一次，他参加杨林镇的尊师重教表彰会，发给他一瓶矿泉水，他听说价值3块钱，马上退了回去："节约这3块钱可以为老师买两盒粉笔。"中午统一就餐，他说什么也不去，自己到街上买了两个包子对付。会上发给他100元奖金，他转手就捐给了东烟中学……

"故事不多，宛如平常一首歌……"，我怀着对共产党员向运生的无比崇敬心情，完成了《柳树的风骨》一文的写作。

记得《论语·先进篇》中有一段话："暮春者，春服既成，冠者五六人，童子六七人，浴乎沂，风乎舞雩，咏而归。"意思是：暮春时节，春耕之事完毕。我和五六个成年人、六七个少年，到沂水里游泳，在舞雩上吹风，唱着歌回家。作者写的是平常的事情，却在平凡的景致里让人体会到了一种心灵的境界。我写的《柳树的风骨》追求的就是这种效果。文章发表后，有人给我发来短信息："《柳树的风骨》精在构思，巧在映衬，一个平凡的党员故事被你写得起伏跌宕，含蓄隽永，引人入胜，感人肺腑，令人回味无穷。"

葛振林，魂归狼牙山

2005 年 3 月 21 日 23 时 11 分，在湖南衡阳空军 169 医院，全国著名的抗日老英雄、狼牙山五壮士之一的葛振林因肺功能、心功能、肾功能衰竭，经抢救无效，心脏停止了跳动。享年 88 岁。

葛振林出生在河北省曲阳县党城乡喜峪村。他 1937 年 5 月参加革命，1938 年 2 月入伍，1940 年 2 月入党，参加过湘西剿匪和抗美援朝，历任参谋、连长、省军区警卫营长、衡南县武装部长、衡阳军分区后勤处副处长、衡阳警备区副司令员等职，1981 年 7 月离休后一直在衡阳警备区颐养天年。当年，因为狼牙山那惊心动魄的一"跳"，他成了全国家喻户晓的英雄人物。

英雄已去，天地含悲。一些人重新翻出小学语文课本，捧读《狼牙山五壮士》的课文，一个个泪如泉涌，五壮士的英雄壮举的确感动了几代中国人。有关葛振林的故事在群众之中广为流传……

血溅狼牙山

峭壁嶙峋云缠雾缭的狼牙山横卧在河北省易县西南部，其主峰海拔1100 米，"群峰耸出，状如狼牙"，故名狼牙山。山的北边有条易水河，当年燕国义士荆轲别燕太子丹去刺秦王时吟出了"风萧萧兮易水寒，壮士一去兮不复还"。那慷慨悲歌融入易水永远回荡，滋润着这里的人民，化成了一代代儿女的血液，铸就了他们坚忍不拔的性格。

1941 年 9 月 25 日清晨，班长马宝玉、副班长葛振林和战士胡德林、胡福才、宋学义等五位热血男儿在这里以一当百，阻击了 2500 多名日军的轮番进攻，掩护主力部队和两万多名群众的转移。他们埋伏在棋盘坨山腰，利用地形的险要，打退了敌人一次又一次冲锋，敌人急得哇哇乱叫。

时过中午，日军在大炮和飞机的掩护下发起第五次攻击，像饿狼一般恶狠狠地直扑过来，那黄蜡蜡的衣服、明晃晃的刺刀越来越近，手里还摇着太阳旗子哇啦哇啦直叫："优待优待的……"成群的炮弹又呼啸着飞来，炮火引燃荆棘柴草，大火弥漫着阵地，硝烟熏得战士们眼泪直流。葛振林的棉衣也着了火，他脱下来一扔，一会儿就烧完了。

他们边打边往高处撤，太阳偏西的时候，终于胜利地完成了任务，准备前去追赶部队。可是敌人穷追不舍，为了主力部队和群众的安全，他们毅然放弃生还的希望，沿着相反的方向，攀上了棋盘坨主峰。敌人疯狂地号叫着蜂拥而来。五壮士毫不畏惧，坚守阵地，与敌人决一死战，拼杀到底。他们的子弹打光了，松动的石头扔完了，最后一颗手榴弹在敌群中开了花。凶顽的敌人越逼越近，号叫着："抓活的，抓活的！大大的有赏！"

横在他们眼前的三面都是万丈悬崖，一面堵满了戴着钢盔的鬼子兵。马宝玉抓住葛振林的手臂，断断续续地说："老葛，咱们牺牲了，有价值……无论如何，不能当俘虏！"葛振林明白班长的意思：我是副班长，五人中只有我俩是共产党员，应该做出榜样，便说："人牺牲了，枪也不能叫敌人得！"敌人像蚂蚁般爬了上来，马宝玉随手一扔，"呼"的一声，那支崭新的"三八大盖"飞下悬崖。葛振林举起枪往石头上砸，没有砸烂，也随手甩下山谷，其他三位战士的眼中噙着泪花，举起心爱的枪，狠狠地摔了几下，敌人在继续疯狂地号叫，朝他们步步逼近，五位战士坚定地昂起头，一步一步走向悬崖……

敌人想到跟前活捉他们。马宝玉正了正军帽，像发起冲锋一般大声喊叫："同志们跟我来！"顿时，狼牙山的群峰峡谷间回荡着一阵阵气壮山河的口号声："中国共产党万岁！""打倒日本帝国主义！"……五勇士跳下悬崖，有三人壮烈牺牲，葛振林和宋学义被树枝挂住，未坠落崖底，绝处逢生。

几多回梦见狼牙山，手中搂着棋盘坨峰。葛振林魂归狼牙山，狼牙山的山谷雾霭氤氲，依然弥漫着当年激战的硝烟，似乎在欢迎这位远方游子的归来……

老英雄的恩人情结

葛振林究竟被谁所救，这一直是个"谜团"。

直到1986年9月，这个"谜"才被揭开。那年，"狼牙山五壮士纪念塔"落成典礼正在狼牙山峰顶隆重举行。来自中央、省会的不少首长和数千名群众参加了庆典，葛振林戴着大红花，也应邀出席。

这座纪念塔由塔身、碑廊、凉亭、牌楼等组成，建筑面积440平方米，塔高21.5米，为中空正五棱柱体，塔内有五级钢梯攀缘而上，直至塔顶小楼。塔身正面"狼牙山五勇士纪念塔"9个金黄色大字为聂荣臻元帅亲笔题写，上面镶嵌着五壮士的英雄浮雕，写有"三烈士"碑文，塔座四周被花坛环绕。那白色纪念塔耸立在群峰绿色环抱之中，显得更加雄伟壮观、庄严肃穆。

伫立在圣洁的纪念塔前，葛振林抚今追昔，思绪万千。因为他是此次典礼的中心人物，不少记者拿着相机、话筒对准他"聚焦"："请问老葛，当时你跳下崖后，是谁救了你?"

"我不记得了，只记得是个普通老百姓。"

"那老百姓叫什么名字?"

"当时迷迷糊糊，懵懵懂懂地也不知道问对方的名字。"

"那你现在找得到不?"

"我现在找不到了。"提起恩人，葛振林就愧疚万分："人家救了俺，为啥连名字也不问呢?"他时常念叨着当年狼牙山跳崖遇险，若不是恩人深夜援救，不然在山中待一夜，不昏死，也会被狼吃掉，救命之恩难忘呀!

那天，葛振林等跳崖之后，被一棵大树挂住，他与宋学义满身鲜血淋漓，被一老百姓发现，把他们从树上取了下来，连忙送到棋盘坨古庙抢救，是老道人用那神秘的千年古方将他们从死神手中夺了回来。

提起那段非凡的传奇往事，葛振林记忆犹新："休养了几天，伤好了，我们就要找部队去。当时19岁的恩人也要跟着我们，我说不行，你回家吧，这些天不知死了多少人，去看看你家中老婆、小孩和父母死了没有，你赶紧回去，他却依依不舍，跟着我们走了很长的一段路。那时军民关系真好哩，他舍不得走，还要照顾我们，我说不行，你得赶紧回去，我走我们的，见我们生气了，他才回去，第二天我们找到了部队……就这么分开了，分开了一直找不到……"

说到这里，谁知当时他的恩人余药夫也正在场，他指着那条羊肠小道问老葛："你还记得吗？我送你下山就是沿着这条小路下去的，两边堆满了日本鬼子的血衣……"

两人一拍即合，很快对上了"号"，且越谈越对路，葛振林欣喜万分。他那失散45年的恩人终于找到了！两人展开双臂，情不自禁地拥抱在一起，任热泪长流。

如今，葛振林的恩人余药夫也离休了。他曾任青救会主任，后来在党报当过编辑、记者，最后，当上了石家庄市一所师范大学的副校长。后来，他不断给葛老写信，并将狼牙山的情况编成了一本厚厚的书，书名叫《壮士葛振林》。捧读那本散发着油墨芬芳的书，葛振林说："像我现在是有今天没有明天的人了，医院几次下了病危通知。许多战友都死了，我活了这么多年满足了。我的救命恩人也年岁大了，腿也不行了，我们希望能见上一面，把恩人永远记在心里。"说到这里，葛老眼里含着泪水："见面的希望是少了，但在有生之年还可以唱个歌谣给恩人听。"于是，他咧开镶着假牙的嘴唱了起来："没有共产党就没有新中国，共产党辛劳为民族，共产党一心救中国，他指引了人民解放的道路，他领导中国走向光明……"

2003年8月1日，余药夫来到衡阳，两人相见，久久拥抱在一起，分外亲切，他们的情感是那么朴实，那么真挚，那么一往情深……

愤怒辟谣

"历史是一个客观存在，决不允许随意模糊或篡改！"狼牙山五壮士壮烈跳崖的英雄事迹，已举世传颂50余年，且有历史文献可查，不允许任何人进行歪曲和节外生枝。

1995年3月，湖北某报刊登一篇《5人重于泰山，1人轻于鸿毛，狼牙山壮士有6人》的通讯，声称当年狼牙山上作战有6人，5人跳岩、1人投敌被杀。这条通讯曾被河北、广东、广西、湖南、浙江等一些报刊广为转载，在广大读者中产生了极坏影响。当葛老所在部队"红一团"所在师政治部宣传科原科长罗良伟将此文稿拿给葛老看时，葛老非常生气："这纯粹是不负责任的胡编乱造。"他感到愤慨，吃不下，也睡不好。次日，由老伴王贵柱陪着，他拿着报纸，拄着拐杖，乘车到市内直奔《衡阳日报》："请你们替我说说话，澄清事实真相。"报社答复："我们没有转发这篇文章，不好办。"他并不灰心，又拄着拐杖到市委宣传部。他的意思是：这是宣传部门的事，你们不好办，总可以通过系统向上面反映吧！他郑重其事地写了一纸声明，以昭后人：

> 有家报纸不负责的载文说，当年狼牙山五壮士纵身跳崖前，我们六班有个副班长吴希顺投敌被杀，这纯属捏造。不少报刊转载了，有些读者提出了疑问。我是五壮士之一，六班没有这样一个副班长。希望有关报刊澄清，还历史本来面目。
>
> 葛振林
>
> 1995年3月20日

当年五壮士在狼牙山棋盘坨峰与敌激战，乃至跳崖时有三位目击者，他们分别是余药夫、李海忠、邱蔚。葛老还就此事专门写文辟谣。

余药夫是当年"五壮士"幸存者的救护者。他在《广西日报》4月25日撰文回忆写道：狼牙山战斗打响后，19岁的余药夫在向棋盘坨方向逃难时，发现悬崖有夹缝，便攀藤顺崖而下，隐藏其中。葛振林、宋学义跳崖后被挂的树枝离洞不远，他待鬼子走后，忙把葛、宋救下，并先后背送他俩脱离了危险。

时隔 45 年后，葛老与余药夫于 1986 年 9 月 25 日相会于河北易县举行的"狼牙山五壮士"纪念碑落成典礼上。由于种种原因，余药夫救助葛振林、宋学义的事直到 80 年代末才公开。狼牙山战斗打响后，棋盘坨庙的道长李海忠便躲在棋盘坨山的仙人洞里，他目睹了 7 连 6 班抗击日军，最后全部跳崖的经过，还目睹了日军在"五壮士"跳崖后，竟然整齐地排成几列站在"五壮士"跳崖处，随着指挥官的口令，恭恭敬敬地三鞠躬。

当时"红一团"团长邱蔚在距狼牙山棋盘坨峰五公里的另一座山峰上用望远镜目睹了战斗全过程，他对身边的人员哽咽地说："7 连是好样的，6 班是好样的！"敌人撤离后，邱团长立即组织突击救护队，抢救"五壮士"。

对此，1995 年 8 月 22 日《解放军报》在"长征论坛"专栏中，发表了一篇言辞激愤的评论《英雄的愤慨》，在实事求是陈述了理由之后指出："历史是严肃的，也是无情的。那种为了追名逐利而刻意制造轰动效应而不顾历史的真实，不惜给先烈脸上抹黑的人，实为民族之败类，理应受到舆论的谴责。"

送子归案

走近葛振林，让我感到，他无时无刻不在用整个生命追求英雄这个称号背后的实质。离休以后，葛老为关心下一代作过 600 多场报告，不吃请，不要钱，不喝酒，近的地方连车也不坐。"岁老根弥壮，阳骄叶更阴"，毕竟是勇士呀，他的热血在脉管中奔流，不曾随着肉体一齐老化。然而，他做梦也想不到，自己曾影响和教育了几代人，而三儿子葛拥宪却吸毒成瘾，屡教不改……

"可怜天下父母心"，在葛老的四个儿子中，葛拥宪与父亲相处时间最长，父亲最疼爱他，可是他最让父亲伤心！他从小聪明伶俐，深得父母喜爱。一次，老师教大家读《狼牙山五壮士》，小拥宪发现文中有个葛振林，和父亲的名字一样，便好奇地问父亲，父亲呵呵一笑说："同名同姓的多着呢。"第二天老师在讲课时宣布："同学们，英雄葛振林就在我们衡阳，他儿子就在我们班上。"大家一齐把目光投向小拥宪，响起了热烈的掌声。小拥宪回家后责怪父亲骗人，父亲又是一笑："都是过去的事，老掉牙了！"

1974年，葛拥宪师专附中毕业，下放到衡阳县石塘公社知青点劳动。三年后，他落实政策返城，高兴地对父亲说："为我找个好单位吧！"可葛振林却黑着脸："我不会为私事求人，你要服从组织分配。"他被分配到衡阳市建湘柴油机厂当磨工。从此，他对工作产生了厌倦情绪，干脆破罐子破摔，并养成了懒散、打牌等毛病，一次输掉了上千元。1984年，他未办任何手续离开单位，经常往返于广州、深圳、衡阳，每次葛老问他，他都不耐烦地说："与朋友做生意呢。"

1993年3月，在广州市公安局东山分局，一个名叫葛拥宪的吸毒人员特别引人注目：他就是"狼牙山五壮士"葛振林的儿子！

葛老闻讯后被气得脸色铁青。他指着儿子的鼻尖破口大骂："你这不争气的东西，原来一直听说在外面做生意，没想到却在吸毒！"少顷，他冷静下来，语重心长地告诫儿子："好人说话你不听，坏人说话你听了。三儿啊，毒品会使你堕落，甚至会让你犯罪掉脑壳……"葛拥宪扑通一声跪倒在地，哭着保证："爸爸，都怪我一时糊涂，从今以后，如再吸毒誓不为人！"

1994年"八一"前夕，中央军委邀请葛振林佩戴"红旗勋章"赴京欢度建军节。这枚"红旗勋章"是10年前中央军委给离休老英雄们特授的。打开收藏军功章的小木盒，他简直不相信自己的眼睛：金质的"红旗勋章"不见了！这个比他生命还珍贵的小木盒，葛振林把它放在一个挺隐秘的地方，外人一般无法发现。他不得不怀疑有吸毒前科的葛拥宪。在父亲严厉目光的逼视下，葛拥宪终于承认父亲的勋章换成一克海洛因了。听到这里，葛振林痛心疾首，老泪纵横："我影响了几代人，却管不住自己的儿子，悲哀呀！"在有关方面的关注下，最后用 800 元钱才将那枚"红旗勋章"赎了回来。

葛拥宪后来的一些举动更令葛老心寒：一次，葛老存折上的 300 元不见了；有一天起床，他发现床底下 140 元党费也不翼而飞；还有家里的几条烟也没有了踪影。可以肯定，葛拥宪把这些钱全换成毒品了。到了最后，经常有人上门讨债，有人甚至找到葛老，要他替儿子还钱。葛老拿来棍棒"教训"，可葛拥宪屡教不改，摆出一副"死猪不怕开水烫"的架势。

葛老曾向当地黄茶岭派出所举报，派出所多次对葛拥宪批评教育，要求他改邪归正，但怕对葛老产生负面影响，故未采取任何行动。葛老说："葛拥宪既是我儿子，更是一个普通公民。这样发展下去不得了，会危害社会！怎么还顾惜我的老脸呢？"于是，他拄着拐杖直奔衡阳市公安局，举报了儿子的犯罪行为。这天是 1998 年 10 月 25 日。不久，《人民日报》发表了一篇《老英雄的"义举"》的言论，对葛振林予以高度赞扬："在战火纷飞的年代，葛振林是震惊中外的抗日英雄，在和平建设和改革开放年代，他依然保持了英雄本色。老英雄'送子归案'，与有的领导干部对配偶和子女的不法行为充耳不闻、视而不见，甚至姑息纵容，形成鲜明对照。老英雄的义举让我们深思：参加革命为什么？掌握权力干什么？但愿人们思有所悟，走好人生道路。"

如今，捧着这张报纸，葛拥宪后悔不已，因为他对不起他那英勇而平凡的父亲……

葛振林走了，望着他那高大苍老的背影渐行渐远，听着他那"没有共产党就没有新中国"的纯朴歌声，伴随他那用拐杖敲击地面的声音，一种崇尚英雄、慷慨激昂的情感油然而生。从他那铮铮的硬骨中、深陷的皱纹里和奔腾的热血中流淌出的是一串感天动地的神奇故事。

葛振林倒下后魂归故里，他的精神将永远不朽，激励一代代中华儿女前赴后继奋发上进！

葛振林，您是抗日英雄，中华民族不屈的象征！

葛振林，您无愧于狼牙山，无愧于中国！

（原载 2005 年 3 月 25 日《中国老年报》头版头条，并被《人民日报》、新华社、中国新闻社、中央人民广播电台、《光明日报》、《中国青年报》、《人民政协报》、《北京日报》、《北京晚报》、《新京报》、《法制日报》、《海峡导报》、《成都晚报》、《潇湘晨报》、《湖南工人报》、《三湘风纪》、《东方新报》、《当代商报》等新闻单位采用）

采写札记

正气长存天地间

又是一年春草绿。一眨眼，全国著名抗日英雄、"狼牙山五壮士"之一的葛振林老人离开我们整整三年了，但他的音容笑貌仿佛还在我眼前闪现，回想与他打交道的那段日子，总感到一股浩然正气充盈于天地之间，这股正气顶天立地，铸成中华民族的脊梁；这股正气激浊扬清，让我们一次次感动，一次次缅怀……

抢救式的挖掘

葛振林可谓是一个"国宝式"人物，因为《狼牙山五壮士》一文进了小学语文课本，后被拍成电影，提起他几乎家喻户晓、人人皆知。狼牙山五壮士不仅仅属于一个时代，他们所显现的精神、气概、胆识和智慧，是中华民族不朽的瑰宝。

2000 年，刚刚跨入新世纪那天，我从衡阳电视台的新闻中获悉葛振林老人住进了空军衡阳 169 医院。猛然，我心中感到有一种失落，联想到葛振林是民族英雄，当年，他在狼牙山上那惊心动魄的一"跳"影响了我国几代人，趁他还安然在世，对他的事迹必须进行抢救式的挖掘！如果错过了时机，日后想挖掘他的故事，恐怕没有机会也没多大的实际意义了。我的请求得到主管领导批准后，便于次日提着水果赶往医院。

出现在我面前的就是顶天立地如雷贯耳的老英雄、"狼牙山五壮士"唯一健在者葛振林吗？他身材瘦高，颧骨高耸，尽管戴着一副深度老花眼镜，但目光依然炯炯有神。他拄着一根拐棍敲击着地面，正微笑着向我走来……

"我的事该报道的都报道了，上面给了我好多荣誉，许多待遇，我这一辈子知足了。"说明来意，葛老显得很谦虚，仿佛要拒我于千里之外。我马上转变策略与他闲聊，讲他对我们几代人的影响，并对他提出一些问题请教，老人高兴起来，对我提出的问题均一一回答，用他的话说："这是对事实负责。"采访在这种和谐的氛围中进行着。我除挖掘他参加大小战斗多次、视死如归等浅层的表象内容之外，还追随壮士背影，着重挖掘他的精神内心世界，比如他如何深入机关、部队、学校作革命传统教育报告，不吃一顿饭，不要一分钱，连车也不坐，如何与"恩人"余药夫对上了"号"，如何将吸毒的儿子葛拥宪送到公安局等等。当我问及他为何到公安局举报儿子吸毒的事时，他显得非常气愤："我那老三呀，太不争气了！伤透了我的脑筋……"

采访进行了整整一天，护士几次催他吃饭，他也没理会，他如同找到了一个知音，"竹筒倒豆子"般将他的故事"倒"了出来。最后问他有什么心愿，他告诉我："像我现在是有今天没明天的人了，去年3月医院下了病危通知。许多战友都死了，我活这么多年满足了。我的救命恩人也年岁大了，腿脚不行了，我希望能见上他一面，把恩人永远记在心里。"说到这里，葛老眼里含着泪水："见面的希望是少了，但有生之年还可以唱个歌给恩人听。"于是他咧开镶着假牙的嘴唱了起来："没有共产党就没有新中国……"

这首令人百唱不厌的歌从老英雄的口中唱出来，是那么朴实，那么真挚，那么一往情深……

回到家，趁心中的激情和写作灵感还没消退，我趁热打铁，迅速写成一篇《走近葛振林》的通讯，通篇洋溢着对葛老的敬仰之情。稿子打印好后，我又呈送给葛老修改。那天，他刚好回家，心情很好，便戴着老花眼镜逐字逐句看了将近一个半小时，我请他提修改意见。他挥了挥手微微一笑："写得真好。"我提出与他合影留念，他爽快地答应了，并提出来："把我的小孙子也照一张。"还从身上摸索了半天，硬塞给我10块钱，说是"胶片费"，执意要我收下，弄得我怪不好意思。

临走，我对葛老说："稿件发表后，我一定帮助您与恩人见面。"

帮老英雄"圆梦"

《走近葛振林》一文在《法制日报》发表后，《中国改革报》时代周刊、《中国信息报》当代名流专刊、《中国包装报》社会文化周刊、《海峡导报》、《党史文汇》、《湖南科技报》、《湖南工人报》、《湖南经济报》、《湖南地税》、湖南人民广播电台等新闻单位相继转载，在全国引起较大反响。3月26日，我就接到了葛振林的救命"恩人"余药夫打来的电话。他告诉我："我与石家庄市文联余炳年正在编一本书，将葛振林的有关情况汇编成册，书出版后，我一定来衡阳看望葛老，并来拜访你，你的文章写得太好了，我也将收入那本书中。"在电话里，他还询问了葛老的一些情况，并告诉了他的联系电话。我告诉他："葛老的身体一天不如一天了，望您尽快成行。"

在与余药夫的交往中，了解到他与我们是同行，曾任青救会主任，后来在《广西日报》当编辑、记者，最后，当上了河北师范大学副校长，现已离休。1986年9月，在"狼牙山五壮士纪念塔"落成仪式上，他与葛老见上了面，并对上了"号"。葛振林与救命恩人见面的事才被传开。

自此，每次逢年过节，我都要给葛老打电话，反馈我与他"恩人"交往的一些故事，并将葛老的身体状况打电话转告余药夫，多次催他过来。因为书稿的拖累，余药夫一连拖了三年，直至2003年8月1日才来到衡阳。他首先闯进了我的办公室，递上了一本由杨成武将军作序并题写书名、中国文联出版社出版的《壮士葛振林》，他在书的扉页上写道："感谢您及时报道《走近葛振林》带来意料不到的社会效益！狼牙山人余药夫赠。"余老已年逾八旬，个头不高，头发花白，但两弯黑色的浓眉下一双眼睛十分有神；他穿着朴素，其貌不扬，像一个乡下农民；他身材清瘦，走起路来风风火火。我留他吃中饭，他不依，便风急火燎赶往葛振林家，我陪同前往。路上，他告诉我："真正的情义，贵时不重，贫时不轻；真正的快乐，节日不浓，平日不淡……"

这是他们分别 17 年后的第 6 次见面，两人相见，久久拥抱在一起，热泪双流，他们说起了家乡话，感到分外亲切。而我极力辨听，却没有几句听得懂……此时，我看见，葛振林给余药夫抹起了眼泪，余药夫还当场吟出了一首《白头歌》："湘风催雁飞，歌海唱壮歌；老青忘'代沟'，甘当'新南郭'……"

看到两位老人陶醉在久别重逢的喜悦和幸福中，我也长长地吁了一口气。后来我才知道，此时余药夫患了肺癌，到了晚期，也处于死亡的威胁之中，但他仍"君不食言"，赶往衡阳与葛老见面，回去不到一年便与世长辞了。其实，他才是一个宣传壮士精神、维护英雄形象、捍卫历史尊严、正确引导舆论的英勇斗士。

轰炸式的宣传

2005 年 3 月 21 日，得到葛振林病危的消息，我迅速赶往空军衡阳 169 医院。我一边采访，一边写作，一边流泪，当天深夜 23 时 11 分，因肺功能、心功能、肾功能衰竭，葛老的心脏停止了跳动，享年 88 岁。

我含着悲痛，以第一时间对外发出了第一篇通稿《"狼牙山五壮士"之一葛振林病逝》。《人民日报》、新华社、中央人民广播电台、中央电视台、中国新闻社、《光明日报》、《中国青年报》、《人民政协报》等全国多家主流媒体纷纷播发。美国《世界日报》《明报》《侨报》、香港《大公报》《成报》《澳门日报》也予以转载，一些记者打来电话约稿，有的还从全国各地赶来，报道悼念葛振林的有关情况。因为本人跟踪报道葛振林多年，与他有一些交往，对他的情况比较了解，记者们要想获得有关素材，几乎都是通过我这里"权威发布"。

"英雄乘鹤西飞去，碧血丹心浩气存。"次日，为了满足记者们的要求，我将5年前写的通讯《走近葛振林》扩写成《葛振林，魂归狼牙山》，加上了他"愤怒辟谣"的一段故事，约7000字。《北京日报》首发，中央人民广播电台、中国新闻社、《新京报》、《燕赵都市报》、《湖南日报》、《南风窗》、《文萃报》、《东方新报》、《衡阳日报》、《长沙晚报》抢先播发，《中国老年报》还发了头版头条。

从衡阳干休所到衡南县人武部，从机关到医院，从部队到学校，沿着当年葛老走过的足迹，我一天到晚奔波忙碌着。尽管我已处于战争状态，但热线电话仍然不断，许多新闻单位要求我每天给他们发一个通稿，中央人民广播电台在"全国新闻联播"节目推出了葛振林的系列报道。从3月23日开始，我每天策划一篇报道：《葛振林逝世牵动众人心》《湖南衡阳送别著名抗日英雄葛振林》《抗日英雄葛振林的壮丽人生》《葛振林一生勤俭感动中国几代人》……我不时变换角度，从各个不同层面来讴歌葛振林，有时一天还发出两篇通稿，基本上满足了媒体的需要。这些稿件通过全国数百家新闻单位和知名网站发出后，在全国引起强烈反响。清明时节，全国上万名群众自发赶来衡阳悼念英雄，几十万网民在网上同悼英雄，网评如潮。"葛振林的英雄事迹伴我们成长，激励我们奋发图强，我们祭奠英雄，是因为中华民族的优秀品格在他身上得到充分体现。我们应该少一分浮躁，多一些行动，爱我们的国家和民族！""葛老是我们永远的英雄和民族的骄傲！在当今时代，我们更应该学习这些老英雄们的革命气概和无畏精神。这是我们战胜一切敌人的法宝。"有的网友还写下网联来映衬葛振林的悲壮人生："勇抗日寇誓死不降，惊天地泣鬼神中国钢铁汉；垂范后人毕生努力，展军威扬英气华夏真英雄。"一位外国网民也在网上发帖子，称这种现象是"中华民族精神在民间觉醒后的又一次高潮"，更是"不可阻挡的爱国潮流"。

纠正一起不实报道

一曲不朽传唱的赞歌，一段不容遗忘的历史，一个激励着几代后人的英雄。葛振林逝世后，各大媒体不惜版面不惜时段对他的事迹进行了全方位多层次的报道，在全国激发起爱国主义和崇敬革命老英雄的热潮，一位市民对我说："崇尚英雄才会产生英雄，争做英雄才能英雄辈出。要让孩子们接受英雄主义教育，尤其是事关民族生死危亡时刻的英雄。一个民族可以不富有，但不能没有英雄，英雄使民族闪光，民族因英雄而骄傲！"因为这些报道不少出自我手，掌握到了"火候"，既没有随意拔高葛振林的人物形象，也没有违背客观事实。但有一家媒体不知是道听途说，还是为了哗众取宠，片面追求"轰动效应"，报道说："在葛振林的骨灰盒里发现了三块弹片，他的几个儿子每人拿去一块珍藏，这是葛老留给后人的宝贵遗产。"我一起在现场跟踪报道，没有发现此事，开始以为是自己粗心，漏掉了这一重要细节，如果这一情节属实，很有新闻价值，后来便打电话给葛振林的大儿子葛长生，希望能得到他的证实，而葛长生却坚定地回答："不可能有这种事，纯属无中生有。"他气愤地说："对这种无中生有的报道，我提出抗议！"对此，我义正词严地告诉那位记者："新闻的生命在于真实，你那种不负责的报道已引起葛老家属的强烈不满，损伤了媒体的公信力。"并督促其对报道中的不实事实进行更正，同时向广大读者道歉。

恰在此时，有媒体披露，在上海等地编印的语文教材中，狼牙山五壮士这样的革命年代英雄被刘翔等"和平年代英雄"挤出了自读课文，在全国引起争议。英雄刚刚辞世，流传英雄事迹的课文就被删除，这也许是一种巧合，但相关的解释却又分明传递出某种必然性——"单一革命战争题材……与学生们的思想脱节，越来越难勾起共鸣"，"英雄主义仍然需要，只是这种需要应该转化形式了"。对此，全国受众一片哗然，许多媒体参与讨论，北京《新京报》记者张剑锋打电话征求我的看法。后来把我的观点刊登在2005年3月28日的报纸上："在战争年代，葛振林等五壮士已成为一座丰碑，在民族危亡之际，他们甘于奉献、勇于牺牲，连日本人也列队面向他们的跳崖处三鞠躬。葛振林的壮士精神，代表的是一种民族自尊、自强和团结的力量，是中华民族的巨大财富，是任何'和平时代英雄'也取代不了的。孩子们更不应该忘记。"在我与葛振林接触的 5 年多中，深刻感到这些老一辈英雄的朴实，一把藤椅能坐几十年，出去讲课都执意拄着拐杖走着去，坚决不坐车等等，这些精神永远令人感动。

"毕竟历史是不能忘记的，英雄是不能忘记的！" 2005 年 3 月 28 日，《人民日报》发表消息《"狼牙山五壮士"仍在小学语文课本中使用，教育部表示：爱国主义教育不能丢》，并配发"今日新语"：《这样的英雄主义过时了吗?》。在全国人民的一片"声讨"中，《狼牙山五壮士》一文又回归到了小学语文教材中。

做梦也没想到，我发表在 2005 年 3 月 23 日《北京日报》第 9 版上的《葛振林，魂归狼牙山》，其中《寻找恩人》一章入选 2014 年人教版五年级语文课本上册《狼牙山五壮士》练习题，北京版六年级上学期小学语文课本练习题和 2019 年鄂教版、鲁教版四年级语文课本下册练习题。

作为一名新闻工作者，我感到十分荣幸与自豪，因为不但能够零距离接近英模，用崇高信仰荡涤自己的灵魂，而且能够通过媒体的力量，感动成千上万受众，更重要的是，能够用心用情用功书写伟大时代涌现出的先进典型。

这始终是我肩上的责任与使命！

（原载 2008 年第 5 期《新闻业务参考》，并被选入湖南人民出版社出版的《引导舆论》一书）

"拍卖"自己，母爱的天空泪雨滂沱

每天凌晨 4 点多钟，在蔡伦的故乡——湖南耒阳市的大街小巷，只见一位中等身材、衣着朴素的中年妇女猫着腰，像猎人般一边搜寻路边的矿泉水瓶、空易拉罐，一边收拾垃圾中的废纸、薄膜……

她叫刘贵英，今年 46 岁，耒阳市面粉厂的下岗工人。

有谁想到，近 14 年来，为给女儿芳媛治白血病、换骨髓，她先后筹资 60 多万元，骑着单车行走 4 万多公里，终于用鲜血和生命将女儿从死亡线上拉了回来。

母亲的天空泪雨滂沱。为了这位弃婴，丈夫离她而去，养父与她断绝关系，自己累得心力交瘁……但她无怨无悔。

今年"七一"前夕，她被评为"衡阳市十佳母亲"。

拾来女婴，年轻母亲喜不自禁

刘贵英是 1983 年 3 月从河南滑县调回来的参加过上山下乡的知识青年，经人介绍，同年底与耒阳市 93 车队职工谢和平结婚。

1984 年秋，挺着大肚子的刘贵英在工作时不慎从楼上摔下来，导致流产，从此再没有怀上，她很渴望自己早日做母亲。

机遇终于来了。1988 年 4 月 5 日夜，春雨绵绵。刘贵英路过耒阳师范一个下坡时，猛然听到一声猫叫，她想，养父爱养猫，不如守候一下，捉只猫回家。她侧着耳，仔细搜索，又传来一声更为凄厉的叫声，不对，不是猫叫，好像是小孩的哭声。

刘贵英循声找去，发现垃圾堆中有个破竹篮，她用脚踢了一下，竹篮动了动。孩子的哭声是从这里发出的。她把遮竹篮的破布拉开，发现里面躺着个女婴，脸很小，猫儿似的。天很冷，刘贵英抱起女婴放到自己胸口，心里涌起无限的怜爱："孩子，你太可怜了，你喊我，就是让我救你，无论如何，我要把你抱回家。"

刘贵英将女婴抱回家，洗完澡放到秤上一称，才1.9斤，女婴太小了。刘贵英用毛毯将她包了起来："小宝贝，你进了我的家，就是我的女儿。"说到这，刘贵英脸红了起来："我怎么成了你的妈妈了。"她把女婴深深地搂在怀里，给孩子取名为芳媛。

刘贵英买来奶粉、奶瓶、香皂，她学会做妈妈了。

看到孩子的小脸一天天地长大，刘贵英喜不自禁，尽管丈夫不太高兴，但小芳媛的到来，给这个小家庭增添了许多温馨与甜蜜。

女儿患病，恩爱夫妻劳燕分飞

天有不测风云。小芳媛到家3个月后，经常咳嗽、高烧不退，三天两头要上医院，被诊断为先天性心脏病。一位好心的医生劝刘贵英："这孩子你丢掉算了，不然，她会耗费你的所有积蓄，给你带来无穷无尽的麻烦。现在的弃婴多的是，我可以为你牵线，另外带个健康的。"刘贵英要医生开药，医生说："你没有必要花这个钱。"

刘贵英从外面买来清凉油、小儿感冒冲剂，喂给小芳媛。三个月来，小芳媛眨巴着大眼睛，很听妈妈的话，从未尿过床，她舍不得丢下这可爱的宝贝，虽然不是亲生的，但比亲生的还要亲。

刘贵英又把女儿抱到其他医院治疗，不知花费多少时间和精力。他们原来整洁的家凌乱不堪了。丈夫一气之下，把小芳媛送回了原地。刘贵英下班哭着找女儿，并伤心地对丈夫说："只要孩子有口气，我就要为她治病。"但医生"不可治愈"的忠告、无休止的医药费用、丈夫无端的责骂……使刘贵英夫妻关系越来越紧张。

9 个月后，刘贵英夫妇抱着小芳媛来到广州市一家私立医院，医生用仪器对小芳媛进行诊断，问："你们带了多少钱？"刘贵英说："我们带足了。"

医生只给小芳媛的心脏打了一针，却要价 3000 元，并充满自信地说："如果孩子出了事，一切后果由我负责。"

孩子经过医治，竟奇迹般地好了。而谢和平对妻子一次付出 3000 元为女儿治病很有看法。因为以前他单位集资建房，问妻子要钱，妻子说没有。他对着妻子大吼："你怎么有这么多钱？""我借的。"

"为了一个弃婴，这样大花钱，值得吗？""值得！""好，那我们离婚！""离就离，为了芳媛，我什么都愿意。"

在这样的吵闹声中，他们的感情基础日渐崩溃。

1989 年冬天的一个上午，刘贵英与丈夫经法院判决离婚。在法庭上，她坚强地说："孩子的一切由我个人承担。"从此，她带着不满两岁的小芳媛踏上了艰难的人生之旅。

遍地筹款，母爱的天空泪雨滂沱

小芳媛长到 3 岁时，经常摔跤，摔下去，半天爬不起来。刘贵英的心里"咯噔"一下，莫非小孩又患病了？细心的她在为女儿洗澡时，发现女儿的膝盖下有七八个小红点。

到医院检查，抽骨髓化验，被诊断为白血病！

犹如晴天一声霹雳，把刘贵英震得晕头转向。老天呀，怎么老是捉弄这些不幸的人呢？刚刚离婚，这不幸的消息不是又在我的伤口上撒下一把盐吗？

刘贵英猛然想起了养父，当年，父亲将她丢弃时，是这位姓刘的养父收养了自己，对她胜过亲生儿女。1983 年还为她存下 29 万元巨款。三天后，刘贵英抱着女儿向爸爸要取两万元钱。养父同意后，递给她一个存折："现在是连本带息 32 万元，你看着办。"

取完钱，刘贵英抱着女儿连夜赶往湖南医科大学附一医院，第二天，医生检查化验后，说："孩子才 3 岁，这么小，我们不能收。"

"你是怕我没有钱?"

医生摇了摇头。

"不管怎样，你要把孩子收下来。"

医生把院长、主任请过来了，他们看罢孩子后，一个个直摇头，扭身便走。

刘贵英跪下了，跪在医院门口向院领导恳求："这孩子不是我生的，是我在路上捡的，为了她，我离了婚，以后也再没要小孩……孩子是我生命中的唯一……"

这时，小芳媛也挨着妈妈跪了下来："叔叔，阿姨，救救我吧！救救我……"

院方人员无不被她们的行为所感动，为了这庄严而神圣的母爱，他们决定破例收下这个 3 岁患白血病的小女孩。

交了两万元后，钱很快花完了。

刘贵英又赶了回来，找到养父："孩子还要钱，不管要多少钱，我要救小孩!"

养父生气了，重重地朝女儿打来一个耳光："存折你拿去，从此后，你不要回家认我这个爹了。"原来，养父以前对女儿收养病婴很有想法，他骂女儿是"自作自受。"

刘贵英又取走 5 万元赶往长沙。

孩子住院两个月，鼻子、耳朵等多处出血，像个"小龙头"，谁都堵不住。一连输了 5 瓶冰冻人血红蛋白，血才止住。而每瓶药要 500 多元，刘贵英顾不了这么多了，又从银行支取 10 万元付医药费。

过了不久，小芳媛的肚子上青一块，紫一块，颈部硬邦邦的，一天没有 200 元钱下不来。她一咬牙，从银行取出了最后 15 万元交给医院。

半年后，钱又用完了。刘贵英没办法，从银行贷款 2 万元，并拍了一份电报给河南滑县的知青姐妹求救。当天晚上，河南的 3 个姐妹赶过来了，将身上所有的 9000 元凑了出来。9 天后，北京的知青姐姐郭文玲一次带来12万元交给刘贵英："我们是患难姐妹，有困难你尽管说，我们一定帮忙。"

1992年3月，钱又像流水般花完了。小芳媛在长沙住了一年多医院，她的血红蛋白由原来的3.2克上升到6.7克，心脏功能也逐渐恢复。为节省开支，刘贵英要求转入空军衡阳169医院。

时光仿佛在睡梦中流逝。小芳媛在空军衡阳169医院一住又是一年多，已经6岁了，刘贵英不知究竟花了多少钱，也不知自己流了多少汗和泪。为节省每天10多元的车费，从耒阳到衡阳50多公里路程，刘贵英一咬牙骑上了自行车，开始不敢上路，第一次骑了6个小时才赶到医院。后来胆子大了，她几乎天天骑自行车去看望女儿，往返七八个小时，这样坚持近两年。一次带女儿看病途中，刘贵英因感冒发烧，母女双双从自行车上倒下，小芳媛大哭："妈妈……妈妈……"多亏路过的好心人闻讯赶来，将她们扶上救护车。

出院那天，主治医生喜不自禁地告诉刘贵英："你的女儿如果定期注射白蛋白，控制春天不发病，造血功能还可以加强，但如果要更治，必须在9岁以前做一次骨髓移植！"

出院了，小芳媛看到小朋友背着书包上学堂，奶声奶气地说："妈妈，我也要读书。"

刘贵英借来400元钱，给女儿交了学费。望着女儿日益红润的小脸蛋，她感到莫大的欣慰。

"出卖"自己，好心人与她喜结连理

小芳媛回到家，每天早上6点30分准时起床，踩在小凳子上为妈妈做饭炒菜，不懂就问，一直坚持到现在。

医生说过："小芳媛必须在9岁以前做骨髓移植，不然就会成废人。"刘贵英便与广州市白云医院联系，得知换骨髓至少要18万元。尽管刘贵英节约开支，但是对于一个特困企业的职工来说，这18万元无疑是个天文数字。为了女儿，她开始了艰难的筹款之旅。

首先，她带着小芳媛来到了河南滑县，又找到一些知青姐妹："不管怎么样，请你们救人救到底。"

这些知青姐妹与刘贵英一起下放劳动了 5 年，然后各自回到了北京、郑州、石家庄等地。共同的经历和命运将她们连在了一起。来自北京的郭文玲、河南安县的高西凤、滑县的王小芳等 6 位姐妹每人给她凑了 1000 元，姐妹们生活也很困难，便带着这对母女到处借钱。在浦阳油田，一位姓董的大哥被这对母女的真情故事所感动，一次借给她 10 万元。

首战告捷后，刘贵英有了信心。回家后，她带着女儿双双跪到亲戚朋友面前，但大家都很穷，借不到什么钱，膝盖跪肿了，一位好心的大哥终于借给她 4000 元。

离 18 万元还差一大截。为了救女儿，她决定"出卖"自己，山穷水尽的时候，她走进了耒阳市血站，每次卖血 200 至 300 毫升不等，最多的一次卖过 400 毫升。此后两年，她靠卖血钱来筹集女儿的医药费。一次卖血得了 70 多元，从不买水果的她特意为女儿买了一斤荔枝，女儿感到十分意外，她一再追问，才知道妈妈上街卖血了。捧着那斤荔枝，女儿泪如雨下："妈妈，我不吃，你以后不要再去卖血了。"女儿十分聪明可爱，多次被衡阳市、耒阳市评为"三好学生"和"自强不息好少年"。可是，营养极其不良的刘贵英由于长期卖血，经常头昏眼花，脸色更苍白了。有一次，她倒在血站的楼梯间，仍挽起衣袖让医生抽血，血已经抽不出来了，血站医生说："一个月卖了 1200 毫升，你不要命了？"医生随即没收了她的卖血证。

《耒阳报》女记者段艾珍获悉这一消息后，以《超越血缘的爱》对刘贵英进行了公开报道，犹如一石激起千重浪，小芳媛成了众人关注的焦点，不少机关干部、工人、农民、学生纷纷向她伸出了援助之手。

第一个为小芳媛捐款的是耒阳市财政局干部许红梅。她当天看完报纸，就跑到耒阳报社捐款 100 元。衡阳市工商银行葛菊兰汇款 1000 元，并附言：人间真情驱鬼神，祝母女幸福健康。耒阳市商业集团一个叫陈贵华的退休女工，丈夫早年因患病无钱治疗去世，她深有感触，把自己积存多年的 1400 元退休金全部捐给了母女。一位 70 多岁残疾人伍向阳知道刘贵英的不幸经历后，冒雨为小芳媛捐款 100 元。空军衡阳 169 医院的医护人员、病友为孩子捐款 4000 多元；一位不知姓名的军人在血站认识了刘贵英，给她悄悄送去了 2000 元；耒阳市面粉厂在部分职工下岗时，也优先解决了她们的实际困难。两年时间内，社会各界向小芳媛捐款的达 2300 多人次，金额近 4 万元。

爱心滚滚，热泪涟涟，人间真情感天动地，可离 18 万元还差一截，如果加上医药费，还差五六万元。刘贵英决定孤注一掷了，决定再次"出卖"自己："如果哪位好心人能够出 5 万救我女儿，我愿与他结婚!"

在广州市打工的耒阳市哲桥镇外贸仓库 57 岁的离异职工李光宗，1997 年 5 月回家看到刘贵英的事迹报道后，他不顾 3 个儿女的极力反对，毅然放弃南下捞金的机会，将打工赚来的 5 万元钱全部带到刘贵英家里，两人喜结连理。

那是个什么样的婚礼呀，两人到民政部门扯了张结婚证，就算是结婚了，他们没有请一个客，办一桌酒席。

1997 年 7 月上旬，刘贵英夫妇带着这笔近 20 万元饱含爱心的巨款来到广州市白云医院，为小芳媛成功地进行了骨髓移植手术。这样的骨髓移植当时在我国尚属首次，中央电视台对此进行了报道。

下岗摆摊，苦命母女相依为命

"我的病好了。"回家后，小芳媛高兴得又蹦又跳，眉飞色舞："妈妈在我心目中，是世界上最伟大的妈妈。她为了抚养我，花费了许多心血，长大后，我一定要好好回报我的妈妈。"

刘贵英更是心花怒放，她当时的心情就像一只被放飞的小鸟。

小芳媛上初中时，面粉厂已举步维艰，每月只发 150 元生活费，2003 年连生活费也发不出了。刘贵英与李光宗结婚，实际上是一种凑合，老李每月只有 300 元退休金，生活得够紧巴，每个月他只回家住半个月，这半个月的生活费就有了保证，老李下乡后，一切要靠自己。对苦难生活习以为常的刘贵英便踩起三轮车，卖起了冰豆沙。她一天要出四次车，上午一趟，下午两趟，晚上一趟，收工最早要到晚上11点，迟时要到凌晨三点半。一斤绿豆能赚5毛钱，一天可卖10斤，今天赚了，才保证明天有生活费。她现在什么都不怕，就怕下雨。下雨没生意，她只有外出拾垃圾，每天凌晨4点钟起床，要到深夜才归。好在小菜自己种，可以减少一些开支。她还想外出当保姆，200元钱一个月，包吃包住，但她总放心不下小芳媛。

小芳媛今年14岁了，已进入青春期，由于缺乏营养，有一次经期持续18天，后来借了780元打了两瓶人血红蛋白，才救了女儿的命。女儿现在餐餐吃蔬菜，刘贵英老担心营养跟不上，在女儿例假前，她总要上街买点肉、鱼，让女儿打打"牙祭"。

今年"七一"前夕，刘贵英被评为衡阳市十佳母亲，女儿为她感到骄傲和自豪。回忆过去的辛酸史，满脸沧桑的刘贵英感慨万分："这孩子跟我受苦了。她从小就很懂事，把一角钱当一块用，一个夏天只吃两块钱冰棒。她一直很乖，我少吃点，少用点，能看着她好好的，比什么都开心。只要我有一口气，一定要让她长大成人，哪怕餐餐吃盐水泡饭……"

今年，刘贵英的心情一直不错，6月下旬，在卖掉那辆伴随她15年的女式单车时，她还是很伤感："它比我芳媛还大一岁，芳媛6岁以前，我骑着它跑衡阳跑了4万多公里的路。"

整天在烈日下蹬三轮车为生计奔忙，对身心早已疲惫不堪、脸色浮肿的她来说，绝不是件轻松事。刘贵英笑着说："可能是卖血太多的缘故，现在老是头晕、眼花、关节发酸，累了，我就拿条小板凳坐在路边歇歇气，喝几口开水。"

小芳媛明年就要初中毕业了，刘贵英现在只担心她的学习。因为没有经济来源，孩子恐怕连初中也念不完了。

（原载2003年第1期《社会观察》，并被《湖南日报》《扬子晚报》《衡阳日报》等新闻单位采用）

母性的光辉

世界上有多少个母亲，便有多少个爱的化身和多少催人泪下的故事。当我拿起颤抖的笔，蘸着泪水，记下这位平凡母亲对拾来女儿那泣血滴泪、感天动地的故事，我再次体味到了那种超越血缘的母爱，那种闪烁着人间善良、纯洁、无私、坚韧和不言放弃的母性光辉。

母爱的天空泪雨滂沱，面对一堆从一线采访得来的杂乱如麻的材料，我像姑娘一般对着镜子精心编织成四根辫子，形成四条主线，然后，围绕这四根主线进行谋篇布局，使文章的结构层次分明，从而层层递进，着力展示刘贵英母性的力量、内心的强大和战胜一切困难的勇气！

母性的光辉贵在善良。刘贵英是位下过乡的知识青年，善良纯朴。结婚后，偶然下楼导致流产，从此她失去了做母亲的权利。也是一次偶然的机会，她在外拾到了一个弃婴，心里涌起无限怜爱，抱回家一称，不到1公斤。刘贵英喜不自禁，终于拥有做妈妈的权利与义务了，没想到，她这位突然做上妈妈的母亲，比一般妈妈所付出的母爱都更艰难、更巨大、更深沉。

母性的光辉贵在坚持。刘贵英的女儿长到3个月，就被诊断为先天性心脏病，一位医生劝她："这孩子你丢掉算了，不然，她会耗费你的所有积蓄，给你带来无穷无尽的麻烦。"丈夫一气之下，将女儿送回了原地。但刘贵英不言放弃，她抱回女儿，到处为女儿寻医问药。14年来，为给女儿治白血病、换骨髓，她先后筹资60多万元，骑单车行走4万多公里，终于用鲜血和生命将女儿从死亡线上拉了回来……

母性的光辉贵在无私。为了救女儿，她花尽所有积蓄，亲人对她不理解、丈夫与她离婚、养父与她断交。她全然不顾，踏上了漫长的筹款之旅，得到众多知青姐妹和社会各界的支持，对于巨额的医疗费用，无疑还是杯水车薪。山穷水尽的时候，她走进耒阳市血站，每次卖血200至300毫升不等，最多一次卖过400毫升。有一次，长期营养不良的她倒在血站楼梯间，仍挽起衣袖让医生抽血，血已经抽不出来了，血站医生说："一个月卖了1200毫升，你不要命了？"随即没收了她的卖血证。为了救女儿，她几乎到了疯狂的地步，决定"拍卖"自己："如果哪位好心人能出5万元救我女儿，我愿与他结婚！"

母性的光辉贵在痴心。女儿在空军衡阳169医院一住就是两年，刘贵英不知花了多少钱，流了多少汗和泪。为节省每天10多元车费，从耒阳到衡阳50多公里的路程，她一咬牙骑上自行车，一天往返七八个小时。一次带女儿看病途中，她因感冒发烧，母女双双从自行车上倒下，多亏路上的好心人闻讯赶来，将她们扶上救护车……

文章就这样一气呵成，来不及细细打磨，就寄往《人民日报》《湖南日报》《衡阳日报》三级党报。《湖南日报》在头版迅速发出，《衡阳日报》发了一个整版。《人民日报》收到此稿后，编辑认为稿子太长，如果压短，感到可惜，便转给了《人民日报》主办的《社会观察》杂志，全文刊发。文章在三级主流媒体发表后，全国一些都市类媒体跟进，《扬子晚报》发了一个整版，刘贵英"拍卖"自己救女儿的事迹随着媒体传播响遍三湘四水、大江南北和长城内外。

儿子被大火烧伤，奄奄一息，父亲抱着他四处求医，历时8年，倾家荡产，当他用自己的热血从死神手中夺回儿子之后，而一连串的灾难和不幸又接踵而至，使这个苦难的家庭在凄风苦雨中飘摇……

谭子贵，何时不再做"狗人"

在共和国元帅罗荣桓的故乡——湖南衡东县，在云雾缠绕的大山深处，有一位被誉为"狗人"的坚强少年，每天弓着身子像狗一般驮着书包，爬行于上学的泥泞山道上，风雨无阻。长路漫漫，尽管他着地的手掌和双膝布满了厚厚的老茧，但他从未耽误过一天课程，且成绩一直位居全班一、二名。

他叫谭子贵，今年10岁，湖南衡东县杨桥镇排形村6组人，一个从死亡线上挣扎过来的苦孩子，一个眉清目秀、枯瘦弱小的农家少年。

他多次面对死亡的奇特经历，的确让不少善良的人们牵挂和揪心。

外公病逝时，小子贵被一把无情的大火所吞噬，烧伤面积达80%以上，还没等他抢救出来，爷爷就连病带气撒手归西……

幸福的家庭都是相似的，不幸的家庭各有各的不幸。

1990年10月27日，连绵的阴雨搅得谭子贵的母亲向银云心烦意乱。她刚刚吃完中饭，正在洗碗筷，突然，山那边有人在喊："向银云——，你父亲快断气了……"

犹如晴天一声霹雳，把向银云击得晕头转向。

她顾不上未满两岁的儿子谭子贵正坐在厨房里灶台边玩耍，便打起飞脚跑到娘家，看到姐姐们在哭，才知父亲快不行了。猛然，女人的"第五感觉"告诉她：儿子，家中还有儿子呀！她最怕儿子生事惹祸，拨弄灶口底下的柴草，而灶中的余火未灭，便打起飞脚往回赶。

她最担心的事终于发生了！这时，只见家中火光冲天，邻里乡亲一个个端着脸盆、提着铁桶飞快地朝她家赶来："不好了，我的儿子呀！"她不顾一切地冲进厨房。

浓烟滚滚，烈焰腾空。她看见儿子脖子以下全部着火，只见他脸色乌黑，双目圆睁，四肢蜷曲，浑身散发出难闻的焦臭味。她顺手拿起一件雨衣将儿子身上的火苗捂灭。

扒开雨衣，儿子已体无完肤，黑得像一只用火烤过的死狗，两只脚看得见里面的白骨……好在小家伙在大火中憋了一泡尿，尿湿了尿布，才使"小鸡鸡"安然无损。

"我的家报废了，我的儿子不行了！我前世造了什么孽哟！"这时，谭子贵的父亲谭庆华也闻讯赶了回来，被急得哭天喊地。他将女儿寄养到邻居家，然后用双手托起儿子，租了一台微型车加速送往衡东县中医院，家中的大火也迅速被乡邻扑灭。

值班医生对谭子贵进行了全面检查后叹了口气："孩子的烧伤面积达80%以上，没救了，多好的孩子呀！"他劝谭庆华："像这样年纪小、烧伤面积大的病人，我们从没接收过。"

谭庆华像一头怒吼的狮子，泪如雨下："医生，求求你，哪怕还有一线希望，我就要把钱花在儿子身上，如果用我的生命能换回儿子的话，我宁愿去死！"

医生们见谭庆华态度如此坚决，才接收了小子贵，一直把他放在抢救室观察、输液、输氧、导尿……全力进行抢救。

进了医院，小子贵还是昏迷不醒，谭庆华夫妇一直守在床前，有时一连几天不吃不喝。

一个月零三天后，小子贵的双眼终于动了，谭庆华夫妇兴奋异常："不碍事了，孩子有救了。"但小子贵的四肢仍然不能动弹。医生找到谭庆华：

"孩子要输进口的人血白蛋白，每支 306 元，我这没有，你快去新塘药材公司买。"

谭庆华咬着牙，一次买来了 9 瓶。

输入了人血白蛋白，小子贵脸色开始红润，心脏跳动正常，但烧伤还是原样，仍不能说话，不能动弹，只有用圆睁的双眼和滚动的泪水来透露出一点生命的气息。

在医院治疗 4 个月，谭子贵的医药费高达 9000 元，花去了他家的所有积蓄。没钱了，医生说：至少还要准备 2 万元。可钱从哪来呢？

谭庆华除留 50 公斤口粮外，剩下的 1500 公斤谷子全部送给了粮站，折价 1100 多元。为了省点车费，他用肩头挑，来回 8 公里山路，每天只能挑两三担，这样持续了 4 天。同时，他变卖了家中所有值钱的东西，连老婆出嫁的缝纫机也拍卖了，共凑成 2000 余元，送往衡东。以后，再想法子。

而此时，因为没钱，向银云已饿了三天，后来经受不住，一种沉重的负罪感又悄然向她袭来，使她捶胸顿足："儿呀，是我害了你……你若死了，我也活不成了。"她泪流满面地抱着儿子，冒着细雨漫无目的地走出了医院，在汽车站，恰好被谭庆华撞见。他大吃一惊："是不是孩子死了！"

"没死，医生已停药两天，我也饿了三天。""儿子刚刚有了好转，就抱走，不如当时不治！"谭庆华边说边抱着儿子赶回医院。

顿时，泪水、雨水与汗水混合在一起，夫妇俩谁也不记得吃饭。那天的雨虽然下得不大，却是他们生命中最大的一场雨。

他们做梦也想不到，就在这天，谭子贵的外公——一个才 57 岁的老人因肺部感染无钱医治，加上听说孙儿难以抢救出来，连病带气撒手归西……从此，绝望的悲哀开始笼罩着这个原本清苦但平和的家庭。

"只要还有一线希望，我就是卖掉自己的骨头，也要治好儿子的病！"面对生命垂危的儿子，谭庆华对医生说

谭庆华今年 39 岁，1984 年与向银云结婚，生有一儿一女，小日子过得幸福美满。儿子烧伤后，他的家境每况愈下，加上爷爷早逝，花钱不少，但谭庆华医治儿子的决心始终没有改变。

厄运与希望是忠实的姐妹。孩子进院 5 个月后，手能动了，谭庆华笑得合不拢嘴。

医生提醒他说："你不要高兴过早，孩子还没脱离危险。"

钱又花完了，家中再无值钱的东西可卖，只有一只很瘦的老母鸡，谭庆华拎到市场三次，因为太瘦无人要。无奈，向兄弟姐妹求援，一个个均未能摆脱贫困，无法，只有向信用社贷款！

株洲县龙凤乡信用社主任邹湘文听到他家的悲惨遭遇，主动担保为他贷款 5000 元。

拿着这笔饱含爱心的贷款，谭庆华一边为儿子治疗，一边进行细心的观察：右手断了一排手指，其中大拇指、食指、中指只断一节；双脚已严重变形，其中右脚拼命地向里弯，左脚板两头往上翘，像一条小船。他仔细琢磨：这样治出来还是个残废，不如不治。

一些好心人劝他："你儿子没用了，花了你不少钱，不如请人用针打死算了，以免他在人世间作孽。"就连一位乡镇干部也暗示他："如果你的儿子死了，可复扎生第三胎。"

谭庆华不甘心让儿子去死，也不甘心让自己的心血付诸东流，便又去找医生，医生告诉他："孩子已脱离危险，只要你有能力，可做矫形纠正手术。"

听到这里，谭庆华心里踏实了许多。

9 个月后，谭子贵的烧伤面积全部恢复，但双腿不能站立行走，只有像狗一般在地上艰难爬行。

抱着儿子走出医院，谭庆华悲喜交集，今后，子贵的日子怎么过？

小子贵渐渐懂事了，坐在家中看见别的孩子嘻嘻哈哈、蹦蹦跳跳在外面玩耍，他便像狗一般爬了出去……见此情景，谭庆华不由一阵心酸。他又想方设法与医院联系，就是卖掉自己的骨头，也要治好儿子！

窗外，大雪纷飞，寒风呼啸。向银云穿着单薄的衣裳，深情地搂着儿子，被冻得直打哆嗦，想到丈夫外出，家中没有一根柴、一粒米，自己挨饿受冻，泪水禁不住直向外涌。

踩着一尺余深的积雪，谭庆华走回家，见爱人的双眼红肿，便问："你哭什么？"

"你回得正好，不然，我双眼一闭就去了。我自己种下的苦果，一定自己品尝，与其在人世间受罪，不如早点一死了之。"

谭庆华老是担心爱人再寻"短见"。他翻箱倒柜将家中的东西搜查了个遍，结果在床头的枕头下找到了四包老鼠药。他疯狂地奔向妻子，一把抓住她的身躯摇了又摇："老婆，你不能死呀！你若死了，我们这个家就绝了！"说完夫妻俩抱头痛哭……

1993年2月，大雨，谭庆华抱着儿子来到长沙。由于他语言太土，问路无人搭理，他只有一路车一路车地坐，双眼注视着街两边，晚上露宿街头。一连找了4天，才在一位好心人的指点下，找到了湖南医学院附一医院。一位姓周的教授热情地接待了他们。周教授检查病情后，肯定地说："两只脚可治，说句老实话，要准备37000元。"

37000元，对于谭庆华来说，不啻一个天文数字。但为了儿子，他开始了艰难的筹款之旅。这天，他看到，天空中的乌云背后，顽强地透露出几缕金色的阳光！

人间处处有真情，为了抢救小"狗人"，父亲奔走一年多，行程8000公里，筹钱8890元。就在去长沙的前一天，姐姐摔断了肩骨

谭庆华将自己的悲惨命运向县委、县人大、县政府和有关部门领导进行详细汇报后，一位好心的领导建议："去讨！你为儿子治病，又不是死懒好吃，不要怕丑，我们给你出具证明。"县妇联主任刘菊芝还给了他一个黄布挎包和一顶草帽。

县委副书记谭金献、胡明德各捐款100元，并批示给团县委，要求团县委向全县发出呼吁书：大家都来献爱心，救救小"狗人"！

副县长潘刚强特意捐款 200 元，并批示县铅锌矿、县氮肥厂、县氧化锌厂、县三电办、县供电所、石湾瓷厂等单位予以捐助。

县人大常委会主任向佳良、副主任赵晚香在人大常委会机关掀起了一次为小"狗人"募捐的热潮。

团县委、县妇联、县教育工会联名向全县发出了救助书，县民政局、县残联为小"狗人"捐款 1200 元，杨桥镇捐款 1000 元。

甘溪镇、城关镇、石湾镇、荣桓乡、大桥乡、横路乡分别以政府的名义向各村和机关单位发出通知：

> 杨桥镇排形村 6 组谭庆华之子大面积烧伤，生命垂危，需要大量治疗资金。"一方有难，八方支援"，请大家都来献上一片爱心，请各单位予以支持。

爱心滚滚，热泪涟涟。谭庆华手拿这些"纸片"一边走，一边诉说，一边流泪。他一天只吃两餐饭，早上吃点米粉就出发，要到晚上才吃点米饭。他每天计划走几个村，掰着手指头盘算着何时能到长沙。

乞讨的日子是艰难的。在一位村支书家，主人见谭庆华面黄肌瘦，衣衫褴褛，以为是个要饭的，不准他进屋。谭庆华掏出"证件"要求借宿一晚，主人打发他 20 元便关上了大门："像你这样的情况多的是，县里是吃了饭没事干，开这样的证明！"

那晚，谭庆华蜷缩在附近的稻草堆中睡了一夜。他又气又冷，又饿又急，为了儿子，人世间的一切都无所谓了。此刻，他不怕丢脸皮、挨白眼、受欺侮，也不怕失去做人的尊严，原始的父爱、做人的本能和善良的爱心早已战胜了一切。

在甘溪镇，为了盖上镇里的大印，他一连跑了 5 次，路费花了 60 多元。在甘溪镇新龙村，由于地形复杂，人烟稀少，走了 5 里路，绕了一个大圈后，又回到了原来的老地方……来也匆匆，去也匆匆，就这样风雨兼程，谭庆华头戴草帽、脚穿解放鞋，除去"春插""双抢"和"秋收"，一年四季在外面长期奔走着，不知摔了多少跤，饿了多少饭，也不知流了多少泪。他前后奔波了一年零三个月，行程 8000 公里，筹款 8900 元。同时，他向信用社贷款一万元，准备奔赴长沙。

1994 年 3 月 20 日，谭庆华怀揣 19000 元现金带着儿子前往长沙。就在去长沙的前一天，女儿谭子珍无缘无故在禾场上摔断了肩骨，大哭了一晚。这如同在谭庆华的伤口上又撒了一把盐："苍天无眼呀，为什么不幸与灾难偏爱与受苦的人儿作伴呢?"第二天，他不得不用衣服扎成一个布袋背着女儿去石湾治疗。

厄运是生命的试金石，面对厄运，谭庆华没有低头；为了儿子，他去长沙只推迟了一天。

小"狗人"一连开了 23 刀，家中贷款 5 万多元，为了省钱，父亲先后四次为他输血，母亲心力交瘁，猝然病倒，奶奶也不幸身亡

爱就是充实了的生命，正如盛满了酒的酒杯。在湖南医学院附一医院，谭子贵被实施右腿矫形矫正手术，一连开了 16 刀，而每动一次手术，便要输一次血，谭庆华夫妇便一个星期不能睡觉，不能让儿子动一下，如果动了，整个手术便宣布失败。

第一刀开了 8 个多小时，谭庆华夫妇在手术室门口艰难地等待。

见到儿子时，他的右腿已被嵌入一根小钢棍，豆大的汗珠不停地往下落。手术的疼痛，疼在儿子心上，疼在父母胸口："儿呀，你一定要挺住。"小子贵咬紧牙坚定地点了点头。

有一次动手术，由于麻醉过敏，小子贵又进入昏迷状态，有时停止呼吸几分钟，后来医院采取紧急措施，抢救了一个多小时，才把小子贵从死神手中夺了回来。

为了省钱给儿子动手术，谭庆华夫妇餐餐坚持吃白饭，有时实在咽不下，才花两毛钱从街上买来一包榨菜，两人被饿得骨瘦如柴。

奇迹往往是在逆境中创造的。在父母的血和泪与众多爱心的哺育下，谭子贵通过 14 个月的精心医疗，右腿奇迹般地复原了。谭庆华夫妇欣喜万分。而令他们揪心的是：儿子的左腿依然不能站立！但他们对治好儿

子的信心始终没有泯灭。他们坚信：黑夜无论怎样悠长，白昼总会到来。

走回家，谭庆华抱着小"狗人"四处借钱，他给信用社主任们算起了细账："我在世上还可活几十年，每年还 1500 元，20 年便可还 3 万元，我总会还得清，决不烂账。"看到他的艰难处境，6 个乡村信用社共为他贷款 23000 元。

1995 年 7 月 21 日，他带着儿子和贷款来到了衡阳医学院第一附属医院，医院决定将谭子贵的左足分成前、后两部分进行治疗。

前部分脚尖往上翘，共治疗 7 个月，动手术 7 次。

小子贵动完第二次手术后，一直昏迷不醒，医生电话拨往血站、血库，均无血。望着小孩的脸色渐渐苍白，医生急了："怎么得了！"

谭庆华挽起衣袖对医生说："看我的血合不合。"

化验后，医生点头表示可以。他牙一咬，二话不说："抽！"

第一次从谭庆华身上抽血 700 毫升后，他站立不稳，医生说："必须输这么多，不然孩子救不出。"

40 天内，谭庆华一连为儿子输血三次，猛然间，一阵阵头昏目眩使他站立不稳，昏倒了几次。

收割晚稻时，儿子准备开第 5 刀，定在下周星期三。

谭庆华回到家里，别人的晚稻早已收割完，而他家的晚稻却在让鸭子吃。他抓紧时间，与 9 岁的女儿一起，准备在 5 天内将晚稻打完。

谁知，刚收割两天，一封电报就火速飞来：赶快回衡阳！

赶到衡阳，医生护士告诉他："是你的福气好，不然两个死了没一个。"原来，儿子动手术后，向银云的胆结石发作，痛了一天一夜，小孩无人照料，让好心的护士长带了一夜。

谭庆华赶到后，向银云正痛得心如刀绞，拍打着床板大喊大叫，冷汗淋漓，按捺不住，闹得整个楼层不安宁。

第二天，他背着爱人去门诊部，被诊断为胆结石，必须马上开刀。

谭庆华气得差点昏倒，他想：这下完了，爱人与儿子两人必须死一个，我不行了，照顾不了那么多。

也许是上苍保佑，向银云吃下几片生姜后，疼痛有所缓解，后来竟神奇般地好了。他好高兴，定好星期三为儿子开刀！

第三次为儿子输血时，医生见他还没恢复过来，说："按照你的体质，你再不能抽血了，你倒了，你的儿子怎么办？你的家庭怎么办？"

"我要尽量节省几百元钱，让儿子吃营养！"

天下竟然有这样为儿子牺牲的父亲！

孩子开第5刀时，又需输血，谭庆华背水一战，准备用自己的生命去换回儿子！医生深知他的性格，晓得拉是拉不住的，他不忍心再为这位骨瘦如柴的农家汉子抽血，只抽了200毫升，便拔出了针头。

谭庆华半年内为儿子输血2100毫升，几乎耗尽了自己的一切。他不行了，有时倒在地上不省人事。

1996年农历正月16日，一个阳光灿烂的日子，儿子动完第7次手术后，左脚尖全部复原。而后脚跟部分仍然无钱医治。

这时，孩子已经到了上学的年龄。

正在父亲四处筹钱准备重新治疗小"狗人"时，奶奶病逝，妈妈患病住院，家中一栋泥砖房也轰然倒下

1996年2月，正当谭庆华夫妇筹借了部分资金准备继续为小"狗人"治病时，奶奶因患肺癌医治无效死亡。

奶奶尸骨未寒，谭庆华旧债未还，又添两千多元新债。这时，向银云胆结石复发，因无钱医治，病情越拖越重，到了不能下床的地步。疼痛难忍时，她对丈夫泪流不止："我的病不治了，死了你不要管，用一把稻草把我卷起就是了，你慢慢把儿子带大……"面对儿子，她痛不欲生，不停地叹息："儿呀儿，我活不成了，你也带不大了……"

谭庆华又四处求爷爷告奶奶借来3000元贷款将妻子送往衡东县人民医院。看到这样苍白的病人，医生说："幸好你今天来，再迟来3天，便没办法救了。"

在医院治疗一个月零4天，向银云病情有了好转，但她仍然感到胸闷、怕冷，加上长期的饥饿，又染上了胃溃疡等疾病。她对乡邻说："自己的病再重也无所谓，只是孩子的病不能延误。"

屋漏偏遭连夜雨，一场更大的灾难又毫不留情地向这对苦难夫妻的头上压来。1997年9月2日夜，突然天空电闪雷鸣，暴雨倾盆，狂风不止，后山上山洪暴发，屋内的积水达一尺多深。他赶快叫醒儿女："快起身，别让屋打死了。"

当他把儿女带到安全地带，寄身到一邻居家里时，突然"轰隆"一声，谭庆华的屋后山体滑坡，一栋土砖瓦房也轰然倒下。

电闪雷鸣中，向银云跪在屋门前哭天喊地："老天爷呀，你是不是不让我们活了！"谭庆华连忙扶起妻子："只要没死人就是好的。"他相信一句古话：留得青山在，不怕没柴烧！

那晚，他俩戴着斗笠，木然地顶着暴风雨在禾场上站了一夜，直至东方发白……

为了"狗人"，谭庆华几乎倾家荡产，而大量的手术费还在等待着他，他四顾茫然，猛然想起借助新闻界向社会求助

清理完房前屋后的废墟，谭庆华夫妇用泥砖搭建起一个临时棚子，一直处于半露天状态，一副摇摇欲坠的样子。夜间坐在屋内，可以数到天上的星星。

一张小桌子、一个破柜子、一铺旧床架就是全部"家当"。屋内，冷风扑面，除了几个人的温情外，似乎什么也没有，整个家当加起来不过600元钱。为了小"狗人"，谭庆华几乎倾家荡产。他省吃俭用，卷喇叭筒，抽劣质烟，打着赤脚进城，三年内没称过一斤肉。由于电价过高，他用不起，又点上了煤油灯……

如今，为了给儿子筹集医药费，向银云去离家60里外的新塘汽车站，卖起了香干牛肉串，一个月可挣300至500元。谭庆华则守在家中种田、养猪、种菜……为了儿子，谭庆华在外奔波了8年，其中有4个除夕是在医院度过的。有一年回家过年，他身上只剩下5元钱。

过年了，看到别的小孩玩花炮，小子贵爬到外面去拾别人没放响的爆竹筒，一只只拦腰折断，围成一圈，用火点燃，"哧——"的一声，硝烟弥漫，他与姐姐拍着小手欢呼："我家也过年了!"从此，屋内才显示出一点生机。

看到此情此景，谭庆华不由鼻子一酸。

患难困苦，是磨炼人格的最高学校。就是在这样艰苦环境里，小子贵似乎特别懂事。记得在衡阳住院时，正是夏天，看到别人在吃西瓜，小子贵流着口水，对着父亲嗡嗡哭泣："爸爸，我也要吃西瓜。"

"孩子，你还治不治病?"

"爸爸，我不吃了。"他点了点头，再也不吭声。

有一次，看到父亲回家后两手空空，没借到钱，便对妈妈说："妈妈，为什么爸爸老是去借钱呢? 我不治了。"说得向银云泪如雨下。

一天早晨，趴在窗前的小子贵看到小伙伴们都神气地背起书包从他家门前走过，他好羡慕呀! 孤单的他偷偷地爬出了家门，沿着山路顽强地爬到了学校。这时，教室里传出了琅琅的读书声，他落泪了：我为什么不能上学呢?

爬到家，他颤抖着身子对爸爸说："我要读书!"谭庆华伤心地说："你这个样子怎么读书呢? 路也走不得，再说，我们没空送你，也没钱供你上学呀!""我就是做狗爬，也要爬到学校去，不要你们接送!"说得谭庆华心酸酸的。

小子贵上学的前一天，谭庆华从挎包里拿出一大沓救助材料对他说："孩子，你一定要好好读书，不单是我与你妈为你耗尽了心血，而且连累了社会上许许多多的好心人，这些材料我将永远保存着，你假如没本事一一感谢，至少要做社会有用之人。"

"好，我一定记着。"谭子贵使劲地点了点头。

现在，他就读于白莲乡先锋小学，正在读小学三年级，学校免了他的插班费。从家里到学校只有两里山路，谭子贵总要歇息四五次，撑起竹竿走一阵，脚痛了，再往前爬，爬累了，又休息……尽管他经常迟到，但成绩一直保持在全班一、二名，因为他学习特别用功。

有一次，他在写字，几位小同学把他按倒在地，骑到了他的身上，他拱翻了一个，同学便要欺负他，"你敢!"他告诉了老师，老师气愤不过，在学校作出一个规定："以后谁也不准把谭子贵当马骑!"

为了"狗人"，谭庆华 8 年不能下地劳作，仅医药费就花了 8 万多元，其中贷款 5 万元，尽管有关部门为他减免了部分利息，但这笔沉重的债务一直压得他喘不过气来，加上自己为儿子大量输血，身体一天不如一天，巨大的精神和经济压力已使这个苦难家庭的承受能力到了极限……医生告诉他："孩子的左脚后跟要医治好，至少要 19000 元。"他曾与北京一家医院联系过，要治好孩子的右手，要花费 3 万元，因为孩子的拇指、中指和食指必须在 10 岁以前补接好，两项加起来在 5 万元以上。像他这样的家庭如何承受得起!？而子贵已长成 10 岁，如果延误了医治时机，怕影响孩子的身体而痛苦一生。

万般无奈之际，他想起了新闻界。春寒料峭，他打着赤脚，坐在衡东县委新闻办公室诉说自己的遭遇，在场者无不为他全家的命运而伤心落泪。

小"狗人"的故事实在令人心酸。

然而，更令人担忧的是：谭子贵，何时能够站起来，从此不再做"狗人"呢？

（原载 1999 年 4 月 17 日《农民日报》头版头条，并被《农村青年》《法制文萃报》《中国化工报》《中国包装报》《海峡导报》《新闻人物报》《三湘都市报》《湖南科技报》《湖南广播电视报》《湖南工人报》《衡阳晚报》等报刊采用）

伟大父爱与人间真情永远同在

在全国、全省好新闻评选或征文中，我获过 110 多次大奖，其中获全国一等奖的作品有 12 件，获全省一等奖的作品有 29 件。但最能震撼人心的却是一次最低档次的获奖，那就是 2000 年经《湖南科技报》推荐的《谭子贵，何时不再做"狗人"》，获 1999 年度全省专业报好新闻三等奖。捧着这张来之不易的获奖证书，那如烟的往事又一幕幕地呈现在我眼前……

哪怕天空中下刀子，也要赶赴现场

那是 1999 年一个春寒料峭的上午，天空中下着飘泼大雨。衡东县委新闻办公室成冬晖打来电话："我碰到的一个苦难家庭题材非常感人，特别是孩子的父亲非常伟大，我无法用语言形容，也不知从何处着手，只好请你出马。"我询问一些简单情况后，了解到一个农民的儿子被大火烧伤后，奄奄一息，其父抱着他四处求医，历时 8 年，倾家荡产，当父亲用自己的热血从死神手中夺回儿子后，而一连串的灾难和不幸又接踵而至，使这个苦难家庭在凄风苦雨中飘摇……这是一曲人性和人情美的颂歌，这是一段难得的超越父爱的人间真情，于是，我决定立即乘"快巴"赶往衡东。

"通往杨桥路途遥远，要跋山涉水，除了爬山、走路之外，还得坐船过渡，天又下雨，是不是要乡政府通知他来？"一见面，成冬晖便征求我的意见。我说："不行，哪怕天空中下刀子，我们也要赶到现场，不入虎穴，焉得虎子？我当过农民，什么样的苦都吃过。"原来，成冬晖这个题材曾经向市内几家新闻单位透露过，他们都感兴趣，可一听说路途遥远时，一个个兴趣索然，打起了退堂鼓。听说我与他前往，成冬晖兴奋异常："想不到你地位变了，吃苦和奉献精神一点未变。"

天格外阴沉，雨还在下个不停。想到谭家的遭遇，我们的心境再也开阔不起来。

从衡东乘汽车到白莲乡，便再没有车路了，我们撑着雨伞艰难行进，一步一滑，爬过几座山，到了白莲水库，好心的船工告诉我们："到杨桥镇排形村，还有30多里，坐船进去十几里，便要走硬路了。"

我们坐上机帆船，风一阵紧似一阵，雨更大了，溅得船板叭叭作响，连手中的伞也撑不住了。一些农民见我们来自城里，又是来采访谭子贵的事，欣喜万分。"这个家庭太造孽了，我们还为他捐过款哩！"然后，他们主动让我们坐进船舱。船舱外，雨下得正猛。几位乡亲情愿光着头在外面顶风冒雨，我们有些于心不忍，给他们递过草帽。他们却没把淋雨当作一回事，把船舱那点有限的空间让给了我们两位城里人，一股浓浓的乡情和清纯的民情令我们感动不已。在阵阵冷风和劣质烟的熏陶中，我们到了白莲水库对岸。

上了水库，走过一段很长的沙石路，几座大山又横在我们面前，山上几乎没有路，到处荆棘丛生，通往谭家的路在哪里？正在我们迷茫之际，一位中年汉子主动为我们带路。向导时而在前面引路，时而扶着我们快步如飞，尽管衣服被挂破了，满身是泥点，还摔了几跤，但想起谭庆华一家还在苦苦挣扎时，我们就有使不完的劲。

临近黄昏，我们在溅满雨水和泥水之后，连滚带爬，狼狈不堪，终于来到了谭庆华的家。走进屋一看，两人活像两只"落汤鸡"，而那位好心的向导连招呼也没打一声便走了。

谭家的故事令人心酸

这是一个什么样的家呀？在两座山谷之间的一块空坪上，谭家的泥砖房屋已经倒塌过，屋顶被掀翻，到处是破碎的木条和瓦片，只是在没有完全倒塌的断墙上临时搭起来一个棚子，一直处于半露天状态，一副摇摇欲坠的样子。一张小桌子、一个破柜子、一铺旧床架，就是全部"家当"。

屋内，冷风扑面，除了几个人的温情外，似乎什么也没有，整个家当加起来不足600元，为了儿子，谭家几乎一无所有。谭庆华省吃俭用，卷喇叭筒，抽劣质烟，打着赤脚进城，三年内没称过一斤肉，由于电价过高，他用不起，又点上了煤油灯……

在谭家那栋摇摇欲坠的棚子里，主人热情地生起了一炉柴火，因四面通风，聚不住火力。桌子上，煤油灯跳跃着红色的火焰，我们一边烘衣服，一边开始采访，谭庆华一个看起来比他实际年龄大得多的农家汉子，向我们讲述了一个催人泪下、让人揪心的故事，我一边提问，一边记录，一边流泪。

1990年10月27日，谭庆华家突然失火，2岁的儿子谭子贵周身着火，体无完肤，黑得像一只被火烤过的死狗，两只脚看得见里面的白骨……那场景讲起来都令人心颤。"我的家报废了，我的儿子不行了！我前世造了什么孽哟！"向银云哭喊着。谭庆华也闻讯赶了回来，急得哭天喊地。他将女儿寄养到邻居家，然后用双手托起儿子，租了一台微型车加速送往衡东县中医院，家中的大火也迅速被乡邻扑灭。

经过半年多的治疗，小子贵的生命保下来了，但从此再也站不起来，只有像狗一般伏地爬行。

人间处处有真情。为了抢救小"狗人"，县、乡领导带头捐款，乡政府开出介绍信，谭庆华拿着这张"纸片"，戴着一顶草帽，脚穿一双草鞋，走遍全县24个乡镇，奔走一年多，行程8000公里，不知历经多少艰难险阻，他终于筹钱8890元。小"狗人"一连开了23刀，家中贷款5万多元。为了省钱，谭庆华先后四次为儿子输血，向银云心力交瘁，猝然病倒。正在谭庆华四处筹钱准备重新治疗小"狗人"时，奶奶病逝，向银云患病住院，家中一栋泥砖房也轰然倒下。为了"狗人"，谭庆华几乎倾家荡产，而大量的手术费还在等待着他，他四顾茫然，猛然想起借助新闻界向社会求助。

那天晚上，雨不知什么时候止住，也不知什么时候停止采访，我与成冬晖夜宿谭家，外面的风声一阵紧似一阵，发出一声声令人毛骨悚然的怪叫。在那间摇摇欲坠的棚子中我们度过了难忘的使人心惊胆战的一夜，几乎一夜无眠，脑海中老是出现一个平凡父亲坚韧、坚强和坚毅的背影，我仿佛看到了朱自清先生笔下父亲的《背影》中的背影，看到了伏尔加河畔船夫胸脯上深深的索痕，看到了谭庆华那如弓的脊背后面蕴藏着一种人性的本能和与众不同的眼光……

第二天离开谭家，看到谭子贵背着书包像狗一般渐爬渐远，我将身上仅有的100多元钱掏出来，交给谭庆华："也算我的一点心意。"

新闻稿发出之后

"组装"儿子，贫穷止不住农家汉子的脚步。

回到衡阳，我经过精心构思，一口气写成了上万字的报告文学《谭子贵，何时不再做"狗人"》，着重描写那种超越亲情的父爱和小子贵身残志坚，与不幸命运抗争的精神。

稿件发出后，《农民日报》《中国包装报》分别以头版头条位置配巨幅照片刊出，《农村青年》《中国化工报》《海峡导报》《法制文萃报》《新闻人物报》《湖南科技报》《三湘都市报》《湖南广播电视报》《衡阳晚报》等10多家新闻单位予以转载，在全国引起较大反响，许多好心人给谭子贵寄来了捐款和学习用品，仅捐款就达49832元。

爱心滚滚，热泪淋淋。捧读谭庆华转来的这些热情洋溢的来信，我如同捧着一颗颗火热跳动的心。我一边叮嘱谭子贵一定要写回信，读好书，一定不能让这些好心人失望，一边又情不自禁地进行后续报道。得知广东省《家庭》杂志为全国的苦难家庭建立了"苦难家庭基金会"，我们又配合地方政府写出专门材料逐级申报，然后到广东报批，使谭子贵又获得了5000元资助。

2000年2月，谭子贵手捧这些饱含爱心的捐款来到衡阳医学院附一医院，医院将其左脚和右手进行治疗，我特意买来水果跑到医院看望小子贵，鼓励他战胜病魔，迎来新生。经过几个月的努力，谭子贵已经能够站起来行走了，从此告别了长达10年的"狗人"生活。

岁月悠悠。如今，尽管时光过去了 7 年，由于交通闭塞，加上公务缠身，我一直未能抽身重访谭家。来自谭家的信息几乎中断，但我仍牵挂着那个遥远的小山村，那些善良正直的农民弟兄，那位平凡伟大且坚强的父亲，那个历尽苦难迎来新生活的谭子贵……

小子贵，你的日子现在过得怎样？叔叔真正愿你能像正常孩子一样健康成长，长大后来回报那些关心支持你的亲人！你听到了吗？

做梦也没有想到，一件新闻作品在有意或无意中能够解救一家人的苦难，这是我当初意想不到的。

一件新闻作品的价值并不在乎它获奖档次的高低，而在于它在社会所产生的影响和震动。我想……

信念不倒，爱心不败，伟大父爱与人间真情永远同在！

（原载 2006 年第 7 期《新闻天地》，并被《新闻参考》《雁城新闻窗》等新闻期刊采用）

大爱无声铸师魂

地动山摇，天崩地裂。他弓着 1.75 米高、微黑微胖的身子，张开双臂紧紧地趴在课桌上，伴着连绵不断"轰隆隆"的巨响，砖块、灰尘、水泥板如冰雹般纷纷坠落砸到他的头上、手上、背上，热血顿时奔涌而出；他咬着牙，拼命地撑住课桌，如同一只护卫小鸡的大母鸡，他的身下蜷伏着 4 个幸存的学生，而他张开翅膀守护的身躯定格为永恒……5 月 13 日 22 时 12 分，当搜救人员从四川省德阳市汉旺镇东汽中学教学楼坍塌的废墟中搬走压在他身上最后一块水泥板时，所有抢险人员都被震撼、落泪。

他叫谭千秋，中共党员，东汽中学教导主任，特级教师，他用 51 岁的宝贵生命诠释了爱与责任的师德灵魂，被湖南省委书记张春贤誉为"大义无畏，精神千秋！"

5 月 22 日，衡阳市委、市政府作出决定，号召全市的党员干部向他学习。

村里有名的"大孝子"

1957 年 8 月，谭千秋出生在祁东县步云桥镇岩前村。他的父母老实善良，有 5 个儿女，他排行老大。由于家境贫寒，每顿饭都是以红薯、豆子等杂粮为主，他总是将米饭让给弟弟妹妹吃，自己和父母吃红薯。

谭千秋深信只有知识才能改变命运，他学习非常刻苦，村民都将他作为"勤学楷模"教育孩子。为学好英语，他将英语单词写好贴在墙上，睡觉时就记，记不上就点亮灯看一下再记。1975 年夏，他高中毕业回家务农，但他没有放松学习，白天跟大家一起出集体工，晚上坚持自学到次日凌晨，饿了，就喝几口冷水；困了，就用毛巾沾点冷水敷在脸上。两年后，他成了一名代课教师。

1978年夏，谭千秋以优异成绩考上了湖南大学。1982年大学毕业，主动报名到四川东方汽轮厂职工大学当了一名"支边"教师。

谭千秋成家立业后，考虑到三个弟弟都在农村，他一人承担起赡养父母的义务，还花钱为家里装了电话，并竭尽全力帮助弟弟妹妹。

大弟弟谭继秋在家种地收入甚微，便借了几千元买了一台三轮车跑运输。1993年夏季的一天，不慎车翻人伤，花去几千元医药费。旧债未还，又添新债。谭千秋闻讯后，立即给弟弟寄来2000元钱，还写信安慰弟弟，只要人没事就好，并要弟弟到他那去散散心。车祸对谭继秋身体影响很大，但为了生计，不得不到云南打工，谭千秋便写信鼓励弟弟，还在信中夹寄了40元钱。谭继秋和二弟都没房住，两兄弟建了房，谭千秋给每位弟弟资助3000元。

2006年6月，父亲不幸患上骨髓癌。谭千秋立即回老家召开家庭会，他体谅弟弟都在农村，家境不好，便主动要求负担父亲的医疗费。他怕弟弟和弟媳不同意，便找了个借口："我在家时间少，平时你们照顾父母很辛苦，就给我一个尽孝的机会吧！"兄弟们拗不过他，只好同意，父亲住院花去医疗费2万多元，他一人承担。

谭千秋工资不高，生活非常节俭，他衣着朴素，大热天连冰棒和矿泉水也舍不得买，口干了他便到附近找井水解渴。他几年才回家一次，因车费太贵，来回一次要2000多元，他便将这些钱省下来支援家里，帮助别人。据一位邻居介绍，谭千秋每年汇给父母的钱在4000元以上，他长期不在父母身边，只有用这种特殊方式来为父母"尽孝"。

"到祖国最需要的地方去"

谭千秋为人正直，富有爱心，很有正义感。还在念小学，他就喜欢帮助别人，如果在放学时下雨，他一定会把雨伞让给没带伞的同学，自己则淋着雨回家。

岩前村现任村支书谭永生与谭千秋是小学同班同学，两人关系很好。一次，谭永生和另一个同学打架，他正好路过，谭永生叫他来帮架。没想到他跑过来，不但没帮谭永生，反而将他们拉开："都是同学，不好好相处，打什么架啊！"随后，耐心地做两人的工作，直到他们握手言和。

高中毕业后，村里许多村民不识字，他便向村干部建议，办起了扫盲夜校。他主动当起了教师，白天出工，晚上义务上课，手把手地教村民写字，学文化，他让不少一字不识的村民能看懂报纸，懂得如何科学种田。

谭千秋多才多艺，会吹笛子，拉二胡，写歌词……为活跃村民的文化生活，他与几个年轻人组成村文艺宣传队，晚上自编自演文艺节目，宣传党的方针政策，表扬村里的好人好事，批评赌博、不尊老爱幼等社会不良现象，成为村民喜爱的一道"文化大餐"。有一天晚上，他和谭永生参加村里的文艺表演，来不及吃晚饭，便带上两个红薯："来，快吃，我刚从家里吃过了。"第二天，谭永生才从他弟弟那里得知，他当晚在家里根本没吃晚饭。

谭千秋热心社会公益事业，村里修路、建校，他都带头捐款。

在27年教师生涯中，谭千秋始终坚守"学高为师，身正为范"的师德规范，不仅致力于教学的改革和创新，而且孜孜以求，诲人不倦，爱生如子，被同事们誉为"最有耐心的老师"和"最疼爱学生的人"。每次走在校园里，哪怕看到操场上有一颗小石子，他都要走过去捡走，怕学生玩耍的时候摔倒受到伤害。哪位学生有困难，他就尽力相助；学生没吃饭，他会将学生叫到自己家里做饭给学生吃；学生身体不舒服，他会掏钱带学生去医院看病。有位学生家里很贫困，还去上网，时常在晚自习后溜出去，玩到次日凌晨两三点，几乎每次都被谭千秋抓回来。最后一次，他一气之下把孩子的家长请到办公室："这孩子我没办法救了！"家长一听说要开除儿子，哭了起来："谭老师，请再给孩子一次机会吧。"此刻，谭千秋的眼睛也红了："我们都是做父母的，只是恨铁不成钢呀！"最后，他答应了那位家长的请求，还塞给了那位家长 200 元钱。

谭千秋经常教育弟弟妹妹要乐于助人，在他的熏陶下，弟弟妹妹总是去帮助别人，妹妹和妹夫曾一年供养了五个贫困孩子上学！他的人格魅力还深深地影响了下一代，他的大女儿以优异成绩考上了北京大学法学院，她说一定要用法律为众多受害者讨回公道。

谭千秋经常教育学生："做人最重要的是要有社会责任感。"1982 年 6 月大学毕业后，学校准备让他留校任教。当学校领导征求他的意见时，他主动请缨："我要到祖国最需要的地方去！""学校也需要人才啊。"领导反复做他的工作。他得知四川东方汽轮厂职工大学急需教师时，便立即申请到那里去，一个月后，他如愿以偿地分配到该校工作，在那里一干就是27 年。

谭千秋 27 年如一日扎根川北，默默奉献，放弃了朋友一次次盛情相邀，放弃了双亲膝下的至情尽孝，放弃了沿海单位诱人的高薪聘请，固守着那一方贫穷落后却为他深爱的土地，用实际行动践行了报效祖国的一片赤子之情。1996 年，一个朋友准备把谭千秋调回衡阳，待遇从优，被他婉言拒绝。父母见他离家太远太孤单，极力劝说他回来，他便耐心地对父母说："湖南培养了我，四川养育了我，还是在四川多干几年再说吧。"后来，汕头、韶关有关单位高薪聘请他去工作，他还是选择留在四川，直到将自己的一切献给了这片热土。

张开守护的翅膀

5 月 12 日，一个黑色的日子！

清晨，天空阴沉沉的。

下午 2 点多钟，谭千秋在教室上"最后一课"《人生的价值》，"如果人生真的有意义与价值，那就在对于人类承上启下、承前启后的责任感……"正当他讲得起劲时，房子突然剧烈地抖动起来。地震！谭千秋意识到情况不妙，立即放下书喊道："同学们，什么也不要拿！快往楼下操场上跑……"同学们在他的指挥下迅速冲出教室,沿着楼梯蜂拥而下。这时,有学生喊:"教室里还有几个人!"谭千秋急忙折转身,从三楼返回四楼。他看到高二(1)班教室里刘红丽、付强、余建和田刚被吓得直哭,瘫坐在地上,已经来不及逃出去了,连忙冲他们大喊:"不要哭了,快跟我下楼!"然而,就在此时,房子摇晃得越来越厉害,大楼中间突然裂开一条长长的缝,楼体霎时裂成两半,而这道裂缝正好在楼梯边,逃生的路被堵死了!外面阵阵尘埃腾空而起,水泥天花板发出可怕的"嘎嘎"声,眼看就要砸向孩子们的头顶,谭千秋奋不顾身地扑了上去,扶正课桌,将孩子们拉到课桌底下,用双臂撑住桌面,弓起背部,拼死为四名学生留下生存空间。"轰轰轰"——砖块、水泥板重重地砸在他的身上,房子塌陷了……

13日22时12分,谭千秋终于被找到。"我们发现他的时候,他双臂张开着趴在课桌上,后脑被天花板砸出了一个大坑,身体严重变形,血肉模糊,早已没有呼吸,在生命最后一刻,他仍保持着护卫孩子的姿势,身下死死地护着的四名学生都还活着!"第一个发现谭老师的救援人员眼含热泪,他说,谭老师誓死护卫学生的形象,是他这一生永远忘不掉的。"地震时,眼看教室要倒,谭老师飞身扑到了我们的身上。"回忆当时的情景,获救的学生田刚神情仍然紧张。

同在一所学校任教的妻子张关蓉终于在次日清早见到了自己的丈夫。她拉起丈夫的手臂,要给他擦去血迹时,丈夫僵硬的手指触痛了她脆弱的神经,她轻揉着丈夫的手指,痛哭失声……张关蓉一边仔细地擦拭着丈夫的遗体,蓬乱的头发被细细地梳理成丈夫生前习惯的发型,一边泪流满面喃喃自语:"我的爱人,让我给你细细擦去手上的污泥,就像你曾经温柔地擦去我脸上的泪水。我的爱人,你宽阔的臂膀给了我栖息的港湾,更给了大地震中四个孩子新生。让我跪下来,依然和你保持最近的距离,让我为你温暖冰凉的手指……"

张关蓉和谭千秋曾相约相亲相爱到地老天荒。地震前一天,丈夫给小女儿买了两双鞋子、一条裤子,她还问丈夫为什么一下子买了这么多,谁知，这似乎就预示了阴阳永隔。

"他肯定舍不得我们一家。"张关蓉说，将丈夫送到殡仪馆火化时，鞭炮响了两下就熄灭了，似乎丈夫还在眷顾着她们母女。她沉浸在巨大的悲伤里，很多天睡不着觉。她明白，留下的人好好生活，才是对死者最好的告慰。如今，一岁半的女儿还不能理解这一噩耗，她一直喊着要爸爸。

汶川大地震发生后，谭千秋不少在湖南的同学都焦急地与他联系。当大家从媒体上得知他救人献身的事迹后，既感到悲痛又为他自豪。同班同学、湖南大学马克思主义学院院长柳礼泉追忆说："1978 年，我们一道考进湖南大学。他同我一样来自农村，都是享受国家助学金完成学业的。他经常对我说，没有国家的助学金，我们这些农村的孩子哪能完成学业？毕业后，他主动要求去边远不发达的地区，一干就是 27 年，直至生命最后一刻。"远在法国巴黎的同学王践还专门写来一首四言诗《千秋颂》：吾友千秋，少壮老成……舍身成义，护卫少童，为千万家，为千万人……

大爱永恒

丈夫为救学生献出了宝贵生命，张关蓉悲痛欲绝。她说，她会坚强起来，丈夫走了，她就是家里的顶梁柱，她要代丈夫照顾好婆婆和孩子。她希望丈夫的骨灰能安葬在四川，永远陪着她……

5 月 17 日，张关蓉怀抱 1 岁半的小女儿，带着丈夫的遗物回到湖南，三湘大地对英雄的家属给予了最尊贵、最崇高的礼遇。省委书记张春贤深情地称赞谭千秋是个伟大的英雄，伟大的人民教师，大义无畏，精神千秋；谭千秋的母校——湖南大学约两万名学生手捧烛光，夹道相迎，湖南大学作出决定，在全校开展向谭千秋校友学习的活动，并向其亲属捐赠慰问金 12 万元。同班校友也纷纷解囊，捐出了 12 万元；在黄花机场，100多辆出租车自发为他送行；祁东县的家乡父老跑了几十公里路，到县城迎接……

连日来，各地网友纷纷留言痛悼谭千秋。网友"故园旧梦"称赞谭千秋老师是"血性湖南魂，民族脊梁骨！"湖南大学马列主义学院的一名同学在湖大校园网上发表感言："我们会永远记住你张开双臂的姿势。流完这滴泪，我决定不再哭了。因为，从这一秒开始，我要像你一样，做一个勇敢的、恪尽职守的、大爱无声的人！像你一样，在危险面前绝不颤抖。"中南大学教授张功耀在网上跟帖说："我与谭千秋那代大学生被称为'天之骄子'，单位抢着要。可是，谭千秋却选择了'支边'，是那样的潇洒飘逸，又是那样的恬静从容，他只知道一年一年的柳绿，却从来不奢望什么花红。"

谭千秋回家了！回到了他魂牵梦萦的故乡祁东县步云桥镇，回到了他牵挂了多年的家中。

乡亲们列队静候，场面庄严肃穆，花圈雪白，哀乐低回，乡亲们神情肃穆，泪流满面，声音哽咽，高举着"大爱千秋浩气长存""千秋永远活在我们心中""英雄谭千秋永垂不朽"等白底黑字条幅，迎接他们的好儿子。一些中学生拿着自己折的千纸鹤，站立在英雄回家必经的路旁……

护送英雄遗物的车辆远远地驶来，乡亲们放起了鞭炮。这段平时只需10分钟的路程，整整走了半个小时。

71岁的老母亲黄春秀，在17日得知儿子去世的消息后，一直悲伤大哭，让人撕心裂肺。在老人的心里，谭千秋是5个孩子中最听话、最孝顺的一个，每次寄钱回来，都要叮嘱她想吃什么就吃什么。她感叹儿子从小就善良，对于儿子为保护四名学生而献身，老人显得很宽慰，只是不断地哭叹："白发人送黑发人，儿子为什么走在我的前头啊！"

82岁的谭先桥老人两鬓斑白，神情凝重，泪珠翻滚。他是看着谭千秋长大的，在他眼里，流露出的是悲伤和自豪："这后生从小待人谦和，特别爱学习，一直是村里孩子的榜样。"

祁东县县长曾祥月将5万元慰问金交到了谭千秋妻子张关蓉的手中。

为了四名学生的生命，谭千秋义无反顾地献出了自己的生命。他用自己的英雄壮举，诠释了什么是为人之师；他那在突发灾难来临时的瞬间造型，塑造了一座在人们心中永不倒塌的丰碑！

5月22日，衡阳市委一位主要领导一路风尘专程赶到谭千秋的老家，慰问谭千秋的家属，他动情地说："千钧一发之际，谭千秋舍己救人的英雄壮举绝非偶然，他是我们衡阳的骄傲。"并送去6万元慰问金。谭千秋的遗孀张关蓉表示："经与家人商定，这些慰问金我将捐出去一部分，去救助那些正在受苦受难的灾区人民。"

谭千秋张开双臂成了与世诀别的最后姿势，成了媒体和家乡人民眼中"天使的翅膀"，一股学习谭千秋的热潮正在衡阳城乡涌动。5月21日，衡阳市民自觉捐款8万多元，湖南华洋世纪集团捐款20万元，拟在谭千秋牺牲的地方捐建一所"千秋希望中学"，衡阳市还将派一批教师到"千秋希望中学"支教，谭千秋救护的四名学生将由衡阳人支助学杂费、生活费，直至大学毕业……

（原载2008年6月3日《农民日报》，并被中央人民广播电台、中国新闻社、《中国日报》、《国际日报》、《农村青年》、《今晚报》、《新闻天地》、《潇湘晨报》、《长沙晚报》、《新视报》、湖南人民广播电台、红网等新闻单位采用，与金灿合作）

采写札记

永恒的雕塑

2008年5月12日，四川省汶川发生8级特大地震，衡阳地区也有震感。

灾情发生后，衡阳市迅速派出6支由93名医生护士、消防战士、电力工人组成的抢险救护队马不停蹄，直奔灾区。

紧接着，市里组建了一个新闻采访团，准备前往灾区采访报道，要求一个处级干部带队，我第一个报名。

当我们将帐篷、矿泉水、手电筒、干粮、越野车、电脑等一切准备就绪，突然接到省委宣传部的电话："灾区情况复杂，余震不断，道路中断，除救援部队官兵外，暂时禁止地方组团前往灾区……"

一次极好的采访机会就这样与我失之交臂。我深感遗憾，又极不心甘，仍通过电话连线，采访了衡阳几支救援队伍负责人，连续发出《衡阳千套"爱心厕所"送往四川地震灾区》《光明与爱同行》《心手相牵渡难关》等报道，分别被新华社、中国新闻社、中央人民广播电台、中央电视台、《经济日报》、《半月谈》、《湖南日报》、《湖南工人报》、《当代商报》、红网等新闻单位采用。

尽管本人不能深入震区现场采访，但我仍以倾听的方式用"最敏感的神经"捕捉来自震区的每一条信息，哪怕有蛛丝马迹绝不放过。5月17日，听说在地震中为救学生而献身的英雄教师谭千秋的爱人张关蓉怀抱女儿，带着丈夫遗物回到故乡——湖南祁东，我深感这是一次极好的采访机遇，马上随市委慰问团到祁东县步云桥镇岩前村采访。这次随团采访的还有《衡阳日报》记者金灿。

老乡们听说要宣传谭千秋的英雄事迹，一个个争先恐后向我们介绍情况："他是村里有名的大孝子""大学刚毕业，就申请到祖国需要的地方，在北川教书一干就是27年"……为节省时间，我与金灿分头采访，我负责采访谭千秋的遗孀，着重展示谭千秋舍己救人的"最后一课"。张关蓉与谭千秋既是夫妻，又是同事，回忆起当天的事来依然胆战心惊，泪流满面。她向我描述了谭千秋救学生的故事，如同一尊永恒的雕塑：

谭千秋弓着1.75米高，微黑微胖的身子，张开双臂紧紧地趴在课桌上，伴随着"轰隆隆"的响声，砖块、灰尘、水泥板如冰雹般坠落，连续不断砸到他的头上、手上、背上，热血顿时奔涌而出；他咬着牙，拼命地撑住课桌，如同一只护卫小鸡的大母鸡，他的身下蜷伏着四个幸存的学生，他那张开守护翅膀的身躯被定格为永恒……5月12日，在地震中，四川省德阳市汉旺镇东汽中学一教学楼顷刻坍塌，正在这栋教学楼上课的谭千秋，迅速组织同学们向楼下疏散。当他得知有几个同学还没有离开时，立即从三楼返回四楼。看到水泥天花板即将坠落，危急时刻，他奋不顾身扑了上去，用双臂撑住课桌，将四名高二一班的学生紧紧地掩护在身下。5 月 13 日 22 时 12 分，当搜救人员从东汽中学教学楼坍塌的废墟中搬走压在他身上最后一块水泥板时，他的双臂仍是张开的，趴在课桌上，手臂上伤痕累累，后脑勺部被天花板砸出了一个大坑，身体严重变形，早已没有呼吸，在生命最后一刻，他仍保持着护卫孩子的姿势。看到这幅永恒的场景，所有抢险人员被震撼、落泪。

次日清早，张关蓉见到了自己的丈夫。她拉起丈夫的手臂，给他擦去血迹。丈夫僵硬的手指触痛了她脆弱的神经，她失声痛哭，一边仔细地擦拭丈夫的遗体，将丈夫的头发整理成生前的模样，一边泪流满面喃喃自语："我的爱人，让我给你细细擦去手上的污泥，就像你曾经温柔地擦去我脸上的泪水。我的爱人，你宽阔的臂膀给了我栖息的港湾，更给了大地震中四个孩子生命的新岸。让我跪下来，依然和你保持最近的距离，让我为你温暖冰凉的手指……"

张关蓉发自内心的叙述如泣如诉，感人肺腑。我以最快的速度记录了她这些诗一般语言，原汁原味地写到了文章中，并发出这样一声感慨：

为了四个学生的生命，谭千秋义无反顾地献出自己的生命。他用自己的英雄壮举，诠释了什么是为人之师；他在那突发灾难来临时的瞬间造型，塑造了一座在人们心中永不倒塌的丰碑！

采访完张关蓉，再详细了解到面上的一些情况。我与金灿分头写作，一方面着重展示英雄的成长历史，一方面着力渲染谭千秋张开双臂与世诀别的最后姿势，再经过几轮修改，最后由我统稿，将这一"天使的翅膀"构成一尊"永恒的雕塑"。

文章发出后，中央人民广播电台、中国新闻社、《农民日报》、《中国日报》、《国际日报》、《农村青年》、《今晚报》、《潇湘晨报》、《长沙晚报》等全国 40 多家媒体相继刊发，一股学习谭千秋的热潮正在衡阳城乡涌动。后来，谭千秋被追授全国抗震救灾优秀共产党员、抗震救灾英雄等荣誉称号。2009年9月，谭千秋被评为"100位新中国成立以来感动中国人物"之一。2019年9月25日，谭千秋被评为"最美奋斗者"。

回想在2008年汶川大地震中，涌现出不少教师典型，有两个特别有名，一个是范跑跑不顾学生安危，第一个冲出教室，十几年来饱受争议；一个是谭千秋在生死关头将尚未逃生的4名学生紧紧护在身下，献出生命，令人景仰。

据了解，谭千秋老师去世之后，张关蓉渐渐走出悲伤，带着丈夫的那种爱与责任，继续从事教育事业。他们的大女儿读完大学出国深造，在经济独立之后做起了慈善事业，完成父亲当年帮助贫苦学生的心愿，小女儿也是一名中学生了，学习成绩优异。15年来，东汽中学的学生换了一批又一批，张关蓉老师的年纪一天比一天大，鬓角生出白发。谭千秋教过的学生如今已是而立之年，只要有时间，就会来老师家看望他的家人。相信这一切，都是谭千秋老师希望见到的结局。

大爱无私铸师魂。

谭千秋张开双臂撑着课桌护卫学生的姿势如同"天使的翅膀"，在读者心中构成了一尊"永恒的雕塑"，他的生命永远定格在51岁。

用生命谱写的青春赞歌

连日来，李春华舍己救人的英雄壮举随着各新闻媒体的广泛宣传，迅速传遍大江南北。中共中央政治局常委李长春，中共中央政治局委员、全国人大常委会副委员长王兆国，中共中央政治局委员、中宣部部长刘云山分别作出向李春华学习的重要批示。

7月21日，湖南师范大学学生、班长李春华在家乡湖南省衡阳市雁峰区岳屏镇山田寺村开展大学生党员"三下乡"活动中，为抢救两名落水少年不幸牺牲，年仅22岁。

近日，共青团中央、全国学联作出决定，追授李春华"全国舍己救人优秀学生干部"称号，号召全国广大青年学生向李春华学习；北京大学、清华大学、南开大学等29所大学联名发出向李春华学习的倡议；网友自发举行"万人悼念李春华大签名"活动；湖南师范大学学生自发在网上开辟"纪念馆"，缅怀和悼念他们心中的英雄；日前，中共衡阳市委作出决定，在全市开展向"舍己救人优秀学生干部"李春华学习的活动，衡阳市迅速掀起了学习热潮。

11月中旬，我们来到英雄的故乡，探寻英雄的成长足迹，灵魂受到了深深的震撼。

"他是我们的骄傲，我们一辈子都惦记着他"

7月21日6时20分，烈日虽已西斜，但在湖南省衡阳市雁峰区岳屏镇山田寺村七组，许多村民却还在田里忙着收割稻谷。年仅11岁的小学生李明和 15 岁的初中生李雪峰，趁父母不在身边，溜到一口近 300 平方米的鱼塘边洗澡。两个孩子都不习水性，却不知深浅地在水中嬉戏打闹起来，一不小心滑到了深水处。情况十分危急，两人在水中拼命挣扎："救命啊！救命！"

听到喊声的几个妇女赶到塘边，也大声呼叫起来，因不懂水性，不敢下水救人。在这千钧一发之际，在家乡"双抢"劳累了一天、正挑着满满一担谷子往家里赶的李春华听到呼救声，立即扔下箩筐，丢下扁担，甩下草帽，飞奔到鱼塘边，顾不上脱衣裤就纵身跳入水中。他先游到近处的李明身后，一把抱住李明的后腰，艰难地把他拖到了岸边，李明得救了！看到还在塘中央挣扎的李雪峰，气喘吁吁、全身乏力的李春华未喘息片刻，又一头扎进了水中，游向李雪峰。惊慌失措的李雪峰本能地死死抱住李春华，精疲力竭的李春华，使出吃奶的力气抱着李雪峰用双脚艰难地泅水，终因体力不支，向前游动缓慢。就在两人挣扎之际，岸边有人跑来，李春华将最后的一点力气用在脚上，将小雪峰踹向岸边。李雪峰得救了，而李春华却沉入了水中。此时，闻讯赶来的山田寺村七组组长李宁余跳入水中，摸捞李春华时，却为时已晚……

晚上 9 时左右，李春华被村民们打捞上岸，他的家人、被救的小孩、闻讯赶来的乡亲们顿时哭成一片，整个村庄笼罩在一片悲伤之中。

花圈挽联寄哀思，热泪横流送英魂。次日下午 4 时，在父老乡亲们的张罗下，李春华家人为其举行了简单的葬礼。哀悼的人们自发地从四面八方涌来——雁峰区、岳屏镇党委、政府的领导赶来了，报社、电视台的记者们赶来了，一些老师和同学们赶来了，十里八村的乡亲们赶来了……得知消息的衡阳市委书记徐明华致电哀悼和慰问。乡亲们含着热泪说："他是我们的骄傲，我们一辈子都惦记着他！"老师和同学们悲痛地说："李春华同学舍己救人的精神永远感动和激励着我们，他永远活在我们的心中……"

"我不好好念书，就对不住大家"

李春华出生在一个贫困的农民家庭。他家的房子5年前坍塌，现在还借住在一位亲戚的三间低矮破烂的土砖房里。李春华睡的是一张破旧的木板床，床边还有一个用土砖堆砌的鸡窝。贫穷，时刻威胁着这个家庭。

在农村，要想不读书就脱贫，简直就是一种奢望。让李春华读书走出农村，是全家最大的希望和全部的精神寄托。2000年暑假，李春华考上了衡南县一中，他哥哥李佳庆正在衡南县二中读高二。那时父亲的支气管炎很重，天天咳血，不能下地劳动，家里每月收入不到200元，无法供两个孩子读高中。于是，他们召开家庭会议商量。父亲说，眼下全家勒紧裤带只能保一个读高中的。李春华立马说，哥哥已经是高二，明年就要考大学，我就不读了，让哥哥继续读。哥哥李佳庆却不同意，他说考上县一中不容易，春华读书成绩好些，将来考大学的希望更大，应该让弟弟去读。两个人你推过来我让过去，父亲又感动又难受。最后决定让李春华读高中，李佳庆退学去打工。

2003年8月，已是一贫如洗的家庭一下子接到两张录取通知书。一张是李春华的湖南师范大学录取通知书；一张是弟弟李春龙的衡南县二中录取通知书。家里人高兴的同时，又不得不为学费发愁。还是开家庭会。李春龙说让李春华读大学。李春华却说，为了供他读高中，哥哥已经作了牺牲，不能再牺牲弟弟，他想与哥哥一起去打工供弟弟读高中。最后还是父亲拍板，牺牲了李春龙的学业。一家人又哭了一场。李春华说："我不好好念书，就对不住大家。"

李春华明白读书机会来之不易，便特别卖力。读高中报名那天，为了省车费，李春华提出要走路去。父亲想锻炼一下也好，一大早就带着他上路，花了6个多小时走了30多公里才到学校。当时交了学费就只剩100元钱了，父亲让他一个月后回家拿生活费。一天深夜，家人都已经睡了，听到敲门声，父亲感到奇怪，坐车早就该到家了，为什么这么晚才回？他不肯说原因。父亲火冒三丈，认为他进城里就学坏了，只晓得玩，拿起小竹条就往他腿上打。打得他实在受不了，他才说是走夜路回来的。父亲问为什么不早说啊，他说怕父亲担心。父亲怎么不担心呢？才16岁，这么远，好长一段是山路，一个人夜里走，就是大人也怕啊。他说，我喜欢走，既节约了钱，又练了脚板，还练了胆子。后来，听同学们说，他将身上仅有的10元钱捐给了一位白血病患者，自己便走路回家。

"要成为新世纪的优秀者，就要学会顽强拼搏"

艰苦的学习和生活环境，培育出李春华顽强拼搏的性格。他力求做一个勇者、强者，做一个对社会、对人民有用的人。从初中到大学，李春华每年都以优异的成绩，被学校评为"三好学生"或"优秀学生干部"。特别是在读大学的三年时间里，李春华从学校图书馆借书共计105本，平均每个学期17.5本。在班级男同学中，李春华做课堂笔记是最认真的一个，他门门功课均是优秀或良好，英语四、六级考试都是一次性高分通过。

为练好三笔字（钢笔字、毛笔字、粉笔字），李春华破天荒地买了一本钢笔字帖，一有空就练。晚上睡觉前，他打来一桶热水，把脚泡在水里后，就开始练毛笔字，直至热水变凉；他还常常利用中午休息时间，在教室黑板上写粉笔字，有时一个字写几十遍，直到满意为止。一个同学问他，你每天这样不累吗？李春华回答："粉笔字是教师的基本功。现在不努力，将来怎么对得起台下的学生呢？"在他的带动下，班上兴起了练粉笔字的高潮。

李春华生活非常简朴。大学三年中，他从未向同学们提及自己家里的困难，积极利用课余时间，打工挣学费和生活费。他经常把一份盒饭分成两餐吃。为了节省从学生公寓到教学楼之间的一元钱公交车费，他每天提前40多分钟步行去教室，中午就在教室或图书馆度过，下午再走回去。得知父亲患支气管扩张咳得特别厉害的消息后，他瞒着家人，捡了一个月破烂，为父亲买了两瓶饱含孝心的止咳糖浆。

李春华就是这样一个自强不息的人。2004年，品学兼优的他被大家推选为班长。2005年5月，他光荣加入了中国共产党。在入党申请书和今年向党组织递交的一篇思想汇报中，他这样写道："要成为新世纪的优秀者，就要学会顽强拼搏，永远跟党走！""青春短暂，生命有限，我要将有限的生命投入到无限的为人民服务的事业中去。"正因为如此，在两名少年落水的危急时刻，他挺身而出，把生的希望留给他人，把死的危险留给自己。李春华瞬间的英勇之举，用自己的行动实践了"为党和人民的利益奉献一切"的誓言。

"他认为自己是学生干部、是党员，应该带头讲奉献"

在李春华短暂的一生中，时时处处充满了爱心和谦让，表现出了关心他人、助人为乐、甘于奉献的高贵品质。村里有个姓何的孤寡老人，他几年如一日悉心照料，直到老人去世。高考前夕，他主动放弃省市三好学生、优秀学生干部的推选资格，把高考加分的机会让给别人，并笑着说："还有比分数更重要的东西。"

困难自己克服，利益让给别人，李春华总是这样做的。高中、大学一直与李春华同班同学的刘桥华含着热泪说："一次校运会结束时，劳累的同学都散了，他一个人默默地将班上的桌椅、物品搬回教室，累得满头大汗，没有任何怨言……像这样的例子还有很多。"同学们都说，有这样一个不考虑自己利益却愿意为集体利益奔波的班长，他们觉得很幸福。

湖南师大党委副书记王云动情地说："我校为资助贫困学生，设立了困难补助、无息贷款，且对特困学生减免学费。李春华是班长，也是班上最困难的学生，却从未向学校提出过申请，总把名额让给其他同学。但资助灾区儿童，参加义务家教，帮助孤寡老人，每一次他都走在最前面。他认为自己是学生干部，是党员，应该带头讲奉献。"在李春华的寝室清理遗物，当看到一张上面盖有衡阳市雁峰区岳屏镇公章的贫困证明，却没有填完更没有上交的国家助学贷款申请表时，他的大学同班同学郭硕禁不住泪流满面："他兴冲冲地拿来助学贷款申请表，还仔细地告诉我怎么填。我没想到，他家比我家更穷，他看到名额有限，就悄悄放弃了贷款的机会，甚至不让我们知道他是个贫困生。"

（中央人民广播电台 2006 年 7 月 27 日播出，并被中央电视台、湖南人民广播电台、《湖南科技报》、红网等新闻单位采用，与李镇东合作）

采写札记

重新审视"八〇后"新一辈

"再过二十年，我们来相会，伟大的祖国，该有多么美，天也新，地也新，春光更明媚，城市乡村处处增光辉。啊，亲爱的朋友们，创造这奇迹要靠谁？要靠我，要靠你，要靠我们八十年代的新一辈……" 20 多年前，当我们唱着这首《年轻的朋友来相会》时，心中就充满了一种激情，一种向往，一种憧憬……

没想到，时间一下子过去了 20 多年，我们已经告别了青年时代，而那些 80 年代出生的人都长大成人了，有的成了学术中坚，有的成了社会栋梁，有的甚至成了新时代的英雄，湖南师范大学历史教育系学生李春华就是其中一个。他留下了一段见义勇为的佳话，一段勤奋苦学的传奇，一种我们应该传承的美德……

他是一个浑身闪烁着忠、孝、仁、勇、爱等传统美德的现代青年。

"同是救人题材，重在深度挖掘"

2006 年 7 月 22 日，我正在采写衡阳百万群众迎战"碧利斯"的系列报道，突然接到雁峰区委新闻办主任屈红芳打来的电话："昨天，湖南师大学生李春华在家乡雁峰区岳屏镇山田寺村七组参加'双抢'时，为抢救两名落水少年牺牲了……赶快来现场报道吧！"

"别急别急，现在我问你，那两个小孩救活了吗？"

"两个孩子都救活了。"

"这就好，你们赶快组织报道，越快越好，最好在第一时间发出。"

"只是这种救人题材太多了……"

"同是救人题材，重在深度挖掘，你们要重点挖掘李春华作为 80 年代出生的大学生独有的精神特质。注意，关键靠细节感人，挖掘他平时乐于助人的一些典型事例！"我当时真想赶赴现场采访，与他们一道将李春华的事迹尽快报道出来，但手头还有几篇抗击"碧利斯"的报道尚未成型，而报社已经催了多次。我只有再三叮嘱，告诉他们如何谋篇布局，如何挖掘人物的内心世界……

交代几句后，我便匆匆下乡采访去了。

好在屈红芳、丁帅钧等不负众望，很快拿出了一篇 2400 多字的通讯《青春在瞬间闪光》，《衡阳日报》在第一时间发表出来，文章分为三部分：舍己救人的壮举、壮举背后的故事和永远灿烂的生命。他们用简练的文字和饱蘸深情的笔墨，挖掘英雄背后催人泪下的故事，一个在农村贫寒家境中成长起来的有血有肉、正义坦诚、勤劳勇敢、乐于助人、平凡朴实的大学生形象跃然纸上，一个在艰苦生活中自强不息、孝顺节俭、无私奉献，具有高度社会责任感、崇高人格力量和高尚道德情操的光辉典型呈现在读者面前。但由于时间仓促，一些生动感人的细节他们来不及深入挖掘，给读者留下了一些遗憾，但《衡阳日报》这篇报道非常及时，正是时代所呼唤的，是进行社会主义荣辱观教育所迫切需要的。

文章见报后，在全国各地引起强烈反响。中央和省级各大媒体记者纷纷赶赴衡阳采访报道李春华的事迹。李长春、刘云山、王兆国等中央领导先后作出向李春华学习的重要批示，教育部追授他为"全国舍己救人的优秀大学生"，团中央、全国学联追授他为"全国舍己救人的优秀学生干部"。湖南省委宣传部等有关部门组成"李春华先进事迹巡回演讲团"在省内和京城宣讲，社会各界好评如潮。北京大学学生黄冠说："李春华'生命的意义在于奉献'这一格言深深地刻在我心里。同为当代大学生，我们有责任传承中华民族的传统美德，有义务高扬无私奉献的精神旗帜，为整个社会作出表率。"

"每次采访均有不同的感受"

说实在话，对于"八〇后"新一辈，我也有不同的看法。不少人总是认为，他们是在糖水中泡大的，娇生惯养，吃不了苦，办不成事，成不了才，是迷失的一代，是垮掉的一代，是成不了"气候"的一代。从李春华的身上，我看到了"八〇后新一辈"身上一些特有的精神内核和可贵品质，不由发出这样的感叹：他们仍是勇于担当责任与道义的年轻一代，是靠得住、放得心、过得硬的。

随着学习李春华活动的不断深入，来衡阳采访的记者、看望李春华父母的领导和同学越来越多，我陪着他们去李春华家采访了 10 余次。每次陪他们到李春华家，我均有不同的感受，一次次被他的人格魅力和道德品质所感染，好几次，只能用泪水来释放内心的情感。至今留在我记忆中挥之不去的有四件事：

一是他把生留给别人，将死留给自己。本来，他挑着一担谷子回家，看到有人落水，在自己满身汗水，喘着粗气，连衣服也没脱的情况下就跳入水塘去救人。救上 11 岁的小孩李明后，他可以上岸休息，而另一个 15 岁的小孩李雪峰因不识水性，朝相反的方向游去，离岸边越来越远。这时李春华已筋疲力尽，当他游至塘中接近李雪峰时，小雪峰如同抱到一根救命草搂紧他的腰拼死挣扎，李春华使出全身力气将他蹬往岸边，而自己却沉入了水底。

二是他富有爱心，乐于吃苦。有一次，他从衡南一中跑回家，跑了 30 多公里的路，行程六七个小时，回家时已是半夜，父亲不问青红皂白拿着竹条就往他脚上抽，责怪他："怎么这么晚才回，是不是在路上贪玩？"李春华说身上没钱了，只有走路，原来他将仅有的 10 块钱捐给了班里一位患白血病的同学，连路费也没留一分。父亲后来追悔莫及："儿子长大了，懂事了，是我错怪了儿子。"

三是在两次家庭会上兄弟相让。李春华考上衡南一中那年，哥哥李佳庆正在读高二。父亲却愁眉不展，他的支气管炎发作，天天咳血。他喊来两个儿子开家庭会："我患病多年，凭我的能力，只能勒紧裤带供一人上学了。"这时，李春华望着李佳庆说："哥哥明年就考大学了，让哥哥继续读。"谁知李佳庆不同意，他说春华的成绩好，将来考大学的希望更大。父亲又感动又难受，最后决定让春华上高中，佳庆退学外出打工。当父亲宣布这个决定时，兄弟俩抱头痛哭。2003年8月，已是一贫如洗的家庭同时接到两张录取通知书，一张是李春华考上了湖南师范大学，另一张是弟弟李春龙考上了衡南二中。本来是天大的好事，而弟弟望着哥哥，哥哥也看着弟弟，兄弟相互谦让起来。父亲又喊来儿子开家庭会。"为了让我读书，哥哥已经作出了牺牲，再不能以牺牲弟弟的前途为代价了。"李春华想与哥哥外出打工供弟弟上学，最后还是父亲拍板："农村考上一个大学生不容易，让春华上学，春龙辍学打工。"

四是收废品为父亲买药。父亲患了肺气肿，无钱医治，李春华便瞒着父亲从学校拾来矿泉水瓶子和易拉罐，到废品收购站兑换了50多元钱，然后为父亲买来了两瓶止咳糖浆……他有时苦得一份盒饭作两餐吃，穷得上大学还穿中学的校服，但每次搞无偿献血、义务家教，他都走在最前面。他说："没有追求和理想，人便会碌碌无为；没有信念，就缺少了人生航线上的航标，便不会发出自我的光和热。"

所有这些，无不体现当代大学生崇高的精神追求、自强自立的道德情操和坚韧的生活态度，李春华坚守的不仅仅是基本的伦理道德，更是一种崇高的社会美德。从李春华的事迹中，我们获得的不仅仅是一种心灵上的震撼，也领悟到了一种传统道德的回归，更体会到了人生的真谛。

最后一桶"金"

本来，有关李春华的报道已经见诸中央、省、市各大媒体，呈铺天盖地、大气磅礴之势，我不想凑这个热闹，新闻在新、在快，最忌讳的是跟着别人的后面跑，炒"剩饭"、当"马后炮"，人云亦云。加上本人因公务缠身，错过了宣传李春华的"最佳时机"，但媒体的每一次推介，都让我萌生一种感动；每一次感动，都让我产生一种激情；每一次激情，都让我产生一种写作冲动；每一次冲动，都让我提升一种人生境界。

李春华是传统文化与时代精神完美结合的典范，被评为湖南省十大平民英雄和 2006 年湖南省十大新闻人物。在今天这个商业气息浓厚的社会，儒家的传统人格如模板般刻在他身上。通过采访，我挖掘到大量生动感人的典型事例和生动细节：李春华家相当贫困，长期借居在叔叔的几间破房子里，他兄弟 3 人上学读书，加上父亲患病，家里几乎找不到一件值钱的家什和一件家用电器，但李春华穷且益坚，不坠青云之志，他立志回乡当一名乡村教师，经常利用寒暑假回乡为家乡的中、小学生义务辅导功课；高中期间因为名额有限，他放弃了当三好学生高考加分的机会；大学期间为把助学贷款留给同学，他宁愿自己周末兼三份家教甚至捡破烂，也不愿填写那张他更有充足理由填写的贷款申请表格；春华的同学告诉我，他没想到班长家这么穷，班长凡事总是先考虑别人，班长生活朴素，甚至不会玩网络游戏，在一些"时尚"大学生眼中是个"老土"……看着李春华那破烂得几乎一无所有的家，听着他的父母、兄弟、邻居、同学满怀悲痛地追忆他生前的点点滴滴，我控制不住自己的情绪，泪水又一次从脸颊滑落，这种感动迅速转化为一种激情，这种激情如同大海中的浪潮一般在我心中激荡，有时迫使我夜不能寐，像火山一般从我心中喷发出来，总想一吐为快。又是一个不眠之夜，我与李镇东一道完成了通讯《用生命谱写的青春赞歌》。我们饱含深情，写了 4000 多字，着重描绘一位优秀的大学生、一个年轻的共产党员坚定不移的政治信仰、勤俭自强的优秀品德和舍己救人的崇高精神，让受众看到李春华以瞬间燃烧的生命和闪光青春，迸发出动人心魄的光和热。文章在中央人民广播电台播出后，《湖南科技报》、红网等数 10 家媒体迅速转载。

2006 年 9 月 29 日，湖南师范大学、北京大学、清华大学、复旦大学、北京师范大学等 27 所高校又联合发出倡议，号召全国大学生向李春华学习。

同年 11 月 22 日，湖南省委常委、宣传部部长蒋建国专程赶往衡阳看望李春华父母，并送去 5 万元慰问金给李春华家建新房。他深情地说："对父母来说，春华是个好儿子；对群众来说，春华是个好子弟；对社会来说，春华是个好青年；对我们党来说，春华是个好党员，他的英雄壮举感动了全社会，使大家受到了教育和鼓舞。李春华是这个时代活生生的好例子，他的精神是大学生群体的需要，也是这个时代的需要。"紧接着，我们又根据手里所掌握的材料，写出了《"我们心里很暖和"》，描写李春华一家得到社会各界关爱的故事，大力弘扬"社会需要英雄，人民崇尚英雄"的良好社会风尚。随后，我们又写出了《英雄母校喜洋洋》《李春华先进事迹感动京城学子》和《英雄祭拜英雄》，分别在中央人民广播电台、中央电视台、《光明日报》、中国新闻社、《湖南日报》、湖南人民广播电台等新闻单位发表，人民网、央视国际、网易、搜狐等知名网站也纷纷转载，从而淘得了最后一桶"金"。夏日如火，在采写《英雄祭拜英雄》的过程中，我运用白描手法，用"现场短新闻"的写作方式，将"中国男孩"洪战辉、"模范导游"文花枝和"见义勇为公民"吕曦东在李春华逝世一周年的纪念日这天，同时上山祭拜李春华的一组组特写镜头原汁原味地记录下来，几乎不通过任何加工润色，再现了人民对英雄的怀念与追忆，特别是通过这三位特殊的"新闻人物"来表现，效果更理想。

"春华效应"及其他

有一种感动，常常可以穿越时空，撞击我们的心灵；

有一种精神，常常可以透过喧嚣，触动我们的灵魂。

李春华以 22 岁的年轻生命、瞬间的英勇壮举和持之以恒的道德本色让我感动，让我震撼，让我陷入了深沉的思考，重新审视"八〇后"新一辈。

李春华走了，他留给我们的不仅仅是感动与热泪，更是对生命的拷问。人生的真正意义是什么？生命的价值究竟在哪里？李春华不只代表一个舍己救人的好青年，更形成了一种社会效应——一种行善的效应，一种担当社会责任的效应。这种"春华效应"使得担当社会责任成为一种潮流。

孝心献给父母，爱心奉献社会，忠心向着党和人民。李春华用生命抒写了自己最厚重、最深沉、最宝贵的生命价值。他身上所凝聚的道德本色无不深深地震撼着每一个华夏儿女。

现代社会生活方式多样化，价值取向也日趋多元化，传统道德权威弱化、信仰缺失等给"八〇后"新一辈带来了精神与心理的压力，面对诸多价值取向，金钱与伦理的冲突、多重角色的叠加、社会公正与经济效率的无法兼顾，使他们有些无所适从，甚至影响了他们对道德标准的选择。加上独生子女的生长环境，缺乏挫折感的成长经历，人文教育的系统性缺失，道德滑坡的社会环境，以及媒体、网络中的一些不负责任的引导，都是造成他们道德失范的原因，一些人的社会道德、责任、爱心、诚信都在默默流失着。

当虚无的功利主义和浅薄的享乐主义主宰人们的大脑与感官时，潜藏在华美袍子下的欲望之虱骤然风行，成为时尚青年向现实献媚的宠物。

这时，李春华在生命最后时刻铆足全身仅剩的一点力气蹬出有力一脚，在赢得了另一个生命延续的同时，蹬穿了当今社会的浮躁与虚荣，蹬破了乡村的沉默与死寂，也蹬出了他坚守平常追求的一种人格力量，那样义无反顾，那样毅然决然！他没有任何迟疑与犹豫，更没有丝毫的顾虑和自卑，而是以一种超乎常人的坚持，将他内心的真诚、无私和善良感染着身边的每一个人。

人生如梦。转眼间，时间过去了近两年，我们已无法挽回李春华的生命，但他却用短暂而灿烂的青春拯救了我们内心的荒凉，赐予我们前进的力量和勇气！也许，这正是李春华这个典型经久不衰的意义之所在。正如《光明日报》记者唐湘岳感言："今天的大学生是中华民族明天的太阳。我想对明天的太阳说，在人生的旅途中，最糟糕的往往不是贫穷，不是厄运，而是精神和心境的消沉。李春华同学2006年夏天离我们而去，但他的心变成了太阳变成了月亮，日日夜夜照亮了我们前行的道路。"

（原载2008年第6期《新闻业务参考》，并被选入湖南人民出版社出版的《引导舆论》一书）

一场百年罕见大冰雪致使京珠高速湖南段滞留车辆上万台，人员五六万。三湘大地展开了一场紧急大救援，湖南衡东县大浦镇农庄村刘吉桂三兄弟分别将44名乘客接到家中，而一住就是四天三夜。

湘鄂一家亲

元宵节前夕，家住湖北省荆州市的刘光前将电话打到了大浦镇农庄村九组农民刘吉桂家，他在电话中痛哭流涕："感谢您呀，我素不相识的恩人，您不但救了我的命，还救了40多名乘客……祝好人一生幸福，祝全家元宵节快乐！"

"大哥，救救我的孩子吧！"

一连10多天的冰冻使湘南大地一片白茫茫。1月26日凌晨5点30分左右，随着"轰隆"一声巨响，广东省普宁市客运公司一台"粤V-1029"大客车侧翻在京珠高速衡阳段路边的排水沟里。听到响声，住在离高速公路不到50米远的刘吉桂马上爬起身，到路边一看：翻了一台车，车上的人员正在陆续下车，一个个冻得直打哆嗦，有的双手捂住了肋骨。一打听，他们是从深圳赶回湖北荆州老家过年的，身上穿得很单薄，一位抱着孩子的中年妇女看到有人来救，大喊："大哥，救救我的孩子吧！"小孩也被冻得直哭。

"救人要紧！"刘吉桂没想那么多，拿来铁锤，在绿色铁丝防护栏中砸开一个洞，猫着腰钻了进去。他从妇女手中接过不到两岁的小孩，对下车的乘客说："大家跟我来，到我家里去烤烤火，暖暖身子。"

人群陆续跟着他进了屋。

刘吉桂今年42岁，家境并不富裕，全家5口人，两个女儿上高中，一个儿子上初中，负担很重。尽管他家种了14多亩水田，养了上千只鸡，但仍是入不敷出。好在2000年建成了一栋红砖房子，两层加起来不到260平方米，至今还没有粉刷装修。

屋子里一下子涌进了44位"特殊客人"，连落座的地方也没有。这些客人中只有5个男的，其中一个受了伤，除一个小孩外，其余都是清一色的妇女。

刘吉桂全家忙开了。他用稻草捆着鞋子一步一滑到5里外的市场买菜。大雪封山，菜价涨了不少，猪肉每公斤涨到了30多元，鱼每公斤涨到了20元，连白菜也要4元一公斤。"救人需救急。"从来舍不得花钱的他一咬牙买来300多元的菜。刘吉桂的爱人胡满英也是一个好人，看到饥寒交迫的客人，一边找来女儿的衣服叫她们穿上，一边燃起了5堆熊熊的柴火让大家取暖；17岁的二女儿刘珊点燃了几炉炭火，帮妈妈煮饭煮菜；13岁的儿子刘文亮则忙着搬柴、压水、摆筷子、洗碗，一家人忙得不亦乐乎。

上午10点，终于开饭了，没地方坐，只能分两批吃，每批开两桌，每桌10余人。

"兄弟有困难，我们来承担"

吃完中饭，受伤司机刘光前痛得喊不行了，他的左脚骨折，肿得比冬瓜还大，不能动弹。

刘吉桂喊来哥哥刘吉华、弟弟刘秋华，还有一个邻居帮忙，四人用一张睡椅抬着刘光前踩着积雪到712矿医院。平时半个小时的路，他们走了近两个小时。

医院骨科医生手术高明，三下五除二，只花一袋烟工夫就把刘光前的骨头复了位，敷上中草药后，仍不能行走，他们只得又把司机抬回来。

抬到家，天已大黑，家里早已断电，点亮蜡烛，只见刘吉桂兄弟的头上、衣领上结了一层薄冰，冰水浸过鞋底，脚板被冻僵，双脚好像踩在水里，冻得牙齿咬得格格响，连盖刘光前的被子也冻得硬邦邦的。

吃完晚饭，刘吉桂又请来村里的赤脚医生为刘光前输液，用来消炎和镇痛。

受伤的刘光前安顿好了，而余下43人的住宿却成了问题。刘吉桂家有5张床铺，他动员老婆、女儿、儿子去邻居家借宿，并借来5床被子开上五张地铺，地上铺了层厚厚的稻草，共安置了22个客人，还是解决不了问题。见弟弟为难了，哥哥刘吉华开了口："我们刘家世世代代喜欢做好事，在别人遇到困难的时候，总是拉人一把，如果这次不下雪，我们请他们也请不到，这是一种缘分，患难见真情，我家安置10个吧！"

"兄弟有困难，我们来承担，剩下的12个全归我了！"弟弟刘秋华毫不示弱。

就这样，44名乘客当晚分别被刘家兄弟安置下来。

"想方设法，保证客人不挨冻受饿"

人员安置下来后，最大的问题是水。客人中大部分是女同志，一个人的用水量是男人的几倍。刘吉桂家门口有一口水井，根本供不应求。最讨厌的是这场大雪，将压水泵冻住，每天清早只有用开水将冰雪烫融，井水才压得出来。井水用完了，刘吉桂兄弟又穿着草鞋，到2里外的水井里去挑，每天一挑就是50多担。

水有了，烧柴又成了问题。刘吉桂准备过年的上千斤木柴只烧两天就没了。好在年前碾了800斤稻谷，吃饭有保证。刘吉桂想不了那么多了，他心中只有一个念头，就是保证客人不挨冻受饿。他拿起斧头，将家中准备建杂屋的几立方木材劈开，烧火让大家暖和身子。

到了第三天，京珠高速还是没通，电仍没有，家里的电话也打不出了，但高速公路上仍闪动着基层干部的身影，有些干部还跑到刘家来慰问滞留人员。

刘吉桂连续忙了4天3晚，嗓子嘶哑了，还不停地咳嗽，为让出床位给客人睡，他一连两个通宵未挨床，后来，刘光前过意不去："你是我们的顶梁柱，白天你就睡我这张床，不然我们的生活都没保证。"直到第三天，他才休息了一个下午。

刘吉桂初步算了一下，这几天，44位客人在他们兄弟家烧煤烧柴2吨多，吃米160多公斤，买菜1200多元……而他们从没提过要钱的事。刘家兄弟说："谁都没挂无事牌，人人都有落难的时候，帮一把是应该的。"

1月30日下午，京珠高速公路慢慢疏通了，当地政府从外地调来一台车，将这44位"特殊客人"接了出去，为减轻京珠高速的压力，汽车停在107国道上，离刘家有6公里。

44位客人依依不舍地告别刘家，有的妇女穿着高跟鞋在雪地上不能行走，刘家的姑娘们便脱掉自己的鞋子，叫她们穿上。受伤司机仍行动不便，刘吉桂三兄弟又喊来邻居，将他抬到了107国道边，送到大客车上才离开……

"刘家做事不图回报"

临走，那位带小孩的中年妇女给胡满英留下50元钱，泣不成声："在刘家住了4天3夜，你们对我们太好了，太客气了，我身上没带多少钱，表表我的心意吧！"被胡满英婉言谢绝。

刘家世代喜欢做好事，本组82岁孤寡老人胡继仁，视力不行，刘家兄弟争着给他挑水、送菜，有时，在外只抓到一条鱼，也要送给他吃；看到高速公路边有精神病人在流浪，刘家子弟也要送红薯给他吃"别饿倒了"；遇到一些落难者，刘家兄弟总是热情挽留他们留宿过夜。

冰灾之后，村里的电杆倒了一大片，全村870多人无电照明，刘氏兄弟组织全村40多名劳力连续奋战4天，将30多杆电杆一一竖了起来，恢复了照明。而这一切纯属义务。

"刘家做事不图回报。"在刘家采访，问到司机、乘客的单位、姓名，没有一个说得清，刘吉华、邓昌英夫妇只记得有个女的叫张微，说的一口普通话，是湖北荆州人。他们说："这样的事太平凡了，对我们来说是小事。"

春节期间，湖北荆州那44位乘客纷纷打来电话，给刘家兄弟拜年，祝好人一生平安，而刘氏兄弟却说："那天，你们走得太急，给我们留下了遗憾，就是没买鞭炮送你们。"

在刘秋华、朱金梅家，12位客人将自己的名字、手机号码写到一张纸上，叫他们妥善保管好，以后如有机会到广州、深圳打工，一定要来找她们，她们一定帮忙。而这张珍贵的"纸片"被他们随意一丢，不知被哪个小孩撕去了一小半，上面只留下了8个人的名字，他们是：欧阳程、罗平、刘艳、郭群、胡启明、刘晓琼、高莉、谭婷。

（原载2008年2月20日《衡阳晚报》，并被《人民日报》、《光明日报》、《经济日报》、新华社、中央电视台、中国新闻社、《中国妇女报》、《湖南日报》、《武汉晚报》等新闻媒体采用，获"赵超构新闻奖"特等奖，2008年度中国地市报新闻奖一等奖、湖南新闻奖一等奖、湖南好新闻一等奖）

采写札记

用细节感人

2008年初那场大雪，江南大地涌现出一个个精彩动人的瞬间，让我记录成一份定格的历史。冰雪无情人有情，是他们挺立在风雪中，用37℃的体温与零下几度的冰凌作战，让我在采写过程中留下一次次感动。

回想这场与冰雪的艰难搏斗，有太多心手相牵的场景，有太多温暖动人的故事，有太多感天动地的诗篇，有太多刻骨铭心的记忆……我几乎每天都被感动着，用比较细腻的笔触，捕捉到了4个来自一线的鲜活典型，其中一位典型被推荐进了中宣部。

灾害面前，真善美、假恶丑均显示出自己的本来面貌，有人趁火打劫，哄抬物价，大发国难之财；而有人却用理解、宽容与关爱，传递着人间真情。春节期间，我获悉湖南衡东县大浦镇农庄村农民刘吉桂三兄弟将京珠高速上一台滞留车辆内的44名乘客接到家中，一住就是4天3夜。爱心融冰雪，真情暖人心，这件小事可展示中国当代农民的风采。正月初十，我便踏着坑坑洼洼的小路来到刘家采访，着力挖掘刘家一些感人的细节。刘吉桂皮肤黝黑，其貌不扬，看上去比他的实际年龄要大得多。他的家境并不宽裕，家中有3个小孩上学，其中两个上高中，尽管种了15亩田，养了上千只鸡，但仍入不敷出，他的房子是2000年建起来的，至今仍没装修。为保证客人不挨冻受饿，他连准备建杂屋的几立方木材也劈成柴火烧了。但"刘家做事不图回报"，春节期间，湖北荆州那44位乘客纷纷打来电话给刘氏兄弟拜年、致谢，而刘氏兄弟却说："那天，你们走得太急，给我们留下了遗憾，就是没买鞭炮送你们。"话语不多，但朴实真挚，让人感动。我饱含深情，用事实说话，一口气写成2980多字的通讯《湘鄂一家亲》，2月20日在《人民日报》《衡阳晚报》和中国衡阳新闻网上同时发表，在社会上引起强烈反响。2月21日，刘吉桂被湖南卫视邀请到《元宵喜乐会》录制现场，这位朴实的农家汉子以特有的质朴、善良和真诚再一次感动了观众。没想到，中宣部迅速将刘吉桂兄弟定为"抗冰雪英雄谱"重要典型。2月22日，新华社、《光明日报》、《经济日报》、《中国妇女报》、中央人民广播电台、中央电视台、中国新闻社等媒体均以2000字的篇幅刊发了我采写的稿件，百度、新浪、搜狐等全国300多家网站予以转发。《武汉晚报》也打来电话向我索取样稿。一位网民看罢这篇报道跟帖说："没有一种语言能如此让人感动，没有一种力量能如此叫人震撼，致敬！大情大义大爱大德且将大富大贵的刘吉桂！"

世界上最感人最动情的还是细节，由此我想到一位记者曾经说过的一句话："对于社会上发生的事，一般记者只能告诉人；较好的记者能告诉人，还能感染人；最好的记者能告诉人，感染人，还能启迪人。"这就是记者的功夫！令我意想不到的是，此稿经《衡阳晚报》推荐，先后获得中国晚报最高奖"赵超构新闻奖"特等奖，2008年度中国地市报新闻奖一等奖、湖南新闻奖一等奖、湖南省好新闻一等奖、全省市州报好新闻一等奖。刘吉桂也被中宣部、中央文明办、解放军总政治部、全国总工会授予"全国道德模范提名奖"，被湖南省委、省政府授予"全省抗冰救灾模范"，并被评为2008年"湖南省十大新闻人物"。湖南省委书记张春贤专程赶到他家进行慰问，称赞他为"大义农民"，展示了湖南农民的新风尚。

弟债兄还，衡阳汉子诚信如山

面对弟弟死后留下的 54 万多元巨债，他将弟弟的 21 张欠条换成自己的名字，并郑重许下"弟债兄还"的承诺；

面对岌岌可危的水厂，他挺起不屈的脊梁，靠自己的诚信、厚道与坚强，感动着美丽的雁城。

他就是 2008 年度"衡阳市十大新闻人物"、衡阳市首届"青年创业之星"、2009 年度"湖南省诚信道德模范"、第二届全国道德模范提名奖获得者湖南省祁东县金桥镇罗塘村青年农民曾存粮。

把"城里户口"让给弟弟

曾存粮今年 39 岁，排行老二，上有大哥曾平粮，下有弟弟曾桂粮。淳朴的民风、严格的家教练就他勤劳俭朴的本性；而家乡的山水则赋予他山一般的刚毅。高中毕业那年，农村卷起一股股"买城里户口"浪潮，父亲考虑到曾存粮的书读得多，决定为他买个户口，让他享受一下城里人的生活。曾存粮权衡再三，考虑到比自己小 5 岁的弟弟见识少，生存本领较差，便将"农转非"指标让给了弟弟。弟弟拿着这纸"城里户口"进衡阳市金雁化工厂当了工人，他则远赴永州市学习汽车维修技术。

在汽车维修公司，曾存粮脏活、累活抢着干，并买来《汽车维修指南》等书籍，利用休息时间"细嚼慢吞"。功夫不负有心人，3 个月后，汽车的一般故障能在他手中迎刃而解。熟悉他的汽车司机愿意将车交给他维修，因为他技术高，人诚实，不会乱换零部件。

一年过后，远在吉林省辽源市的姑妈要曾存粮去那做水果生意，他又孤身一人来到吉林省，在姑妈住处附近的市场租了一个摊位，每天早上4点多就拉着一辆三轮车，去3公里之外的水果批发市场进货。地冻天寒，呼呼的寒风吹在脸上，像刀割一般疼痛。一次，他独自拉着一辆人力三轮车去进货，由于路面结冰，在回来的一段下坡路上，车子失去控制，猛然侧翻在地，水果散落得四处都是。为确保顾客能买到放心水果，每次进货后，他都会不厌其烦地将水果反复检查，把差的、烂的挑选出来，双手被冻得通红……靠着诚信和勤奋，他的生意越做越红火。

然而，好景不长，因父亲病重需要人照顾，曾存粮只得放弃刚刚打开的生意局面回到老家。父亲病愈后，他又南下广东打工，在一家运输公司当司机。

为救弟弟，他接管了濒临倒闭的水厂

2008年初的那场冰冻灾害，让曾存粮永世难忘。

就在冰雪肆虐的1月16日，一场意外打乱了曾家的平静，弟弟曾桂粮遭遇意外车祸，严重受伤，被送往医院抢救。

曾桂粮自1997年从金雁化工厂下岗后，一直在老乡肖爱国办的纯净水厂打工，他凭着"呷得苦"的劲头，从"打工仔"变成一个经销点的"小老板"，并于2002年接手肖爱国的水厂，创办"飞翔"纯净水厂。他白手起家，苦心经营，经过6年打拼，"飞翔"纯净水厂蒸蒸日上。自弟弟接收水厂后，曾存粮就从广州赶了回来，帮弟弟打理水厂。

车祸中严重受伤的曾桂粮被诊断为胰腺断裂，高昂的手术费让曾家难以承担。曾存粮这个硬铮铮的汉子心如刀绞：我要救弟弟，也要救"飞翔"！

从那天起，曾存粮开始了"两点一线"的生活：他一边为弟弟昂贵的医疗费四处奔波；一边又得为"飞翔"的发展殚精竭虑。他感到前所未有的压力："厂子事情多，很复杂，出不得半点差错。"从清洗保养设备、安排运送水到洽谈业务，他忙得焦头烂额，每天像旋转的陀螺一样得不到休息。到了晚上9点，身心疲惫的他还得往医院赶，接替父亲照料弟弟，这一忙，就到了凌晨两三点。他跑上跑下，腿都跑软了，上下眼皮直"打架"，他用自己的极限体能苦苦支撑着，在开水房等水的间隙，他靠着墙壁睡着了……

为照顾曾桂粮，保证水厂的正常运转，多少次，曾存粮几乎虚脱，他准备选择放弃。他曾在电话中向叔叔诉苦："我情愿把家里的房子卖了，打工还债，我真的支撑不下去了。"但他始终没有倒下，且不能倒下，因为他是家中的顶梁柱，弟弟需要他，这个家需要他！

弟弟住院每天需要几千元开销，一旦欠费，药品就会断供。为了筹集医疗费，曾存粮想尽了办法，跑断了腿，将亲戚朋友借了个遍。他经常是白天从经销点收水钱，晚上跑到医院去交费，一次次拿着一大把零钞来维持着弟弟宝贵的生命，来得多了，医院的财务人员没有一个不认识他。最困难时，曾存粮甚至想过卖掉水厂的门市部。他的妻子于秋阳总是想不通：自己从娘家借来1.5万元，好像一颗石头投入水中，没有引起多大的响动，一眨眼就没了，而曾家的债务越欠越多，这钱何时能还得了？更让她无法接受的是，为了筹钱，丈夫竟然想卖掉祁东老家的房子！失望与愤懑交织的妻子几次闹着要离婚，重压之下的曾存粮只能默默忍受，咬牙坚持，期待弟弟的病情出现转机。

2008年5月24日，一家人盼来了湘雅附二医院的手术，看到走出手术室的医生一个个直摇头，曾存粮的心一阵紧缩，弟弟的内脏器官衰竭，医治无效身亡。临终前，弟弟似乎心存挂念："哥，我欠下的债……"曾存粮会意，握住弟弟的手，含着泪说："放心吧，我会替你打理好一切的。"

弟债兄还，用诚信书写坚强

处理完曾桂粮的后事，曾家举行了一次特别会议。会上通报：曾桂粮住院期间，曾家共欠下27万元债务；在清理弟弟遗物时，曾存粮又发现弟弟投资办厂时的借款27万元未还。54万元巨债，对于曾家来说，犹如泰山压顶！有人提出："事到如今，干脆卖掉水厂，还掉27万元医疗费；至于其他债务，当事人已死，于法于情于理，我们都可以不管。"曾存粮却站出来反对："'飞翔'水厂凝聚了弟弟多年的心血，就这么卖了，一走了之，无论是对尸骨未寒的弟弟，还是对在危难中帮助过曾家的人，都无法交代。"最终，他主动要求承接"飞翔"水厂，偿还这笔高达 54 万余元的巨债。

曾存粮接下水厂时，妻子于秋阳坚决不同意，自己上有老下有小，加上水厂没有一分钱流动资金，维持基本运转都异常艰难。接下水厂，还要承担这么多的债务，要是万一经营不善砸了锅，那可怎么得了？

几位亲戚朋友也劝他："干脆卖了水厂，还掉 27 万元医疗费，另外 27 万元欠债，人死债销。"有几个借款人还主动提出："那钱，我们不要了，我们和桂粮都是兄弟，既然他走了，这笔账也就销了。"

水厂员工也有了情绪，自从曾桂粮出事后，水厂资金周转困难，几名员工打算辞工"跳槽"。

那段时间，曾存粮一直犯愁，他处于痛苦的抉择中。弟弟住院时很多事情都靠他操办，27 万元的借款是大家一点一滴凑起来的。特别到了后期，在治疗没有什么希望的情况下，还有人主动借钱。本村 70 多岁的李克友将省吃俭用积攒的 1 万块钱送往医院，面对这么多好心人，我能抛下不管不顾吗？不，弟债兄还，我一定要完成弟弟的遗愿！

第二天，曾存粮请来 10 余位除直属亲戚之外的债主。他列出了一份详细的欠款单，一笔不落，一分不少。他经过深思熟虑，重新开出 12 张欠条，将弟弟的债务收归自己名下。面对大家，他郑重承诺："请给我 3 年时间，这些债我一定还，一分不少，全部还清。"在场的债主无不动容，曾桂粮生前"金雁"的同事李光明、祁东老乡曾春明分别放弃了自己 1.1 万元和 1.3 万元的债权。在场的"雨母""白沙""古汉"纯净水老板们也表示："这些钱等到'飞翔'做大做强，再还也不迟……"

情动衡阳，好人终有好报

做承诺简单，履行承诺的背后却是常人难以想象的艰辛。为早日还清弟弟的债务，曾存粮起早贪黑，既当管理员，又当勤杂工。炎炎烈日下，他赤着膀子背着桶装水挨家挨户爬上一层层楼；寒风呼啸时，他加班加点清洗设备以保证水质。由于高强度的劳作，他的双手布满厚茧，有时吃饭连筷子都拿不稳。为节省开支，他独自开着车子送水，从清早忙到深夜 12 点才收工，最多的一天送了 910 桶水。受他的感染，妻子于秋阳改变了态度，主动帮他管理后勤事务；岳父岳母不顾年事已高，赶过来帮忙料理水厂；水厂的 11 名员工也拧成一股绳，一个个干劲十足。

无论身处顺境还是逆境，诚信始终是曾存粮做人的基本准则。一次，一位员工从江东水店回收水桶，点收员发现多收了 10 只水桶，而对方并不知情。他当即如数送还，令对方感动不已。从经营至今，他与大小客户所签订的合同，没有出现一例因为水厂原因的违约或纠纷。

衡阳市各职能部门被曾存粮的诚信经营和大情大义所感动。工商、质监、卫生监督等部门免去他的年检和管理等费用；工商局、个体劳动者、私营企业协会负责人多次上门看望他，鼓励他战胜困难，走出困境；衡阳市社会各界纷纷向他伸出援助之手，主动为他排难解忧；衡阳市蒸湘区工商分局在为他减免税收的同时，还给他送去 1000 元慰问金。

曾存粮在一步步履行着自己当初的承诺。如今，他已替弟弟偿还了 16 万多元债务，祁东老家李克友大爷 1 万元债务他早已还清，对于乡亲们的大恩大德，他念念不忘。他甚至连做梦都在还债，他说："照这样的速度，我相信我对债主的承诺一定会兑现！"

衡阳市委书记获悉他的事迹作出批示："曾存粮这样的诚信典型要好好宣传，为打造诚信衡阳营造舆论氛围，要在衡阳倡导一种讲诚信的风气！"衡阳市迅速掀起"学习曾存粮，做诚信商人"活动高潮，目前，一种讲诚信、守信用的热潮在衡阳城乡涌动。曾存粮先后被评为 2008 年度"衡阳市十大新闻人物"、衡阳市首届"青年创业之星"，并入选中央文明办举办的"中国好人榜"，2009 年 6 月被推荐为"湖南省诚信道德模范"和全国孝老爱亲模范候选人。近两个多月来，衡阳市近百万市民自发为他投票，一些网友在网上发帖称：曾存粮，大仁大义的诚信英雄！顶天立地的孝老爱亲模范……

诚信为本，大爱是金。对个人而言，诚信乃立身之本；对企业而言，诚信是生存之本，发展之源。一个人不讲诚信，一个企业不讲信用，将失去发展空间。曾存粮的诚信和厚道，得到了经销商的广泛认可，在艰难困苦中，经销商们始终对他不离不弃，帮助他在最艰难的时候迅速打开销路，让他的水厂重新焕发出生机。目前，"飞翔"水厂的营销点由曾桂粮去世时的 80 多家增加到 140 多家……

"不经历风雨怎么见彩虹，没有人能随随便便成功，把握生命里每一次感动，和心爱的朋友热情相拥，让真心的话和开心的泪，在你我的心里流动……"这是曾存粮经常哼唱的一首歌，这是他的内心独白，这是他的真情流露，这是他的情感发泄，衷心祝愿他早日走出阴霾，走过风雨，见到人间一道道绚丽的"彩虹"。

（原载 2009 年 8 月 28 日《中国青年报》，并被中国新闻社、中国经济网、《农村青年》、《湖南日报》、《潇湘晨报》、《特别关注》、《家庭导报》等新闻媒体采用，与成振峰合作）

采写札记

传统文化的感召力

中华优秀传统文化源远流长、博大精深，包含着丰富的哲学思想、道德情操、价值观念、审美品格、艺术情趣、辩证思维和科学智慧，构成了光耀千秋的不朽文化思想经典，熔铸了中华民族的性格、气节、品格和气魄，构成中华民族的脊梁、血脉和灵魂，成为维系中华民族繁衍生息、历经磨难不断强盛的精神家园和精神支柱，是中华民族宝贵的精神矿藏。

中华民族在长期实践中培育和形成了独特的思想理念和道德规范，有崇仁爱、重民本、守诚信、讲辩证、尚和合、求大同等思想，有自强不息、敬业乐群、扶正扬善、扶危济困、见义勇为、孝老爱亲等传统美德。

中华优秀传统文化中很多思想理念和道德规范，无论是过去现在，还是将来，都有其永不褪色的价值。"仁、义、礼、智、信"等思想观念深入人心，诚实守信、宽厚孝义、扶危济困的情操品格，深深地滋润着神州大地上的芸芸众生，流淌在他们的血脉里，熔铸在他们的精神世界之中，形成了凝聚推动社会进步的巨大精神力量。

曾存粮就是一个在中华优秀传统文化的影响下，涌现出来的诚实守信、孝老爱亲的典型人物。

走近曾存粮，如同走进色彩斑斓的历史文化长廊。传统的文化、淳朴的民风、严格的家教练就曾存粮从小勤劳俭朴、孝老爱亲，高中毕业那年，父亲考虑曾存粮有文化，便为他买个城里户口，安排工作，而曾存粮考虑弟弟曾桂粮比自己小5岁，生存本领较差，权衡再三，硬是将"农转非"指标让给了弟弟。弟弟进城当了工人，他则赴外地打工养家糊口。

走近曾存粮，犹如品读乡村文化的思想经典。弟弟下岗后，办起了"飞翔"纯净水厂，曾存粮从广州赶回来，帮助弟弟打理水厂，兄弟之情，亲如手足。2008年的那场冰灾，弟弟遭遇车祸身亡，面对弟弟死后留下的54万元巨债，有人认为"人死账烂""人死债销"，而出人意料的是曾存粮将弟弟的21张欠条换成自己的名字，郑重许下"弟债兄还"的诺言："有借有还，再借不难；借钱还债，天经地义，大家能借钱给弟弟办厂，情义无价，算我曾家欠大家的了，请给我3年时间，这些债我一定分期分批归还，一分不少，全部还清。"债主们无不动容。

走近曾存粮，仿佛看到农家汉子的博大崇高。一言既出，驷马难追。诚实守信，是曾存粮做人的本分。做承诺简单，履行承诺的背后却是常人难以想象的艰辛。为早日还清弟弟的债务，曾存粮起早贪黑，既当管理员，又当勤杂工，炎炎烈日下，他赤膊上阵背着桶装水爬上一层层楼送到每家每户，他以特别能吃苦、特别讲诚信和农家汉子的厚道，得到经销商的广泛认可，在艰难困苦中，经销商对他不离不弃，打开销路，让他的水厂重新焕发出生机。3年内，他将弟弟欠下的54万元巨债全部还清。

诚信为本，大爱似金。曾存粮用诚信与坚强感动着雁城人民，使我国优秀传统文化绽放着不朽的光芒。衡阳市掀起"学习曾存粮，做诚信商人"活动。曾存粮先后被评为2008年度"衡阳市十大新闻人物"、2015年湖南省"道德模范"、2021年湖南省"诚信之星"。2015年，被授予"全国道德模范提名奖"。

如候鸟般在深圳和湖南这条"出钱、出力、被人嘲笑"的公益路上，许凌峰一走就是 16 年；他捐助的学生从 1 人到 300 人，从 50 元到百万元，从点对点资助到自费招募教师支教；他不停地拼搏创业，扶弱助贫，让山区的孩子延续求学之路……

"中国募师支教第一人"

12 月 31 日，一支由深圳青年志愿者组织的 60 台自驾旅游车队徐徐驶进湖南省常宁市塔山瑶族乡中心小学，特意为这里的师生捐款 7.8 万元，并送来一些学生用品。

组织这次活动的人叫许凌峰，今年 42 岁，深圳市华宫装饰设计公司董事长。18 年前，他从贫困的家乡南下深圳，先后出资百万元资助 300 余名贫困学生重返校园，他被评为"2005 中国公益之星"。2006 年 4 月，他面向全国公开招募 5 名教师到这里的瑶乡支教，目前，他已招募 22 名教师到贫困乡村支教，被誉为"中国募师支教第一人"。

募师支教源于瑶乡的贫穷

2005 年秋天，许凌峰出差到长沙，偶然从电视上看到，地处湖南常宁的塔山瑶族乡因偏远贫困，许多孩子辍学。他次日就辗转赶到塔山乡考察，令人十分震惊：教室破旧简陋，课桌、板凳残缺不全，有的孩子只能站着上课，更让他吃惊的是：全乡没一个中专毕业生，更别说大学生。许凌峰当即表示："我一定设法帮孩子们请几名老师，来学校支教！"

回深圳后，许凌峰登出了"招募扶贫支教"广告，决定每年从公司利润中拿出 20 万元面向全国招募 5 名教师，即每位教师每年的工资福利不少于 4 万元。

这个消息在深圳引起轰动，报名的教师打爆了许凌峰的电话，有关教育专家认为这在全国尚属首例，是一种全新的、多赢的支教模式，是一种"社会创新"。经层层筛选，毕业于黑龙江大学的深圳宝安中旅女导游李樱樱、定居深圳的退休教师曹书康、深圳专职家庭女教师张秀玲、来自湖北荆门的教师黄新德、有过多年职教培训经历的陈直翔 5 位品绩皆优的教师脱颖而出。2006 年 4 月，这支扶贫支教小分队在许凌峰的带领下，前往常宁市塔山瑶族乡进行支教。半年多来，他们不仅给山里的孩子带去知识和先进的教学理念，而且将许凌峰的爱心"接力棒"传递了下来。

同年 8 月 28 日，许凌峰以同样的方式面向全国招募 15 名教师，亲自送他们到贵州省大方县达溪镇的 8 个村级小学任教，并投入 20 万元，在相邻的大水乡鞍山村筹建了一所希望小学。9 月 15 日，他又面向全国招募两名汉语教师到西藏自治区昌都县教汉语。

许凌峰为支教奔走了多久没有认真想过，资助了多少孩子没有认真算过。但是，山区孩子那一双双无助的眼神却深深印入他的脑海。他说："我的力量是微薄的，只是表达了对贫困山区教育的一点心意。"

从受人帮助到资助他人

许凌峰出生于衡阳县井头镇静云村，由于家境贫寒，他初中毕业报考了中专。其间，同学刘爱国见他一贫如洗，找了个洗衣服的"活"给他干，1 件 1 元钱，这样度过了异常艰苦的 3 年。中专毕业后，他在家乡当过教师，做过文书。1988 年，他怀揣借来的 100 元钱只身南下深圳。

幼年时的贫困生活，在许凌峰心中烙下了深深的印痕，他决心在自己有能力时，竭尽所能帮助别人。1989 年底，许凌峰有了近 1000 元的积蓄，春节回家时，同村一个姓许的小男孩找到他："你能带我去深圳打工吗？"许凌峰得知小男孩的父母患病卧床不起，无力让他继续上学。这位小男孩有幸成为许凌峰资助的第一名贫困学生。

许凌峰有个公开的秘密，就是银行存款从没超过 1 万元，他身上有钱就会去帮助别人。今年 22 岁的邓芳出生在湖北武汉一个工人家庭，念高中时父母双双下岗，加之母亲身患重病，家庭经济十分拮据。几年前，邓芳考上北京外国语大学，却无力支付学费。许凌峰获知后，开始资助这位素昧平生的女大学生。3 年来，他每年都会按时寄去几千元学费。现在，邓芳已完成学业，在东莞一家公司工作。毕业于天津商学院的王一鹏，是他资助的另一名大学生。2002 年，他无意中听到王一鹏陷入困境，便开始默默资助小王，除了每年 3000 元学费外，还利用出差机会看望这位贫困学子，现在，王一鹏已大学毕业，回到内蒙古工作，正在全心全意创业，回报许叔叔的恩情，同时去帮助那些需要帮助的人。

爱心成就事业

许凌峰经常吃大排档，从不穿名牌，一套西装穿了 13 年。随着资助人次的增多，他感到自己的实力太有限了，只有不断发展壮大自己的事业，才能帮助更多需要帮助的人。

在这种爱心激励下，许凌峰对工作倾注了所有的激情和才智。1988 年他初到深圳，在松园电子厂当保安，他非常珍惜这份工作，将工作区域管理得井井有条。很快被附近的文华手表厂看中，被聘为后勤主管、厂长。在他的精心管理下，工厂产值达到了 4000 多万元，成为当时工业园区 30 多个效益最好的企业之一，他因此被福田区政府评为"优秀厂长"。

"爱心成就事业"，许凌峰正是凭着执着不渝的爱心，成为当地颇有名气的"能人"，不少企业邀请他加盟。1992 年 10 月，他应沙尾股份有限公司盛情相聘，一干就是 12 年。为赚更多钱帮助别人，2004 年 3 月，他辞去沙尾公司的职务，与朋友合伙开办了深圳市华宫装饰设计公司，现在身为公司董事长的他每天忙得不亦乐乎，事业也不断发展壮大。

随着许凌峰事业的顺利发展，他开始长期关注贫困家庭的孩子，广东河源和平县二六村是当地有名的贫困村，年人均收入不到1800元。2001年以来，他先后去该村10多次，扶助贫困学生120多名，还设立奖学金。2006年，该村小学中考从全县倒数第一上升到第一名。

"爱如大海，不在其广，而在其深；善出其心，不在其大小，而在其情真。"许凌峰长期关爱别人，深深地感染着大家。他的好友米仲民，是东莞市虎门摩天建材实业公司负责深圳市场的经理，今年也捐助了二六村学校一批学生。春节临近，许凌峰公司的员工正在自发地向贫困山区捐衣捐款，他们坚信，爱心是公司不断发展的强大精神动力。

（原载2006年4月29日《衡阳日报》头版头条，并被《人民日报》、中国新闻社、《湖南日报》、《湖南科技报》、湖南人民广播电台等新闻媒体采用，与朱正光合作）

采写札记

商人的境界

也许是受电影、小说的影响较深，只要提到商人，我的脑海中便会呈现商人尔虞我诈、勾心斗角、奢侈浪费、挥金如土、贪图享乐等画面，甚至还会冒出南霸天、黄世仁、刘文彩那些丑恶形象以及"朱门酒肉臭，路人冻死骨"的诗句来。

对于商人许凌峰的采访，彻底颠覆了我以上这些观念。

记得2006年2月，参加衡阳电视台举办"边远山乡行"的爱心晚会，一位名叫许凌峰的衡阳籍深圳老板走上舞台，为边远山区学生捐款5000元，并说了几句真情实感的话，使晚会现场气氛达到高潮。捐完款后，我要采访他，他因要事缠身，礼貌地给我留下手机号码，便匆匆坐火车返回深圳。

这年 4 月，我与同事朱正光去深圳参加全市"招商引资"活动报道，顺便拨通他的电话，要求他到宾馆接受走访，他风尘仆仆如约而至。我们寻根究底，挖掘出他的一些感人故事。从受人资助到资助他人，从帮助大学生上学到招募教师到山区支教，从募师支教到用爱心成就事业……许凌峰极为认真、谨慎，缓缓地讲述着他的过去、现在以及未来设想，生怕讲错一句话、一个字，如同一条平静的河流在我身边缓缓流淌。几个小时一晃而过，这时，时针已指向次日凌晨一点多钟。他邀请我们去吃夜宵，只点了一盘煎饺、一碟花生米和几个糕点，全然没有"大佬"的派头。他经常吃大排档，从不穿名牌。随着资助人次的增多，他一方面必须发展自己的实业，另一方面必须省吃俭用，节约每一个铜板去资助更多的人……由此足见他的格局、担当与境界。

次日，赶到共青团深圳市委青年志愿者活动办公室，对许凌峰募师支教等情况进一步印证，确保素材真实、准确、无误，得到他们的积极配合，并约来几位青年志愿者支教教师接受我们的采访。

当晚，我拿出了《中国募师支教第一人》的写作框架，由朱正光写出初稿，我再进行多轮修改后，然后打印成稿，通过邮局寄出，《衡阳日报》和《湖南日报》分别发了头版头条，《人民日报》以《许叔的快乐日子》为题在"人生境界"专栏中予以转载，中国新闻社、湖南人民广播电台、《湖南科技报》等媒体相继刊发。

采写这篇文章不但挑战了我的传统观念，也改变了一些受众对商人的看法。一位读者给我打来电话："许凌峰是商人中的优秀代表，他善良、正直、无私，关爱他人，成就自己，是我们衡阳的骄傲，感谢你，浓墨重彩，在《人民日报》等主流媒体推出了这一典型，展示了商界的正能量。"

真情点燃希望之灯

10 月 19 日，清风送爽，阳光灿烂。在湖南省衡南县一中礼堂，一场特殊的捐款仪式正在隆重举行。当省人大代表、后生实业发展总公司经理谢后生将 4 万元捐给 5 位特困大学生时，全场响起了经久不息的掌声。女大学生刘常青双手接过捐款，痛哭流涕："今年我终于考上了大学，然而贫寒的家境却让我不得不'望学兴叹'，在那无助的日子里，我的天空是灰暗的，是您为我点燃了希望之灯……"

这是谢后生捐助"希望工程"、特困户、抗洪救灾等系列行动中的一个小插曲。据统计，自 1997 年以来，谢后生用真心回报社会，累计向社会各界捐款已达百万元之巨，成为衡阳市乃至湖南省个人为"希望工程"捐款最多的青年实业家。

这是一位农村青年的拳拳赤子之心，从头至尾写满了他的探索与奉献、奋斗与追求。

穷山沟飞出金凤凰

谢后生今年 32 岁，出生在衡南县花桥镇塘湾村。

徒有其名的塘湾村，宛如天宫中遗落下来的一堵断墙，"麻雀过身不落脚，小孩屙屎不生蛆"。因为贫困与饥饿，谢后生初中毕业就放弃了学业，生活重担过早地爬上了他的双肩，艰辛和坎坷如影相随，他种过田，推过矿车，为摆脱贫困，15 岁的他就学会了汽车驾驶技术，开着中巴车满山跑，为村民进城提供方便。每天早晚，他主动开车接送学生上学，有时，村民有急事需用车，他二话不说，随喊随到，分文不取。几年下来，他先后接送学生4200多人次，运送30多名难产妇女进医院，别人开车都发了，他却依然一贫如洗。

外面的世界真精彩。1991年，谢后生探头探脑只身来到广东"闯世界"。看到一些零担货物无人运送，他便开辟收零担、发整车的货运业务，组建了一个发货中心组，很快发展为储运公司。可公司开业不到一个月，一个戴着墨镜、开着货车的司机向他走来："有货拉吗，老板？"谢后生见对方有汽车行驶证、驾驶证和身份证，便让他拉着一车时装鞋从广州运往武汉，结果，此去杳如黄鹤，价值21万元的货物被人骗走。紧接着，公司的押货员在押运一批价值40万元的皮鞋时，被人打昏，整车货被全部抢走。61万元，对于一个外出打工创业的农民来说，简直是个天文数字！谢后生欲哭无泪、欲诉无门，一连几天吃不下，睡不着。他痛定思痛，只怪自己见识少、文化低，在生意场上栽了"跟头"。

正在谢后生痛不欲生的时候，镇信用社主任谢解运出面担保为他贷款20万元，鼓励他："莫泄气，路子走对了，一定要闯下去。"

犹如干渴的心田注入滴滴甘露，谢后生从中获取一股神奇的力量。他一边苦心经营，一边买来市场管理营销、经济管理等书籍"细嚼慢吞"，并订阅10多种报刊开阔视野。就是靠这20万元起家，谢后生濒临"绝境"，心甘情愿走钢丝，把自己挑到刺刀尖上，喘一口气都有可能血溅沙场……他的每一个细胞都蕴藏着奋斗人生的活力，改革的鼓点把这种活力激烈地震荡起来，他走南闯北艰苦创业，以安全、快捷、优质赢得了信誉，使公司很快发展到北京、天津、武汉、沈阳、乌鲁木齐，并在全国建立了7个贮运子公司，均设有自己的停车场、车队和贮运仓库，还在家乡办起了两个年产3000万块的大型机砖厂。4年多的真情与汗水、勤劳与智慧，他的总产值累计起来已上亿，利税1800多万元。

谢后生以自己的聪明才智和非凡胆量很快跃升为"千万富翁"，并以其回报乡亲的义举赢得村民信任，1998年当选为湖南省第九届人大代表。

他的事业、他的成功实实在在地显示出中国农民的骄傲！

真心回报社会

谢后生是农民的儿子，从来没有忘记生于斯、长于斯的故土和养育他的父老乡亲。这些年，他在商海拼搏、几经浮沉，但故乡的万家忧乐常系心头。花桥镇高兴村农民蒋建新患先天性痴呆，父母双亡，无依无靠，没办法维持生活，从 1992 年开始，谢后生每年给他 500 多元生活费，并接他去广东，使他的生活有了着落。在公司，他收养着家乡 20 多个落难街头的打工者，除了给他们吃住外，还发钱送他们回家，这样的人他送走了一批又一批。这几年，谢后生给这些孤苦特困家庭救济钱粮近 20 万元，但始终未能将他们从贫困的旋涡中拯救出来。

谢后生深知：扶贫在于扶志。他除安排周围 220 多名特困青年在自己的公司"打工"外，还想方设法给他们寻找致富门路，目前，这些"打工仔"90%以上脱贫致富。花桥镇欧东村 27 岁的青年农民胡松福，因在广东盗窃财物，被判刑两年，胡松福服刑回来后家徒四壁。正在他准备"重操旧业"时，谢后生安排他到公司打工，使他改邪归正。谢后生又穿针引线，将一位邵东姑娘介绍给他。1999 年，谢后生拿出 11000 多元为他们举行了隆重的婚礼，婚宴上胡松福拉着谢后生的手被感动得热泪双流："我从小就失去了母亲，从某种意义上说，你已胜过我的亲生父母……"

胡松福成家后，谢后生又为他出面担保贷款 3 万元，建起了百头猪场。1999 年以来，共出栏生猪 198 头，获利 2.7 万元，一举甩掉了"贫困帽"。

1997 年春节，谢后生偶尔看见本镇均佳村 13 岁的孤儿刘冬花因缺学费中途辍学时，饱尝没有文化之苦的他流下了泪水。村民常常看到，在碧绿无垠的田野里，一张落寞年轻且充满青春光彩的脸布满了悲哀的神色。谢后生马上到镇学区联系，愿以个人的名义进行资助，并请他们澄清底子。

当他了解本镇有 55 个孤儿失学时，便找到团县委，决定每年从公司拿出部分利润，以希望工程的捐助形式，负担这 55 位孤儿从小学到大学的全部费用。不少人劝他多享受点，别干这样的"傻"事，团县委的同志还给他算了一笔账："这 55 个孤儿从小学到大学将花费 100 万元，请你慎重考虑。"

谢后生说："我之所以采取这样的举动，是有意给自己压上一副重担，这副担子将作为企业发展的动力，催促我去奋发努力，逐鹿市场，获取更多的利润，来为孤儿们奉献一片爱心，为社会减轻一份压力。"3 月 8 日，当英俊潇洒的谢后生将 2.5 万元学杂费和 55 个新书包分发给孤儿们时，一张张含苞待放的脸绽开了笑容："从今以后，我们不再为学费发愁了。"

3 月 19 日，谢后生见社会上还有一些穷孩子交不起学费，特意赶到共青团衡阳市委办公室，又一次将 2 万元现金捐给了"希望工程"。

1998 年 10 月，北京。当谢后生获悉家乡遭受百年未遇的特大洪灾，不少人无家可归时，一次为抗洪救灾捐款 15 万元。捧着这 15 万元捐款，组委会成员如同捧着一位湘南游子一颗火热的心。

谢后生深有感慨："如果没有国家的扶助，我就是有三头六臂也成不了气候。"他说："就是我储运公司没一分钱利润，我还有两个红砖厂作坚强后盾，每年的纯利至少有 60 万元，足够孤儿们上学。我与这 55 位孤儿组成一个大家庭，每一位孤儿都是我家庭中的一员，不管我今后遇到多大困难，决不会丢下他们不管!"可以看出，帮助农民兄弟脱贫致富，帮助失学孤儿重返校园，是他人生最大的快乐和矢志不渝的追求。

孤儿欢聚韶山冲

1998 年 7 月 12 日，细雨霏霏。湖南衡南县花桥镇 55 位孤儿举着"希望工程夏令营"的旗帜，穿着崭新的 T 恤衫，系着鲜艳的红领巾来到了韶山。他们一下车，就像一群快乐的喜鹊叽叽喳喳又蹦又跳。这些穷山沟的孩子最大的 14 岁，最小的 6 岁，从未走出过大山，对于韶山冲的一切感到很新奇。

在毛泽东铜像前，孤儿们仔细地观察着周围的一切，有的掏出笔记本，将毛泽东的诗词摘录下来；有的在雨中搞速写。之后他们又迅速排列成四支整齐的队伍，一双双小手"呼"的一声举过头顶，一双双饱含深情的眼睛凝视着毛泽东铜像："我是中国少年先锋队队员，我们宣誓！……"稚气的童声，响彻韶山冲。13 岁的孤儿谢中华还朗诵了一首诗："三年前，我沉浸在父母双亡的悲痛中，而更大的悲痛是无钱读书；三年后的春天，一双热情的手向我伸来，重圆了我的求学梦……"读完，泪水和着雨水从脸颊流下。

这天晚上，在韶山宾馆，孤儿们载歌载舞，表演了丰富多彩的文艺节目，那"没有共产党，就没有新中国……"的嘹亮歌声，久久回荡在韶山冲的夜空……

7 月 12 日至 14 日，这 55 位孤儿第一次坐着"谢叔叔"的专车离开家乡来到韶山、宁乡花明楼、长沙烈士公园……每到一处均激动不已，总想把周围的东西看个透，口中不时念叨着："如果没有谢叔叔的资助，我们不可能有书读，更没有机会来山外看世界……"

然而，这些孤儿做梦也想不到，此时因为市场疲软，"谢叔叔"的公司效益每况愈下，就连家乡的砖厂也"挤牙膏"挤不出几分钱来。他已经几天茶饭不思，便有种种凄惶的愁苦弥漫在心头。为了让这次"希望工程夏令营"活动如期举行，凑齐 15 万元活动经费，他忍痛卖掉了自己的金戒指，还动员妻子卖掉了金项链。

望着心力交瘁的谢后生，妻子心疼了："别人放在岭上，你却套在颈上，世界上那么多好事，你做得完吗？"

谢后生憨厚一笑，哼唱着用歌声回答："只要人人都献出一点爱，世界就会变成美好的人间。"

谢后生尽管"家财万贯"，但生活十分节俭，从不乱花一分钱。不管遇到什么困难，其他开支可以压缩，唯有孤儿的学杂费如期交付，不少一分。为支持孤儿们上学，谢后生节衣缩食，从不进高级宾馆，耍"大老板"派头，即使请客也是上街吃排档。一台手机用了七八年，至今仍在"超期服役"……如今，已有 10 多个孤儿上了初中，开支由每学期 2.5 万元增加到 4 万元，他始终将经济上的压力变成公司发展的动力。近两年，他获悉党中央开发大西北的信息后，意识到这是个千载难逢的历史机遇，必须牢牢抓住！他掉转"车头"，挥师西进，抢占"黄金码头"，以雄厚的实力在重庆、成都和乌鲁木齐等地扎下了"根"，从而幸运地成为我国开发大西北中第一批吃到"螃蟹"的人。公司迅速出现转机，历经风雨见彩虹，企业效益如日中天……

"谢后生"现象

10 月 19 日，谢后生在力所能及的情况下，又一次确定 5 位成绩特优、家庭特困的大学生作为救助对象。他们是：衡南一中应届毕业生陈柏林、王春美，分别就读于重庆医科大学和西南政法大学；衡南二中应届毕业生刘常青，就读于南华大学；衡南五中应届毕业生陈东枫、谭楚生，分别就读于山西太原重型机械学校和中南大学。谢后生将为他们 4 年的大学生涯共捐款 30 万元。

女大学生刘常青出生在衡南县车江镇双龙村，一岁时母亲去世，父亲于 1998 年高血压中风，丧失了劳动能力，父女俩长期住在快要倒塌的两间土砖房里。这些年，她先后接受了社会上近 200 人的捐助，学校也减免了学杂费，才读完高中。生活在这样的特困家庭，能顽强长大并能考上大学也许是个奇迹。但由于学费昂贵，她做梦也不敢去上大学。这天，谢后生向她伸出了热情援助之手，负责她大学期间的一切费用，这使她的生命又一次充满了阳光。她感激万分，反复诉说着："一定刻苦学习，以优异的成绩报答谢总的恩情，将来参加工作后，一定回报社会。"

出生于衡南县茅市镇五岭村的陈柏林，全家 4 口人，上有年逾七旬的老奶奶，父亲于 1998 年 7 月在做工时颈脊骨折，形成中枢神经压迫症，花费 4 万多元，成了终身残疾。陈柏林也是靠借款与社会捐助完成高中学业的，当他考上重庆医科大学后，巨大的经济压力使他望学兴叹，学校开学一个月了，他仍在家乡的小路上徘徊，是谢后生圆了他的大学梦。

多少人感叹过家乡的贫困与落后，但他们真正为此做过什么？谢后生的人生像一面镜子，在衡南县引起"轰动效应"。团县委、县教育局将以此为契机，在全县掀起一股救助失学农家娃的热潮。目前，全县累计为"希望工程"捐款 60 万元，救助学生 2500 人次，援建了栗江镇飞龙、谭子山镇苗圃两所希望小学，被人称之为"谢后生现象"。

这些贫困的小山村，因为谢后生艰辛的付出，村民已经知道文化对他们来说是多么重要！衡南县农村并不富裕，高昂的学费曾使许多家庭、许多学子望而却步。2000 年，全县又有 10 多名农村学生考上大学后无钱上学，县里发出号召，动员县财政局、税务局、法院等单位压缩开支，每个单位支持一个大学生上学，费用包干，得到了各单位的热烈响应。目前，这 10 多位苦难孩子相继步入了高等学府，他们将以优异的成绩来回报家乡父老的一片深情。

当贫瘠的土地上滋生科学文明的绿茵，谢后生所付出的心血，将铭记在所有人的记忆中。

（原载 2000 年 12 月 7 日《中国质量报》头版头条，并被《人民日报》《光明日报》《新华每日电讯》《中国青年报》《工人日报》《光彩》《湖南日报》《三湘都市报》《湖南农村报》《湖南经济报》《湖南科技报》《厂长经理日报》《华人时刊》《湖南农业》和湖南人民广播电台等新闻媒体采用）

采写札记

典型的成功在于策划

记得当年因策划"衡南农民评选最喜爱的干部"一炮走红，前来找我策划新闻宣传的单位和个人络绎不绝。

一日，衡南县花桥镇塘湾村青年农民谢后生慕名前来，要求我为扩大他的影响力"支招"。他是在改革开放浪潮中涌现出来的"弄潮儿"，虽然只有初中文化，但胆大心细，在全国首辟收零担、发整车的货运业务，以安全、快捷、优质赢得信誉，公司发展到北京、天津、广州、武汉、沈阳等7个子公司，拥有自己的停车场、车队和贮运仓库，还在家乡办了两个年产3000万块砖的大型机砖厂，总资产累计上亿元，利税1800万元。

谢后生是农民的儿子，诚实、淳朴、善良是他的本色；真心回报社会，是他发自骨子里的情感认知。得知他帮助当地55位孤儿上学，负责他们从小学到大学的全部费用，我的头脑有了"兴奋点"，但要在全国有影响，必须在全国的主流媒体进行宣传，才能形成一定的"轰动效应"。我要求他围绕55个孤儿做文章，"攻其一点，不计其余"，就是除资助他们上学外，如果有可能，每隔三五年可组织一次有意义有影响的活动，比如今年可组织他们去韶山参观毛泽东故居，接受革命传统教育，三五年后再组织他们参观天安门升旗仪式，接受爱国主义教育。最好由团县委牵头组织，你负责"买单"。每次活动，我负责全程跟踪报道。

谢后生听罢，眼界大开，他胸脯一拍："没问题，就按你的思路做，我回去跟县里的领导汇报。"

一切按策划实施，且在实施过程中不断打磨、不断完善、不断修订。

1997年7月12日，衡南县55位孤儿举着"希望工程夏令营"的旗帜，系着鲜艳的红领巾来到韶山，就像一群快乐的喜鹊叽叽喳喳又蹦又跳……

《孤儿欢聚韶山冲》的报道很快在《人民日报》四版见报，并获得全国"现场短新闻赛"三等奖，中央人民广播电台、《光明日报》、《中国青年报》、《工人日报》、《三湘都市报》、《湖南农村报》、《湖南经济报》、湖南人民广播电台、《衡阳晚报》相继作了报道，《湖南科技报》还发了头版头条。全国数10家新闻媒体掀起了宣传谢后生捐资助教的"第一轮高潮"。

2002 年 8 月 18 日，谢后生又按照我当年的策划，率领 30 位孤儿代表来到首都北京，他们登上了天安门，观看国旗升旗仪式，并接受国旗护卫队战士的培训……

《人民日报》、新华社、《光彩》等报刊又以《山里娃登上天安门》为题，掀起了宣传报道谢后生捐资支教的"第二轮高潮"。《光明日报》发了个二版头条，《衡阳日报》发了个头版二条。

随着策划的到位和媒体的深入宣传，谢后生的名气不断增大，不久当选为省人大代表，我又着力采写他的专题报道《真情点燃希望之灯》，从他资助 5 位特困大学生入手，引出了他的诚实守信、扶贫帮困、尊师重教，累计向社会捐款百万的崇高境界与道德情操。文章分为四个章节：穷山沟飞出金凤凰，真心回报社会，孤儿欢聚韶山冲，"谢后生"现象。并写道：在这些贫困的小山村，因为谢后生艰辛的付出，村民已经知道文化对他们来说是多么重要，当贫瘠的土地上滋生科学文明的绿茵，谢后生所付出的心血，将铭记在所有人的记忆中。文章发出后，《中国质量报》《湖南日报》分别发了头版头条。

"吃鸡蛋不一定养鸡，喝牛奶不一定养牛"，做成一件事的前提就是要提前策划，学会杠杆借力，学会用新闻眼光去观察身边的人或事。策划者造局，普通人入局，只要能跳出问题看问题，就拥有了真正的策划思维和破局能力，这样的成功率才高。总之，典型的成功在于策划，假如当年我不参与其中的策划，谢后生不可能在全国造成这么大的影响。

如今，由于工作变动，我已与他失去联系 10 余年，不知他现在的实业办得如何？资助的学生状况怎样？听说他出了一次车祸，跛了一只脚，不知情况是否属实，真心希望他好心得到好报，好人一生平安！

想我的时候，请你看看天上的月亮；想我的时候，请你闻闻田野的花香；想我的时候，请你听听风、看看雨；想我的时候，请你摇响爱的风铃……相信我，当化作了千万个分子时，我依然爱你！

摘自女主人公的信

绝症妻子啊，丈夫为你摇响生命的风铃

爱情的玫瑰在悄悄绽放

湖南衡阳有色冶金机械总厂运输处工人陈新斌不相信命运，但相信"缘分"，也许这辈子注定孙智萍是他的红颜知己。

1982 年，15 岁的陈新斌初中毕业后，从农村"顶职"进了"衡冶"。尽管他身体瘦弱，但追求上进，很快以吃苦耐劳和积极肯干抱回了"优秀团干""技术状元""青年标兵"等荣誉证书。一些姑娘先后向他抛来媚眼，他无暇顾及，一心扑在工作上。在一次团员大会上，他坦诚地对大家说："我们现在还年轻，正是干工作的时候，我宣布三年之内不恋爱。"

然而到了 1988 年，他的"谎言"不攻自破。一个百花争艳、阳光明媚的春日，19 岁的孙智萍高中毕业后也进了"衡冶"，分配在运输处，干的是启重电工。小孙身材瘦小，苗条娟秀，头上扎着一个蝴蝶结，像一束燃烧的火焰，但干起活来相当吃力。而此时的陈新斌已是身强力壮的大小伙子了，作为运输工段的团支书，理所当然地向她伸出热情援助之手。小孙对他很感激。

白天，他们在一个车间上班，业余时间又双双跑到厂部图书室，从此，工厂的林荫道上便多了一双成对的身影。他们一起谈理想、谈追求、谈人生，两人在一起的时候，总有谈不完的"话题"，大有相见恨晚之感。有一次，小孙教陈新斌唱了一首外文歌曲，意思是：玫瑰是红的，紫罗兰是蓝的，糖是甜的，我的爱人啊，谁也没有你甜！唱完，小孙的脸红了，她知道是自己爱上了这位勤劳、善良、能干的团支书了。临别时，小孙悄悄地塞给了他一根红领带，而他回赠小孙的则是一串彩色的小风铃。

那时，陈新斌住的是单身宿舍，父母远在农村，无人照顾，孙智萍便经常来到这里，为他洗被子、衣服，还带来一些零食给他宵夜。孙智萍的条件优越，全家都有工作，她是父母的"掌上明珠"，父亲是一家大型企业的副厂长。

陈新斌是农民的儿子，在生活上能得到这位城里娇小姐无微不至的关照，总认为是前生积的德。他只有在工作上对恋人加倍"回报"。就这样，在小风铃的摇荡声中，两颗年轻善良的心越贴越近，爱情的玫瑰在热烈地盛开……

无情的暴风雨骤然而至

1989年10月，陈新斌在野外安装一台露天设备时，为了抢时间，赶进度，冒雨干了一个通宵，引起一场严重的感冒。他高烧几天不退，咳嗽不止，他没在意，仍坚持劳动，医生劝他住院治疗，他说："不行，车间的事千头万绪，一刻也离不开我。"以致后来病情越拖越重，有一天竟吐起血来，吐满一钵子，到医院检查：肺结核！

陈新斌被突如其来的疾病击得晕头转向，从此一蹶不振，他将那根珍藏着的红领带拿了出来，提出要与小孙分手，因为他知道自己的身体垮了，他不想连累任何人，包括他深深爱着的女人！

听到这个消息，望着日渐消瘦的陈新斌，孙智萍一把鼻涕一把泪地来到他的床前："你把我当什么人了？我会那么无情无义？实话告诉你，今生今世，我们是一根绳子上的蚂蚱，谁也离不开谁！"并劝告、痛骂他："还是什么五尺男子汉，受一点挫折就自暴自弃，这是懦夫的表现！"为了给他补充营养，小孙拖他到自己家吃饭，陈新斌坚决不肯，说："肺结核有传染！"她便反复做工作："没关系，现在医学那么发达，你一定能治好。最关键的是你餐餐吃食堂饭，营养跟不上……"在小孙的再三劝说下，陈新斌到了岳母家，一吃就是一年。小孙不但带他上医院，还常给他熬鸡汤，开小灶。

在孙智萍全家的精心照顾下，陈新斌瘦削的脸颊又渐渐有了红润，他悄悄对小孙说："什么药都没效，爱情才是一副最好的良药。"

1990年春暖花开时节，陈新斌启程去上海安装一台链铸机，小孙流着热泪为他送行。

正当陈新斌在上海安装设备的时候，突然收到了小孙的信：

"亲爱的斌：

　　你好！自从你离开以后，我像失去了什么似的，心里老是空空的。不知什么原因，近段时间以来，我的耳朵嗡嗡的，日后可能会聋，我们分开算了，趁着还年轻，还没结婚……"

看到这里，陈新斌迫不及待地回信：

"亲爱的萍：

　　好想你。你的耳鸣可能是身体不好所致，估计是暂时的。你要好好休息，千万不要将此放在心上，不妨去医院看看，并将结果写信告诉我……"

这年9月，陈新斌从上海返回衡阳，看到自己挚爱的姑娘容颜憔悴、衣带渐宽，又没有把患病的结果告诉他，便追问："耳朵怎么样了，上医院看了没有？"

小孙告诉他："脑袋中有阴影，可能是血吸虫。"

陈新斌见小孙没当回事，便赶到市中心医院查看病历。

医生告诉他："根据你女友的病情分析，不排除脑瘤的可能，你要有心理准备，也许会引起一系列的严重后果！"

犹如晴天一声霹雳，脑瘤！我心爱的姑娘患上了脑瘤！不，不可能，但医生的话千真万确。这事一定要瞒着她。此刻，他的内心十分矛盾，如果与恋人结婚，等待他的将是一种什么样的命运？如果与恋人分手，他良心上过不去，感情上丢不下。猛然，自己患病时恋人照顾他的情景又一幕幕显现在自己眼前……想到这里，他下定决心，哪怕恋人患了不治之症，我也要与她结婚，为她奉献一辈子！

这时，一位好心的朋友赶来劝说："不要把爱情当儿戏，这关系到你一辈子的幸福，请三思。"几天过后，他介绍一位条件比小孙更优越的姑娘与他见面，被陈新斌婉言谢绝。

1992年元月，这对历经磨难的情侣在亲朋的簇拥下，终于走进了神圣的婚姻殿堂。那串摇荡在新床上的彩色风铃似乎在说：经过几多考验，他们对人生领悟得更深，将爱情看得比生命还重要！

苦难的日子如影相随

结婚之后，小两口互敬互爱，日子过得挺美满。

1993年11月，他们的儿子陈华健呱呱坠地了，给这个幸福的家庭又增添了欢乐和甜蜜。

1994年3月，孙智萍猛然走路不稳，听力、视力明显下降，她瘦弱的身躯倒下了。见此情景，陈新斌马上带她去长沙湘雅医院检查，被诊断为"大脑多发性神经纤维瘤"。医生对他说："这种病十分罕见，10万人中才发现一个。你爱人脑袋中有4个瘤子，如果开颅，每切除一个，须花费15000元，根据你爱人的身体状况，不能开颅，只能作伽马射线治疗，花费巨大，恐怕你无力承担。"

此时，他们所在的工厂效益每况愈下，无钱作伽马射线。听说周家坳一农民家有"祖传秘方"，可化除脑瘤，陈新斌犹如黑暗中抓住了一盏救命之灯。他骑着单车驮着爱人前去求治。每5天去一次，来回20多公里，风雨无阻。

到了冬天，因大雪封山，老中医有一味药采摘不下，陈新斌便按照老中医画的图纸上山寻找。他忍饥挨饿，在山上寻找一整天，终于在一悬崖边找到了那种草药，他兴奋异常，将草药连根拔出，不小心从山顶上滚落下来，被摔得鼻青脸肿。

这样的中草药一连吃了两年多，花费 3000 多元，但孙智萍的病不见好转，听力、视力仍在继续下降。后来，瘤子不断增大，压迫到她的听、视觉神经，她什么也看不见了，以至身体失去平衡，经常绊倒。1997 年 11 月，听说北京海淀区西翠中医门诊部向世藻教授对脑瘤颇有研究，陈新斌马上带着妻子来到北京治疗。老教授一连给她开了半年多的中草药，花费 3 万余元，她的病情暂时得到了控制。

为治好妻子的病，陈新斌还买来一些医学书籍，一边读一边查资料，一边请教医生。1998 年 6 月，因为孙智萍的巨额药费，家里已到了入不敷出的地步。工厂效益很差，医药费只能报销极少的一部分，就靠他俩每月 500 元的工资是无力承担每天上百元的药费的，况且工资还不能正常发放。无奈，只有把药停了下来。为了延续妻子的生命，陈新斌说："哪怕做牛做马，砸锅卖铁，也要将爱人的病治好！"只要有点空闲，他便要到外面找事做，利用一切机会到外面打工卖苦力，他搞过装卸，打过水泥砖，帮人拆过屋，为的是攒钱给妻子买药。有时深夜归来，还要辅导儿子做功课。他说："为了妻子，我什么苦也可吃。"由于超负荷劳作，他已面黄肌瘦，压力像一座沉重的山，压得他喘不过气来……

1982 年退休回到农村的父亲看到儿子的境况，又来到厂里值班，每月 150 元工资，为的是让儿子减轻一点经济压力。遗憾的是，2000 年 8 月，老人染上肝癌，病情日渐加重，眼看自己不行了，他不忍心加重儿子的负担。一天深夜，门"吱呀"一声开了，他偷偷地走出家门。关门的声音将老伴惊醒，她睁眼一看，丈夫走了，看到他的身影消失在黑夜里，便大步追了上去："老头子，深更半夜的，你去干吗？"

"老婆子，让我死在外面算了，我一车搭到省外，随便死到哪里，可为孩子减少一笔安葬费呀!"

"这样儿子脸上无光啊!你万一要死,我跟你死在一起。"

两个老人互相搀扶着回到家里,泪流满面。

去年5月,这位老人带着深深的遗憾离开了这个世界,他做梦也在想把儿媳的病治好呀!

真爱呵护的生命之灯永不泯灭

"我的脑袋中有4个瘤子,使我双目失明,双耳失聪,医生说可治,可就是没那么多钱,我每天都在想把病治好。我还年轻,我不想等死。只是医药费太贵了,负担不起,所以天天在家受痛苦。病一天不治,就重一天,现在鼻子的嗅觉也不灵了。我真的不敢想这些,不知今后怎么过!"2001年11月,当丈夫用手指在她手心写着字告诉她有人来访时,她流着泪水说了这番话。

孙智萍双眼依然明亮,但再也看不见象征着他俩爱情的小风铃了,也听不见周围的一点响动。他们交流的唯一方式就是用手写字,用一双手去感觉另一双手。说到丈夫,她连连伸出大拇指:"丈夫对我很好,他肩上的担子确实不轻,我想为他分点,但没有能力,我几乎每天都想自杀,是丈夫、儿子、婆婆让我活了下来……"

孙智萍以前天真活泼,会修电器、会电脑打字,什么都可以干,而现在什么也干不了,她好想去工作呀,一个人一旦失去了工作,等于躯体失去了一半。她动不动就对爱人发脾气。

那是1996年一个风雨交加之夜,孙智萍见自己的病情难以治愈,而丈夫为自己操碎了心。她觉得尽管两人都深深地爱恋着对方,但自己不能太自私,年轻健康、英俊潇洒的丈夫应该拥有他幸福的人生,自己是一个长期靠药物来维系生命的人,怎么能拖累他呢?于是,她准备漂漂亮亮地上路。她梳好头,穿上一套整洁的衣服,含泪给丈夫写了一封信,压在写字台上:"斌:没有你的精心侍候和鼓舞,我不可能活到今天。你倾注给我的心血和恩爱，我今生今世无法回报，我在你身边多一天，心中就多一份愧疚和痛苦。忘了我吧！想我的时候，请你看看天上的月亮；想我的时候，请你闻闻田野的花香；想我的时候，请你听听风、看看雨；想我的时候，请你摇响爱的风铃……相信我，当化作了千万个分子时，我依然爱你！"然后便摸索着爬向楼顶，当她正要从六楼跳下去的时候，被丈夫一把拖住。她声嘶力竭地大声喊道："放开我，不要救我，让我去死！"……看到妻子痛不欲生的样子，丈夫的心碎了，他对妻子号啕大哭："我们生时相爱，死时相伴，要死，我与你一起从楼上跳下去！"这天晚上，陈新斌把妻子抱回家，给她讲保尔、张海迪等与病魔抗争的故事，并与他一起背普希金的诗："假如生活欺骗了你，不要悲伤，不要心急，忧郁的日子需要镇静，相信吧，那愉快的日子即将来临……"

尽管陈新斌在外十分劳累，但回到家便精心照料妻子，给她喂饭、洗衣服、洗澡擦身、端屎端尿，八年如一日。不久，丈夫健壮的身体累垮了，早晚失眠，身体消瘦，胃病又复发了。看到丈夫为自己落到如此地步，在家养病的孙智萍产生一种强烈的自责和内疚。她深深地感到，自己虽然患了绝症，尽管死神无时无刻不在胁迫着她，但一定要坚强地活下去，这样才对得起丈夫、对得起孩子！

感受苦难如同感受坚强。今年9岁的华健似乎也懂事了许多，他放学回家第一件事就是拥抱母亲，在母亲手心写上自己的学习情况，考试成绩，让母亲分享他的喜悦，因为他的成绩很好，几乎每次都是双百分。在学校，他不准别人喊他妈妈是"瞎子"，好几次伸出小拳头来维护母亲的尊严。

如今，他把大人给他的压岁钱，买冰棒、买文具的钱积攒起来，放在一起有300多元，全部交给母亲治病。

陈新斌年仅34岁，却流露出几许岁月的沧桑。他承受了生命之中不能承受之重；他心甘情愿地把自己的人生花季，制成一串串爱的风铃，无偿奉献给病残的妻子；他用无形的语言实现了爱的升华。谈到今后的打算，他说："我娶孙智萍无怨无悔，我将用自己的一切帮助她战胜病魔，延续她的生命……"

这是他与生俱来的人性善良与情感涌动。8 年多了，这种无私博大的爱已经远远超越了爱情，跃升为一种对人生、对生命的执着固守。那是一串用青春、爱情与生命制成的彩色风铃呀！永远回荡在绝症妻子的耳畔，也回荡在所有善良人的心中……

（原载 2001 年第 2 期《法制月刊》，并被《中国建材报》《中国冶金报》《百姓信报》《女性月报》《湖南工人报》等新闻媒体采用）

采写札记

贴着人物的心灵写

沈从文先生说过：要"贴着人物写"。

写作的手法多种多样，归纳起来，就是写人，写人的感情、思想、行为，把人物写得有血有肉，活灵活现，呼之欲出。

要把人物写好，就是要"贴着人物写"，不是贴着人物的身体写，而是贴着人物的心灵写。任何文学作品，构建的都不是客观世界，而是心灵世界。写作时如果没有心灵的参与，没有进入人物的内心世界，即使材料再多，也不会升华为艺术。沈从文先生还说过："一切优秀作品的创作，都离不开手与心。"无非都是"写人、写事、写心"，"由心及物，由物及心混成一片"。

"问世间情为何物？直教人生死相许。"在采写《绝症妻子啊，丈夫为你摇响生命的风铃》的过程中，我极力贴近作品主人翁的心灵世界，捕捉他们来自心灵深处那种至纯至洁的情感流露，从而赢得对方的信任，对我敞开心扉。他们不但对我诉说了一个凄美的爱情故事，而且给我提供了见证他们的爱情信物：红领带、小风铃以及他们的一些书信。"想我的时候，请你看看天上的月亮；想我的时候，请你闻闻田野的花香；想我的时候，请你听听风、看看雨；想我的时候，请你摇响爱的风铃……"

顺着人物情感的发展脉络，写起来居然得心应手。从"爱情的玫瑰悄悄绽放"写到"无情的暴风雨骤然而至"，首先是从农村招工进城的陈新斌因患严重感冒，没及时医治，拖得口吐鲜血，被诊断为肺结核。他将那根珍藏着的红领带拿了出来，提出与在城里长大的恋人孙智萍分手。孙智萍把他接到家里，为他熬汤煎药，一住就是一年，关爱无微不至，爱情成为一副最好的良药。

陈新斌治愈后，赴上海安装设备，而孙智萍被诊断为脑瘤。尽管如此，这对历经磨难的情侣终于走进神圣的婚姻殿堂。那串摇荡在新房里的彩色风铃似乎在说：经过几多考验，他们对人生领悟得更深，将爱情看得比生命还重要！

紧接着"苦难的日子如影相随"，巨额的医药费用压得这个新家庭苦不堪言，而"真爱呵护的生命之灯永不泯灭"，孙智萍见儿子尚小，自己下岗，丈夫在做好本职工作的同时还外出打工，累垮了身体，而自己的病情难以治愈，准备"漂漂亮亮上路"，被丈夫救起。他用无形的语言实现了爱的升华："我娶孙智萍无怨无悔，我将用自己的一切帮助她战胜病魔，延续她的生命……"

这种与生俱来的人性善良与情感涌动无须任何文字加工，彰显一种有温度、有筋骨、有情感的力量，如同春风化雨，润物无声，充盈着我们中华文化的独特气韵。不由使人联想到梁山伯与祝英台、许仙与白素贞、牛郎和织女……

每个人都有自己的故事，喜怒哀乐，虽然大部分时候平凡普通，但在某些时候必然充盈、迸发，把平常的酸甜苦辣添上最鲜艳的色彩，形成自己的精神图谱。

每个人的性格、职业不同，加上无数因素交叉、滋养，勾勒出不同的枝杈，让人生的大树长得枝繁叶茂。

这便是"贴着人物心灵写"的魅力之所在。

爱情的故事写不完，它像无尽的矿藏等待着我们去挖掘。展开时间的皱褶，深入岁月的沉积，就会焕发出心底的激情与感动。

他采用灵活机动的游击战术，率部在津浦铁道干线及枣庄临城支线上主动出击，爬火车、搞机枪、筹给养、拆铁轨、炸桥梁……神出鬼没，使日本侵略者闻风丧胆，坐卧不宁。

文立正：威震敌胆的铁道游击队政委

"西边的太阳就要落山了，微山湖上静悄悄。弹起我心爱的土琵琶，唱起那动人的歌谣……"每当听到这首著名的电影插曲，不由使人想起那令日军魂飞魄散的铁道游击队，想起那威震敌胆的铁道游击队政委李正。

凡是看过电影或小说《铁道游击队》的人，谁不熟悉李正这位传奇人物？谁不为他的神机妙算所折服？2005年10月，在纪念抗战胜利60周年之际，衡山县许多老百姓非常怀念这位威震敌胆的铁道游击队政委，因为他的原型就是出生在衡山县的文立正，纷纷要求将他的事迹宣传出来，弘扬他的爱国主义和革命英雄主义精神。近日，衡山县宣传战线老干部陈章麟先后去山东、湖南等地采风，写成了《情重衡岳》一书，由湖南人民出版社出版，首次向外界披露了文立正一些鲜为人知的传奇故事，加上笔者平时采访和搜集到的一些资料，形成以下文字，以纪念这位在我国抗日战争中渐行渐远的英雄。

天柱村出"天柱人"

文立正原名文立征，字国遒，1911年4月出生在湖南衡山县东湖镇天柱村。天柱村坐落在巍峨秀丽的南岳衡山主峰祝融峰下，这里群山苍黛，绵亘数里，是个人杰地灵的地方。

文立征的父亲文九德，毕业于保定军官学校，他一生追随孙中山，"北伐"时任团长，后任黄埔军校第三分校（驻长沙）少将步兵总队队长。文立征幼年丧母，从小跟随父亲到常德、长沙等地读书。受父亲的影响，他从小就忧国忧民，在长沙岳云中学上学时，即与好友一道创办半日制小学一所，专收穷人子弟。他酷爱读《向导》《湘江评论》等进步书刊，并认真剖析社会，他在作文中写道："工人、农民生活在地狱中，个个涂炭，我长大后一定要解救他们。"他带头谈理想、谈人生："我决心走科学救国之路，让祖国母亲早日强大起来。"不久，他以优异成绩考入北京辅仁大学化学系。正当他全身心投入自然科学领域探索神奇奥秘时，日军的铁蹄蹂躏了我国东北三省，又以迅雷不及掩耳之势扑向华北。国破山河碎！这一严酷现实使他深深认识到：科学救国是暂时行不通的，不赶走帝国主义，推翻封建制度，中国就永远强大不了。于是，他毅然走上了一条全新的实力救国之路。

"一二·九"爱国运动的先锋

日军步步紧逼，霸占了中国大片土地，并指使汉奸殷汝耕在冀东成立傀儡政权，国民党政府仍坚持不抵抗政策，引起许多爱国青年学生和全国人民的强烈不满。平津沦陷后，文立征辗转到济南组织平津流亡同学会；山东全境沦陷后，他又到武汉寻找党组织。1935年8月1日，中共中央号召全国人民团结起来抗日救国，文立征积极投身救亡图存的斗争。他化名赵宓，日夜在师生中串联。12月9日，北平6000多名师生涌集街头游行示威，他走在队伍最前列，不断高呼"停止内战，一致对外""打倒日本帝国主义"等口号。当游行队伍浩浩荡荡行至王府井南口时，遭到大批国民党警察的阻拦和镇压，多名师生被捕。文立征好不容易逃出虎口，为使中学同窗好友、正在武汉大学机械系深造的李锐知道此事，他连夜给李锐写信，详细介绍北京警察残酷镇压师生的经过。

李锐接到文立征的信后，非常气愤，当天将他的信用大白纸抄好张贴在武汉大学办公楼醒目处。其时，武汉大学早已布满了抗日的"干柴"，这把"火"一点，整个校园就熊熊"燃烧"起来，师生们纷纷涌向街头游行示威。紧接着，武汉的工人、农民、师生、市民从四面八方涌来，"团结一致，打倒日本侵略者"的口号声一浪高过一浪，震撼山河，有力地声援了北平师生的爱国运动，从而波及全国。事后，李锐赞扬文立征这封信写得非常及时。

经过斗争的洗礼，文立征进一步懂得了什么是革命主力军，什么是阻碍历史前进的绊脚石。他在日记中写道："先驱者，前途认定了，切莫回头，一回头，灵魂里潜藏的怯懦，要你停留。"他向李锐发誓："不赶走日本强盗，我再不返校园。"李锐也表明同样的决心。从此，他们由学友变成了同一战壕的战友。

文立征从辅仁大学休学后，日夜与从事地下工作的共产党员李锐一起生活和战斗，李锐向他传播了许多马克思主义思想和救国救民道理。文立征的政治敏锐性和思想觉悟提高很快。1938 年 3 月，经李锐和谢文耀介绍，他光荣地加入了中国共产党。

铁道游击队政委

文立征入党不久，就与李锐由八路军驻武汉办事处调往苏北徐州，进入鲁南敌后抗日根据地。后因工作需要，李锐被调往延安、东北等地，曾担任毛泽东的秘书、中组部常务副部长等职。文立征被派往鲁南人民抗日义勇总队做宣传和民运工作，并改名文立正，担任鲁南人民自卫军政训处副处长。他多次率兵到台儿庄一带抗日，累立战功。后受中共苏鲁豫边区特委之派遣，以公开的共产党员身份，到国民党特种工作团第五大队邵剑秋部任政治教官。

邵剑秋部不少官兵出身贫苦，文化水平低，有着朴素的民族感情，但对抗战的持久性和艰巨性认识不足，一遇到挫折就士气低落。文立正从教唱抗日歌曲入手，教他们吹口琴，给他们讲故事、上文化课，与他们促膝谈心，使他们在泪水和笑声中受到启迪和教益。"阴湿的地方需要太阳，苦难的中国需要共产党；太阳照着万物生长，共产党带领广大人民得解放！"这种寓教于歌的教学方法非常有效，战士们从学唱中更加坚定了跟党走、抗日到底的决心。仅两个月，几百颗心竟齐刷刷地跳在同一个音符上，第一次战斗就歼敌一个中队，打出了军威。1940年1月，邵剑秋部改编为八路军115师运河支队，文立正任副政委兼政治部主任，他与战士们一道睡草堆，钻青纱帐，在临沂、郯城、枣庄、丰县等地与日军周旋。时隔两载，他被任命为鲁南军区独立支队副政委兼所属铁道游击队政委。

成立于1939年的铁道游击队是我党领导下的一支活跃在津浦铁路枣滕线上的特殊抗日武装力量，人称"飞虎队"，犹如一把犀利的钢刀直插敌人的动脉。文立正接任政委前，铁道游击队接连遭受沉重打击，战士们报仇心切，他耐心做干部战士的思想工作："牺牲了战友，谁不悲痛？但蛮干、拼命能解决问题吗？我们应该化悲痛为力量，创造更多的战果，以告慰牺牲的战友。"在他的开导下，铁道游击队又像往常一样投入了战斗。

文立正经常身着旧袍和多补丁的裤子，穿一双鲁南特有的布鞋，腰束一根用布绺子编织的带子，因袍子过长，行军不便，就将前大襟翻过来掖在腰带里，两把短枪别在腰间，衣服口袋里装着写满工作情况的小本子。他这身打扮，加上一双微上挑的细长眼睛，给人一种神奇的力量。多少次，他与战友们在日军眼皮底下袭击敌军用火车，拔除日伪据点，使敌人闻风丧胆，坐卧不宁；多少次，他率部与数倍日军狭路相逢，化险为夷，在艰难困境中创造了一系列战争的奇迹。一位著名诗人这样描述文立正："他有'横戈杀贼秀才风，游击生涯百事通'的神奇；他率领的游击队蕴藏着'进退无影寒敌胆'之妙术。"

从日军手中探囊"借"物

铁道游击队在敌占区分散隐蔽时，文立正经常将队伍分成几个战斗小组，部队虽然四分五散，但都在他的紧紧掌握之中，如同渔民打鱼一样，撑住了网的绳头，散得开，又收得拢。他善于利用敌人的空隙，在林立的敌据点之间穿来穿去，打击敌人，在千里铁道线上从日军手中探囊"借"物。

1942年冬天，已经下雪了，战斗在鲁南山区的2万多名八路军战士还穿着洗得发白的夏季服装，部队急需过冬的棉衣。文立正看在眼里，急在心上，当他得知日军由青岛开往上海的火车上有"洋布"后，率领铁道游击队员和驻地群众连夜在铁路边"守株待兔"。次日清早，天降大雾，日军火车终于轰隆轰隆喷着黑烟开过来了，战士们像燕子般轻巧，飞身一跃，爬上火车，将最后两节装布的车厢钩心拉开，整个列车离开布车轰轰地走远了。战士们与运布的老百姓扛着扁担，拿着绳索，不一阵工夫就从日军手中卸下一大批布，还有几百套军服。谁知，缴获中突遇日军巡道车，战士们为保卫"战斗成果"，什么也不顾了，他们用机枪、步枪、手榴弹一齐开火。日军听到嘈杂人声，突遇强大火力，误以为碰上了八路军主力，不敢贸然迎战，放了一阵乱枪后，一个个弃车而逃。这事被老百姓纷纷传开："当年诸葛亮靠大雾草船借箭十万，如今文立正利用大雾从火车上借布千匹，真是像诸葛亮一样能掐会算呀！"

文立正和他的铁道游击队以山东微山湖为依托，在附近三条铁路线上打票车、劫货车、搞弹药、筹给养，断铁轨、炸桥梁，神出鬼没，经常切断日军运输线，给侵华日军造成了不少威胁。那时候，老百姓的抗日热情高，加上文立正会做群众工作，游击队在铁道上打鬼子时，文立正与战友们事先爬上车，或者中途上车，火车上、车站里一般都有游击队的"内线"，等火车开到事先设定的地点后，一声令下，内外配合，上下齐心协力，就把日军的武器弹药及粮食掀下了车。日军出动大部队对其"围剿"时，他们就隐蔽到周围的山区；日军大部队一撤，他们就赶回微山湖，继续寻找机会对日军"下手"。令敌伪闻风丧胆，被八路军115师政治部主任萧华誉为"怀中利剑，袖中匕首"。由于文立正机动灵活的指挥，许多紧急情况都转危为安。

就这样，在微山湖附近，铁道游击队与日军周旋了6年，经历大小战斗数百次，破坏了日军铁路运输线，极大地牵制了敌人，配合了中国主力部队的作战。

建起水上秘密通道

微山湖是美丽的，靠近岸边的浅水地带，是一片碧绿的苦姜、蒲草；湖的深处水面上浮着野萍和菱角，荷花开得一片粉红，一眼望不到边。为沟通苏北、山东抗日根据地与延安的联系，打破日军对铁路沿线的严密封锁，文立正率领的铁道游击队与运河支队等抗日武装一起建立起微山湖秘密水上通道。他们不但在铁路上袭扰日军，还时常要担负起护送苏北、沂蒙山区的中共高级干部通过秘密水上通道过铁路线的任务。文立正除亲自布置和护送外，还加强对地方保甲长的统战工作，鼓励他们"明里为鬼子维持会长，暗里为共产党办实事，作为有良知的中国人，为抗日工作出力"，从而保证了过往干部的安全。

铁道游击队每位队员都是扛着脑袋来打仗的，敌人经常围追堵截。环境特别恶劣的时候，一个村子不能住两个晚上。文立正沉着冷静，经常指挥部队天不亮就转移。敌人的炮弹，在他们身后追着，有时一直追到湖里。在这种异常艰难的条件下，文立正多次把从苏北新四军根据地到延安，或者从延安到苏北的中共干部安全护送过铁路线。仅1943年，他与战友们就安全护送过境干部300余名。刘少奇、陈毅、罗荣桓、萧华、陈光等1000余名干部往返延安，也是由他护送的。当时，因为敌人封锁严密，文立正陪着刘少奇在微山湖住了一个星期。

一次，从延安过来一批100多名营以上干部，由于人数较多，敌人对平汉铁路封锁残酷，他们在太行山停了半年，后来，晋冀鲁豫军区抽了两个旅的兵力，把封锁线打开一个缺口，从两端硬打着，才掩护这批干部过了平汉线。由于战斗激烈，伤亡不少。这批干部过津浦铁路时，带队人看到文立正身后蹲着一些穿便衣带着短枪的人，以为是掩护过路的主力部队派来的侦察队，他站在村边借着月光望着铁道，那里闪烁着雪亮的探照灯光，乌黑的碉堡正立在路口，远处有敌人火车的鸣叫，便焦急地问文立正："你们的部队怎么还没来？"

"什么部队！"

"掩护过路的部队呀！"

文立正指着身边的队员对带队人说："这不都是吗？"

"你们多少人？""长短枪四五十！"

带队人感到非常意外："你们简直是开玩笑！"

文立正没有与他争执，他把带队人拉到一边："讲打不算打，落地分真假，我们一切都布置好了，你们就放心过铁路吧。"

清冷的月光下，队伍像蜿蜒的长蛇一样，静静地越过铁道向东奔去，没响一枪一炮，那带队人连声说："想不到铁道游击队比正规军还厉害！文政委还真是一个了不起的指挥人才。"

在微山湖里，有一个叫五柳渡的地方，就是当时通向延安的一个秘密渡口和重要通道。当年，新四军陈毅军长赴延安在此上船时，曾写下"横越江淮七百里，微山湖色慰征途"等诗句，送给了文立正。

在他们掩护最后一批干部东去的时候，传来了苏军攻克柏林，德军投降的消息。

让敌人闻风丧胆

文立正性格内向，寡言鲜笑，仅有短暂的初恋，终生未婚。他胯上常揣两支手枪，破毡帽头、棉衣、铲鞋便是他经常的穿戴。此时，他已30多岁，仍只身一人，不少人劝他建个家。他说："家是国的细胞，国遭难，家不可能温馨，待全部赶走日寇再说吧。"

铁道游击队灵活机动的作战，如同神出鬼没、来无踪去无影的"飞虎"，打得日军心寒胆战。日军背后里把铁道游击队叫作"飞虎队"，并且谈"虎"色变。日军对"飞虎队"恨得咬牙切齿，千方百计想剿灭他们。一次，日军从四面八方派出7000余人对微山湖进行大规模围剿，将一支不足 200 人的游击队围困在微山岛上。文立正沉着冷静分析敌情，命令各部队分散转移，马上离开这个孤岛。可当晚有小部队试图突围，一出湖就被打回来了，因为湖边所在村庄都驻满了鬼子，铁道上停靠的铁甲车，远远望去，像流动的碉堡，一列接一列；敌人的汽艇也在水面上来回穿梭。次日黎明，敌人的炮弹纷纷落到微山岛上，熊熊的火光映得湖水通红，湖边的地面被震得乱抖。

文立正一边命令部队阻击敌人，一边想着突围的办法，如果再不突围，整个游击队将困死在微山岛。"换衣服，冲出去，庄里还有敌人的衣服。"想到这里，文立正细长的眼睛一亮。战士们换上日军的衣服后迅速突围了出去。

突然从西边山坡上走下一队日军，朝这边打着枪，文立正见已离得很近，就命令战友用机枪向那里扫射了一阵子。对面的日军停下一看是"自己"人，摇着白旗走了。游击队在洪山口停下来，已是下午了，微山湖里还响着沉重的炮声，湖面依然被炮火的烟雾笼罩着，那是敌人找不到游击队，自己打自己了。敌人东一路打西一路，南来北打，北来南打，都认为对方是"飞虎队"，这一来，敌人死伤 700 多人，而游击队丝毫无损。最后，敌人的大部队撤走了，小股日军主动来找文立正谈判，请求不要再打他们。

充满传奇色彩的铁道游击队的故事，至今还在中国许多地方流传。风传着铁道游击队队员能够飞檐走壁、刀枪不入，他们会飞，跑得比火车还快，只听见咳嗽一声，他们就像燕子一样飞上火车，听说里面有个政委，他的手往车头上一拍，火车就不出气了，马上停下；他的枪往头上一举，就能百步穿杨，从不落空；他还会使隐身法，迷住敌人，使敌人四处找不到他的队员。在当年侵华日军里，文立正也很有名气。1945 年 8 月，当日本天皇宣布战败投降后，新四军要求津浦铁路沿线上的一个日军联队投降时，遭日军拒绝。日军的大队长声称只向"飞虎队"，指名只向文立正交武器。大家知道，"飞虎队"是铁道游击队的别称，而文立正却永远也不能来受降了。

1944 年 6 月，文立正调任鲁南二地地委委员。谁知，一场意外的激战发生了，他倒在血泊里……

丰碑立在微山湖畔

1945 年初，日军在中国人民的重重围剿下，如过街老鼠四处挨打，抗战胜利在望。2 月 22 日，文立正带一班人到新开辟的抗日根据地——临城县六区丁家堂村检查工作，由于叛徒告密，突遭敌特武装袭击。激战中，他头部中弹，壮烈牺牲，年仅 34 岁。

由于此次死伤人数较多，又处在战乱时期，文立正牺牲后的安葬地鲜为人知。中华人民共和国成立后，文立正的表弟陈铁如多次寻觅表哥的坟堆，均无着落。受林彪、"四人帮"迫害，蹲了 8 年牢房的李锐出狱后，复职为中共中央委员、中组部常务副部长。他一复职就四处打听文立正的去向，才得知文立正早已牺牲在抗日的战场上。为了找到烈士的遗骸，李锐先后撰写了《想念你呵，文立正》《哭文立正》等 9 篇文章，发表在《中国青年报》上。他声情并茂地写道："文立正的戎马生涯与整个抗日战争相始终，战死在胜利的前夜。他把自己的生命与人民的事业融为一体，从而获得永生。"中共山东省委不惜人力财力，终于找到了这位烈士的安葬地，并将烈士的遗骨重新入棺，迁入山东临沂市烈士陵园内。由毛泽东亲笔题写的"革命烈士纪念塔"高耸在陵园正中央。文立正墓前竖有"文立正烈士纪念碑"，碑的背面刻有烈士的简历。

一日，李锐和老伴从临沂市烈士陵园扫墓回到住处，晚上看了《铁道游击队》这部电影，百感交集，泪如泉涌，一首题为《七律·悼念文立正》的诗跃然纸上：

银幕荧屏若梦思，微山湖畔立英姿。

列车飞上真身手，虎穴频探妙指挥。

莫道书生难造反，一为战士善坚持。

倭降未见君先殉，齐鲁招魂我太迟。

李锐将悼念诗用宣纸抄好，情犹未尽，诗的末尾加了一句："呜呼，吾兄生死太匆匆"。

（原载 2005 年 11 月 25 日《湖南日报》头版头条，并被中央人民广播电台、《老年人》、《衡阳晚报》等新闻单位采用）

采写札记

张扬个性

随着电影、小说、电视连续剧《铁道游击队》的热播和热销，铁道游击队政委李正可谓家喻户晓，人人皆知。

《铁道游击队》是由著名作家知侠根据真人真事创作的长篇小说，李正的原型是文立正，是衡山县东湖镇天柱村人。

如何写好写活这位渐行渐远的英雄人物，我认为首要的一点，就是要张扬他的个性。因为世界上没有一片相同的树叶，张扬个性才能突出人物特色，让大家看得懂、记得住、传得开。

文立正的个性在于他独特的外貌：他经常身着旧袍与多补丁的裤子，穿一双鲁南特有的布鞋，腰束一根用布绺子编织的带子，因袍子过长，行军不便，就将前大襟翻过来掖在腰带里，两把短枪别在腰间，衣服口袋里装着写满工作情况的小本子。他这身打扮，加上一双微上挑的细长眼睛，给人一种神奇的力量……

文立正的个性在于他非凡的气质：他考入北京辅仁大学化学系，积极投入"一二·九"爱国运动，成为学生中的先锋。他在日记中写道："先驱者，前途认定了，切莫回头，一回头，灵魂里潜藏的怯懦，要你停留。"

他毅然从辅仁大学休学，走上了救国救民的道路。"阴湿的地方需要太阳，苦难的中国需要共产党，太阳照着万物生长，共产党带领广大人民得解放！"在部队，文立正从教唱抗日歌曲入手，给战士们吹口琴、讲故事，坚定了战士们跟党走、抗日到底的决心。

文立正的个性在于他卓越的才能：他率领铁道游击队队员爬火车、炸桥梁、抢物资、撬铁轨、夺机枪、袭洋行，神出鬼没，挥戈于百里铁道线上，吓得日军魂飞魄散。他在微山湖上建起水上"秘密通道"，运筹帷幄，先后护送刘少奇、陈毅、罗荣桓、萧华、陈光等1000余名中共干部安全通过铁道线……

文立正的个性在于民间的传说：铁道游击队队员刀枪不入，能够飞檐走壁，跑得比火车还快，只听见咳嗽一声，他们就像燕子一样飞上火车。听说里面有个政委，他的手往火车头上一拍，火车就不出气了，马上停下；他的枪往头上一举，就能百步穿杨，从不落空；他还会使隐身法，迷住敌人，使敌人四处找不到他的队员……

我注重从观察视角、叙述方式、特色语言以及主人公的知识学养、人生经历、生命体验、价值立场等方面入手，全方位展示文立正独特的个性特征，使他的个性成了不可或缺的标签，很容易让大家记住"这一个"。

个性有大海的浩瀚深邃、山峰的高耸起伏、笛声的清脆悠扬……文天祥"人生自古谁无死，留取丹心照汗青"和文立正"赶走日寇再成家"的个性张扬着忠国爱国报国之心；于谦的"粉身碎骨浑不怕，要留清白在人间"和岳飞的"三十功名尘与土，八千里路云和月"的个性张扬着纯洁正直清白之心；孙中山的"革命尚未成功，同志仍须努力"和毛泽东的"宜将剩勇追穷寇，不可沽名学霸王"的个性激励着一代又一代中国人前赴后继……梅花不与繁花争春，于是有了"暗香浮动月黄昏"的风韵；杨柳不慕青松的挺拔，于是有了"万条垂下绿丝绦"的婀娜；枫叶不羡绿树的苍翠，于是有了"霜叶红于二月花"的绚丽。

张扬个性吧，让世界听到属于你的独特声音。

救人英雄大学生的"红色传奇"

11月25日，湖南省综治委、湖南省委宣传部、湖南省公安厅、湖南省人力资源和社会保障厅、湖南省财政厅、湖南省民政厅、湖南省见义勇为基金会评选出29名全省见义勇为先进集体和先进个人，耒阳籍"九零末"大学生曹承全荣获"湖南省见义勇为先进个人"称号，并记一等功。

曹承全1997年出生于陕西潼关，5岁回原籍湖南耒阳读书，现就读于西安工程大学管理学院，是一名"红色革命后代"。他自幼受"红色文化"熏陶，在群众生命安全受到严重威胁的紧急关头，临危不惧、挺身而出，巧用旗杆连续救出两名被困下水道的清淤工人，切实贯彻了习近平主席"把红色资源利用好、把红色传统发扬好、把红色基因传承好"的重要指示，谱写了一曲新时期永葆共产党人红色基因和革命血脉的时代壮歌……

一根旗杆救出两条人命

"不好了，救命啊！救命啊！"2月7日上午9时许，家住耒阳市金城华府三楼的大学生曹承全，突然听到楼下有人大喊"救命"。打开窗户，寒风嗖嗖，只见一名中年妇女在大声呼喊，说有一名环卫工人被困在下水道井底。曹承全连鞋子也没穿，打着赤脚冲出房间直奔出事地点。

原来，环卫工人梁三成在下水道里清淤时，不慎沼气中毒，小区物业经理许清瑞投下梯子下井救人，由于井内空间狭窄，空气稀薄，有毒气体浓度较大，梯子放下去之后，不但没将环卫工人救上来，自己也被困井内，情况万分紧急。听到下水道暗流奔涌的声音，闻到井口刺鼻的气味，联想到去年长沙一位女大学生不慎掉入下水道身亡的事，曹承全仿佛看到梁三成的生命正在被恶魔所吞噬，人命关天呀！他急中生智，猛然想到了家里的红旗，也许能救工人大叔。他返身跑回家，从书房扛来一面鲜艳的红旗，将4米多长的旗杆迅速伸入井底。

红旗，是寒冬里一团跳动的火焰。

被困人员看到了红旗，就像看到了救星，看到了生命的希望，梁三成凭着一种求生本能死死地拽住旗杆，就像抓住了一根救命"稻草"。

井内空间狭小，极度缺氧，许清瑞脸色苍白，全身乏力，双脚在梯子上发抖，他一手抓着梁三成的衣领，一手抓着楼梯，摇摇欲坠。更可怕的是梁三成已无太大力气抓住旗杆，如再这样耗下去，有可能因沼气中毒跌落井底从而引发二次事故。机智的曹承全当机立断，半趴在地上，双手探入井中，欲将老许拖上来，却不好使力，在一名中年男子帮助下，两人一同将许清瑞拽了上来。紧接着，一名受过专业训练的小伙子自告奋勇，顺着梯子下到井中，将麻绳套住梁三成后迅速爬出，在大家的努力下，成功把梁三成营救上来。

此时，梁三成两眼发白，不省人事，大家在焦急地等待救护车。

"时间就是生命，一刻都不能耽误，决不能干等救护车。"曹承全按照在课堂上学到的救护知识，全然不顾梁三成身上的污泥与恶臭，为其解开衣带，脱下鞋子，再用嘴替梁三成吸出口里的污泥，并反复对他实施人工呼吸和心脏按压，帮助他恢复呼吸，排出体内毒气。

时间在一分一秒地过去，曹承全的手心沁出了汗，他深知环卫工人的生命就在自己手上，决不能因自身失误而耽误救援。幸运的是，他的急救措施起了作用，几分钟后，梁三成的嘴角溢出白沫，吐出几口血水，随即腹部可见明显的起伏……大家惊喜地看到梁三成能够自由呼吸了，不约而同地对曹承全竖起了大拇指。随后，救护车赶到，将许、梁二人送入耒阳市人民医院。接诊医生介绍："两人均属混合气体严重中毒，若抢救不及时或方法不当就会危及生命，如果再晚几分钟实施急救措施，梁三成就有生命危险了。遇到这种情况，救护者一定要戴上防毒面具或用毛巾作隔断，否则会导致自己严重中毒。"

人群散去，曹承全扛着家里鲜艳的红旗回家，稚嫩的脸蛋在寒风中被冻得通红，宛若一位红军小战士。

在现场看到这"惊心动魄"一幕的梁三成妻子，至今仍在感叹："幸亏大学生曹承全施救及时，处理得当，否则后果不堪设想。"

曹承全挺身而出、机智救人的事迹，在社会上引起了强烈反响，《光明日报》、《中国妇女报》、《湖南日报》、《新湘评论》、《西安日报》、《西安晚报》、《长沙晚报》、《衡阳日报》、人民网、新华网、中国新闻网、凤凰网、陕西教育网等上百家媒体对其进行了报道。

2015年4月1日，耒阳市人民政府授予曹承全"见义勇为模范"荣誉称号，成为该市近年来获表彰模范中年龄最小的救人英雄。耒阳市委书记彭玉明亲自为其颁奖，称赞他"展示了当代大学生智勇双全的风范。"

2015年7月，陕西省委高教工委授予曹承全"陕西省见义勇为优秀大学生"荣誉称号，并号召全省广大青年学生以他为榜样，学习他临危不惧、敢于担当的高尚情操和优秀品质。

2015年8月，由中共中央宣传部、国家教育部、共青团中央、人民日报社共同指导，人民网、大学生杂志社联合主办的"中国大学生年度人物"评选活动，曹承全荣获"第十届中国大学生年度人物"提名奖。

红旗是曹家的"传家宝"

初见曹承全，阳光、内敛、帅气。与他深入交谈后，这位满脸稚气的"九零末"大学生，浑身蕴藏着一种蓬勃向上的朝气和正能量。

当问到为何有那么大的勇气站出来救人时，他无不自豪地说："主要得益于家里良好的家风。"父亲经常告诫他，关键时刻要敢于站出来，要传承好家里光荣的革命传统，要做一个敢担当、有抱负的新青年。就连"曹承全"这个名字都是爷爷取自"红色传承""德智双全"之意而来的，为的就是能将"红色基因"潜移默化地植根于他的内心和血脉，当好"红色传人"。

曹承全从记事起，家里没挂"福"字，没摆财神菩萨，一摞摞的红色文化书籍和一面鲜艳夺目的红旗却与家"形影不离"。去年刚搬新家，父亲又将红旗摆到书房醒目位置。门口还贴着一副大红对联：红色基因代代相传与时俱进创伟业；祖辈奇功朱毛会师指挥开路万世名，横批是：承前启后。

这副对联无声地诉说着曹家先辈的英勇业绩，而摆在家里的红旗则代表着一种红色信仰，在曹家代代相传。

父亲告诉曹承全，红旗是老曾外公曾木斋传下来的，至今已经传承了87年。曾木斋1876年出生，性格豪爽，为人耿直，自幼就跟随拳师学得一身好功夫。1891年入船山书院，1894年中举，1895年入国子监读书，后加县丞，曾在岳麓书院执教授课。他一生奉行"好男儿当以修身齐家安邦治国平天下"为第一要义，把同族的曾国藩视为榜样，希望自己像他那样文能安邦、武能定国。为了探寻救国救民的真理，他先后参加过"戊戌变法"、武昌起义，1925年担任农民自卫军司令员，1928年3月，朱德任命他为三打安仁的总指挥。他不负众望，一举攻克安仁，为南昌起义余部和湘南起义军顺利通过安仁上井冈山铺平了道路，朱德高度赞扬曾木斋为"朱毛会师"的"开路先锋"。曾木斋在掩护大部队上井冈山时，主动"断后"，与前来围剿的国民党部队浴血奋战，终因装备太差，寡不敌众，壮烈牺牲，时年53岁。正如萧克将军所说："历史已经证明，有了朱德、陈毅领导的湘南起义和曾木斋总指挥攻克的安仁大捷，才有井冈山的'朱毛'会师，才有巩固的井冈山革命根据地，才有井冈山光辉的新时代。"

老曾外公走了，留给老伴的只有一面破旧的红旗，她把这面红旗当作"传家宝"，一代一代传给后人。女儿曾世英出嫁时，她含着泪水对女儿说："这面红旗是你爹用鲜血染红的，今天作为你的陪嫁送给你，你一定要记住这段历史，讨还血债。"女儿嫁到曹家后，在国民党统治下，把红旗当作宝贝一样珍藏起来，悄悄交给了儿子曹三体；新中国成立后，红旗重见天日，曹三体把红旗交给了儿子曹圣德；曹圣德扛着红旗带领群众修水利工程，年满 60 岁时，将红旗传给自己的儿子曹传礼："你们一定要珍惜今天来之不易的生活。"曹家几代人把这面红旗看得十分神圣，红旗破了，用红绸布打上补丁，实在破旧了，再换上新的；随着岁月的流逝，旗面和旗杆不知换了多少次，缝缝补补之中，不变的是代代相传的红色精神。

红旗成为家里的"传家宝"，曹承全从小耳濡目染，他经常听父亲曹传礼讲老曾外公行侠仗义、锄强扶弱的故事，并从小立志做一个与老曾外公一样敢作敢为、勇于担当的人。有人问他下井救人为何想到了红旗？他说："红旗陪伴我成长，这是一种巧合，旗杆那么长，可以拽住落井的人，我为自己的勇敢感到骄傲，我只做了一位当代青年大学生应该做的事。"

记得上大学一年级时，曹承全曾在《重拾遗失的信仰》的作文中写道："当炫富的干露露唯钱是命，当富豪们娶妻嫁女一掷千金，当他们将财富与成功画上等号，是因为他们内心空虚，没有支柱，缺乏信仰。2014 年春晚的《扶不扶》与其说是一个小品，不如说是一次对国人信仰道德的拷问。改革开放 30 多年，我们一方面不断享受着丰富的物质生活，另一方面却遭遇着迷惘与困惑。如何找回遗失的信仰，让精神文明和物质文明并驾齐驱，成为一个具有现实意义的话题。人生如屋，信仰如柱。反观我们青年大学生，身上是否还有'天地之心，生民之命，往圣绝学'的气魄？是否秉承了刚毅独立，敢为人之先的湖湘精神？马克思说过，法兰西不缺有智慧的人，但缺乏有信仰的人。我们这一代能否担当中华民族伟大复兴的重任，其关键还在于我们能否在时代的车轮下坚守信仰，践行信仰，守望信仰。"

"红色基因" 构筑 "信仰高地"

"计利当计天下利，求名要求万世名"是曹承全的座右铭，他渴望能像他的老曾外公曾木斋那样，把个人的理想同国家民族的命运紧密联系在一起，为天下人民谋福祉。1998 年，全国政协常委、中央文献研究室原主任滕文生，赠送给"红色后代"曹承全父亲的书法作品就是范仲淹的名篇《岳阳楼记》，其中的"先天下之忧而忧，后天下之乐而乐"等警句，既是对父亲的勉励，也是曹承全的人生信仰。为此，他刻苦学习，成绩在班上名列前茅。大一就通过了英语四级考试，并荣获全班综合测评第一名。

曹承全最爱读的书是基辛格的《论中国》，以一个西方外交家的眼光，论述了中国五千年历史及 20 世纪与美苏超级核大国的博弈，中华民族从历史无上荣耀走入屈辱又走向伟大复兴。他告诉记者："一些西方国家正在对我国实施'文化侵略'，就是想用西方的价值观来影响我们，从而达到'和平演变'的目的。我是红色后代，只有保持一种红色元素，才能永葆红色江山不变颜色。我要积极弘扬社会主义核心价值观，爱国、敬业、诚信、友善，关键时候能够站出来。"

2006 年，耒阳农村遭受特大洪灾，9 岁的曹承全跟着父亲拖着几车八宝粥、大米、矿泉水去慰问灾民，父亲扛着红旗参加抗洪抢险，为灾民捐款捐物，对他的影响潜移默化。

在学校，曹承全争当青年志愿者和义工，用行为构筑自己的"精神高地"。他将内心的热情更多地奉献于公益事业中，去兰州军区疗养院做公益、去看望军区退休老干部、为"弘扬中华文化，同心共筑中国梦"活动做义工、自发打扫校园卫生、上街当"义务交警"、帮助老师整理作业……2008 年，上初中一年级的他参加报纸义卖活动，一扫以前的羞涩，拿着报纸奔前跑后，劲头十足，经过一周的义卖，募捐款额达 1100元，远远超过其他同学。2011 年 12 月的一天，地冻天寒。他在长沙麓山国际实验学校上高中一年级，积极参加"爱心跳蚤市场"，动员同学将多余的学习用品捐出来，通过学校"跳蚤市场"拍卖，卖来的钱捐给贫困山区。活动从下午 5 点钟开始，到晚上 7 点钟结束。活动刚开始天就黑了，只能依稀辨认出人的身影。与他一起参加活动的 4 个同学都吃晚饭去了，只有他饿着肚子在寒风中坚持，硬是将同学们捐来的 200 多本旧书、杂志销售一空，卖了 500 多元。他虽然错过了吃饭时间，挨冻受饿，但用自己的行动去帮助别人，心里感到十分快乐。他仿佛看到，一些农村少年儿童拿着他捐出的钱买来新书包或心仪礼物的场景，一连兴奋了好几天。

曹承全被学校评为"优秀共青团员"，助人为乐，成了他的一种本能，只要碰上谁有困难，他都会主动去帮。"精进助学金"是香港理工大学潘宗光教授为那些家庭特贫特困而品学兼优的大学生设立的，可一次性进行两万元奖励。2014年10月，寝室一位来自河南农村的王成同学想申请这笔助学金。小王忙着写申报材料，可没电脑，曹承全主动拿上自己的电脑为他帮忙，曹承全深知这次评比竞争激烈，必须过了材料这一"关"，便将他的申报材料反复修改润色，11点钟寝室熄了灯，他又借来应急台灯，尽管次日还要上早自习，但他一心只想把材料改好，字字斟酌，句句推敲……修改到次日凌晨1点多钟，王成深深为之感动。曹承全说："同窗好友互相帮助，不足挂齿。"并鼓励他："男子汉，大丈夫，顶天立地，人穷志不能短，生活的贫困不能压倒对成功的渴望，一定要用知识与汗水改变命运，创造未来美好生活。"

2015年1月，王成拿到了两万元助学金，准备好好感谢曹承全。曹承全严肃地说："这笔钱是国家用来帮助你的，应该拿回去给你父亲治病。"

在老师眼里，曹承全的救人之举并非偶然，是本质上的人性之美，这种人性之美体现在他的日常行为和学习态度中。曾经的高三班主任何文娟这样评价他："该生为人喜静，善思考，擅长演讲，心地善良，乐于帮助同学。"曾经的初中一年级晏樱老师则评价道："小承全，你总是那么彬彬有礼，遵守纪律。而你又不甘平庸，发奋图强，你用善良和努力征服了我们每一个人，我们发自内心喜欢你……"在同学眼里，曹承全当"救人英雄"一点也不奇怪，因为他是一个"豪爽大气、乐于助人"的人。西安工程大学管理学院房九萍同学说："他的事迹有一种震撼心灵的力量，他是我们学习的好榜样。"

"危难来临之际，伸出援手只不过是本能行为。"这是曹承全对自己义举的解释，同时也是他平时对道德信仰的坚守和追求。当意外来临时，他能像曾外祖父曾木斋那样，血脉中流淌着"敢为人先、勇于担当"的湖湘文化精神特质，从而拯救危难，彰显大德。他在入党申请书中写道："我会志存高远，脚踏实地，传承红色基因，勇敢站在时代前列，做一个朴实沉毅的大学生，为实现中华民族伟大复兴的中国梦奋斗终身！"

曹承全，好样的，我们为你加油，为你喝彩！

（原载 2015 年 11 月 26 日《湖南日报》，并被中央人民广播电台、《光明日报》、《中国妇女报》、人民网、新华网、中国新闻网、中国青年网、中国文明网、凤凰网、新浪、腾讯、搜狐、陕西教育网、《新湘评论》、《西安日报》、《西安晚报》、《长沙晚报》、《科教新报》、《衡阳日报》等上百家新闻单位采用，与成俊峰合作）

采写札记

挖出一眼"清亮的泉水"

文明弦歌不断，文脉绵延不绝。

曹承全以舍己救人的英雄行为走进我的视野。颇具特色的是，他救人的方法很睿智，用一根旗杆从下水道救出两条人命。将人救上岸后，又按照在课堂上学到的急救知识，通过实施人工呼吸和心脏按压，帮助被救者恢复呼吸，排出体内毒气，从而赢得抢救患者的"黄金时间"。

这是一个新时代大学生有勇有谋、机智勇敢的形象，也是一位救人英雄大学生的"红色传奇"。

如果没有这根救人的旗杆，就引发不出这面红旗背后的红色故事，此稿只是一篇消息的素材。后来，我通过顺藤摸瓜，穷追不舍，终于挖掘到了一眼"清亮的泉水"，一个前所未闻的红旗的故事被公之于众。

曹承全当年 18 岁，从记事起，一面鲜艳的红旗与家"形影不离"，摆在书房最醒目的位置。他家门口贴着对联：红色基因代代相传与时俱进创伟业，祖辈奇功朱毛会师指挥开路万世名，横批：承前启后。

这面红旗也引出了曹承全的老外公曾木斋，为朱毛会师"当开路先锋"的故事。曾木斋走了，留给老伴一面红旗，曾老外婆将红旗当作了"传家宝"。

女儿曾世英出嫁，曾老外婆含泪说："这面红旗是你爹用血染红的，今天做你的嫁妆，一定要记住历史。"

曹世英嫁给了曹家，在国民党统治的白色恐怖下，把红旗藏起来，去世前悄悄交给了儿子曹三体。

新中国成立后，红旗重见天日，曹三体又把红旗传给了儿子曹圣德。

曹圣德举着红旗带领群众修水利，年满60岁时，他将红旗传给儿子曹传礼："你们一定要珍惜。"

曹传礼扛着红旗参加抗洪抢险，慰问灾民。

曹家几代人把红旗看得十分神圣。

曹承全从小听父亲曹传礼讲曾老外公的故事，从小就立志做一个与曾老外公一样的人。有人问他救人时为何想到了红旗，他说："这是一种巧合，也是一种条件反射，看到有人遇难，我就想到了红旗上的旗杆。"

红旗的故事波澜曲折，红色基因构成大学生曹承全的"信仰高地"，我找到了他写的一篇作文，题目是《重拾遗失的信仰》。他写道："反观我们青年大学生，身上是否还有'天地之心，生民之命，往圣绝学'的气魄？是否秉承了刚毅独立、敢为人先的湖湘精神？我们这一代能否担当这一重任，其关键还在于我们能否在时代的车轮下坚守信仰，践行信仰，守望信仰。"

这篇"小题材"引出了一个"大话题"。

从大学生舍己救人引出了红旗的故事，从红旗的故事引出当代大学生的"信仰高地"，联想到习近平总书记"把红色资源利用好，把革命传统发扬好，把红色基因传承好"的重要指示，文章读起来不但有一种历史沧桑感，而且有一种时代责任感和使命厚重感。怪不得此稿先后被全国上百家媒体采用，自然有其深层次的道理。

守住我们的根和魂，需要物质上的继承与保护，更需要精神上的积淀与升华。"自强不息"的奋斗品质，"精忠报国"的爱国情怀，"革故鼎新"的创新思想，"居安思危"的忧患意识，"和而不同"的东方智慧……中国人独特的价值体系、文化内涵和精神品质，为中华民族克服困难、生生不息提供了强大精神支撑。

记得当年参加高考，作文题是一幅漫画："这下面没有水，再换个地方挖!"画的是一个拿着铁锹的挖井人今天在这挖几下，明天在那挖几下，挖了许多天，费了很大的劲，流了不少汗，换了四五个地方，挖了五六个深浅不一的"井"后，仍没找到水，所以，他十分自信，认定这里没有水，得到别处去挖。其实，只要他在一个地方一直深挖下去，锲而不舍，"泉水"就在他的脚下。

由此可见，我们写文章、办事情、作决策，一定要透过现象看本质，多长几个心眼，沉下心来，深挖下去，持之以恒，目标专一，一定会挖出取之不尽的"源头活水"。

仰望历史星空，脚踏深厚大地，以坚实的文化自信汲取继往开来的澎湃力量，以高度的文化自觉激荡波澜壮阔的万千气象，以朴实的中华文字傲然传承红色基因，构筑"信仰高地"，时不我待，只争朝夕。

今年是纪念红军长征胜利 70 周年，衡东县许多老百姓非常怀念那位因掩护主力部队转移而临危受命、威震敌胆、宁死不屈的红军师长王光泽，他是衡东人民的优秀儿子。大敌当前，他冲锋陷阵，身先士卒；身陷图圄，他坚贞不屈，视死如归。他的满腔热血，洒在漫漫长征路上……

王光泽：长征路上陨落的将星

1955 年 9 月 27 日，秋高气爽，阳光灿烂。首都北京，共和国首批授衔仪式在中南海隆重举行。在异常热烈的气氛中，毛泽东主席和周恩来总理分别为 10 位元帅和一批高级将领（首批评定 10 位大将、55 位上将、175 位中将、802 位少将）授予军衔。革命胜利了，江山回到了人民手中。那些为共和国的建立久经沙场、出生入死的军事指挥员，理所当然应该获得这项殊荣，党和人民永远不会忘记他们的历史功勋。

群英汇集，将星璀璨，其中却不见王光泽的踪影。

王光泽是谁？此时此刻，他在何处？

王光泽是中国工农红军二、六军团黔东独立师师长。20 年前的 1934 年 12 月，为掩护红军主力转移，他率领一支部队与比他多 60 倍的强敌浴血奋战，陷入敌手后宁死不屈，壮烈地牺牲了。如果他有幸活到今天，在上千名首批授衔将军里，我们一定能够找到他。

（一）

王光泽是湖南衡东县城关镇鹤桥村人。1903 年 11 月出生在一个贫苦农民家里。祖父王吉祥替别人做了一辈子长工；父亲王德荣靠帮别人烧火煮饭营生度日；母亲则常年外出当奶娘。全家的日子过得比黄连还苦。

在饥寒交迫中，王光泽度过了苦难的童年。7岁时，有钱人的孩子背着书包上学堂，他却没有求学的机会，只能眼泪汪汪地跟着哥哥上山砍柴，卖几个钱糊口。8岁起帮地主放牛，没有牛背高就得跟着一群牛满山跑，磨烂了脚板皮。11岁时因不堪地主虐待，丢掉牛鞭外出学艺，一连找了3个师傅，个个嫌他年纪小，身材矮，力气差而不肯收留。12岁那年背井离乡跑到攸县，跟着舅父皮荣丰学木匠。在攸县干了8年，他起早贪黑，刻苦耐劳，把各种木工手艺都学到了手，什么样的木器都能做出来。20岁时，他又跟堂舅皮学富到茶陵县腰陂镇做木工。谁知，天下乌鸦一般黑，茶陵也并不比家乡和攸县好，有钱人同样吃人，贫苦人依然受苦。

哪里有压迫，哪里就有反抗。王光泽从小生活在社会最底层，受尽地主、资本家的气，锻炼出了不畏强暴、疾恶如仇的性格。早在8岁那年，他和哥哥挑着茅柴走到地主王荣生家门前叫卖，地主恶狠狠地把他赶走。王光泽冲着地主说："你家不过有几个臭钱，有什么了不起！等我长大了，我要让天下所有的人都不缺柴米油盐。"12岁那年刚到攸县学木匠，两个税警气势汹汹地找上门来，强行要收他的税。王光泽斧头一丢，两手叉腰，怒视税警："你们12岁的时候缴过多少税？你们是大人，不要以为我是小孩子好欺负！"税警无话可说，只好灰溜溜地走了。

王光泽不但对自己的事据理力争，而且见义勇为、拔刀相助。他在攸县做工时，有个名叫王德忠的皮匠，辛辛苦苦编织出来的100双麻草鞋，被国民党驻军的特务长拿走了。王德忠几次上门讨债，特务长蛮横无理耍赖。人家手里有枪，王德忠无可奈何。此时王光泽还是个不满16岁的孩子，他问明了事情经过后，便独身一人闯过岗哨，走到驻军连部，找到连长和特务长，放了一阵连珠炮，说得特务长哑口无言，终于把这笔债一文不少地讨回来了。就在这年腊月，攸县县城一家木货店的老板，昧着良心克扣木工胡义和兄弟的工钱。胡氏兄弟没有文化有账算不清，只有抱头痛哭。王光泽知道后，当仁不让来到木货店，帮助胡义和兄弟跟老板把账算清，要回了被老板克扣的工钱。胡家兄弟千恩万谢，拿着这笔钱高高兴兴地回家过年去了。

20 世纪 20 年代中期，湖南各地开展了轰轰烈烈的农民运动。正在茶陵县腰陂镇做木工的王光泽以满腔热情投入了革命洪流，加入了腰陂镇工会。蒋介石发动"四·一二"反革命政变后，轰轰烈烈的大革命失败了，白色恐怖笼罩全国。王光泽被迫回到家乡避居了一段时间。不久，便重返茶陵腰陂镇，一边重操旧业做木工，一边从事地下活动继续宣传革命。

（二）

星星之火，可以燎原。1930 年，井冈山革命根据地扩展到茶陵，腰陂镇建立了苏维埃政权，同时成立了农会、工会等群众团体。由于王光泽出身好，能力强，敢于斗争，无私无畏，被群众推选为腰陂镇工会主席兼赤卫队队长，同年加入了中国共产党。从此，他把一切都交给了党，献给了革命事业。斗工头、打土豪、禁赌禁娼、烧鸦片烟馆，敢作敢为，一马当先。1931 年腰陂镇赤卫队扩充为警卫连，王光泽担任连长。由于作战勇敢机智，完成任务出色，1932 年调任茶陵县苏维埃警卫营营长。1933 年，茶陵警卫营扩编为独立团，王光泽升任为团长。是年 5 月 29 日，由王光泽率领的茶陵独立团，配合红八军、独立 12 师在湖南茶陵秩堂、塘下和江西莲花棠市一带伏击敌人，俘敌 800 多人，为粉碎蒋军对湘赣根据地的第四次"围剿"做出了贡献。6 月中旬，根据中共中央的命令，湘赣和湘鄂赣两个根据地的红军组成第六军团。茶陵独立团编入红六军团，王光泽被任命为红六军团 53 团团长，在茶陵、酃县（今炎陵县）、醴陵、宁冈、萍乡一带同敌人作战。

1934 年 7 月，湘鄂赣根据地第五次反"围剿"失败。红六军团在任弼时、萧克、王震的率领下，奉命离开井冈山革命根据地，从江西遂川横石出发，作为红一方面军的先遣队，开始了举世闻名的二万五千里长征。沿途经过湘东、湘南、桂北、黔东、湘西，10 月 26 日，到达四川省酉阳县南腰界，与红二军团胜利会师。

红二、六军团会师后，部队立足未稳，国民党之湘、川、黔守军，一齐朝川黔边界压来。情况异常危急，红二、六军团领导当机立断，决定带领主力迅速挺进湘西，策应中央红军长征，留下一支部队拖住敌人，掩护主力东进。留下来的这支队伍，主要是红六军团的部分干部和伤病员，以及沿河、印江、松桃等县的地方赤卫队，编为川黔、德江、印江、黔东4个独立团，组成中国工农红军第二、六军团黔东独立师。王光泽临危受命，担任黔东独立师师长。原红六军团宣传部部长、黔东特委书记段苏权出任政治委员。

（三）

敌强我弱，敌众我寡，只有800余人且武器装备极差的黔东独立师处于强敌4万多兵力的重重包围之中。王光泽临危不惧，沉着应战，率领全师指战员从南腰界出发，向西迂回，经甘家堡、土门、铅厂坝、枫香溪一带敌军薄弱的地方主动出击，迷惑敌人。一路上，王光泽独立师昼伏夜行，东穿西插，时而分头出击，各个击破敌人，时而收拢拳头，集中优势兵力打歼灭战。从10月28日到11月10日，前后不到半个月，经历大小战斗20多次，打得敌人晕头转向，摸不清黔东一带到底有多少红军，也弄不清红军主力的真实意图是什么。于是，湘川黔三省之军阀，将各自掌握的兵力倾巢而出，从四面八方包抄过来，妄图在黔东将红二、六军团主力一网打尽。他们做梦也没想到，由于王光泽独立师拼死掩护，红军主力早已冲出了重重包围圈，胜利到达湘西。

11月10日，湘军王东源、川军达凤岗旅形成左右夹击之势，向川黔边境的沙子坡压来，黔东独立师腹背受敌，处境十分危险，在这紧要关头，王光泽考虑到掩护主力东进的任务已经完成，眼下主要是抓住战机，迅速突出重围，摆脱敌人的前堵后追，向湘西挺进，追上大部队。他与政委段苏权商量后，决定选择人迹罕至的梵净山区作为突围战线。

黔东独立师边打边走。经过几天急行军，于 11 月 14 日进入梵净山区。清点队伍时，才发现印江独立团在急行军途中被敌军打散，团长宁国学被俘牺牲。此时，全师只剩下 3 个独立团，兵力不足 600 人。

刚刚甩脱湘军和川军的夹击，却不料黔军的李成章旅 3 个团，5000 余众，也在同一时候从另一个方向窜到梵净山区，在护国寺与王光泽师狭路相逢。王光泽师虽然经过了半个多月的浴血奋战和长途跋涉，兵员伤亡惨重，弹药给养十分困难，但他们不畏强敌，顽强拼搏，凭借梵净山的有利地形与敌人推磨，在迂回运动中给敌以重创。终于突出重围，连夜越过梵净山区，经贵州省松桃县马槽河进入普觉。接着又端掉了际溪区公所，补充了部分弹药和给养。

兵贵神速。挺进，挺进，经四川秀山向湘西挺进！王光泽师到达邑梅（梅江）时，不断又与强敌遭遇，这时身后又有大股敌军袭来。王光泽师被迫与敌军激战，伤亡极其惨重。政委段苏权身负重任后与部队失去了联系（后历经艰险返回红军部队，1955 年被授予少将军衔），川黔独立团团长马吉山壮烈牺牲，德江独立团团长下落不明。王光泽率部左冲右突，奋力死战，突出敌围时，许多战士身边已经没有子弹和干粮了。王光泽把仅有的一点干粮分给了伤病员，饿着肚子与敌人血战。

11 月 26 日，王光泽率领独立师余部绕贵州松桃进入四川秀山县之迓架，又遇当地民团、土匪武装袭击，指战员们强忍饥饿和疲劳，且战且退，第二天抵达川河盖。

11 月 28 日拂晓，王光泽师向湘西进发，行至川、湘交界的大板场，突然一阵锣响，枪声四起，又遭当地民团伏击。此时此地，大雾笼罩四野，分不清东西南北，红军人生地不熟，摸不清敌情。王光泽凭着丰富的作战经验，指挥部队朝枪声稀疏的方向突围。傍晚，在干坝子集结时，全师只剩百余人。远处仍不断传来枪声，敌人到处搜捕追杀被冲散的红军战士。

天，渐渐地暗了下来，干坝子暮色苍茫。幸存的战士聚集在王光泽身旁，没有眼泪，没有悲伤，大家只有一个心愿：多冲出几个人，为革命多保留几颗火种。王光泽望着衣衫褴褛又饿又困然而威武不屈的战友，坚定地说："同志们，眼下我们势单力薄，没有粮食，没有子弹，再硬拼下去，败得更惨。为了革命，我们要尽可能地减少牺牲，保存实力。现在就是要化整为零，分散冲出去，到湘西找军团主力！"

战士们谁也不愿离开自己的师长，一个个失声痛哭。

"快走！不然就来不及了！"王光泽下达了最后一道命令，战士们才依依不舍地走了。他们边走边回头，希望自己的师长逢凶化吉，冲出重围，与战友们重逢在湘西。

全师冲出重围的仅仅十多人，他们终于进入湘西赶上了红二、六军团主力部队。

（四）

王光泽目送大家消失在夜幕里，才带领几名战士转移。一路上，边打边退，因寡不敌众，最后只剩下王光泽孤身一人，其他同志全部壮烈牺牲。

王光泽拖着伤痕累累、疲惫不堪的身躯来到秀山涌洞，轻轻叩开了贫苦农民吴荣友家的门。当主人知道他是敌人追捕的红军时，连忙为他生火做饭、包扎伤口。第二天晚上，主人为他换上便衣，送他几个红薯，指引他去湖南花垣县的路线。

当他路过秀山县上川时，被民团匪徒认出，不幸陷入虎口。敌人邀功心切，将他押往川军第二十一军直属第四旅旅部。

捕获了一个红军师长，敌人欣喜若狂，弹冠相庆。他们软硬兼施，妄图扭曲王光泽的灵魂。川军头目田冠伍三天两宴，"盛情"款待。无论是封官许愿，还是金钱美女，都不能动摇王光泽钢铁一般的意志。逼他投降，王光泽正气凛然，怒目圆睁："我从当红军那天起，就立志做硬骨头，决不会向敌人下跪！"敌人无计可施，便惨无人道地给王光泽铐上"死脚镣"——用4根烧红的粗铁钉将他的脚镣铆死。同时，电告最高当局，请示如何处置。

蒋介石下达了"讯明就地处决"的罪恶电令。

1934年12月21日凌晨，没有月亮，没有星星，大地一团漆黑。四川省酉阳县龙潭镇2公里外的邬家坡，呼啸的北风在山谷中呜咽。敌人用粗绳索将王光泽死死捆在一张椅子上，将他杀害在邬家坡一株泡桐树下，时年31岁。

英雄的血肉之躯融进了湘川黔边区的黄土地，英雄的生命之火化作了春天一束红杜鹃。

（原载2006年10月18日《衡阳日报》头版头条，并被《老年人》、百度学术、道客阅读、豆丁网等媒体采用，与许松槐合作）

采写札记

向红军师长致敬

曾经有这样一支英勇的独立师，为掩护主力部队，他们以800余人与4万多敌人进行了20多次殊死搏斗，最终因寡不敌众，弹尽粮绝之下，几近全军覆没，这就是中国工农红军黔东独立师，成为悲壮的"绝命后卫师"。

该师是由黔东独立团、德江独立团、沿河独立团、黔东纵队等组合在一起建立的部队。在掩护主力部队东进的战斗中，黔东独立师作战勇猛、屡立战功。最后被远超于己方数倍的川军和地方民团包围，战斗打得十分惨烈，师长壮烈牺牲，师政委身负重伤，全师将士几乎全部壮烈牺牲。师长王光泽的遗体一直没有找到，直至1982年4月，在重庆市一个名叫邬家坡的地方，当地人发现了一具戴着镣铐的尸骨，脚戴7公斤大铁链，脚踝钉着4颗大铆钉。经过专业人员走访调查，证明这就是牺牲了45年的中国工农红军黔东独立师师长王光泽。他被捕后经受敌人的严刑拷打，没有泄露党的秘密，牺牲时年仅31岁。

王光泽牺牲后，他的战友们非常伤心，一直想办法寻找王光泽的遗体，可是一无所获。据说王光泽牺牲后，被抛于荒野，当地民众不忍革命烈士落得如此下场，于是偷偷将其埋葬。后来，因为抗日战争爆发，时局动乱，再加上年深日久，当地人已记不清埋葬王光泽遗体的具体位置。如今，王光泽终于被卸下脚铐，重回了自己的土地。

在新中国的建国之路上，无数英雄豪杰英勇搏击，有的在搏击中不幸倒下，王光泽是无数革命先烈中的一员，他们有的连姓名都没有留下。任何时候，我们都不能忘记，今天拥有和平幸福的生活，正是无数像王光泽这样的先烈用热血和生命换来的。

向这些无私奉献的革命先烈致敬！

向红军师长王光泽致敬！

抗击"非典"，我们共同走过

——一位博士党员的战地日记（选登）

刘映霞，女，今年 38 岁。1985 年 7 月毕业于衡阳医学院，并留校在南华大学附属第一医院感染科工作至今。1995 年至 1998 年在湖南医科大学攻读硕士研究生，2000 年 9 月考取中南大学湘雅医学博士研究生。现为副教授，任南华大学附属第一医院感染科副主任、教研室主任和肝病研究中心主任。2003 年"七一"前夕，分别被中组部和湖南省委评为"全国防治非典型肺炎工作优秀共产党员"和"全省防治非典型肺炎工作优秀共产党员"。

"非典"袭来时，我们挺身而出

2003 年 4 月 23 日　星期三

今年春节以来，非典型肺炎像一个恶魔在我国部分大中城市蔓延，严重威胁着人民的身体健康和生命安全。我是一名共产党员，又是一名感染科医师，自广东出现疫情以来，我一直密切关注着 SARS 的流行动态。参加抗击"非典"是我义不容辞的职责，我应该挺身而出。若不这样，我倒有种负罪感。

今天，对于我来说，是一个十分难忘的日子。晚上 10 点 30 分，医院打来电话，隔离病房收治了一位来自广东的"非典"疑似女患者，我立即赶到医院，组织参与对病人的会诊和抢救。当天晚上，医院又收治了几位来自广东的发热患者，其中一名女性发热 10 天，伴胸闷、气促和严重低氧血症。经专家会诊，患者急性肺损伤诊断成立。我与专家组人员连续工作了4个小时，来不及休息，又投入到对第二名患者插管上呼吸机的抢救中。这是投入抗击"非典"战斗第一个不眠之夜，一场特殊的战斗打响了！在来不及跟亲人打一声招呼，来不及拿几套换洗衣服的情况下，我同医院10多名医务人员第一批进驻了医院隔离房。

有人曾对我说："你不要惹火烧身，能远离'非典'多远就走多远。堂堂一个博士，干什么不好，拿自己的生命开玩笑！"说真的，我此时来不及多想，就像一个听到冲锋号角的战士，哪里有疫情便奔向哪儿。此刻，我们正担负着一项光荣、神圣而充满危险的使命。说真的，我对自己如果感染了SARS怎么办想得很少，我想得最多的是：千万不要在我院漏走一个疑似患者，千万不要让一个医务人员感染，千万不要在院内发生交叉感染，千万不要出现暴发流行而导致医院关闭，千万不要……

与"非典"疑似病患者零距离接触

2003年4月24日　星期四

刚住进隔离区时，由于要跟"非典"疑似病人近距离接触，而疑似病人很有可能最终是确诊病人，因而有部分医护人员和家属担心和恐惧。院党委及时慰问了一线人员家属，我也不断地解释、安慰、缓解大家的紧张情绪。许多隔离区医护人员家属听说我也住进了隔离区，正在和他们的家人一起工作，也就放下了心。正如一线人员所说："要说危险，没有人比刘博士更危险了，每个疑似和发热病人，她都要直接接触和排查，她不怕，我们还有什么可怕的呢?"这个特殊时刻，往往能考验人的意志，能起到感召和表率作用，鼓舞大家以更高的热情和信心投入到抗"非典"一线工作中，对我来说，比任何嘉奖都感到欣慰。

在隔离病房工作是非常紧张、艰苦和忙碌的。每天查房时，需数小时穿着厚厚的数层隔离防护服，戴着12至16层的大口罩。由于不透气，里面的衣服常常湿透了，呼吸也有些困难。更重要的是要有一种高度的责任感，我作为衡阳市和院内专家组技术指导，手机全天 24 小时保持开机状态，也就是说，随时要准备对院内发热门诊收治病人把关，随时要准备去火车站等地以及市、县医院接诊和会诊疑似病人。每晚有时间休息时，第一件事就是打开笔记本电脑从网上查阅资料，及时了解全国"非典"疫情动态和防治进展，对病区确诊病人的临床表现进行总结，并于次日将情况及时通报给一线人员。工作至深夜一两点，是常有的事，但我无怨无悔。

捐出的不仅仅是 400 元钱

2003 年 4 月 26 日　星期六

对隔离病房的病人不仅要进行身体治疗，更重要的是进行心理治疗。今天，我正在隔离生活区轮休，顺便打电话去病房问问情况，听说一位患者情绪不稳定，我真担心发生意外。因为按要求每个病房只能住一位病人，不能有家人陪护，其孤独恐惧心理可想而知。放下电话，我毫不犹豫地赶到隔离病房，穿上厚厚的防护衣，与患者谈心，减轻和消除其恐惧心理，并及时联系上其家人，让患者安心治疗。我知道，与患者多接触 1 分钟，就多一分危险。但我更清楚，患者需要我，这是一个医务工作者应该具有的高度的责任感和同情心。还有一位外地患者，持续高热不退，经检查已排除了"非典"，患者因经济困难，要求回家而放弃治疗。我对患者进行了全面检查后，发现患者身体很虚弱，回家后可能有生命危险，有必要进行骨髓穿刺、血液培养等检查和加强支持治疗。但患者已身无分文，我立即把自己身上仅有的 400 元钱交给患者家属，让其交钱做检查和更改抗菌治疗方案，加强支持治疗，并反复做病人的思想工作，安慰鼓励患者。次日，患者病情明显好转，她及家人逢人就夸：刘大夫不仅医术高，而且心肠好。我想说的是：治病救人是一名医生的职责！救死扶伤是我们的天职！想到这里，我感到十分快慰，所有辛苦都一扫而光！什么是医生？如隋唐名医孙思邈所言："无欲无求，先发大慈恻隐之心，誓愿普救生灵之苦。"

女儿：妈妈对不起你

2003 年 4 月 28 日　星期一

我也曾流过泪。我被隔离后，家人很着急，不停地打电话询问。今天，女儿咪咪正感冒发热，她打电话给我："妈妈，你什么时候能回家啊?"听着女儿虚弱的声音，眼泪止不住地流了下来。由于她在学校寄宿，已有一个多星期未见到她了，真想女儿和家人。但在这特殊的时候，我只能舍小家顾大家。只有将这份亲情深埋心中，才能转化为一种动力。我一直是女儿崇拜的偶像，我相信女儿能理解并为她妈妈而骄傲的。

今晚，全院长第一个进入我们宿舍进行慰问，为大家鼓劲。我相信，我们是一支团结战斗的队伍，必然取得最后的胜利。

同唱一首歌

2003 年 5 月 1 日　星期四

在隔离宿舍过劳动节，别有一番滋味。今天中午，全院领导来看望大家，并购来 DVD 丰富大家的业余生活。

晚上加餐。餐后大家搞了一个小型晚会。节目丰富多彩，邓主任表演了抛球、跳绳等节目，那样子就像一个老顽童，我们每个人都被他逗得笑破了肚皮；侯主任唱了优美动听的歌曲；我朗诵了毛主席的诗词，并略加修改："山舞银蛇，原驰蜡象，欲与 SARS 试比高。须晴日，看红装素裹，分外妖娆。"我们还集体合唱了《同一首歌》《明天会更好》《外婆的澎湖湾》等歌曲。在歌声中大家翩翩起舞，唐武成医师被封为"舞王"。还有李春、苏华等表演了精彩的节目。十点半了，大家余兴未尽，便坐在大厅，讲述自己的心情故事。

SARS，在考验和磨炼每个人的意志时，也将我们融合成了一个大家庭。

危难之中见真情，这时候毅然站出来的是医务工作者，他们瘦弱的肩膀担负起的是拯救国家、拯救人类的重任。我为我的同仁们感到骄傲！中国的医务人员是在用生命实践着"希波克拉底誓言"："我愿尽我力之所能与判断力之所及，无论至于何处，遇男遇女，贵人及奴婢，我之唯一目的，为病家谋幸福……"

被推迟的论文答辩

2003 年 5 月 5 日　星期一

昨晚睡得太晚，敲电脑至凌晨。因为我从网上获得最新消息，国家卫生部于 5 月 3 日又修订了"SARS"诊断标准。我据此修改了由我于 4 月 19 日起草的"SARS 初筛程序"，并将新的诊断标准打印出来，准备一并送发至发热门诊和相关科室。

今天上午，专家组对进入隔离病房的 3 个病人进行会诊。3 个病人都被排除了 SARS，我长长地吁了一口气。我今年博士研究生毕业，原定于 5 月进行博士论文答辩，有好多准备工作要做，下午，接到导师打来催我动身的电话。请示全院长，他不同意我走。推迟答辩就意味着推迟毕业，我深知这对我个人损失有多大。虽然我也犹豫过，但在这特殊时期，我没有选择，只得牺牲个人的利益了。坚守岗位，推迟答辩。

"非典"渐行渐远，同志还须努力

2003 年 6 月 25 日　星期三

目前，经过全党、全体医务工作者的共同努力，"非典"疫情已得到有效控制。我市没有出现一起原发性"非典"病例或疑似病例，没有一个医务人员受到感染。如果有人问我最想要什么，我会大声说：我希望我们国家经济尽快摆脱 SARS 的影响，我希望人人都天天呼吸新鲜空气，我希望 SARS 的恐惧从此远离人类，我希望……

在以后的工作中，我会与坚守在抗击"非典"第一线的千千万万的医务人员一道，用自己无畏的精神、坚强的意志和扎实的工作书写医务人员那"忘我工作，无私奉献，不畏艰险，顽强拼搏"的崇高篇章，恪守医务人员"救死扶伤"的天职，坚守共产党员全心全意为人民服务永远不变的诺言。

（原载 2003 年 7 月 10 日《湖南科技报》，并被湖南人民广播电台等新闻媒体采用）

采写札记

昨天的新闻就是今天的历史

2003 年 4 月，我在广州市参加招商引资活动，当时"非典"暴发流行。刚下火车，我就被拉至衡阳后勤保障旅隔离。

衡阳当时也拉开了抗击"非典"的序幕，无数共产党员奋战在抗击"非典"第一线。作为市委、市政府新闻办公室的一员，就是想方设法收集来自各自方面的情况，在见证那段惊心魂魄的历史的同时，发现一些优秀典型人物典型事件，及时对外报道，从而消除大众的恐慌、焦虑与担忧，弘扬主旋律，传播正能量，凝聚万众一心抗击"非典"的磅礴力量。

在南华大学附属第一医院感染科采访，我意外地发现了一位医护人员的工作日记，她叫刘映霞，是一位优秀共产党员。她以细腻的笔触将整个抗击"非典"的背景、过程以及自己投身这次抗击"非典"无畏的精神、坚强的意志、崇高的使命和切身的感悟展示得淋漓尽致。我从她的日记中筛选出有代表性的 7 篇，稍作文字修改，加上小标题，"'非典'袭来时，我们挺身而出""与'非典'疑似病患者零距离接触""捐出的不仅仅是400元钱""女儿，妈妈对不起你""同唱一首歌""被推迟的论文答辩""'非典'渐行渐远，同志还须努力"便形成了这篇"日记体"特稿《抗击非典，我们共同走过》。

正如刘映霞在日记中写的那样：危难之中见真情，这时候挺身而出的是医务工作者，他们用瘦弱的肩膀担负起拯救国家、拯救人类的重任。中国的医务人员是在用生命实践着"希波克拉底誓言"："我愿尽我力之所能与判断力之所及，无论至于何处，遇男遇女，贵人与奴婢，我之唯一目的，为病家谋幸福……"

"多难兴邦"，抗击"非典"的价值不在于我们抗击了多久，而是在这个过程中，我们获得了什么？"非典"确实是一场灾难，是对国家和民族的一种冲击，同时对社会也是一种促进。

从刘映霞的日记中，我们不难看出，"非典"让人众志成城，让人临危受命，让人守望相助，让人和衷共济……

著名摄影家陈长芬的艺术人生

2014 年 11 月 7 日至 11 日，世界著名摄影家陈长芬一家回到故乡——湖南衡东县霞流镇平田村。走出车门，踏上故土，他的双脚发热，因为他的故土是热烈的，真诚的。家乡人民以最高的礼节热情拥抱着这位远在京城的游子。

陈长芬今年 73 岁，与我是同乡。他以拍摄万里长城闻名于世，1987 年 12 月，中国万里长城被列为世界文化遗产，1989 年，美国《时代》周刊将他的肖像登上封面，肯定他对人类的贡献。

陈长芬带着关山万里的风尘回家，不由感慨万千："这次带全家回乡认祖归宗，并不是磕个头烧个香，而是要让儿孙们记住他们的老家在哪里，在湖南省、在衡东县、在霞流镇、在平田村。记住他们的基因在哪里，在洣水、在湘江、在南岳衡山，在楚国……"

"从 13 岁看到相机，没想到一辈子与长城结下了不解之缘"

陈长芬中等身材，慈眉善目，满头华发，脑后扎着一个发髻，穿着一身唐装，精神焕发。他幽默而兴奋地告诉我："这次回到家乡，没想到碰上家乡的镇长叫许长城，非常年轻。在家乡看到长城了，十分亲切。特别是乡亲们一个个红光满面，说明家乡物质丰富，精神状态很好，社会天天在变，不变的是家乡人民勤劳、坚韧、善良的品质。一个国家这么发展下去，大有希望。"

陈长芬是农民的儿子，13 岁时离开家乡外出求学，第一次看到了苏联专家背着相机的情景令他记忆犹新，那位专家很有气质，拍下了同学们参加长跑比赛的场景。一种大胆的想法在他脑海中萌发出来，一定要像苏联专家那样，用相机记录生活中一些动人的瞬间。18岁那年，公家给他配了一台捷克相机和一些摄影书籍，他坚持自学。21岁那年，他的处女作《荷花》发表在《广东画报》上，他欣喜若狂，立志要做中国最好的摄影师！

机遇总是垂青那些有准备的人。1965年，瑞士总理给周恩来总理写信，请求寄送宣传中国的航拍照片。正在中国航空公司工作的陈长芬接到任务后，在飞机上俯瞰万里长城，他被深深地震撼了：长城是我国古代劳动人民创造的伟大奇迹，始建于春秋战国，西起甘肃嘉峪关，东到鸭绿江畔的虎口山，延绵上万里，像一条巨龙横亘于祖国北方的崇山峻岭之间，蜿蜒迂回，高大坚固，气势宏伟，凝聚着我国古代人民的坚强毅力与高度智慧。万里长城不但令人叹服先民开疆拓土的艰难，激起无限的壮志雄心，而且让人感受到一种东方巨人的强大创造力，产生一种强烈的民族自豪感。长城是自然与人文、历史与现实、民族与世界高度融合的惊世之作，他决心用镜头聚焦长城，穿越时空，让长城走向世界，让世界了解中国！

外国人要想了解中华民族，就必须先触摸一下中国的万里长城。从此，陈长芬背着30多公斤重的摄影器材几乎与长城日夜相伴，他成了长城的影子，长城也成了他生活的重要部分。在长城上行走，他找到了自己的艺术突破口，他如醉如痴地攀爬着，拍摄着，他把所有的时间、情感、血汗都灌输到了长城中。在他的镜头里，长城变成了一幅幅精美绝伦的艺术品，给人带来深深的震撼和强烈的视觉冲击力。

陈长芬与长城互为依托，就像长在一起的藤与蔓，谁也离不开谁。他一直坚持拍摄无人区的长城，就是想把没有经过人工破坏，真正历史遗留下来的长城原原本本地记录下来，让后人能够享受这份珍贵的遗产，并且时时自省，在人类双手创作的如此奇伟的作品前，难道不为我们的狂妄自大感到惭愧和内疚？

陈长芬拍长城的大部分时间是在等待和静默中度过的，有时碰上大雾天气，等到傍晚，一张片子也没拍，他好像坐在一个孤岛上，四面都是海水，那种寂寞、孤独与空旷感，那种无依无靠的感觉，甚至还带有一丝恐惧。很快，一种净化的东西让他的心沉了下来，他不急，也不怕，第二天，接着拍……就这样周而复始，风雨兼程，他终于迎来了金色收获。

1979 年，陈长芬拍摄的《红长城》，着力展示党的十一届三中全会给祖国带来的蓬勃活力，一炮走红，确立了他在中国摄影界的地位；1987 年 6 月，中国美术馆举办了"陈长芬艺术摄影作品展"，同年 9 月，人民美术出版社出版了《中国摄影家陈长芬作品集》，其《关山万里》作为封面照片获得瑞士图形摄影 87 鉴专业摄影最佳奖；1988 年 12 月，中国摄影协会首次举办陈长芬摄影艺术研讨会。1989 年 8 月，陈长芬被评为摄影术发明 150 年来世界十大摄影名人之一，他俊朗的肖像刊登在美国《时代》周刊杂志封面上，这是中国艺术家首次荣获此殊荣。两个月后，他摘取了首届中国摄影艺术最高奖——"金像奖"！1999 年 8 月 8 日，他拍摄的《长城史诗》再度出现在中国美术馆正厅，震撼首都各界。

1997 年 1 月，陈长芬有幸被编入《世界摄影史》，书中对他评价说："陈长芬对摄影美学潜力的领会，在他的航拍的大地、日月等照片中，把现代美学观念与古老的哲学思想融合了起来。"著名诗人、评论家雁西说："陈长芬先生的作品大气磅礴，每一张照片都有故事……读他的作品，会被他至纯、至真、至美的'大境'所感染和感动。"陈长芬在 20 世纪 80 年代完成了"大地""星空""瀚海""长城"四大系列的风光摄影创作，至今已有数百幅作品被国外收藏，美国、德国、英国、瑞典等多家顶级杂志和出版机构多次介绍过他的作品，他先后应邀到法国等 20 多个国家进行访问和讲学。

长城上有很多构造特别的烽火台，屹立在高高低低的群峰之上，就陈长芬作品的质量和数量而言，他当之无愧是中国摄影艺术中一座海拔最高、令人景仰、难以逾越的烽火台。

"我拍长城的唯一目的，就是希望人世间不再有隔墙"

家乡"立春"时节送"春牛"，红纸上写着"风调雨顺，国泰民安"八个大字，用竹竿插在秧田里随风招展……在陈长芬70多年的人生中，记忆中几乎每天都出现这种场景。他把此当作圣物，一直铭记在脑海里甚至融化在血液里，左右着他的艺术人生。陈长芬说："家乡给我的遗传基因是：认死理、不服输、锐意进取、勇于担当。一个有家乡遗传基因的艺术家融入社会、融入祖国之后，就要把自己最大的能量充分发挥出来。不管你多么牛，多么有名气，如果离开了自己的根，你什么也不是。"陈长芬始终关注着中国的万里长城，伴随着丝绸之路的驼铃，他一辈子拍摄着长城，拍摄着世人与长城的对话，不管世道如何变幻，他的摄影作品是永恒的。

令人做梦也想不到的是，陈长芬决意做一个自由人。当年他48岁，任《中国民航》杂志社副总编，正当年富力强，事业青云直上，如日中天时，他作出了一个惊人的决策：辞去公职！把毕生精力献给他钟爱的摄影艺术事业。自此，他开着一台旧吉普车三天两头颠簸于山川旷野之间，创造了半个月13次往返长城的纪录。仰望长城的宏伟壮观，他感到黄昏时的长城古朴而苍凉，有一种朦胧美。登长城，拍长城早已成为他日常生活的一部分，是他独有的宗教仪式。因为有长城相伴，与长城交谈，他的艺术人生得到一次次升华。这种摄影语言与他对于长城的认知和情感的变化是和谐的。

"我拍长城的唯一目的，就是希望人世间不再有隔墙。"他向家乡父老介绍着拍摄长城的艰辛、乐趣和感悟。他从1965年开始拍摄长城，一些鲜为人知、沉寂在崇山峻岭的长城，因他的作品而闻名。"只要长城不倒，不消失，永远有东西可拍。"他的话语充满坚毅与自信。

将绵延在雄浑苍凉山脊的古朴长城记录在胶片上，是陈长芬每日的"必修课"，他喜欢冬天拍长城，因为"从艺术角度考虑，积雪下更能显示出长城的轮廓、造型和线条，从思想上，也容易萌生一种怀古感，产生一种沧桑和凝重。"但冬天路滑难行，爬长城不是一件容易的事。他拍长城在白雪覆盖下的红色无名小花，拍长城上的草木植被，拍长城边的寻常人家……从抽象到具体，一些精魂式的细节悄然流淌。"过去，我们从书本上读到的长城是残酷的、封建的、专制的，里面有孟姜女哭倒长城的章节。但拍了 50 年，这些概念对我来说没有意义了。作为一个艺术家，我看到的是一种视觉，一个美的东西，一个自然的、巨大的雕塑品，一种大地艺术。50 年拍长城，开始说不清长城，现在很明确地体悟到'四海一家'，我希望人世间没有隔墙，我们能亲和地与世界各种皮肤的人交流，如果这样，世界就没有了战争，实现真正的和平、民主、自由、平等了。"

"当老百姓有需求的时候，艺术家就应该挺身而出"

陈长芬喜欢从空中俯瞰大地，更喜欢从大地上仰望星空。那日月星辰所构成的奇妙图案，使他如同孙悟空升腾到宇宙太空之中，领略着世界的壮观与恢宏。

陈长芬有一种独特的思维方式，就是超前意识。尽管他遇到了别人想象不到的困难，但经常想别人想不到的东西，做许多人做不到的事情，集中地反映了他的世界观、宇宙观、价值观和人生观。他想"给灵魂洗个澡"，着力展示人的内心深处对生活的一种认知，只有这样，人与人之间才能达到本质的沟通。谈到他的艺术作品时，他当仁不让："我的作品表达着我的灵魂，包含着对世界、对生活的表达。一个艺术家，如果不为老百姓服务，就不是一个心胸开阔的艺术家。当老百姓有需求的时候，艺术家就应该挺身而出。艺术家是人类灵魂工程师，必须有独特的人格魅力，着力表现家乡父老的灵魂和人世间的大善大美，永远不被世俗污染，同流不合污。我最讨厌那些一手拿着钞票，一手拿着作品的人。中国艺术要走向世界，必须消除这种铜臭味。艺术作品是人类共同的精神财富。文化靠的是灵魂来沟通，我看准的东西坚决不动摇，国家利益、人民利益至高无上；

艺术家虽然不是政治家，但必须有政治头脑；摄影界中的高官不少，我不刻意去吹捧。每个人身上都有艺术细胞，这是属于精神层面的东西，可用来陶冶自己的情操，净化自己的灵魂，没有这种境界，就成不了艺术家。艺术家是最痛苦的，没有痛苦就没有真正的艺术，一个艺术家要成长，必须经历一些苦痛，苦其心志，劳其筋骨，饿其体肤，接受灵魂的洗礼，经受生活的磨炼，才能脱颖而出。"

陈长芬在长城的怀抱里奔走了半个世纪，他说长城虽然是专制社会下的一种产物，但他拍摄的是艺术作品，服务对象是普通老百姓。2009 年 5 月，他又一次来到了长城边，听说一个 97 岁的中国老太太从没照过相，他内心涌出一种激情，一种愧疚，一种悲哀。当时没带摄影架，老人被儿子背下炕，换上崭新的衣服，将头发梳了又梳，像出席村里一个重要的聚会。陈长芬虔诚地跪在地上选择最佳角度，"咔嚓"一声，拍了一张 24 英寸的照片，再给她全家照了一张"全家福"。在这种服务过程中，他的心灵得到了一种满足，灵魂得到了一次洗礼。他甚至想为这位老人拍一部电影，讲述长城边一个中国老人的故事；每年为老人祝一次寿，彰显出一种中国精神。一个月后，陈长芬如约送照片而去，老太太比他还到得早，她拿着那张照片前看后看左看右看，喃喃地说："这照片怎么像我呀！"因为她以前只在镜子中看到过自己的容颜，没想到变成手里的照片了。她干枣般多皱的脸上有泪水在闪动，老人的表情似乎有回忆、有悲伤、有感动，老人流泪了，突然冒出了一句："我想妈妈了！"这是一种生命的感应，一种灵魂的沟通。陈长芬既然来了，就不会放弃，他想，老人是我身边的一棵树，如果倒了，就会留下一辈子的心灵创伤。他喊着老太太的儿子："玉满，有桌子吗?"玉满回答："有炕桌。"在炕桌的支撑下，他为老人拍了个 24 英寸底片 1 比 1 的作品。3 个月后，陈长芬又去了老太太的家，那天，正下着大雪，望长城内外，白雪皑皑，玉满告诉他："老人走了。""你为什么不告诉我?"他责怪玉满，执意要去老人的坟头。玉满不依，他只有对着老人坟头方向的山头磕了几个响头，默默地祈祷她安息在长城边。

陈长芬把最慈祥、最善良、最纯朴的中国母亲形象留给了社会，永驻人间，不知是不是巧合，他回北京那天，中国伟大的科学家钱学森走了，也正是 97 岁。

这就是一位衡东籍艺术家对普通百姓的一种虔诚、一种膜拜、一种奉献、一种真情。目前，他已完成《长城两边的百姓》的拍摄，此书将于近日出版。

"万里长城是人类最古老的因特网，要把中国故事讲好"

"最古老的因特网就是人类的万里长城，长城作为中华民族千百年留下来的瑰宝，我拍摄它，就是要让后人能够永远享受这份珍贵的历史遗产……这里的一花一草，一山一水，一砖一石，都是我们的文化遗产，我们家园中的一部分……"（1999 年《长城史诗》自序）陈长芬以豁达的心境，阐释着他对艺术、对社会、对人生的理解。在他眼中，世俗的纷争变得明净，社会的浮躁化为静谧，除去功名利禄，他在摄影世界里如鱼得水，表现出自己独特的艺术感受，抒发着他人无法感知的情感。

陈长芬的摄影作品在美国连续展览了半年，可以说是前所未有。陈长芬说："人的机缘是很重要的。"一次，三次遨游太空的美国波音公司副总裁布鲁斯特·肖陪着他参观休斯敦航天中心，陈长芬问："你在太空看到了中国的万里长城吗？"

"看到了，长城是有史以来唯一在太空中可见到的建筑物。"

陈长芬感到了一种惊奇，一种欣慰，长城，是中华民族自强不息的象征，不但表现在国际上，还在太空上。每当看到中国的航天员飞上太空，陈长芬总是希望他们能在太空中看到自己的万里长城。

外国媒体报道说："中国有许多伟大的故事，中国人没讲好，或者讲得没到位，没有用平和的、细腻的、讲故事的方法作表达。"陈长芬说：中国有才气的人不少，但走向世界缺乏一种沟通，如何让外国人看得懂、听得懂、弄得懂，如何将艺术财富变成社会财富，这是摆在我们面前的一大课题。一个国家、一个民族发展到一定的程度后，文化的影响力也越来越大。走进法治的社会很简单，就是对号入座。我们每一个搞艺术的要选择适合自己的题材，找准人生的摄影点，第一，不能随"俗"，"俗"字左边是"人"，右边是"谷"，民以食为天，如果太俗了，一天到晚只会躺在谷堆里吃饭。第二，不能乱"性"，"性"字左边是一个"竖身"旁，右边一个"生"字，从表面看，只会生产，只会生孩子，但性是美好的，是繁衍后代传承民族文化的美好事情，任何艺术家都不能乱"性"，违背自然规则。第三，就是个"伪"字，说的是伪装自己，但不是虚伪，为了保护自己，不意味着去攻击别人，做人也有伪装的一面。第四个字是"懂"，懂不懂生活、社会、历史、世故、人情，关键是要懂道理，因此，我们要懂得古今中外一切美好的人和事，不断学习，提高自身素质，不然，拍出来的照片就没有内涵，没有震撼力。现在，有些外国人戴着有色眼镜看中国，外国报道中国负面的东西多，东方文化对西方有种神秘感，我们一定要努力去改变，慢慢改变他们的思维方式，影响他们的观念，增强我们的底气，与外国人平起平坐。尽管我们的文化艺术平台在世界上的位置不够，但没有高贵与低下之分，相信通过我们坚韧不拔的努力，用中国精神创造出无愧于时代的艺术品，中国艺术一定会屹立于世界民族之林。

"无论我身在何处，故乡永远是让我牵肠挂肚的地方"

在衡东县恒瑞大酒店五楼，陈长芬作了一场谈艺术人生的精彩讲座，200多人的会场座无虚席。他妙语连珠，幽默风趣："我不微信，我是全信！""我不是一个虚伪的人，当前社会最大的危机就是诚信危机。""要说我有什么成功，得益于家乡这片土地的滋养，得益于家乡父老对我的支持和鼓励。中华民族有许多传统文化，记得1994年我在三亚渔市上拍了一张冰冻的木盘里用带鱼拼成的图像，我想起了家乡的太阳，太极图是最美的图案，而且是和鱼联系的，让我联想到几千年的中华文明；我在四川九寨沟发现一棵树上的一颗疤，它已经很多年了，烂在地上，这个图案很美，也会让我想起家乡一些植物美的图案；色彩是劳动人民的创造，事过境迁，但依然容光焕发。我们的祖先创造了我们中华民族灿烂的文化，正是一双双布满老茧的双手，创造出了中华民族的今天。"

"长城是中华民族的骄傲，我已经去过五六百次了，拍她千遍不厌倦，每拍一次都有一种新的感受，产生一种冲动和震撼……"为什么陈长芬对长城的一砖一石那么感兴趣，因为世界上最恒久的，都是那些最本性、最原始、最真实的东西，他用毕生的心血赋予长城一种新的观念、新的形象、新的力量和新的灵魂。年逾古稀"老不正经"的他依然放不下手中的镜头。在家乡，他拍狗学狗叫，拍羊学羊叫，拍孩子们跳皮筋，分明像个"老顽童"。在他的镜头里，无论"高官""高管"或平民百姓，都是一视同仁。他借用摄影大师亚当斯的一句话："我会一直拍下去，直至生命终止的那一天。"

怀着对家乡的一片深情，陈长芬特意从瑞典带来了一些巧克力，给每位与会者发了两颗。他声情并茂："礼轻情义重，大家在品尝巧克力的同时，希望大家记住一个叫瑞典的国家，一个出诺贝尔奖的地方，希望家乡多出人才……"

不少发烧友频频向他提问，他才思敏捷，对答如流："只要你头脑中贮藏着足够的艺术细胞，只要你做生活的有心人，生活中处处都可发现艺术品。"他谈艺术、谈长城、谈人生、谈家乡给他的遗传基因，他的情感如奔腾不息的黄河滔滔不绝，三个多小时的讲座一晃而过，他几次谢幕，几次又忍不住继续往下讲，最后，他寄语家乡："南岳衡山自然和人文景观丰富多彩，要打造一种大文化，要有一种大策划，打造一个连接世界的平台，要有高端的思考，文化的积淀，还要有澎湃的激情，要吸收世界上一些最优秀的文化、艺术、科技成果，将所要表现的东西充分表现出来。昨天进了南岳衡山大庙，看到周边干干净净，没有一堆垃圾，看到人们自由自在，和睦相处，那种特别的亲和力，非常的美好。思想是艺术作品的灵魂，思想的发展决定艺术作品的水准。艺术贵在联想，巨大的、恢宏的、世界的，而不是盲目的、守旧的、封建的。2039 年是世界摄影术发明 200

周年，让我们相约 2039 年。"

此次回到家乡霞流，陈长芬特意从北京二锅头酒业股份有限公司带来了十几件"醉流霞"，大红色的瓷瓶，金字的横排，中间还镶嵌一个金黄色的"喜"字和"龙凤呈祥"图案，他拿起酒瓶，把它反过来从右至左念："霞流醉"。乡亲们围坐在一起，杀猪宰羊，燃放鞭炮，打着"热烈欢迎世界著名艺术家陈长芬回乡省亲"的大红横幅，一个个喝得欢天喜地，烂醉如泥，像欢度农家的节日。陈长芬也醉了，这叫酒不醉人人自醉，乡情比酒浓呀！见到与他少年时一起放牛的伙伴，他喝了一杯又一杯，他的血液升温了，心暖了，话也多了，他的眼中闪着泪光，语调充满真情，发自肺腑，掏肝掏肺："无论我身在何处，故乡永远是让我牵肠挂肚的地方，家乡的阳光、空气、乡亲以及每寸土地在我心里总是那么真实、神圣和亲切……"

喝完酒后，陈长芬给每位乡亲赠送了一瓶"醉流霞"，这是他留给父老乡亲最珍贵的纪念。陪了他三天，他对我心存感激，分别前，特意在我的本子上写下了"乡情比酒醉"五个大字。

陈长芬做人十分"低调"，回乡不准惊动家乡领导，不准打欢迎横幅，不准通知记者。许多乡亲们不知道，他是中国文联第七届全委会委员、中国艺术摄影学会副会长。离开出生地那天，他双膝跪地，双手捧着"竹井"中的泉水，深深地喝了三口……

（原载 2014 年 12 月 6 日《衡阳日报》头版头条，并被人民论坛网、《湖南日报》、《老年人》、《石鼓文化》、百度文库、津门影像等媒体采用）

感悟大师

花了一个月时间，在忙碌中见缝插针，打打停停，总算完成了《著名摄影家陈长芬的艺术人生》一稿的写作，大约8000字，《衡阳日报》拟发头版头条，人民论坛网等媒体也将陆续刊发。为慎重起见，我冒昧给世界摄影大师陈长芬发了一条信息。

尊敬的陈老师：

听了您的讲座，在家乡陪了您几天，大有感慨，写成拙作一篇，想发入您的邮箱，请您于万忙中予以修改审定。

成新平

2014 年 12 月 4 日

没想到很快接到他的电话："算了，这几天很忙，我就不看了，您自己把把关就行了。"

我央求道："不行呀，陈老师，隔行如隔山，我没学过美术，怕写得不客观、不准确、不生动，不管再忙，您也得对读者负责呀!"也许是"对读者负责"这句话触动了他的某根神经，他回答："好，我一定对读者负责。"很快，他给我发来了他的邮箱，我连续给他发了四次，请他当天晚上修改。

12月5日早上8点钟，一条信息跃入我的眼帘："还未收到你的文件。"

我急了，回了个短信："我再给您发几次。"电脑上显示出"发送成功"的字样。

陈长芬大师又给我打来电话："还是没收到。"

"那我传真给您?"

"哎哟，我9点钟还得去长城。干脆，等下在车上，有个时间空当，你给我念一下就行了。"

"好，就按您说的办。"上午9点钟，他准时拨通了我的电话。我将文章念了起来，他听得非常认真，边听边说："标题是不是可以改成：陈长芬回乡谈人生。第一部分可以增加一个细节，这次回乡，走出车门，踏上故土，我的双脚发热，因为我的故土是热烈的。特别是我碰上家乡的镇长叫许长城，非常年轻，在家乡看到长城了，十分亲切。这样，就把文章写软了，写柔了，写得有人情味了，比一些官样文章要好，读起来就有情趣，你说是不是？"

看来，新闻与美术是相通的，各自都注重对人物细节的刻画，陈长芬对于遣词造句颇有讲究，他指出："艺术的生命在于真实。不要讲我省吃俭用买了一台相机，与事实不符，那台捷克相机是公家买的。"这种善意的批评让我的耳根顿时红了，只怪自己的采访不细致，造成这种不该出现的事实出入，今后得引以为戒。

当我念到"陈长芬决心用镜头聚焦长城，穿越时空，让长城走向世界，让世界了解长城"时，他说："暂停，还必须加上一句：外国人要想了解中国，就必须先触摸一下中国的万里长城，为此，我在长城的怀抱里走过了半个世纪，倾注了所有时间、心血、精力和情感……"

当我念到他所取得的成就时，他急切地告诉我："还有两个东西要加上，一是1979年，我拍摄的《红长城》，着重展示了党的十一届三中全会给祖国带来的蓬勃活力，一炮走红，确定了我在全国摄影界的地位；二是1999年8月8日，我拍摄的《长城史诗》再次出现在中国美术馆正厅，震撼首都各界。"

时间在不知不觉中流逝，我不停地念着稿子，他不停地插话："我拍长城的唯一目的，就是希望人世间不再有'墙'，在墙的前面加一个'隔'字；如果这样，世界就消灭了战争，不如改成世界就没有了战争。""这种摄影本体语言的追求，与他对于长城的认识和情感的变化是和谐的，我不喜欢'的追求'，建议删去。""我不喜欢长城是中华民族坚韧不屈的象征这句话，因为长城既属于中国，更属于世界……""建议将长城是中国最古老的因特网改为'万里长城是人类最古老的因特网'。"陈长芬不愧为大师级的人物，他的视野是何等开阔，他的思维是何等敏捷，他的文字表述是何等缜密，他对待采访又是何等严肃认真。他用毕生的心血赋予了长城一种新的观念、新的形象、新的力量和新的灵魂。

当我读到"陈长芬拍长城的大部分时间是在等待和静默中度过的，有时碰上大雾天气，等到傍晚，一张片子也没拍，他好像坐在一个孤岛上，四面都是海水，那种寂寞、孤独与空旷感，那种无依无靠的感觉，甚至还带有一丝恐惧。很快，一种净化的东西让他的心沉了下来，他不急，也不怕，第二天，接着拍……就这样周而复始，风雨兼程，他终于迎来了金色收获……"等章节时，他连声称赞："写得好""写得妙""太精彩了，写出了我的酸甜苦辣，写出了我的五味人生，我当时就是这种感受"。他认为，摄影家要带有民族的符号，把镜头对准世界、土地和人民，用镜头捕捉艺术，并给人以力量和勇气，从而产生"艺能"，这就是文化的力量、民族的力量。他特别提出："好的摄影作品就在自然和老百姓的生活中，在摄影过程中，摄影家要用情感与百姓沟通，不仅要贴近生活，更要深入生活。""我们需要的是一种自由，一种创作自由，但自由要有底线，自由和自律是相对的，自由要靠自律来约束。有的艺术家太自由了，太没底线了。自由凭一种任性、一种横蛮，是非常可怕的。当我们在创作自由的时候，应该想到自己该对社会、对人民、对组织、对人类负起什么样的责任……"倾听他这些发自肺腑的切身感受，我看到了他的思想、他的灵魂、他对艺术和人生追求的最高境界。

最后，我在行文中碰到一个难题，想请陈长芬大师解决，就是美国波音公司一位三次飞上太空的副总裁陪陈长芬参观休斯敦航天中心时说，他看到了中国的万里长城，我写道："陈长芬感到了一种惊奇，一种欣慰，长城，是中华民族自强不息的象征，不但表现在国际上，还在太空上，他估计中国航天英雄杨利伟也会有这种自豪感。"听了这里，他停顿了片刻，建议最后一句话不如改成："每当看到中国的航天员飞上太空，陈长芬就默默地祈祷，希望他们能在太空中看到自己的万里长城。"经他这么一改，难题迎刃而解，文章显得更加真切自然，顺理成章了。

读罢全文，陈长芬连声夸赞："你太有才气了，应该是我们家乡第一支笔，我很佩服你，以后，我们可以来合作写一本书！好了，我得工作了，请你按照我的意思修改一下，不一定对，仅供参考。"大师如此抬爱，如此谦虚，如此热情，对工作如此执着，如此认真，实在令人景仰。

晚上9点半钟，他又给我打来电话："休息了没有？我刚从长城回来，想了许久，文章中还得补充两个内容，一是我在家乡县城讲座时，特意从瑞典带来了一些巧克力，给每位与会者发了两颗，礼轻情义重，主要是想让大家记住一个叫瑞典的国家，一个出诺贝尔奖的地方，希望家乡多出人才；二是离开我的出生地那天，我双膝跪地，双手捧着竹井中的泉水，深深地喝上了三口……"

"好的，这些细节太真切太感人了，我一定加上。"

第二天清早，他又打来电话询问："我在中国航空公司工作时，接到上级任务拍万里长城，你是怎么写的？"

"1965年，瑞士总理给周恩来总理写信，请求寄送宣传中国的航拍照片，您接到任务后去拍摄了万里长城。"

"这就对了，我放心了。"

看来，陈大师对于文字的表述是相当认真细致的，他以对公众负责的虔诚，似乎又完成了一件庄严神圣的使命。在与他的交流对话过程中，我深受教益，感悟到了大师对家乡人民的一往情深，我的灵魂又一次受到了震撼……

　　凭着对农民的深厚感情，他像"候鸟"一样迁徙于湖南与海南之间，30年如一日执着于科研，守候于田野，育成了15个杂交水稻新组合，为农民创造出了25亿元的效益。

"农民科学家"　林芳仕

　　他从田野走来，带着泥土的芬芳；

　　他从山间走来，裹着山野的清凉。

　　他皮肤黝黑，头戴一顶草帽，脚穿一双胶鞋，一只裤脚高高挽起，一只裤脚低低垂下，活像当地普通农民。

　　为让农民增产增收，他呕心沥血30余载，研究培育出一个个水稻优良品种，谱写了一曲曲春华秋实的绚丽篇章。

　　他就是共产党员、湖南衡阳市农业科学研究所首席科学家、总农艺师林芳仕，2000年被国务院评为"全国先进工作者"，受到了江泽民同志的亲切接见，近日被衡阳市人民政府授予突出贡献奖，并获得10万元奖金。

把农民最需要解决的问题当作自己的科研课题

　　林芳仕今年59岁，出生于福建省永春县，他不但对农民有深厚的感情，而且对饥饿有切身的体验。他有兄弟姐妹7人，小时候，一家人经常是以红薯、野菜代饭。每当挨饿时，幼小的他就暗暗下决心：长大后一定要让乡亲们吃饱饭！

　　正是有着这种切肤之饿，林芳仕勤奋学习，一步一步实现着他的这种

"承诺"。1968 年，林芳仕从南京农学院毕业分配到 0637 部队农场劳动一年后，于 1970 年来到衡阳市农业科学研究所工作。1971 年 3 月，林芳仕参加了袁隆平举办的杂交水稻培训班，从此开始了他的杂交水稻研究生涯。30 多年来，他时刻不忘养育自己的父老乡亲，总是把农民最需要解决的问题当作自己的研究课题。

70 年代初，杂交水稻刚刚问世，农民吃饱饭还成问题，他便潜心研究，极力推广。当时在衡阳地区，杂交水稻只能作一季中晚稻栽培，如果当作双季晚稻栽培，无论在理论还是实践上都是一块"禁区"。林芳仕把丰富的育种知识运用到实践中，他冒着酷暑，顶着蚊虫叮咬，不分昼夜守在试验田边，对杂交水稻进行温度、开花、编号的记录。有时，为一个科学数据，他半夜起床，赶到科研室。经过不懈的努力，1975 年，他精心培育的 4 亩多试验田结出了"硕果"，首次证明在南方稻区用杂交水稻作晚稻栽培切实可行。林芳仕成了第一个"吃螃蟹"的人。1976 年，衡阳地区推广杂交晚稻 50 万亩，成为全国第一大亮点。全国第三次杂交水稻经验交流现场会在衡阳召开，它的推广应用让千万忍饥挨饿的农民喜笑颜开。

林芳仕经常深入田间地头，一次，他听农民说"杂交稻推广容易制种难"。按照传统做法，湖南的制种基地设在广西南宁地区，因路途遥远，制种成本非常高。为什么不能在衡阳制种呢？对此，林芳仕向组织提出了自己的看法，且孜孜不倦地进行研究。他跑图书馆，走气象局，翻阅资料磨破手指，实地考察走烂鞋底，做了几十万字的笔记。大量资料表明，衡阳地区八至九月白天气温在 25 至 28 度之间，完全适宜水稻开花的温度。第一块试验田插完父本和母本后，林芳仕就日日守着那个"长弯丘"，补蔸、追肥、分厢、鉴纯、除杂……扬花时节，林芳仕腰间系着一根绳索，守在田间观察，把握时机赶花授粉。1975 年，他在衡阳实践秋季制种 159 亩，获得亩产 29.5 公斤的好收成，比当时在南宁制种的亩产高出 73%。从此，结束了湖南杂交稻"借地制种"的历史。农科所在本地制出了杂交稻种，犹如航天部门发射了一颗人造卫星。衡阳沸腾了，全省轰动了。专家说，这是湖南农业发展的一个里程碑，所领导讲，头功要记林芳仕。

林芳仕情系农民，他看到一些农民在购买早稻种子时议论："这种子不行，煮出来的饭不好吃，谷子卖不出去。"言者无意，听者有心，80年代，粮食丰产以及品质不优导致"谷贱伤农"，这又成为林芳仕的一块"心病"。从上海、广东各大商场上挂出的"好消息，今天不卖湖南米"的招牌中，他感悟到：提高粮食品质迫在眉睫！为此，他又根据农民的需求，再次充当"急先锋"，将优质杂交早稻栽培当作自己的攻关课题，主持"早熟兼用型杂交水稻新组合选育"。于是，他更加投入地学习，废寝忘食地钻研，走进了种子包裹中的五彩世界。经过10多年的潜心研究，他选育出全市第一个杂交早稻组合"威优98"，随后，他又主持选育出"金优974""金优463""岳优136"等优质杂交早稻组合。他选育的"金优974"等品种以其"产量高、米质优、抗性好"，在全国累计推广5000万亩，并作为长江流域早籼稻品种改良工程推广，其"金优974"亩产量达到450至500公斤，而常规早稻亩产量不到400公斤，其粮价每50公斤也比常规稻高出20元以上。他育成了15个杂交水稻新组合，累计为农民增收25亿元。

从常规稻到杂交中稻，从杂交中稻到杂交晚稻，从杂交晚稻到优质杂交早稻……林芳仕不知历尽了多少艰辛，在这一系列试验中，他首先想到是农民，在实验还没开始之前，他细心匡算的是此项实验将为农民带来多少效益，其产品能不能在市场上站稳脚跟，能不能大面积推广。

用自己的热血和生命进行科研攻关

科研的道路是崎岖不平的，要经受各种困难和挫折。林芳仕没有畏惧，用一种严肃认真、勇攀高峰的科学态度去探索、去追寻、去攻克一个个科研难关。风雨中，他迈着坚实的步伐走向田野，观察禾苗的生长态势；烈日下，他冒着酷暑为禾苗杀虫驱病。春天，他播下希望的种子；秋季，他迎来颗粒饱满的收获。

杂交水稻育种既艰苦又孤寂。林芳仕像"候鸟"一样，春、夏、秋季待在衡阳，一到冬天就去海南岛，每次一待就是三四个月。33 年间，他有 22 个春节是在海南度过的！刚去海南时，没有房子，他搭起了草棚；没有水，他就地挖水井；没有科研设备，他因陋就简。当时海南的物资供应紧张，蔬菜都难以保证供给。特别是遇到台风，土里青菜全部死光，大家只能吃南瓜、豆腐、花生米。那段时间，林芳仕因难以吃到蔬菜大便拉不出来，牙龈出血，身体瘦了四五公斤。有几次睡觉时，一条蛇还钻到了他的被窝里……这样，他克服许多常人难以想象的困难，仍坚持白天选种，半夜起床拿着竹竿赶老鼠，因为那些种在田里的种稻是他的命根子。同事们心疼他，他淡然一笑："我出身农民，这点苦不算啥。"

为了科研，林芳仕忘情投入，付出的是自己的满腔热血乃至生命。1995 年春节，他一连 10 多天在稻田中做杂交水稻试验，每天中午要冒着 40℃的高温在水田中浸泡几个小时，引起阑尾炎发作，最后眼冒金星突然倒在田坎上。同事们七手八脚欲将他抬到三亚医院做手术。他考虑到医院要开刀，开刀后要人照顾，而当时正是田间除杂、鉴定纯度的关键时刻，人手紧张，在做了应急处理后便继续投入水稻研究中，一直到实验完毕回到衡阳后才到医院做手术。他从不在同事面前透露这种痛苦，经常面带微笑鼓励大家团结一心，克服困难。他说："在关键时刻，一人耽误一天，就会少做几十个杂交组合，也就少了一次出品种的机会。"

从 80 年代中后期开始，林芳仕用不屈的科研精神俯首大地，破解了道道研制杂交水稻的难题。1983 年，他参与的籼型杂交水稻研究获得了国务院特等发明奖。在此后十几年间，他的研究工作势如破竹，无数新品种新组合在试验田里结出了累累硕果。但在他的内心深处不时涌出一丝愧疚。那是 1971 年，母亲由于严重的营养不良，造成心力衰竭，病逝时才 50 多岁。当时林芳仕正在海南制种，因信息不灵，收到母亲病逝的电报时，时间已超过 5 天，他失去了与母亲见最后一面的机会，只好面对家乡，遥望苍天，祝母亲安息。后来，他从亲人口中了解到，母亲临终前反复念叨着："芳仕、湖南崽……"母亲因没见上儿子一面而难以瞑目。1992 年，他父亲因患脑血栓瘫痪，由于家境贫困，老人不肯花钱吃药。急得团团转的弟弟打电话给正在海南的林芳仕："哥，这可怎么办？""你们出力，照顾好父亲，医药费我来负责。"其实林芳仕的工资不高，积蓄也不多，但每月按时寄钱回家。除此之外，他只有用自己的科研成果来报答父母的养育之恩了。

对家庭、对亲人，林芳仕亏欠得太多太多，两个孩子出生时，他都远在海南；妻子生病住院时，他还是在海南搞杂交稻制种……然而，贫瘠的土地上绽放出一朵朵绚烂的科研之花：30多年来，林芳仕在几亩窄窄的试验田里，育成了15个杂交水稻新组合，获得了9项省市级科技进步奖，其中杂交早稻"V优98"研究获衡阳市科技进步一等奖，杂交早稻"金优974"研究获湖南省科技进步二等奖。并多次参与"三系杂交稻""两系杂交稻""超级稻"等国家重大攻关课题的研究。他选育出的四个两系法籼粳杂交新组合，受到我国著名杂交水稻专家袁隆平的高度评价。

淡泊名利，甘于奉献

淡泊名利，甘于奉献，林芳仕如老牛负重般自觉自愿起早贪黑在田头日晒雨淋，从不向组织提任何要求。他艰苦朴素，用的办公桌还是五六十年代添置的。他认为专家是品牌，是样板，无时无刻不在用自己的行为激励大家奋发上进。"衡阳市首批享受国务院政府特殊津贴的专家""科技兴衡十大功臣""省优秀专家""衡阳市学科带头人"……近年来，他头上的光环一年比一年多，一次比一次耀眼，然而，他仍然无怨无悔在他的科研道路上默默前行。

1994年，他向组织上请求辞去农科所副所长职务，这事让许多人百思不得其解，而他认为这一职务应酬太多，耽误了自己的科研时间。

林芳仕办事严谨，为人公正，1995年，祁东县种子公司因他研究的杂交组合为农民增了收，特意送来3500元奖金，所里决定发给他本人，可他执意不肯，没办法，所里只有给他装了工作电话。

"不好高骛远，不贪图名利"，这是助手吴松青对他的评价。林芳仕不为金钱、荣誉所动。一次，他的"金优974"获省科技进步二等奖，有关部门奖给他 5 万元。作为项目负责人，他可以全拿，但林芳仕把奖金的一多半分给了助手，他和妻子拿到的奖金不足 2 万元。

同事们说："他的科研品德好，从不弄虚作假，从不剽窃别人的劳动成果。"2000 年，林芳仕与助手何发清研究的早杂"岳优 136"顺利通过市级审定，在上报成果时，当他了解到此品种在湘北推广时，由于生长周期长，影响晚稻收成时，坚决将此成果拿了下来。因为他深知农民的艰辛，科研来不得半点弄虚作假，稍有不慎，一旦大面积推广，受害的是农民兄弟。2003 年 12 月，一位助手将自己的论文《高产杂交早稻金优 463》寄往国内一家部级刊物，助手怕文章发不出，便署上了林芳仕的名字。他知道后，连忙打电话到杂志社，硬是说服编辑将自己的名字删去才罢休。

对待科研，他一丝不苟；对待助手，他着力培养、悉心关照。2001 年，助手吴松青在海南育种时，爱人张秀芳因心脏病住进医院，小孩无人照顾。林芳仕知道后，将小吴的小孩接到家中，每天接送小孩上下学，还给住在医院的张秀芳送饭送菜，一直坚持了半个多月。每次林芳仕在外出差，只要看到有用的参考资料，他都会自己买来送给助手，鼓励他们多出成果。而每次报成果，共同发表论文时，他都是"激流勇退"，把自己的名字排到最后。

（原载 2004 年 9 月 23 日《科技导报》头版头条，并被中国新闻社、《农村工作通讯》、《乡镇企业导报》、《湖南日报》、《湖南科技报》、湖南人民广播电台、搜狐、豆丁网等媒体采用）

沉下去，做一颗有生命力的种子

采写完长篇通讯《"农民科学家"林芳仕》后，意犹未尽。无论是科学种田也好，还是文学创作也罢，必须沉下去，做一颗有生命力的种子，除了天赋与灵感之外，"沉下去"是能量巨大的源泉。

"脚下沾有多少泥土，心中就沉淀多少真情。"林芳仕"沉下去"的意义，不再仅限于抽象的论证，而充盈着具有痴心不改的追求、克服一切困难的坚韧和带有泥土气息的新鲜经验。只要我们真正"沉下去"，与书本上学到的理论知识不断磨合，自己就会变成一颗有生命力的种子，从而种植出大片生机勃勃的"禾苗"。

记得柳青曾经说过："要想写作，就要写生活；要想塑造英雄人物，就要先塑造自己。""一个对人冷淡无情和对社会事业漠不关心的人，无论他怎样善于观察人，也不可能成为真正的作家。"他认为，做文是做人的自然延伸，创作的姿态是建立在生活态度基础上的。他说："在生活里，学徒可能变成大师，离开了生活，大师也可能变成匠人。"

柳青"沉下去"，从北京迁往陕西省长安县皇甫村落户14年，开始是以写作目的来体验生活，后来，他渐渐被当时的农村新形势所鼓舞，为农民新生活的热情所感染，他的心与感情都融进去了。从此，他不仅仅是为了创作，而是拥有一般作家所缺乏的使命感，进而有参加农村一切事务的行为，他把自己变成了一个农民、一个农村基层干部、一个与农民同呼吸共命运的作家。正因为有这种独到的生活体验，他迅速写出了波澜壮阔的史诗般的反映农村合作化运动的长篇小说《创业史》。林芳仕也是这样，如果没有对农民的特殊情感，就没有"沉下去"的毅力、决心，就不会像"候鸟"一样迁徙于湖南与海南之间，30多年如一日，执着于科研，守候于田野，育成15个杂交水稻新组合，为农民创造出25亿元的效益。

林芳仕"沉下去"，透视着他对土地的敬畏和热爱，这是他对科研工作无限执着的动力所在。

时下，我们跻身于快节奏的网络时代，碎片化、多样化、大流量的网上浏览成为年轻人的阅读时尚。未来的阅读，无论科技如何发达，都只会优化内容传播载体的功能和容量，绝不会损害传播内容的受欢迎度与市场份额。因此，我们只有走出高楼大厦，跳出文山会海，"沉下去"走进基层的广阔天地，一身汗水两腿泥，与群众坐到一条板凳上，才能激荡不变的赤子情怀，找到显土气、冒热气、有灵气的题材，用袁隆平的话说："离大地靠得越近，看天空就看得越远。"

几十年前，毛泽东主席曾经说过，"没有满腔的热忱，没有眼睛向下的决心，没有求知的渴望，没有放下臭架子、甘当小学生的精神，是一定不能做，也一定做不好的。"由此可见，基层永远是科技工作者和文学创作者实现梦想的价值坐标和成长土壤，只有"沉下去"，把基层作为自己成长成才的基石、梦想腾飞的平台，把个人的追求融入党和人民事业的不懈奋斗之中，才能在祖国和人民最需要的地方去实现人生的价值，展现生命的风采。

开启孩子心灵的五彩世界

　　脑门宽阔、满面红光、精神矍铄、声音洪亮……2 月 20 日下午，湖南衡阳人民广播电台群工部原主任刘徽修见到我，依然挺起身，热情地伸出双手，与我相握。他的体魄仍是那么健壮，言语仍是那么快速，思维仍是那么敏捷，待人仍是那么真诚。他年逾八旬，衣着朴实，腰不弯，背不驼，耳不背，有谁会将他与转业军人、全国四大科学寓言写作高手联系在一起呢？

　　自 20 世纪 70 年代以来，刘徽修从事以少年儿童为主要对象的科普创作，至今在全国 50 多家报刊发表科学寓言 510 余篇，总计 110 多万字，并获得金江寓言文学奖和中国寓言文学"金骆驼"二等奖。他先后出版了《儿童科学寓言》《大海捞针》《科学寓言精品百篇》等专著。著名作家叶永烈、金江、谢璞分别为他的书作序。其作品入选《百年儿童文学精品库》《世界寓言精品 500 篇》《中国当代寓言大全》和《中国科学寓言选》。

"文学梦" 托起他的 "军营梦"

　　1940 年 9 月，刘徽修出生在湖南雪峰山下的隆回县沙子坪乡武邵村。他从小喜欢文学，崇尚英雄，向往军营。上初中时，他就阅读了《林海雪原》《三千里江山》《保卫延安》《粮食》《昨天的战争》等大量军事题材文学作品，产生了创作冲动，一口气写下几篇军事题材的短篇小说。由于缺乏生活积淀，稿件投寄出去如泥牛入海，但他并没有气馁，而是找来一些报刊，认真琢磨写稿的门道。1956 年 7 月，《隆回报》发表了他的处女作《月亮底下学军事》，用的是笔名刘锦。报社将0.15元稿费寄到了大队部，一位大队干部纳闷地说："是不是寄错了？我们这没有会写稿的秀才啊。只有隔壁大队私塾老师刘贵登才有这个本事！"稿费被转到了刘登贵家，刘登贵甚为惊讶："我没写稿呀！"便将稿费连同信封摆在家里的神龛上，并自言自语："写稿能上报纸的人称得上是圣人，不可怠慢。"后来，刘徽修放学回家讲起了自己写稿的事，家人恍然大悟。他当时还不好意思去拿，年幼的小妹却欣喜若狂，因为当时0.15元稿费可以买5个鸡蛋，而且这可是自家大哥第一次挣钱啊。于是，她主动上门到刘贵登家取稿费。得知事情真相，朴实的刘老先生二话没说，马上将稿费和信封拿给她，并由衷地赞叹："你哥哥年纪这么小就写稿了，长大后了不得啊。"消息一传十，十传百，村民奔走相告："我们大队出秀才了！徽修伢子写文章上报纸了！"

好运仿佛接踵而至。1961年7月，空军部队到隆回县挑选飞行员，有2100余人参与选拔。正在隆回一中上高中的刘徽修踊跃报名。最终，他以"成绩好、身体好、出身好"被部队选中，成为全县唯一的飞行员。当他的"军营梦"变成现实时，一连兴奋了半个月。很快，他告别家乡父老，兴高采烈地来到空军河北保定航校进行训练。火热的军营生活再度激发了他的写作热情。一次，部队在操场上放电影，正当大家看得津津有味时，一场突如其来的大雨噼噼啪啪地落了下来，不少战士扛起凳子，像放羊一般撒腿就跑。见此情形，部队一位首长站起身来一边责令战士不得撤散，一边义正词严地大声批评："我们是解放军战士，一切行动听指挥，在没有接到命令之前，任何人不能轻举妄动。那种地方学生的习气不适应部队需要，军人应以服从命令为天职。"战士们陆续返回操场，满面羞愧。首长的态度随即变得温和，说："你们上学时读过邱少云的故事吧，抗美援朝战争中，美军一颗燃烧弹落到了志愿军战士邱少云的潜伏点附近，火势迅速蔓延至他的全身，为避免暴露，他放弃自救，始终岿然不动，直至壮烈牺牲。这就是军人本色。看看你们的行为，因为看电影下大雨，就吓得无组织无纪律。作为军人，哪怕就是下刀子，没有命令，衣服湿透也不能擅自行动!"

在首长的教育下,战士们深刻地认识到了错误,大家异口同声:"部队的纪律是铁铸的,比孙猴子头上的紧箍咒还要紧。"这时,不知谁说了一句:"欢迎领导严格管理!"刘徽修心头为之一动,突然灵光一闪,这不就是一篇生动的新闻素材吗?他经过精心构思,运用白描的写作手法,连夜写成一篇新闻特写《欢迎领导严格管理》,次日投寄了出去。1961年11月5日,《空军报》三版头条发表了这篇特写,他高兴得跳了起来。

1961年12月,刘徽修被下放到湖北空降师锻炼。不管平时训练有多累,他总是千方百计挤出时间看报写稿,满怀热情地讴歌军营生活。他觉得,经过军营这个大熔炉的洗礼,他才真正脱胎换骨,不仅锤炼了个人意志,也悟出了许多人生哲理。他深深地意识到,作为军人,就要保家卫国,勇于担当,乐于奉献。而要实现自己的人生价值,首先就要做一个对社会有用的人。在近四个月的学员训练期间,他废寝忘食,笔耕不辍。1962年3月27日,《战斗报》同时发表了他的两篇文章:《一颗螺丝钉》和《不要辜负组织上的信任》。此事一时间在部队引起不小的轰动。"在我们部队,同一天的报纸上发表两篇文章,从来就没有过。"湖北空降师宣传科一位姓张的科长兴冲冲地赶来训练基地,想调他的档案,让他到师部当宣传干事。因刘徽修是空军航校下来锻炼的,空降师宣传科无法留人,为此,张科长十分惋惜。

随着国际国内形势风云变幻,从1962年开始,蒋介石疯狂叫嚣"反攻大陆",刘徽修怀揣满腔热血随部队奔赴福建前线。后来,中国与苏联关系紧张,苏联停止向中国援助飞机,与刘徽修同一批的空军航校学员大多改行。他当时被分配到广空3724部队。1974年,他又被调到广空3724部队驻湖南衡阳教导队。虽然基层部队的工作比较忙碌,但他依然勤于阅读,痴迷写作。然而好景不长,"文化大革命"期间,不少报纸杂志纷纷停刊,军报也相继停办了文艺副刊,发稿渠道越来越窄。刘徽修认定东方不亮西方亮,黑了北方有南方,他笔锋一转,写起了寓言和评论。

寓言是用比喻性的故事来寄托意味深长的道理,给人以启示的文学体裁，字数不多，言简意赅。故事的主人公可以是人，也可以是拟人化的动植物或其他事物。寓言最早见于《庄子》，在春秋战国时代兴起，后来成为文学作品中的一种体裁。刘徽修为人正直，疾恶如仇，见到现实生活中一些不平的人和不平的事，就像眼里容不得沙子，他抑恶扬善，从寓言写作中找到了发泄情感的窗口。1978年9月11日，《衡阳日报》发表了他的两篇寓言：《狗熊与黑猪》和《花脚蚊传道》。他巧借动物之口，抨击一些社会现象，十分深刻。针对"龙生龙，凤生凤，农民的儿子挑大粪"等社会现象，他联想到一纸户口和"红皮粮证"，将多少农村优秀人才拒之门外，农村人才遭打压，遭排斥，这太不公平了！他始终认为，群众是真正的英雄，"高手"在民间。愤懑如鲠在喉不吐不快。他以物拟人，写出了《高骄的铜矿石》一文，文章中的主角——冰洲石，这种躺在角落里身价昂贵的非金属矿石，虽历经刁难，但不卑不亢，最终被人们所认识。字里行间无不折射出我国人事制度的弊端，揭示了"改革用人制度迫在眉睫"的道理。此文因针砭时弊，寓意深刻，韵味悠长，获得第三届金江寓言文学奖。至此，刘徽修迎来他的创作春天。1979年的同一期《湘江文艺》上，发表了他的三篇寓言：《啃石头的老鼠》《一块柱石》和《巨轮和大海》。

为孩子开启五光十色的科学世界

在雁城衡阳，刘徽修称得上是以"钻冷门"而出彩的笔耕者。科学寓言是文学界的"冷门"，在一些报刊中没有"一席之地"，而他却用生动而富有哲理的寓言屡次敲开了报刊的大门。科学重理性分析，文学乃形象思维，将二者有机融合，说明一个个深刻的道理，并给人启迪，实在不是一件容易的事。

1979年10月30日，刘徽修转业到《衡阳科技报》社工作，接触到了大量的中外科普资料，他如鱼得水，剪下的报纸贴了10多本，积累了知识卡片2万多张。1983年，衡阳人民广播电台因创办一个科普节目，他被选调进广播电台工作。干上"老记"后，他深知当前对科学技术知识的普及任重道远，特别是少年儿童从小热爱科学、崇尚科学者寥寥无几，一些电子游戏、武打影片占据着孩子们的心灵空间。他琢磨，如何以生动活泼的寓言形式，借助曲折离奇的故事情节，为孩子描绘五彩缤纷的科学世界，使高深枯燥的科学知识在潜移默化中植根于孩子们的脑海？这是摆在他面前的一个全新课题，正是在这种情况下，他毅然走上了以少年儿童为主要对象的科普创作之旅。

科普创作需要耐得住寂寞，没有"板凳要坐十年冷"的定力，没有"千磨万击还坚韧"的恒心，没有"一生只打一口井"的执着，是成就不了事业的。经过几个月的精心构思，他尝试着写出 3 篇科学寓言，反复打磨、修改，投寄给《中国科学报》，没想到，3 篇作品竟然先后被刊发，这让他受宠若惊，激动得好几个晚上睡不着。

一炮打响，刘徽修的科学寓言创作一发而不可收，他几乎把所有业余时间都利用起来。八小时之外，他拼命找资料、备素材、写作品，经常忙到深夜也不感到累，有时一个星期能写出七八篇作品。从事科普创作，思维要活，知识面要广，想象力要丰富，为弥补这些不足，刘徽修成了图书馆和单位阅览室里的常客。

写少年儿童科学寓言，贵在创新，因为孩子们特别"喜新厌旧"。为了寻找各种寓言故事体裁，他极力开拓一片新的天地，在日常生活中寻找故事"元素"，一片树叶、一场冰雪、一种动物、一个场景，他信手拈来，从中得到启示，形成寓言故事的"源头活水"，他的作品内容涉及动物植物、工业农业、医药卫生、天文地理、物理化学、航天海洋等包罗万象，异彩纷呈。他逐渐掌握了专业的物理化学知识，养成了钻研探索的科学精神，以及对新事物、新现象的敏感和热情。那种在空盆里洗上半小时脚，在汤碗边喝上几口空气，在路上因构思而发呆的事，在他身上时常发生，有时睡到半夜突然灵感来了，爬起床修改几个字，是常有的事。

勤于笔耕，善于思考铸就了刘徽修作品的高产优质。本来，科学贵"真"，文学爱"美"，寓言导"善"，在真、善、美的有机融合过程中，既有生动的故事情节，又有深邃的人生哲理，还有精确的科学常识，否则就会写成"四不像"。故而对于科学寓言创作，大多数作者敬而远之，而刘徽修将寓言故事写得潇洒自如，力透纸背。

刘徽修的科学寓言不但能满足少年儿童的领悟力和审美需求，为孩子们开启一片五光十色光怪陆离的世界，而且对于科普常识生疏的成年读者也大有裨益。有多少人知道"出污泥而不染"的荷花在治理池塘污染中却敌不过无名小卒的"水葫芦"？有多少人知道偏偏不是100%、95%，而是75%浓度的酒精才具有对大肠杆菌的最佳杀伤力？腿痛反倒要医牙，飞机却要向苍蝇取经，有谁通晓大自然中的各种奥秘呢？动物世界相生相克，风雨雷电扑朔迷离，有多少"跟着感觉走"的任性随意需要理性之灯的照耀，又有多少表面现象妨碍我们去感悟事物的本源。在刘徽修的作品里，读者可以获得许多新奇有趣的知识。他写的《烟叶告状》，通过一个烟叶叫屈，科学家为它正名，大豆不服，与科学家争辩的小故事，廓清了人们惯用传统眼光评判是非的偏颇。烟叶中不仅包含对人体有害的尼古丁，还有对人类有益的蛋白质。在《灭鼠布告与老鼠》一文中，他以诙谐的笔调给我们讲述了一个啼笑皆非的故事：某县因鼠害为患，县政府向各乡发出布告，号召迅速打一场灭鼠歼灭战。有位乡长从县里拿回一卷灭鼠布告，往办公桌上一放，就忙别的事去了。

晚上，当成群结队的老鼠发现躺在桌上的不速之客——灭鼠布告之后，一个个蹑手蹑脚凑上去看着、嗅着。

"你们这些无法无天的家伙，难道连我也不放在眼里？"灭鼠布告大声警告道。众鼠一惊，问："你是干什么的？"

"我是灭鼠布告。这上面详尽地写着灭除你们的方法和要求，你们的末日到了。"

老鼠们慌了，一个个吓得往后退去，站在四周反复观察布告的动静。好一阵工夫，发现布告并没有什么了不起的地方。

于是老鼠们一拥而上，七手八脚将布告撕碎，叼回家给鼠崽子做尿布去了。

这篇寓言意味深长——纸上的东西如果不付诸行动，必然导致以闹剧收场。

刘徽修的寓言不仅突出了故事性和哲理性，还很好地融汇了时代精神和科学元素。他超越了一般寓言的局限，跳出了花草虫鱼的俗套，把具有时代感的计算机、激光、机器人、宇宙飞船等作为故事主角，在生动的情节中导引孩子们去领略新时代科学技术的辉煌成果，给人以无限的想象空间和美好享受。

在寓言创作中实现人生价值

翻开刘徽修的科学寓言作品，平均每篇不过五六百字，却于尺幅之内，将大千世界的林林总总尽摄其中，使人觉得世界忽然间小了，小得山川草木飞禽走兽尽在眼前；又忽然觉得世界大了，大得太阳黑子宇宙飞船空中楼阁无所不有。他以朴素的文字、从容的叙述、亦庄亦谐的语调和独特的寓言角度，设计着种种拟人化的生活场景，于趣味盎然、短小精悍的故事情节中，营造着美的意境，升华着人生哲理。

1991 年，刘徽修的寓言作品集《大海捞针》由黑龙江科学技术出版社出版。作品通过一个个有趣的寓言故事，引领少年儿童行走于科学的前沿，从中得知来自科学王国的最新信息，折射出诱人的科学光芒，映照出科学的缤纷色彩。著名作家叶永烈在序中说："刘徽修同志撰写的科学寓言很注重科学性。尽管寓言本身是只小小的酒盅，只能盛微量的知识的酒，但却能在短短的篇幅中给读者以知识的滋养。他很注意使这些知识不受寓言文学夸张的影响而变形。只有这样的科学性正确，可靠的作品，才称得上是科学寓言。"

刘徽修的科学寓言内容丰富多彩，篇幅短小精悍，表达灵动活泼，不仅给人以精神的享受和智慧的熏陶，同时也带给一大批读者心灵的启迪。衡南县咸塘乡青年农民李凤发，天资聪颖，由于沉迷电子游戏而高考落榜，准备破罐子破摔。一次偶然的机会，他从报纸上看到刘徽修的寓言

《野骆驼的高招》后，感悟"天生我才必有用""在一定条件下逃跑或退却不等于怯懦，智谋或战术的运用，以己之长，是克敌制胜的法宝。"从而鼓起生活的勇气，他从学写新闻稿起步，大力宣传农村的新人新事新风尚。刘徽修鼓励他自学成才，推荐他到电台参加新闻通讯员培训，让他扣好了人生的"第一粒扣子"，后被《企业家日报》聘为首席记者。

在衡阳，看过刘徽修科学寓言的读者不计其数。不少人看了他的作品后，不仅从中获得了有益的知识，而且明白了事理，树立了志向，最终出人头地。今年29岁的何思雨是刘徽修女婿的亲戚，上小学时非常贪玩，不爱读书。有一次到刘徽修家中做客，无意中看到了刘徽修的《大海捞针》这本书，他随手打开后，竟然看得入迷，从上午直到吃晚饭时还意犹未尽。书中的一篇篇科学故事令他无比好奇。后来，他陆陆续续又阅读了刘徽修的其他科学寓言。不知不觉中，他宛如变了一个人。上中学时，他非常好学，酷爱读书，学习成绩突飞猛进。18岁那年高考，他以班上第一名的成绩被中南大学自动化专业录取。大学毕业后他又获得全年级唯一的公费留学资格，被选送到美国奥本大学硕博连读。三年前毕业回国。现在，他在上海一家著名的外资企业担任技术主管。

刘徽修的科学寓言得到了专家与读者的认可，他越写越有劲头，《中国科技报》《中国环境报》《中国机械报》《北京科技报》《黑龙江科技报》《新疆科技报》《云南科技报》《吉林科技报》《少年科学》《科普创作》等报刊纷纷发表他的作品。1992年，北京少年儿童出版社出版了《中国科学寓言选》，收入全国80多位作家的269篇作品，刘徽修的作品被选了18篇，名列第一，叶永烈、徐强华二位各选入15篇，并列第二。

如今，刘徽修退休已20余年，他的儿女孝顺，家庭幸福，本应颐享天年。但是，他的科普创作从未停止过。他不打牌、不抽烟、不喝酒，平时不是认真看书，就是痴迷写作，他要用有限的精力和时间写出一篇篇科学寓言来影响青少年，让他们远离网络游戏，得到科学知识的滋润，从而实现自己的人生价值。

在刘徽修发表的510多篇寓言中，80%是科学寓言，在少年儿童中产生一定影响。据中国寓言网报道，中国有 4 位科学寓言写作高手，他们是上海的叶永烈、广西的陆刚夫、湖南的刘徽修、江苏的黄水清。为此，刘徽修被戴上了"中国当代寓言作家"和"中国科普作家"等头衔，其事迹被收入《中国科普作家辞典》和《中国当代寓言作家》等书籍中。

2018 年 4 月，在江苏徐州举办的战友 50 周年聚会上，刘徽修和战友们相聚在一起，诉说着各自的军旅情结。转业到地方后，刘徽修一直保持军人的优良传统和作风，他腰杆挺得笔直，说话语速很快，办事雷厉风行，坚持正义，惩恶扬善。去年，他发现一位青年在湘江边用电打鱼，干丧尽天良的事，便出面制止，好言相劝，对方却恼羞成怒，伸出拳头欲先发制人。他毫不畏惧，目光如剑，满脸威严，最后，他动之以情，晓之以理，硬是把对方说得心服口服才罢休。

刘徽修说："寓言的表象是自然科学，寓言的灵魂却是深刻地揭露社会现象，给孩子们开启心智，增加知识，带来启迪。"在科学寓言的创作道路上，他默默耕耘了半个多世纪，甘于寂寞，不求"轰动效应"，但求对少年儿童读者有益！这便是他的追求，为此，他倾注了大半生的心血。

刘徽修虽然年逾八旬，却红光满面，也许他怀抱一颗童心，以无邪的眼光打量大千世界，心境自然平和纯朴。对于一个全身心投入少年儿童精神世界创作的人，自然会受惠于岁月的恩赐，永远年轻，永远活泼，永远充满朝气。

（原载 2022 年 4 月 13 日《衡阳晚报》，并被人民网、人民论坛网、人民资讯网、学习强国、百度、新湖南客户端等媒体采用）

从"小"处着笔

刘徽修是我最尊敬的老编辑之一，当年，他在衡阳人民广播电台群工部工作，已是全国四大科学寓言写作高手之一，"名气"很大，从不趾高气扬，为人谦和低调，每次去电台送稿，他总是笑脸相迎，热情接待，真诚鼓励。1990年，他还协助颜经主任为改变我的命运奔走呼号……

早两年，他特意找到我的办公室，带着他的几本专著和作品剪报想请我"帮忙"。他告诉我，部队准备为战友们出一本报告文学集《凭情筑梦》，展示他们在全国各条战线各个领域所取得的杰出成就。他被部队老首长推荐，名列榜首。面对这种荣誉和责任，他思来想去，认为还是找我写最合适。一是我是电台的老通讯员，文笔早已得到大家认可；二是我们交往了几十年，有了这种感情基础，相信不会拒绝。

在一个年逾八旬、曾经帮助支持鼓励过我的老编辑面前，我毫无退路，便满口应承下来，紧接着，进行的是马不停蹄的采访和写作。

术有专攻，人有专长。刘徽修是我比较熟悉的人物之一，他人生最大的亮点就是主攻科学寓言写作，开启孩子心灵的五彩世界。他在全国50多家报刊发表科学寓言510余篇，出版《儿童科学寓言》《大海捞针》等专著多部，著名作家叶永烈、金江、谢璞分别为他的作品作序。据中国寓言网报道：中国有4位科学寓言写作高手，他们分别是上海的叶永烈、广西的陆刚夫、湖南的刘徽修、江苏的黄水清……如何将这种"大人物"写好，我着力从"小"处着笔，着重展示他生活中的一些平凡小事，通过这些简单平凡普通，人人都能理解的"小"，来折射有高度、有内涵、有趣味的"大"。我写道："宝剑锋从磨砺出，梅花香自苦寒来。那种在空盆里洗上半小时脚，在汤碗边喝上几口空气，在路上因构思而发呆的事，在刘徽修身上时常发生，有时睡到半夜突然灵感来了，爬起床改几个字是常有的事。"

每个人都生活在坚实的土地上，不是悬在半空不食人间烟火的圣人，也不是在天上腾云驾雾的神仙，而是实实在在真真切切生活在我们中间，吃五谷杂粮、品酸甜苦辣，当"大"结合了"小"，就言之有物，言而有据，便接了"地气"，自然将作品中的人物写得有"灵气"。为宣传刘徽修老师的勤奋精神，我写道："八小时之外，刘徽修拼命找资料，备素材、写作品，经常忙到深夜不感到累。从事科普创作，思维灵活，知识面要广，想象力要强，他成了图书馆与单位阅览室的常客。"为展示刘徽修老师的创新精神，我写道："写儿童科学寓言，贵在创新，他在日常生活中寻找故事元素，一片树叶、一场冰雪、一种动物、一个场景，他信手拈来，从中得到启示，形成寓言故事的'源头活水'。"

尽管刘徽修老师在我心中的位置较高，形象很伟岸，但我不能过分渲染，竭力用那些未加修饰的语言来描述，这些语言看起来朴实，有些"土"和"糙"，但道出来的"理"虽小，"意"却不浅。

说话也好，作文也罢，如果想让别人将你的话听进去，把文章看下去，那就需要换位思考，老百姓不喜欢长而空的大道理，喜欢短而精的小故事。

幸福是靠奋斗出来的

　　湖南衡阳市康馨医药有限公司董事长严碧英天生就有些不安分。她聪颖、美丽，喜欢尝试、拼搏，"不按套路出牌"，她的经历富有传奇性和挑战性。面对今天的成就，她常常深深感叹："幸福都是靠奋斗出来的。"

（一）

　　小时候，出生在衡阳市城区的严碧英曾做过无数五彩斑斓的梦：当科学家、当女兵、当记者……

　　她一路顺风顺水，从衡阳市环城南路小学开始，成绩一路领先，被保送进衡阳市第八中学，凭着成绩优异的实力先后担任宣传委员、班长。

　　命运似乎给严碧英开了个不大不小的玩笑，正当她高中毕业发奋努力，准备为实现自己梦想而拼搏的时候，在衡阳市供销合作社当总经理的父亲因为在国民党当过兵，有一段"投诚"历史，被下放到金甲岭农场劳动改造，她们全家随父亲一夜之间当了"农民"，身份与地位瞬间形成巨大反差，她由"城里娇小姐"变成了"乡村纯农民"。

　　天生我材必有用。农村对城里来的"文化人"特别器重，鉴于她的学识，被安排至衡南县东阳一中当代课老师，教语文、物理、音乐，顿时，青春之火在教学中燃烧，梦想再次为她插上了金色翅膀。

　　这年，回雁峰酒厂与衡阳木材厂筹办子弟小学，四处遴选优秀教师，严碧英再次有幸被选中，成为一名具有"国营企业职工身份"的正式教师。在教坛上一干就是10年，青春与理想在与孩子们的交流中得以满足和绽放，她不由自主地唱起了电影歌曲《我们的生活充满阳光》："幸福的花儿心中开放，爱情的歌儿随风飘荡，我们的心儿飞向远方，憧憬那美好的革命理想……"

1986年，父亲终于得以平反，回到市区做布匹生意，她经常利用星期天去为父亲"打下手"，扛着一匹匹花花绿绿的布匹，接触一批批南来北往的市民，数着一张张花花绿绿的票子，她觉得很有意思，人生的价值仿佛得以升华……

这天晚上，严碧英做了一个梦。梦见乌云压顶，风雨交加，电闪雷鸣，"轰隆隆——轰隆隆——"随着一道道强烈的电光划破天际，仿佛雷公老子举着巨锤在头顶上敲打，那巨锤时而偌大无比，时而金光闪闪，很快化作一条巨龙拖着长长的尾巴在天空中飞翔……

一啸震天河汉惊，春雷滚过远山鸣。

"海阔凭鱼跃，天高任鸟飞。"应该说，教书育人对一个青年女性来说，是一个"太阳底下最光辉"的职业，舒适、高雅、稳定，没有压力，成天与孩子们在一起，心态永远年轻活泼，但这不是严碧英的性格，她追求生活的新鲜、浪漫和刺激，崇尚人生的跌宕、奋斗与辉煌。她想起了著名作家柳青说的一句话，人生的道路虽然漫长，但要紧的常常只有几步，特别是当人年轻的时候。她认为人生需要不同的尝试，哪怕失败也决不言悔。她的人生极具挑战性，经过几天几晚激烈的思想斗争后，她决定辞去公职下海，做布匹生意。

改革开放了，市场搞活了，严碧英认为自己施展拳脚的时候到了，不应该将自己捆绑在教学的"一亩三分地"上。何况，早在1986年，她利用暑假，从江东农贸市场进购几十件衣服，刚刚摆到进步巷的摊子上，就被抢售一空。她身材苗条，穿上那些时装，如同一个女模特，特别抢眼，特别漂亮。整个暑假，她赚到3000多元，在市场上淘到了"第一桶金"，比当老师的收入高10多倍。

"好漂亮呀，连衣裙，北京、上海最流行的款式……"几位小伙子用双手窝成喇叭状，声嘶力竭地站在树上喊，帮她招揽顾客，那场景，她终生难忘。

改革开放后，人们生活水平不断提高，告别了传统的汉装、中山装、学生装，淘汰了以前流行的劳动布、蓝咔叽布、黄军装布，穿着也花花绿绿大红大紫了。严碧英时刻洞察市场风云，引领衡阳服装新时尚。她感到，这种生活更有意思，更具韵味，更有价值。

（二）

严碧英辞职下海后，认为做服装生意不如做布匹生意有发展前途，便投资 1 万元加盟父亲的"布料团队"。父亲很欣赏女儿能力强，爱打拼，办事果断，预测市场眼光独到，什么事情都交给她打理。

衡阳毗邻沿海，"广州刮的什么风，衡阳便掀什么浪"。在流行服饰上，衡阳的年轻人喜欢跟风，追赶沿海"新时尚"。严碧英作为一个追海赶潮的女青年，首先来到浙江绍兴的科桥市场，发现他们生产的布匹五彩缤纷，除了红、绿、蓝、紫色之外，还有带条形的布匹，这些布匹，都是衡阳人追逐的"时尚元素"，她大胆下单，押运货物返回。

衡阳与浙江远隔千里之遥，往往是今天坐火车去，把 10 元一扎的钱捆在腰上，穿一件大外套，让钱不"显山露水"。舍不得买卧铺，买个站票，站累了，就睡到别人的座位底下。第二天早上到市场进货，凭手感，看质量，办完托运，晚上搭火车返回衡阳。有时跟着押运车回来，1000 多公里路，车子要开两天一晚，走的是国道，从浙江回，必须经过安徽省。人睡在车上，总是提心吊胆，担心货物被抢。安徽的道路坑坑洼洼，一些"车匪路霸"跳上车，把货偷卸下来，汽车司机与他们斗智斗勇，有时猛打方向盘，左转右拐，尽力将他们摔下去。那场面，险象环生，惊心动魄。

20 世纪 90 年代，"车匪路霸"为非作歹，神出鬼没，防不胜防。有一次，严碧英从厂家将货装到客车顶上，拉至火车站，夜幕降临了，十几名"车匪路霸"围过来，她一咬牙，抽出来的刀寒光闪闪，与他们对峙了几十分钟。

一车货运到衡阳，半天时间就卖光了。

严碧英率先使用的"订单进货"颇受欢迎。旅途劳顿，十分疲劳，她一边打着瞌睡，一边收着货款，人的潜能得到充分发挥。

浙江路途遥远，严碧英转战广州。她来到广州西桥市场，发现这里的产品比浙江高桥更漂亮，手感更好，特别是有花纹的布料，在市场十分抢眼，绸缎的手感也软一些。她便把目光投向了西桥，从而生意越做越大，越做越活。

严碧英在追海赶潮踏浪中感到，处于长期封闭的中国，印花质量总是过不了关，显得有些不协调，布匹的手感赶不上国外。于是，她将目光又投向了国外。听说广东汕头有一家国外布匹市场，她的眼睛为之一亮，毫不犹豫地赶过去"刺探军情"。

坐上从衡阳到广州的火车，爬上从流花汽车站到汕头的汽车，严碧英一路风尘，来到汕头，晚上住小宾馆，次日清早到布匹市场进货。这里布料的色彩、品种、花样让她大开眼界，玫瑰、水仙、月季、玉兰……自然界所有美丽的花朵都印在布上，那手感、那质量、那色彩，不知比国内的强多少倍，她几乎是脱口而出："这些布料，我全要！"

那天晚上，她将这些布匹托运至公共汽车上，行至广州流花汽车站，卸下来拖至广州火车站，路上三四天，回到衡阳半天内批发完。来自湘潭、株洲、邵阳、郴州的客商等着要货，他们都是提前下的"定金"。

（三）

外面的世界很精彩。

严碧英有了一定的原始积累后，不再满足于衡阳这片小天地，渴望到更为广阔的天空自由自在地飞翔，这时，刚好有人建议她去广州打拼和发展。

青春由磨砺而出彩，人生因奋斗而升华。几年生意场上的摸爬滚打让她对广州比较熟悉，她决定挺进广州。

1990 年，她投入 18 万元，集资 40 万元在广州市租赁门面，挂牌为"南方纺织品经营部"，打出了做布料生意的旗帜，主要产品为：棉布、华达尼、的确良……她以"诚信第一、质量第一"为宗旨，立足广州，面向全国，生意越做越大。她以敏锐的目光，凭着对市场的了解和预测，与北京、上海、天津、河北一些厂家合作，指导厂家生产适销对路的布料，实施"订单式"合作。

东方风来满眼春。广东是中国改革开放的前沿阵地。小平同志的南方谈话让中国掀起了一股股开放浪潮，严碧英感受到了一种锐意改革和创新的气势，拥有一种只争朝夕时不我待的力量。凭着质量、诚信、效率和良好的经营理念，她有求必应，实施"一条龙"服务，迅速占领市场。她锐意进取，将布匹加工成时装出售，打开了一片崭新天地，"来料加工"形成"产业效应"。

东南亚一位商人来经营部进华达尼面料，要求 50 米一卷，颜色几十种。不但量大，条件苛刻，且利润空间少。严碧英一咬牙，要求西桥市场厂家按要求生产，提前交货，让这位外商大吃一惊："中国女子这么能干、诚信，真牛！"严碧英在创新中发展，在发展中创新。每年，她都要分析国际国内市场走势。就花色、品种、手感，她要与生产厂家的技术员反复沟通。开发一些新产品，形成中国的"流行色"，让别人跟不上。同时，她每年都要打好"提前量"，七八月份要订冬天的货，让生产厂家围着销售部转。石家庄的一棉、二棉、三棉、四棉的上 10 万工人源源不断地为她赶制产品，可谓"运筹帷幄之中，决胜千里之外"。

严碧英的生意顺风顺水，如日中天，不仅影响着广州的布匹行业，而且带动湖北武汉、四川仁寿、河北邯郸棉花纺织厂走出困境，重现生机。

（四）

2003 年，衡阳市委书记徐明华、市长贺仁雨前往广州招商引资，考察到严碧英在广州的实业、生产基地和上万平方米的仓库，精神异常振兴：
"你是从衡阳闯出来的成功人士，真诚希望你回乡创业，造福桑梓。"

严碧英又一次走到了人生的岔路口，面临新的选择。是继续在广州一边打拼一边开拓市场，还是回到家乡重新创业？这天晚上，她夜不能寐。是啊！广州有她良好的基础，发达的信息，辉煌的事业，再回到衡阳，面临的是许多未知的因素，但是，那始终萦绕于脑际的家园情怀，故乡情结，不是一直铭刻在自己内心深处，无法释怀么？她天生就不安分，相信爱拼才会赢！

这年，严碧英应衡阳市人民政府的邀请，风尘仆仆回到衡阳，一路马不停蹄，先后考察了衡阳市无线电厂、衡阳纺织印染厂、衡阳市药材公司……

最后，她几乎是倾其所有，收购了衡阳市药材公司，安排了600多人就业，将所有退休工人全部纳入了低保。

衡阳市药材公司因经营管理不善，长期亏损，资不抵债，账面上负债5000多万元。

严碧英实施企业改制，遇到很多阻力，工人们一天到晚围着她闹哄哄的，她的头都大了，大家对改革政策不理解。她耐心细致地做工作，年轻的给他们重新安排就业岗位；年老的，与劳动部门协调，给他们交养老金，保证每月拿到2000元。同时，她大刀阔斧，不断开拓市场，凭着她的诚信、质量和速度，在陌生的医药行业很快占有"一席之地"。

作为一个企业家，应该一业为主，多业经营，形成齐头并进的局面。2013年，严碧英以敏锐的市场意识进军房地产市场，成立衡阳市富丽房地产开发有限公司，在城区征地50余亩，开发"衡商大地"，建筑面积11万平方米，其中地下室3万平方米，从规划、设计到管理，她坚持"以人为本"的理念，追求"南北通透，四面采光"，着力周边绿化，彰显人与自然的和谐。她合理定位盈利模式，以服务水准、百姓口碑赢得市场。

2020年5月，面对疫情和"后疫情时代"，"衡阳市学乐云网络科技有限公司"在衡阳注册，宣告严碧英进军网络领域。早在2002年，她到英国考察，发现他们在网上订机票、订房子、订餐饮……十分方便，国外网络的发达让她大开眼界，简直叫人不可思议。她当时非常激动，想回国兴办互联网，为老百姓的生活提供方便快捷高质量的服务。可一回到衡阳，企业改制如同一团乱麻束缚着她，让她脱不开身。

有过 10 年教学经历的严碧英越来越强烈地感受到，国家要崛起，教育要先行。而教育的进步必须依靠互联网手段打开局面，一块屏幕，打开的不只是一扇窗口，不能让贫困在乡村进行代际传递！"学乐云"教育大数据云平台很完善，拥有全国许多教育专家的"智慧课堂"，衡阳的学生应该接受这样的网上教育，从而实现教育均衡发展，减少老师的教学负担，开阔学生的眼界。"学乐云"凭着"开拓创新、务实求真、团结合作、执着忠诚"的理念与严碧英走到了一起。

目前，"学乐云"在衡阳市 12 个县市区普遍开花，相当于在每所初高中建立一个虚拟的助优助学机构，虚拟的"学而思"，让 AI 人工智能来帮助学生开阔视野，弥补心灵上的空缺，接受最先进的教育，引领他们崇德向善，扣好人生第一粒扣子。

一切过往，皆为序章，直挂云帆，乘风破浪。严碧英借助信息化教学手段，引入优质教育资源，不但提高了教学质量，还弥补了乡村师资不足。

严碧英的未来不是梦。新时代是奋斗者的时代，只有奋斗才能化解各种风险，赢得市场竞争力，实现企业的跨越式发展。她相信，山再高，往上攀，定能登顶，路再长，往下走，定能到达。

梦想在拼搏中实现，幸福在奋斗中溢彩。

（原载 2023 年 7 月 21 日《衡阳晚报》，收入由团结出版社出版的《衡阳文化源流》一书中，并被人民网、人民论坛网、百度、金台资讯、中国衡阳新闻网采用）

巾帼不让须眉

与严碧英的接触源于一部书稿。

这部书稿工程浩大，取名为《衡阳文化源流》，分为上、中、下三册，由团结出版社出版。全书 420 余万字，由 20 多位专家历时 6 年完成，该书全面系统整理了衡阳几千年的文化起源与脉络，文化精华浓缩其中，堪称一部"衡阳文化大典"。书中辟有"商海弄潮"一章，以报告文学形式，全方位展示衡阳市 10 余位优秀商界代表风采，严碧英成为唯一入选的女性代表，而写稿的任务落到了我的头上。

主编龙勇是我的老首长，对我有"知遇之恩"。当年，他在衡山任县委常委、宣传部部长，以非凡的锐气与胆量，将我从农民破格录用为国家干部，他亲自交代的任务，我义不容辞，"滴水之恩，当涌泉相报"。

尽管公务繁忙，我还是挤出时间采访了严碧英。通过深入细致的了解，发现她是一位极不寻常且善于挑战的女性，经过对人生的不断挑战，不但实现了自身人生的多轮跨越，而且给老百姓带来了不少实惠。

严碧英天生的"不安分"，注定巾帼不让须眉。受父母牵连，她由"城里娇小姐"变成了"乡下纯农民"。她不认输，以出众的才华当上了乡下代课老师，后被一国有企业遴选为正式教师。谁知，她在教坛上顺风顺水干了 10 年后，突然辞去工作，下海做布匹生意，由一个"文化人"变成了"生意人"。先是立足衡阳，辐射湘南，引领衡阳服饰"新时尚"；再是挺进广东，面向全国，将布匹加工成时装出售；然后是立足广东，面向全球，形成中国服装"流行色"。正当她的生意在全国做得风生水起时，她又毅然决定回家乡创业，收购衡阳市药材公司，安排 600 多人就业，将所有退休工人纳入低保……

严碧英是一个女能人，要多能干有多能干，凭着她的诚信、质量与速度，在陌生的医药行业很快占有"一席之地"。后来，她又进军衡阳房地产市场。面对疫情，她借助信息化手段，通过互联网，让人工智能帮助学生开阔视野，接受最先进的教育，成立"衡阳市学乐云网络科技有限公司"，重温她昔日的"教学之梦"……

严碧英用自己的毅力与拼搏生动地诠释了"巾帼不让须眉"的丰富内涵，她在商场上纵横驰骋、英姿飒爽、所向披靡，让人想起了穆桂英挂帅，樊梨花征西，花木兰替父从军……

一方山水养一方人。严碧英出生于衡阳，是个地地道道的衡阳女性，从她的身上，我们似乎看到了唐群英、康菊英、唐爱球的影子。勤劳、活泼、精明、能干、泼辣、麻利，说话办事风风火火、雷厉风行；善良、正直、率真、霸道、乐于吃苦、敢于创新，不怕困难，不畏艰险，富有挑战性，不撞南墙不回头；热情、大方、豁达、开朗、敢爱、敢恨、真性情、不矫情……于是，我决定通过这些生活中的平凡、普通，却不被一些人所注意的特征细节作铺垫，来张扬她善良的心灵、开拓的精神、总是替别人着想的境界，一个精明、能干、诚实、开拓的中国特色社会主义事业建设者形象活脱脱地展示在受众面前。

文章发表后，不少读者与网民说：这篇文章引起了他们思想与情感的共鸣，甚至让他们流下了"很久未曾流过的泪水"。有人给我发来微信："感谢您付出的艰辛劳动，让我们看到了一个真实、生动、鲜活的严碧英，好一个了不起的衡阳女子！"

这既是受众对严碧英的赞誉与肯定，也是对作者本人的包容与褒奖。

横戈跃马　德行天下

戴建平属马，也许正因为如此，在他的人生岁月中，表现最突出的特质就是沉稳、睿智、朴实、开拓，"以德生财，用智慧创业，将仁爱回报社会"，构成他生命中最靓丽的色彩。透过他富有传奇色彩的人生轨迹，从农村到城市，从官场到商场，从"高级打工者"到民营企业老板，从一业突破到多业同辉，无不体现出马的品性、马的风骨、马的韧劲与马的魅力。

春风得意马蹄疾，一日看尽长安花

换一种活法，别样人生更精彩

1954 年，戴建平出生在衡山县开云镇桂花村。

南岳衡山白云峰上，长年云缠雾绕，一条白云河从村里流经，带着几代人的梦想，入湘江、下洞庭、进长江、汇大海……

一方山水养一方人。得衡山之灵气，吸湘水之膏泽，戴建平从小好学上进，学习成绩一马当先，1971 年以优异成绩在衡山县第二中学高中毕业，回乡当上了知识青年。人生的绮丽之梦从这里出发，在故乡的土地上发芽。他虚心接受贫下中农再教育，在广阔天地辛勤劳作，很快学会了犁田、耙田、砍柴、割草、制砖、烧窑等全套农活。劳动之余，他办起了夜校，组织村民学习报刊文章和水稻、棉花病虫害防治知识，并担任大队团支部书记。19 岁那年，他扛着行囊到九观桥修水库。白天挑泥巴，晚上写通讯稿，所写的稿件均被《工地战报》采用。时任衡山县委副书记兼九观桥水库工程指挥长罗吉楚看到他所写的稿件后，当即指示将他破格调到指挥部编辑《工地战报》。他如鱼得水，白天下工地采访，晚上潜心写作，青春潜能得到初步彰显。一年后，他被推荐到湖南省第三师范学校学习。他非常珍惜难得的学习机会，对学校的各门课程认真研读，门门成绩优秀。课余时间，他待在学校图书馆埋头苦读。王船山思想、彭玉麟风骨、夏明翰精神、"先天下之忧而忧，后天下之乐而乐"、"敢为人先"、"百折不挠，永不言弃"等湖湘文化精髓如甘露滋润着他久渴的心田并日渐融入他的血脉。毕业后分配至衡阳地委组织部干部一科工作，成为戴氏家族第一个"吃皇粮"的人，一时风光无限。

在机关，戴建平马不停蹄学习新知识，深耕新领域。市委党校、省委党校、中央党校的理论学习培训，湘潭大学经济管理硕士课程研读，多年的系统学习、宏观思考、微观调研，让他能准确把握中国发展大势，吃透衡阳市情，上接"天线"，下挖特色，形成独特的工作风格和思想体系。

在官场上他顺风顺水，副科、正科、副处、正处，一路升迁。40岁那年，被市委任命为市委政策研究室主任，成为市委的"大内御笔"。2000年，调任市委宣传部常务副部长。

戴建平先后为六任市委书记起草文稿，同时在各级党报、《求是》杂志内部文稿、《农业经济问题》、《学习导报》发表理论文章100余篇，所撰写的文章不少转化为市委领导的讲话、市委文件和决定，成为市委的决策意见。他主持的"发展外向型经济"和"农产品走向大市场"等课题研究获省委政研室课题研究成果一等奖。2000年他主编的《国有企业改革的实践与探索》一书由湖南人民出版社出版。先后被省委、省政府办公厅评为先进秘书工作者，被市委授予"优秀党务工作者"称号。

2002年，正逢马年，衡阳市谋划"弯道超车"，加快经济发展，到处呈现出千帆竞发、万马奔腾的局面，市委出台政策，鼓励机关干部下海创业，凡工龄30年、年龄50岁的可申请提前退休。

这年恰是戴建平的本命年。"一生拉车能负重，骑行耕作春夏冬"，一种天马行空、特立独行的基因在他心头聚集、裂变、迸发。他不想长期待在机关，在程序化的文山会海中消耗青春激情，他响应市委号召，主动要求提前退休下海创业。他觉得眼前的天空十分辽阔，梦中的"绿洲"正在远方。市委书记、组织部部长均劝他"三思而行"，但他"去意已决"，九头牛拉不转，成为衡阳市委机关第一批正处级干部下海"弄潮儿"。

车辚辚，马萧萧。这一年，戴建平 48 岁。

在不少人看来，文人只能舞文弄墨，在商场上不可能干出惊天动地的事业，戴建平将用行动证明：待在机关的文人不是吃干饭的，换一种活法，别样人生更精彩。

这种举动，令官场上不少同行感到不可思议。

这种抉择，需要多少超乎常人的胆识和勇气！

而塞翁失马，焉知非福？

一年三百六十日，多是横戈马上行
从官场到商海，生命的价值在拼搏中实现

戴建平在机关工作的单位都是清水衙门，在位时没有为自己下海作任何铺垫。他退休后只能选择当职业经理人去帮助别人管理企业。

2002 年春节刚过，戴建平扛着一口皮箱独自南下。那天下着毛毛细雨，寒风刺骨，晚上 10 点多钟，一列绿皮火车在夜幕与雨雾的交织中徐徐开进站台。戴建平登上南下列车，伴随着列车发出的哐当哐当声，衡阳这座生活奋斗了 30 年的城市渐渐淡出了他的视线。衡阳市一位副市长写了一篇文章《哪里的天空不下雨》，发表在当天的《衡阳晚报》上，算是为他送行。

次日清晨，列车在广东省东莞火车站停下。他举目无亲，迎接他的，只有以前在机关工作时的一个老部下。没有人知道，此时的戴建平已是一介平民，褪去了曾经罩在头上的耀眼光环。尽管没有从前的前呼后拥，兴许还是真实的冷静，但他的心中却格外轻松。他坚定地相信，改革开放和市场经济给人们足够的空间，只要你敢闯会拼，就会闯出自己的天下。

在东莞市人才交流中心，一个偶然的际遇，他认识了一个叫谭颂斌的年轻人。谭颂斌是东莞市虎门镇人，原在东莞市外经委工作，1997 年下海

成立了银禧塑胶有限公司，主要生产 PVC 电缆塑料。经过 5 年拼搏，公司虽有发展，但仍业绩平平。他求贤若渴，急于引进人才。两人一见如故，经过一个下午的交流沟通，谭颂斌热情邀请戴建平加盟公司，待遇月薪一万，职务为总经理助理。戴建平当即应允。双方的手紧紧地握在一起。

身为总经理助理，戴建平很快从工作中找准了公司的定位。他为公司把脉，市场经济就是品牌经济。公司名气不响，自然经营不佳，但需要一个市场制高点。戴建平邀请中国塑料加工工业协会改性塑料专业委员会来公司考察，将公司确定为行业的"科研试验开发生产基地"。公司需要知名度，戴建平支招"宣传包装"，短时间内公司被评为东莞市科技民营企业、广东省高新技术企业、广东省重点企业技术中心。为提升公司产品科技含量，戴建平联系中国科学院、清华大学、北京理工大学、中山大学、四川大学，聘请一批专家教授为企业组建专家顾问委员会，其中有一位还是苏联科学院院士。在专家们的帮助下，公司迅速开发出能用于手机外壳和直升机螺旋桨的工程塑料，以及能延缓高速公路沥青寿命老化的"筑路王"，公司的知名度和经营效益迅速攀升。随后他又在四川大学高分子科学与工程学院设立"银禧奖学金"，为公司引进川大的优秀学子，进行人才储备。他的目光始终盯在行业的最前沿。

公司缺少与当地政府部门关系的协调，争取政府扶持力度薄弱，戴建平发挥曾经从政的优势，工作如鱼得水，很快就为企业和政府搭建了沟通平台。由于他的努力，每年广东省和东莞市政府部门都会无偿给企业支持一千多万元，用于新产品的开发和科技创新投入。他还帮助公司发展企业文化。组织员工周末文艺晚会和生日晚宴，创办公司《银禧人》报刊，宣传公司经营理念和先进典型，组织大家开展沟通交流，增强了公司凝聚力，丰富了职工业余文化生活，调动了大家的积极性。

没想到，自己跃身商海，会如此得心应手。戴建平只用了 10 个月的时间，就完成了从政府官员向职业经理人的转变。这一变，让一家默默无闻的广东企业充满生机活力；这一变，也让他的人生开始海阔天空，人生的得失似乎在这里找到了一种新的平衡。不到一年，戴建平在广东这个经济最发达的省份找到了自己的"定位"，他的人生迸发出异样的光彩。

在东莞期间，戴建平还利用业余时间参加了广东中山大学经济管理学院MBA班学习，同时利用MBA班同学的人际关系，考察了温氏集团、建滔实业、志成冠军UPS电源等珠江三角洲20多家企业，学习他们的发展经验。

戴建平在东莞虽然实现了人生的华丽转身，但心却始终眷念着故乡的土地和家乡的亲人。每当夜深人静，当他回到宽敞的宿舍，看到天空的明月，不禁想起了李白的诗句："举头望明月，低头思故乡。"

戴建平是衡山人，家就住在衡山脚下。南岳衡山独秀天下，为何如今中国的风光尽在广东，难道衡阳就不能画出比广东更新更美的图画吗？多少次在异乡的美景中，他想到了衡阳的山山水水。

一个偶然的机会，衡阳永兴集团的老总在广东发现了"失踪"一年的戴建平，便千方百计把他"挖"进自己的公司。戴建平在找到合适人选接替自己的工作后，踏上了回衡阳创业的征途。好水好山看不足，马蹄催趁月明归。

在永兴集团，戴建平被委以重任，出任永兴集团副董事长，负责当时湘南最大的永兴商贸城开发建设。然而天有不测风云，就在商贸城即将开业时，一场谁也不愿看到的大火中断了商业城的建设。那段日子，他感受到生命无法承受之痛。

从豪情满怀到一无所有，戴建平感到人生的目标正在失去方向，他深深陷入人生从未经历过的困顿。

长风破浪会有时，直挂云帆济沧海

坚持走自己的路，实现由职业经理人向老板的转变

那段困顿的日子，戴建平瘦了一圈，心中有一种涅槃的感觉。穷则思变，是智者的选择；死而后生，是勇者的行动。人生的辩证法有时就这么简单。戴建平表面看上去简单，实际上他骨子里不服输，更不认命。那段时间，戴建平一直在寻找"东山再起"的机会，捕捉相关资源信息，探求撬动市场的支点。

戴建平做梦也没有想到，就是这次失败，为他从职业经理人变身为老板创造了条件。2004年4月，《衡阳日报》上刊登了一则"衡阳县非金属矿拍卖"的公告，点燃了戴建平创业的激情与梦想。他敏锐地意识到，这是一次千载难逢的机遇，抓住这一机遇，人生就会别开生面。没有资金，他将房产向银行抵押，向亲戚朋友借贷，到广东、深圳和衡阳县界牌等地寻找合作伙伴……他决定背水一战，破釜沉舟，一往无前！

最终，戴建平以680万元从众多竞争者中一举夺标。有人说他孤注一掷，捡了一个"破烂"；有人说他慧眼识珠，挖了一座"金矿"。让别人去说吧，他坚持走自己的路！

取得采矿权后，戴建平脑海中猛然跳出李白的诗："长风破浪会有时，直挂云帆济沧海。"对！公司就命名为"长风矿业有限公司"，这个命名寄托着他对企业发展的无限希冀与期待。

"长风矿业"开采的分化钠长石，属高档建筑陶瓷原料。戴建平南下广东，西赴四川、重庆，开拓瓷泥市场。

机遇总是垂青有准备的人。这年正是中国加入世贸组织第三年，欧美取消了对中国陶瓷配额的限制，中国大批陶瓷产品打入国际市场，全国陶瓷业异军突起；随着生态环保意识不断增强，广东提出建设"山川秀美的新广东"，将境内清远、肇庆、从化等地瓷泥矿山关闭，原材料供应紧张；国内一些陶瓷企业不断改进工艺，与国际接轨，瓷泥使用量成倍增加，加上国内房地产市场持续升温，平时销路不畅的瓷泥一时成为"香饽饽"。

戴建平赚到了第一桶金。

咬定青山不放松，立根原在破岩中
创业只有起点，没有终点

戴建平很欣赏南岳半山亭的一副对联，"遵道而行，但到半途须努力；会心不远，欲登绝顶莫辞劳"。他在上初中时，与班上的同学第一次登南岳衡山，这副对联就给他留下了深刻的印象，并一直激励着他在人生的道路上勇往直前，永不懈怠。

　　创业有了一个良好的开端，资本在他手中迅速增值。但他并不满足眼前的一切，他的目光在搜寻市场的每一个变化，一旦发现良机，便紧抓不放，主动出击。

　　2007 年，世界经济在金融危机中开始颤抖，国内市场也是风声鹤唳。一个新的目标闯入他的视野，别人说那是一个烫手的山芋，他却认为机会难得。他又一次在别人的放弃中发现了"金矿"。

　　"衡阳肉联厂"——这座衡阳曾经的耀眼明珠，是 1958 年苏联援建的项目，全国生猪屠宰、肉类食品加工储存的重要基地，曾担负着北京、上海、天津和香港、澳门猪肉供应的重任，被列为全国十大冷库之一。曾几何时，这座在计划经济时代风光无限的"冷库"，却在市场经济中成为"明日黄花"。1995 年生猪屠宰基本停产，大批职工下岗待业，2006 年企业宣告破产。1800 多名职工如何安置？不良资产如何化解？尤其是自生猪屠宰停产后，制冷设备长期没有维修检测，成为当地重大安全隐患，一旦出现氨泄漏，后果不堪设想。一时间，冷库成为衡阳国企改革的一道难题，成为当地政府的一块心病。

　　许多投资者望而生畏，戴建平却慧眼独到，"肉联厂可以破产，但全市人民的生活天天离不开冷库"，他决心重组改制这家企业，因为它直接关系到衡阳市民的食品供应，关系到衡阳人民的"菜篮子"和"果盘子"。盘活这家企业，既是一种挑战，也是一种担当。

　　2007 年 10 月，他组建了衡阳市达德置业发展有限公司，出资 8300 万元，整体收购了原衡阳肉联厂破产后资产，启动了企业改制。

　　2007 年 12 月 4 日，在通过市产权交易中心摘牌，与市政府签订收购衡阳肉联厂资产协议后，衡阳肉联厂改制动员大会在冷库二楼会议室隆重举行。会议邀请了原衡阳肉联厂副科级以上党员干部 120 多人参加。戴建平代表达德置业发展有限公司明确提出了"履行约定，推动改制，确保稳定，和谐发展"的思路。同时根据大家最关心的职工安置问题，提出"无情改制，有情安置，优先录用，双向选择，各得其所"的 20 字方针。他的讲话，得到了参会人员的一致赞同和拥护，全场响起了热烈的掌声。

在他的总体思路指导下，衡阳肉联厂改制中应发给职工的身份置换金、补发的工资，应归还的集资款一分不欠发放到位，新公司聘用的员工90%从衡阳肉联厂的员工中录用，对衡阳肉联厂所有员工应享受的社保待遇，他与社保部门予以衔接，该缴的费用全部缴清。为让更多职工享受退养待遇，戴建平根据肉联厂实际情况，将退养年限放宽半年，为此公司多增加开支300多万元。

在搞好职工安置的同时，公司立即投入技改资金1000多万元，对冷库设备设施进行全面改造，不仅采用新型保温材料聚氨酯对库房进行保温处理，还更新了电梯、冷凝器、高压贮氨器、集油器等设备设施，邀请市安监和质监部门对制冷系统的所有压力容器、压力管道、安全阀、仪器仪表等进行安全检测和校验，消除了安全隐患，提高了制冷效果。紧接着，他又投资近2000万元，在冷库的北面新建了水果冷冻食品批发市场，对公司环境进行了认真整治。经过不懈的努力，终于建成了一座年交易额达20个亿的水果冷冻食品批发市场，成为湘南地区最大的以冷库为依托，以水果和冷冻食品批发市场为支撑的冷链物流中心。

春风得意马蹄疾，一日看尽长安花
换一种活法，别样人生更精彩

等闲识得东风面，万紫千红总是春。

把发展和繁荣文化产业作为始终不渝的追求。

戴建平在市委宣传部任常务副部长时，曾分管文化电影事业。发展和繁荣衡阳的文化产业，始终是他的追求和梦想。

2007年7月，衡阳进步电影院化为灰烬。他跑到现场，看到那熊熊大火和滚滚浓烟，心情格外沉重。

电影既是党进行宣传教育的一个媒体，也是人民群众不可缺少的文化生活方式。在一个上百万常住人口的省域副中心城市，不能没有电影院，戴建平心中萌发了在衡阳创办电影院的念头。可当时中国的电影市场还没有向民营资本开放，这一愿望没能实现。

2009 年 10 月，中央政治局召开会议，作出了电影市场向民营资本开放的重大决策。2010 年元月 21 日，国务院办公厅下发了《国务院关于促进电影产业繁荣发展的指导意见》，电影产业发展的春天终于到来了。

戴建平抓住这一千载难逢的发展机遇，迅速在市区寻找建设电影院的场地，只用了短短三个多月时间，在解放路中心城区美达新天地四楼建成了衡阳市美达国际影城，共 6 个厅，630 多个座位，填补了当时衡阳电影市场的空白，解决了衡阳人民观影难的问题，成为衡阳市第一个民营影院，第一个按国际标准建设的多厅影院，第一个能放映 3D 电影的影院，这在衡阳电影产业发展史上树立了一个新的里程碑。

随后，戴建平又在衡阳建成了崇尚国际影城、银星国际影城、鑫都国际影城，在衡东建成了衡阳市第一个县级影城，在永州零陵地区建成了第一个中国巨幕影城，在湘西吉首建成了当地标准最高、规模最大的影城，掀起了一场场"电影风暴"。在攸县网岭镇建成的美达激光影城被中宣部列为在湖南省建设的乡镇影院试点项目，让当地农民在家门口就能观看城市电影院线发行的电影大片。中央电视台在新闻频道作出了专题报道。与此同时，他又将影城建到了深圳和海口，组建了湖南美达影业集团。到本文截稿时，集团名下先后已建成影城 24 家，成为银幕过百、座位过万、票房过亿的影业集团，进入全国电影行业 50 强。

穷则独善其身，达则兼济社会
企业家不纯粹是为了赚钱，还得有社会责任担当

"达济社会，德行天下"，在达德置业发展有限公司办公楼大厅墙壁上，挂着一块巨幅的牌匾，上面刚劲有力地书写了 8 个大字，这既是戴建平对"达德"公司内涵的诠释，也是他为"达德"公司确立的宗旨。

孔子曰："智仁勇三者，天下之达德也"。戴建平认为，达德就是通达天下的美德，之所以把"达德"作为公司的名称，就是要达济社会，承担企业的社会责任，德行天下，弘扬中华之美德。在 20 多年创业生涯中，戴

建平始终坚持经济效益和社会效益相结合，正确处理国家利益、企业利益和个人利益的关系，依法经营，照章纳税，努力承担企业的社会责任。他所办的企业中安排600多人就业，累计上缴税金超过亿元，捐助各种公益事业上千万元。其中个人捐款300多万元。

戴建平刚接管衡阳肉联厂时，由于当时厂里经济效益不好，多年没有建职工宿舍，有120多户职工仍住在用猪栏改建的被称为"鸳鸯楼"的筒子楼中，有60多户住在原厂的单身宿舍和幼儿园中，有30多户在厂家属区一块空地上搭起临时棚子居住。这年正遇上冰灾，冰雪将不少临时棚子压垮，居住在棚子中的职工无家可归。戴建平到现场一看，裂了缝的矮墙、砸得破烂不堪的家具、破损的油毛毡被北风掀得呼呼作响，还有残雪下映衬的一张张无助的脸……他的心酸酸的，双眼湿润了。

为解决这些人的居住问题，公司投资1000多万元新建了职工安置楼，将原居住在用猪栏改建的"鸳鸯楼"120多户职工全部安置。每套房约70平方米，两室一厅一厨一卫。同时，对居住在幼儿园、集体宿舍及棚户区的职工，他向市政府领导汇报并与相关部门协调，利用棚户区的土地建设经济适用房。"安得广厦千万间，大庇天下寒士俱欢颜"，通过他的努力让原衡阳肉联厂总计200多户职工全部搬进了新居，时任衡阳市政协主席王雄飞组织政协领导班子成员调研原衡阳肉联厂改制时，了解到这种情况后，深情地说："你们做得很好，是全市改制企业的榜样！"

在公司管理中，戴建平始终坚持以人为本的原则，关心、体贴、尊重员工，自觉维护员工的合法权益。所有正式聘用的员工均按国家规定办理社会保险。每年公司都要进行员工满意度、客户满意度调查，并根据员工、客户提出的意见和合理化建议，不断改进公司管理。公司还为员工提供学习晋升的机会，开展红色旅游和丰富多彩的业余文化活动。每年年底召开总结表彰和新春联谊活动，大家欢聚一堂，载歌载舞，总结成绩，表彰先进，举杯庆贺，喜迎新春，增加了公司的凝聚力和向心力。

衡山二中是戴建平的母校，他初中、高中均在这里就读。在校领导和老师们的培育教导下，不仅学到了科学文化知识，还一直担任班级、年级干部，在初中二年级加入了中国共产主义青年团，为他后来的成长奠定了坚实的基础。为此他对母校心存感激。为报答母校对他的培养，从2014年起，他在该校设立"戴建平奖助学金"，每年拿出10万元，奖励10名优等生，扶助10名贫困生，至今已坚持了10年。

戴氏家族衡山族群，包括衡山、衡东、南岳和湘潭部分地区约有1.2万人，从2012年起，戴建平发起成立了衡山戴氏家族助学基金会，开展助学活动，凡戴氏家族子女，考上大学一本的奖励5000元，考上二本的家庭经济困难资助4000元。10多年来，他已出资30多万元。

戴建平老家在衡山县开云镇桂花村，对家乡建设他解囊相助，大力支持，先后为村里修路、修桥和其他基础设施建设资助了80多万元。每年重阳节，对村里70岁以上老人，他都给予慰问，或摆上酒席，或发个红包，祝他们节日快乐，健康长寿。

依托"达德"理念，公司荣誉纷至沓来，衡阳长风矿业有限公司先后两次被评为全市民营企业50强，衡阳市达德置业发展有限公司被确定为全国冷链物流定点单位和全国现代化流通综合试点单位，被农业农村部定为农产品流通定点市场，被省政府定为农业产业化龙头企业。戴建平本人也先后获得市委、市政府授予的"离退休人员创业之星""衡阳市十大杰出经济人物""劳动模范""优秀民营企业家"等荣誉称号。

这些贡献和荣誉已经编织成一道美丽的风景，似乎又在诉说着一个神奇的传说与梦想。

当今市场竞争日趋激烈，做好一行不易，多元发展更是难上加难。而戴建平将企业"王国"越做越大，跨越了矿业、冷链物流、房地产开发和电影文化产业等诸多行业，形成一种典型的多元发展模式。

谈到成功经验，戴建平以20余年创业经历做出了响亮的回答："一是要把握市场的脉络和节奏，做到人无我有，人有我优；二是企业所有者、经营者与员工形成利益共同体，企业老板其实是创造一个平台，让所有参与者发挥潜能和创造力；三是企业家要勇于担当，要有社会责任感，要在发展中回报社会；四是创新发展，理念创新开发市场，机制创新立足市场，管理创新经营市场。"

这种"经验之谈"提纲挈领，别具匠心。

流年似水，岁月如歌。戴建平在官场殚精竭虑，出类拔萃；在商场叱咤风云，决胜千里。回眸自己的创业历程，他有一些刻骨铭心的体验和心得：人生得失，人人都有；患得患失，人生就会失去更多；改变人生，关键在于把握机遇；一旦抓住良机，就要全力去拼搏。

"伏枥常怀双耳峻，识途自解四蹄轻"。在戴建平的居室，挂着一幅《八骏图》，画中八匹骏马形态各异，飘逸灵动，腾空而飞，勇往直前，气势磅礴，呈现出万马奔腾的神韵与意象。对于事业如日中天的戴建平，有人问他：是否还有更大的梦想？他笑而不答，依旧用智者的目光注视远方。他说："新时代是奋斗者的时代，我正在路上，目标永远都在前方，只要一息尚存，就要努力奋斗下去……"

（原载 2024 年第 3 期《衡阳宣传》，收入由团结出版社出版的《衡阳文化源流》一书中，并被人民网、人民论坛网、金台资讯、新浪财经头条、腾讯、搜狐、百度等媒体采用）

采写札记

一个值得大写的宣传人

在一些人看来，文人只会舞文弄墨，尽管仪表端庄、文质彬彬，但脑袋只有一根筋，不会协调、圆滑、看脸色行事；不会开拓、经商、当官、干大事业。正是在这种惯性思维的支配下，使不少文人失去了"出人头地"的机会。

戴建平则另当别论，他是我引以为豪的老乡，是我敬重的老领导，是市委的"大内御笔"，才华横溢，曾经风光八面。令我意想不到的是，2002年，他主动要求提前退休下海创业，成为衡阳市委第一批正处级干部下海"弄潮儿"。20多年来，从官场到商场，从"高级打工者"到民营企业老板，从一业突破到多业同辉，他将事业做得风生水起，如日中天。实现了从"文人"到"儒商"的凤凰涅槃。

戴建平的成功不是与生俱来的，正如冰心所说："成功之花，人们往往惊美它现时的明艳，然而当初它的芽儿，浸透了奋斗的泪泉，洒遍了牺牲的血雨！"

戴建平的成功源于他的本行。他在市委机关工作多年，省、市不少重大活动，他均参加宣传策划，轻车熟路，举重若轻，乃至他下海当上银禧塑胶有限公司总经理助理后，不停地为公司把脉、支招，经过系列宣传策划，邀请国内一些名家来公司考察、设计，聘请国内一些著名高等学府的专家当顾问，开发出一些新产品，抢占了市场制高点，经济效益节节攀升。设立"银禧奖学金"，引进四川大学的优秀学子，创办公司报刊，凝聚人心，乃至公司从省、市捧来不少荣誉，"知名度"越来越大。

戴建平的成功源自他的本能。他敏而好学，博览群书，善于思考，想问题、办事情、作决策，总是站在全球的视野、全局的高度来考虑。2004年，他破釜沉舟，以680万元取得衡阳县非金属矿的采矿权，这年正是中国加入世贸组织第三年，欧美取消了对中国陶瓷配额的限制，中国大批陶瓷产品打入国际市场，加上国内一些地方从保护生态角度考虑，关闭了不少瓷泥矿，而戴建平开采的分化钠长石，正是生产陶瓷的主要原料，平时销路不畅的瓷泥一时成为"香饽饽"。"长期积累，偶然得之"，机遇总是垂青那些有准备的人，假如戴建平没有这种长期的知识储备，没有这种敏锐的市场意识，没有这种洞察国际国内风云变幻的能力，没有这种当机立断背水一战的决策与勇气，他不可能淘到"第一桶金"。

戴建平的成功源于他的本真。他对宣传文化事业一往情深，发展和繁荣衡阳的文化产业，始终是他的追求与梦想。有了一定的原始积累后，他不忘初心，进军民营电影市场，在全国各地建成影城24家，成为"银幕过百、座位过万、票房过亿"的影业集团，进入全国电影行业 50 强，不但掀起了一场场"电影风暴"，而且解决了群众特别是边远山区老百姓看电影难的问题。

戴建平的成功源于他的本色。他出身农民家庭，秉承勤劳善良、扶危帮困、广济天下的劳动人民本色。他对困难群众情深义重，整体收购"衡阳肉联厂"，将改制职工退养年限放宽半年，因此他多增加开支 300 多万元；通过新建职工安置楼和棚户区改造，使 200 多户职工搬进了新居。他对家乡父老情真意切，老家修桥修路，他解囊相助，在母校衡山二中设立助学金，每年拿出 10 万元，奖励 10 名优等生，扶助 10 名贫困生，至今坚持了 10 年。他发起成立了戴氏家族助学基金会，出资 30 多万元助学。

戴建平的成功经历再一次说明，待在机关的文人不是吃干饭的，换一种活法，别样人生更精彩。

后　记

人生如梦。

一眨眼，年逾花甲，到了退休的年龄。总认为还有一些事情没做完，总想为自己和他人做些什么。

往事如昨，历历在目，仿佛一团青春之火在熊熊燃烧。

那些刻在年轮上的每一个节点，都有时间馈赠给我的金色收获；那些惊心动魄的每一个日子，都有青春燃烧赋予我的百般荣耀。

5岁懵懵懂懂走进学堂；14岁慌慌张张高考落榜，回乡当了13年农民，一边像牛马般劳作，一边鹦鹉学舌写新闻；27岁进县委机关从事专业新闻写作，写作激情如鲜花般绽放；30岁进市委机关，有幸成为市委、市政府新闻办一员，与同事们日夜苦战，作品频频亮相于中央、省级主流媒体，被时任省委常委、宣传部部长文选德誉为"衡阳现象"；36岁主政新闻办，没日没夜，用燃烧的青春激扬文字，累积成一个又一个"新闻高峰"，使当年的新闻办"威风八面"；47岁当上市委宣传部副部长，阴差阳错分管意识形态、理论教育、电影出版、文化旅游发展，却依然对新闻情有独钟……

我这一辈子，似乎是为新闻而生的。我的双腿，是为丈量故乡山川大地而生；我的双手，是为推介身边先进典型而生；我的双眼，是为讴歌伟大时代而生；我的双耳，是为倾听民声民生而生；我的一颗心，经常为观察思考探索求实而跳动……

我家世代出身农民，来自社会的最底层，用仰视的眼光观察周边事物，成为我多年的生活习惯和写作态度。关注普通人，让他们进入媒体的叙事视野，用灵动的文字揭示他们的内心世界、生存状态与人生追求，从而使文章具有动感。在我笔下，既有不同时代成长起来的优秀典型人物，也有现代中国社会的沧桑巨变，既有老一辈无产阶级革命家的人生掠影，也有英雄模范的赤子情怀；既有"感动中国"十大人物的轰轰烈烈，也有普通百姓的平平凡凡……我采写的故事朴实无华，原汁原味，情真意切，具有一定的时代性、纪实性和可读性，几乎浓缩了新中国成立前后几个重要历史时期，关乎个人、关乎群体、关乎国家的"大背景"和构成这些"大背景"的一些人生要素，有的充盈着父子、母女、姐弟之间的患难真情，有的彰显着人民领袖与普通群众之间的"鱼水情深"，有的见证着当代警察、科研人员、普通农民的忠诚、执着和奉献，有的充盈着人间烟火滋味和岁月世态沧桑，可谓"小人物"折射"大世界"，构成一幅性格迥异、特色鲜明、鲜活生动、波澜壮阔的人物画卷。这些承载着公仆情怀、人间真情和人生况味的作品，曾经在全国、全省、全市产生过巨大反响，有的至今读来，仍被感动得热泪盈眶……

"追求文字的美，呈现复杂的真。"留下一些有质量经得起时间考验来自基层的中国底部的原始记录，是我多年的追求与梦想。当我笔下的 10 多位主人公当选为全国党代表、全国人大代表，走进庄严神圣的人民大会堂，代表基层群众参政议政的时候，当我推出的两个典型被评为"感动中国"十大人物，走进中央电视台颁奖晚会与主持人互动的时候，当我关注的 10 来个苦难家庭被推上全国数 10 家报刊的头版头条，引来一笔笔爱心捐款，从而改变他们命运的时候，那种欣喜，那种兴奋，那种激动与自豪实在难以言表，这便是文字的力量、媒体的力量、情感的力量，人民大众的力量！

生活有多丰富，心灵就有多精彩。

这些日子，我以"检索"的形式，从过去发表的近万篇海量作品中精选 33 篇报告文学汇编成册，取名为《燃烧的青春》，包含两层意思。一是几乎每件作品主人公的青春都是在为建设富强民主文明和谐美丽的伟大祖国燃烧，呈现出气势恢宏的人生格局、气贯长虹的人格力量和超越平凡的人生境界，特别是作品中有篇《燃烧的青春》，是为我们衡阳"11·3"灭火抢险英雄群体而写的，当时，这篇文章登上了不少报刊的重要版面，从而使衡阳灭火抢险英雄群体感动湖南感动中国；二是本人从事新闻写作40余年，一字一句，日累月积，"吟安一个字，捻断数茎须"，倾注了不少心血，似乎也是用燃烧自己的青春在书写每一行文字。

踏遍青山人未老，书尽红尘文亦奇。从所选的这些篇目中，既可看到普通百姓的生活剪影、生存状态、生命价值和人性尊严，更可听到伟大祖国铿锵有力阔步前进的脚步声。这些历经岁月洗礼的作品，展示了各类典型人物的内心世界，刻络着不同时代的岁月印痕，承载着许多不能忘却的历史记忆，这是历史发展的见证，也是我们不可多得的精神财富。为了让读者不但知其然，而且知其所以然，我特意在每篇文章的背后撰写了一篇"采写札记"。尽管为此花费了大量的时间与精力，但把阅读空间拓展到每一个"故事的背后"。这些异常珍贵的人生故事，对于那些寻找心灵感动的人，关注生存方式的人，寻求生命价值和人性尊严的人不可不读；对于那些初学写作、酷爱文学、立志成才的年轻人不可不读，对于那些心情浮躁、眼高手低、学会"躺平"的人不可不读。

退休，应该是人生的重要"分水岭"。

有人写了一首诗"再无工作苦，告老乐江湖，沉醉故乡景，晨昏酒一壶。"这也是我向往的一种日子，但此诗只诉说了人生的一个方面。我认为，退休之后，从单位回归家庭，从城市回到乡村，从终点回到原点，从每天早上急切起身到一直睡到"自然醒"，生活节奏从快到慢，工作压力由重至轻，时间从紧张到自由，应该是人生第二次青春萌动的开始，进入一个充满机遇和可能性的全新生活阶段。写文章的现实和终极价值在于讴歌先进典型，倾听群众呼声，描绘人生百态，推动时代进步，这正是报告文学的"人民性"之所在。作为一个社会道德守望者，大千世界真实记录者和时代发展敏感观察者，假如能活到80多岁，还有20余年，未来能给国家、给社会、给他人做些什么，我想……

欣逢盛世。非常感谢这个伟大的时代，"不拘一格用人才"，为我们这些平民"草根"提供了人生出彩、梦想成真和与时代共同成长进步的机会，青春潜能得到了充分发挥；非常感谢这个英雄的时代，涌现出众多叱咤风云、勇立潮头、感天动地的典型人物，为我写作提供了延绵不绝的"源头活水"；非常感谢各大媒体那些素不相识的编辑记者，将我的稿子加工润色后推上重要版面和黄金时段，形成一定的影响力、感召力和震撼力……

本书在出版过程中，得到社会各界的大力支持。中国作家协会会员何彩维倾情为本书作序，中国书法家协会会员、衡阳市书法家协会主席陈才坤为本书题写书名，衡阳市委宣传部孙菊主动为全书进行认真校对。中国国家书画院副院长、湖南省楹联家协会副主席宋自凡通读全书，夜不能寐，写成一首《金缕曲》："一部青春著，数风流，弄潮赶海，激情豪迈。厚重情怀能量正，华丽发声时代新。丰硕果实，盛名中外。文似川流花似海，那燃烧、烈焰惊天界。担大义，至真爱，数千作品光环大。自基层，草根乡土，恪勤匪懈。百八新闻头条占，妙笔生花百态。国省市、风云际会。筚路条条通大道，奏凯歌、雅韵云天籁。仰与望，项和背。"山西人民出版社在时间紧、任务重的情况下，为本书出版"一路绿灯"。在此一并表示衷心感谢！

昨天的新闻就是今天的历史。由于本人水平有限，加上选出来的作品时间跨度大，大都是临阵磨枪，仓促成篇，缺乏打磨，当年的个别领导"中途出了事"，尽管作了一些艺术处理，但难免有诸多不足之处，敬请读者诸君批评指正。

成新平
2024 年 8 月 30 日于雁城衡阳